来世之约

岳中山◎著

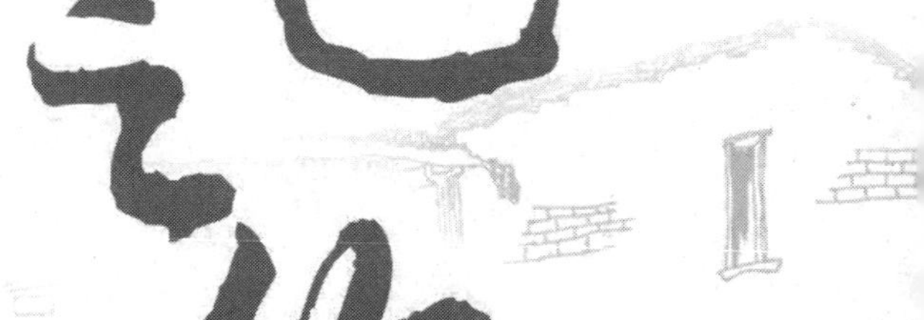

吉林出版集团
时代文艺出版社

自 序

几千年来，我们祖祖辈辈都希望多出清官为民做主，多出好官为百姓办事。我作为炎黄子孙，骨子里自然也有很浓厚的清官情结，和先辈们一样有多出清官的美好愿望。因此，我十几年前就酝酿写一本以在婚姻家庭上注重道德操守，在官场上做官清廉为主线的小说或剧本。通过对复杂的人际关系、多方面的感情纠葛、尖锐的思想矛盾的描写，突出这两条主线，让人们在阅读时感到真实、有趣、信服，从而尊崇正气和正义，而厌弃丑恶的现象和行为。

或许有人会问，当今社会，像书中主人公王家树这样的“给钱不要”、“坐怀不乱”的领导干部还有吗？答曰：“当然还有。”不但有，而且还是干部队伍中的主流和脊梁。当然，也无须讳言，与王家树这样的领导干部相反，也确实存在着个别腐化堕落的干部，也正因为如此，我们才更应该呼唤像王家树这样的干部更多一些，以此来清党风、清政风、清民风，以此来解党忧、平民愤，做到社会和谐，乾坤晴朗。

鉴于此，也就顾及不了“新潮”的、“时尚”的一些人的欣赏口味和票房中的所谓商业价值了。但我相信，抛开作品的思想性、艺术性高低不谈，单就仍在坚守中国人传统道德底线，学习西方先进的东西又不全盘西化，而喜欢此类作品，愿意和王家树这样的人同呼吸、共鸣唱的读者还是有的。

作 者

2011年8月30日

上部　在那个年代

我愿意把我的头颅割下，让全身的血液从脖颈中喷出，在空中化成一个奠字，来纪念我曾经在柳塘度过的那一段时光……

01 草甸相逢

一九七四年三月，长白山区。

一个大“塔头”草甸子。草甸子很大。天上的灰暗的云彩一片一片的、一条一条的由西向东飘动，更显得草甸子很宽阔。放眼四望，在草甸子东头一个较大的高台上是一个小村落。小村落有二百多户人家。村舍间依稀露出一些树木枝丫，几缕炊烟从房顶树枝间向四处飘散。草甸子西面的出口处连接着西山梁上一条蜿蜒崎岖的大车道，车道上有几个行人在蠕动。草甸子的南北两侧是比较陡峭的山崖，山峦中有杨、柳、桦等茂盛的次生林和连片的黄花松人工林。林树间、沟壑里还残留着没有化完的冰雪。南山陡峭山下是一片山坡地，地里杂乱地散放着一堆一堆的苞米秆子，土地显得荒凉而贫瘠。有二十几头黄牛在地里啃吃苞米秆子和杂草，一个放牧人跟随着牛群挥舞着鞭子。

西山梁上几个蠕动的人影越来越清晰地向我们走来。他们是一个母亲领着两个孩子。

这时，我们听到从南山坡上的苞米地里传来了放牛人自编自唱的山歌，山歌苍凉而高远。

> 二月风吹刮人脸哪，
> 最难熬的是倒春寒。
> 青黄不接日难度哇，
> 盼了今天盼明天……

牛群中出了个事端。一头公牛开始追逐一头母牛。那头公牛戗毛戗刺，瘦骨嶙峋，但对异性的追求仍很强烈。但见它急速地追赶上那头母牛，两个前蹄高高地扬起来，搭在母牛的后背上，急不可待地要与之交配。

放牛人捡起一块石头向它打去，高声喝道：

> 小花牤子你不要脸哪，
> 人家不同意你还追着干。
> 看你瘦得皮包骨啊，
> 还有闲心扯大谰……

牛群一阵骚动后，又趋于平静。

为了驱赶公牛和稳定牛群，放牛人忙活了一身汗。他热了，摘下破旧的棉帽子。于是，我们看到了一张冒着热气的黑红的，有着浓重络腮胡子的脸。他三十八九岁，颧骨较高，鼻子扁平，深陷的眼眶里面闪动着一双明亮的眼睛。他身材较高大、粗壮，长相像一个大猩猩。他手握破旧的棉帽子向冒汗的脸扇动了几下，然后，把帽耳子翘起重新戴在头上，像胸中积满了郁闷要向外发泄似的吼叫起来：啊——啊——

他的喊叫声惊起了深谷中的山鹰，山鹰从山顶上跃起向西面的天空中盘旋。从积雪中融化出来的山路像一条深黄的带子从这个山梁飘向那个山梁，又从那个山梁飘向更远的山梁。脚下，长年雨水冲刷的路面裸露着狼牙锯齿般的石头，崎岖不平，十分难走。

在大车道上蠕动的几个人越来越近。

走在前面的母亲三十六七岁，面目清秀，头上裹着一个旧方巾，斜襟棉袄，青布裤子，普通的山东农村妇女的打扮，她叫刘美娥。大儿子家树，十八岁，眉清目秀，秀气中显出早熟，有些刚毅和沉稳的气质，身高已长到一米七五以上。二儿子家林，十四岁，也很俊秀。他们的上衣袖子上都扎了一块黑布，那是给新故去的亲人戴的孝布。母子三人从山东诸城来此探亲谋生。一路风餐露宿，长途跋涉，已经筋疲力尽。

这里是长白山区，前面是山，后面也是山，前后左右是一个山的世界。他们惊恐地望着这陌生的山的世界。时令虽已是三月，但这里仍然很冷。背阴坡上，沟壑里，河沿边花花搭搭的还残留着没有化完的冰雪。路两边的杂草树棵子在料峭的北风中瑟瑟抖动着。天有些阴，小北风也一阵紧似一阵，越接近山顶越感到灌进脖子里、袖口里的北风冰凉刺骨。他们又累又饿又冷，都紧缩着身体，艰难地往前走。

在远处，几乎是遥远的天边，白云飘过处，露出了一个巨大的层层叠叠山型的大云团。

家林指向大云团说："你们看，那个大云彩不动。"

家树说："那不是云彩，是长白山，山上都是积雪，远看像云……"

"是云？"他有些疑惑，腿有些发软，要顺势坐下。

母亲能忍，家树也能忍，艰苦的日子使他们早已学会了忍耐。但家林不行，他毕竟是一个只有十三四岁的孩子，其意志力和体力都是有限的："娘，我累……"他拽了一下娘的衣襟，腿酸软得几乎要倒下。

"再挺一会儿。"娘使劲地拉住他。实际上她也很疲惫，甚至也已经到了崩溃的边缘。但她是两个孩子的精神支柱，是孩子的生活依靠，她知道自己肩上的重任，她必须要撑住！"好孩子，挺住，前边不远就是了……"

然而家林无论如何也挺不住了。他坐在了地上说："坐一会儿吧……"

"不能坐！一坐下就更走不动了……"她知道，人到了饿、累极限的时候，坐下也许就再也起不来了。她心疼，着急，慌恐，眼角中不禁就含了泪水："快起来……"

家树说："娘，歇就歇一会儿吧。不要紧的……"他划拉了一点干草给娘和弟弟垫在地上："坐吧。"

坐下来就更感到冷，阴云越聚越重，把西斜的太阳完全遮住了。北风嗖儿嗖儿地刮着，不一会儿，雪粒儿就随着北风吹洒下来，肆虐地摔打到人的脸上。

家林说："娘，我冷。"

母亲说："来，娘搂着你。"

他扑到娘的怀里。娘慈爱地搂着他，深情地拍打着他。他感到了娘身上的体温，把娘搂得更紧。

山鹰在他们的头上盘旋两圈后向远方飞去。不知是山鹰旋起时带起来的还是北风吹起来的，一张黄纸在天空中飘荡。娘抬头看到了那张黄纸，凝眸沉思，脸上的表情十分凄苦。那张黄纸鬼使神差地飘落下来贴在了娘的脸上，然后又飘到家树的脸上，在他们惊悸地想抓住那张黄纸的时候，那张纸又随着一股旋风飘起来向空中飞去了。

家林从娘的温暖的怀抱中起来，当他看到天上的黄纸时，迷糊中惊奇地喊道："娘，快看，风筝……"

"不，孩子，那不是风筝，是一张黄烧纸……"

家林眨了眨眼睛，他明白了，在空中飘浮的果然是一张黄烧纸。那张黄烧纸在他们头上旋来旋去，不愿离去，似有无限的留恋之意。他望了一会儿，似有所悟地说："那张烧纸是压在我爹坟头上的那张纸吗？"

“哦。”她的眼睛有些潮湿。

“是不是我爹的魂灵跟着我们一起来了？”

“哦。”她再次把他的头搂在自己的怀里。她终于抑制不住，含着的眼泪一滴一滴地顺着她的脸颊滴在他的脸上：“哦，是你爹的魂跟咱们来了，是你爹的灵魂跟咱们来了……”她的眼泪成串的下来，把他搂得更紧：“是他不放心咱们，一起庇护咱们来了……”

那张黄烧纸旋起来，向着远处的一个山坡飘去。顺着那张黄烧纸飘去的方向，他们看到远处的那个山坡上有几处在埋死人。看得出来，那是好几个家庭同时死了人。虽然离那个山坡较远，但他们还是能影影绰绰地看到，有的正在刨坑，有的已经开始下葬。尸体有的装在木板钉的棺材里，有的用炕席裹着。这真是一种奇观，对于他们母子三人来说，从未见过，一个村子同时死了这么多人。这些死人的人家都是柳塘的吗，或者是别的村子？他们在感到新奇的同时，心里也自然涌起了一种悲凉。

“死了好哇，死了就不用挨饿了哇，死了就享福了哇——”

这伤痛的用力嘶喊的声音从一个埋人处的人群里传过来。他们从这个高声喊叫的声音里得到了一个信息，死的人不是死于瘟疫，也不是死于衰老和疾病，而是死于饥荒，说白了，就是饿死的。

此情此景，母亲刘美娥心里抽抽得很紧。那些死了的人都是因为度饥荒饿死的，他们母子现在不也是在度饥荒吗？她不禁打了个冷战。她对于他们母子的前途感到了一种恐怖。当“死了好哇，死了就享福了哇”的声音又传过来时，她迅速地把脸转过来贴在家林的头上，努力地屏住自己的呼吸。

那张黄烧纸又向他们这边飘过来。它忽而高，忽而低，真的像很有灵气似的在空中飘舞……

“娘，”家林说：“你看，我爹坟头上的那张黄烧纸又飘过来了……”

“不，孩子，那不是你爹坟头上的黄烧纸。”她指着对面的山坡说：“是那边埋死人的烧纸钱。是没等烧完的时候，其中一张被风刮起来了……”

“噢。”家林伸手想站起来去抓那张黄烧纸，然而他没有站起来。

那张黄烧纸很友好地在他们头上旋了两圈，然后告别似的向山谷中飘去了。像是迎接黄烧纸的到来，山谷中响起了哭丧人那悲伤嘶哑的喊叫声——

“死了好哇，死了就不用挨饿，死了就享福了哇……”

似乎这山谷的回声很有感染力，那嗖儿嗖儿的北风，低沉灰暗的流云，还有那枯萎的蒿草，都低声地附和着说：是呀，死了好哇，死了就不用挨饿了，死了就享福了……

啊，连山谷及枯草都对这“死了好哇”的喊声响起了回音，何况人乎？她岂能对“死了好”的呼喊没有共鸣？就在她的丈夫死的时候她就曾想到过死。现在他们逃荒在这荒凉的山路上，饥寒交迫，身心疲惫，更是对这死了好的呼喊有一种强烈的认同感。然而，她不能死，她要把两个孩子养大成人，一种伟大母爱的责任感在支撑着她。她本能地把家林更紧地搂了搂。

“娘，我饿……”家林仰起脸来，脸色显得有些青黄，声音很微弱地对母亲说。

他们已经弹尽粮绝，一天都没有吃东西了，现在是又累又饿。

“好孩子，”母亲拍了拍他的脸，说：“再挺一挺，坚持一会儿，快到柳塘了，到了柳塘就有吃的了……”她努力地露出笑容，给他以信心和希望。

家林无奈地看了看母亲的脸，把头深埋在她的怀中。

果然，就像瘫痪了一样，坐下后再想站起来就十分困难。风停了，云也开始聚堆，扒缝，从云缝中露出的太阳已经下山。他们离要去的柳塘村还有好几里路。他们必须在天黑以前赶到那里。不然，他们道路不熟，天黑又容易迷路，冻、饿、累相加，后果将是不堪设想的。

“不行，我们得走！”娘咬牙站起来，说道：“家树，扶弟弟起来。”

家树把家林强拉起来，家林说：“娘，我难受……”

娘伸手摸了摸他的头，他的头滚烫，娘着急地说：“呀，这么热，你病了。我的好孩子，让你哥扶着你走，走到村子才能有药治……”

这时，树棵子里忽然一阵哗啦啦的响动，接着扑棱棱地跑出来一只受了伤比狗大一点的野兽。野兽看见了近在咫尺的人一下子愣住了，它惊恐地、怔怔地和人对视了一会儿，然后一躬腰“噌”地向树丛中蹿去。

母子三人大吃一惊。家林惊恐地躲到娘的身后。家树很快反应过来，他敏捷地挡在娘和弟弟的前面，拉开了与野兽搏斗的架势。

其实那个比狗大一点的野兽只不过是只性情温顺、对人毫无危害的“傻”狍子。但他们初到山区，在山东从来没有听说过这种事情，还以为那是很凶猛的能吃人的野兽，所以都十分的惊恐。

正在他们惊恐之时，树棵子又一阵响动，一个男人快步走出来。

他是柳塘大队党支部书记黄占奎。黄占奎手持猎枪，在追赶那只狍子。他见到这母子三人就停下来，打量了他们一下，问道："你们是干什么的？"

见问话人年在四十七八，鹰钩鼻子，面目清矍，手持猎枪，神态很威严，就知道此人非同一般。因为不是什么人都可以带枪的。

家树说："探亲。"

"探亲？"

"是探亲。"

"不像探亲，恐怕是盲流吧？"他十分怀疑地看了看，还莫名地对母亲点头笑了笑，不知是出于对这个美丽女性的好感，还是由于那只狍了的吸引，他没有再探究，只是意味深长地打量了一会儿，便急着追赶狍子去了。

他们母子三人从西山上下来，顺着草甸子边上的路来到了放牛的山坡处，看到放牛人正在往一起圈牛，准备赶牛回村。娘十分惊喜地对家树说："家树，去向那个放牛的人打听一下，前面的村子是不是柳塘，你舅姥爷是不是在这个村子里……"

家树走到放牛人面前，很谦和地问道："老大爷，前面这个村子是不是柳塘？"放牛人说："是。"家树又问："向你打听个人。这个村子有没有一个叫吴永德的人？""谁？""吴永德。"放牛人说："你是说吴永德？有是有。可是，他已经搬到黑龙江去了，现在不住在这个村子了……"

母亲听到放牛人的话，赶忙凑过来问："大叔，你说的这个吴永德长什么样，搬走多长时间了？"

放牛人说："噢，瞎了一只眼，脸上有几个浅皮麻子，年前搬走的，已经快三个月了。"

母亲听后立马就堆了下去。她领着两个孩子投奔舅舅吴永德来落脚谋生。放牛人的话像一根大棒向她劈头盖脸打来，把她的希望击得粉碎。她一下子不能承受，晕倒了。

家树家林慌了，推着晃着母亲的头和身唤娘醒来，家林急得哭了。

放牛人也慌乱起来。他围着这个女人前后转圈，催促家树："快掐人中，快掐人中，啊，是不是，所以是……"

母亲终于醒来。她缓了口气，把两个孩子揽在怀里："你们的舅爷搬走了，咱们举目无亲，到哪里落脚步哇，咱们怎么办哪……"

她的眼泪"哗哗"而下。

天无绝人之路，他们遇到了善良的有侠义之气的放牛人。放牛人见母子三人的悲苦情景，便起了同情怜悯之心。说："吴永德不在了，你们无人可投奔，是不是？如若不嫌弃，就先到我家住两天吧……"

真是绝处逢生，母亲惊喜地擦去眼泪说："那就谢谢大叔了，家林，快给爷爷磕头谢恩……"

"别介，别介。"他拦住要磕头的家林，对母亲说："你别管我叫大叔了，再叫就折杀了我。你看我五十多岁了吧，实际我才三十八岁，长得老相，所以是，是不是？你还是管我叫大哥吧……"

这个放牛人很豪爽，他说话总带着"所以是"、"是不是"的口头语。他是柳塘大队第二生产队的队长，他爹是队里的牛倌，这两天病了，他临时替两天来放牛。他当生产队长开会需要讲话，特别是参加公社、大队的会议需要发言，他又不善于演讲，在讲话的时候时常"卡壳"，卡壳时就用"所以是"、"是不是"来过渡，时间长了，这个"所以是"、"是不是"就成了他的口头语。这虽然显得啰嗦，甚至可笑，但也增添了他语言的诙稽性。他自我介绍说："我姓王，叫王来顺，你就叫我王大哥，叫老王也行啊。千万别再叫叔，是不是？啊，你的这两个儿子体格好，英俊，今后一定有出息，所以是……"

"那就谢谢大哥了。"母亲的脸上露出感激的微笑。

"不用谢，不用谢！啊，所以是……"他转过身去，很高兴地向山坡上的牛群吆喝道："回家喽——"

牛群从山坡地里下来依次汇入了回村的路。放牛人向前面的牛群挥了几鞭子，又回头向后面跟着的娘仨看了看，他很高兴。便又唱起了那首山歌——

> 二月风吹刮人脸那，
> 最难熬的是倒春寒。
> 青黄不接日难度哇，
> 盼了今天盼明天……

他们娘仨经过千辛万苦，终于来到了目的地——柳塘。

柳塘村头，路南边有几棵老柳树，路北有几棵老榆树。柳树和榆树树龄都很高，疙疙瘩瘩、弯弯曲曲。显得苍虬而老迈。几只老鸹（乌鸦）从柳树飞向榆树，不等落稳，又从榆树飞回柳树。

“呱，呱，呱——”

老鸹的叫声在昏暗的天空中传播，显得十分的尖厉、刺耳，令人烦躁。

这时，在他们母子三人背后，一辆手扶拖拉机快速向村里驶来。拖拉机上站着三个人，是两个民兵押着柳塘的才子柳直回来了。柳直在“文革”中反对阶级斗争扩大化，特别是对“过五六年、七八年就再来一次政治运动”的理论持有异议。他被县里作为典型抓去过几次，根据斗争形势的需要，有时游街批斗，有时拘押改造。这次被送回，虽然“现反”的帽子摘掉了，但帽子还拿在群众的手上，表现不好，随时戴上。

不知什么缘故，当拖拉机驶过躲闪到路边的家树母子身边时，蓬头垢面、衣着不整，但精神依旧的柳直向家树点头微笑，并拱手示意。

押解的人中有一个人是大队民兵连长卫东彪，他瞪了一眼柳直，说：“你认识他们？”

“不认识。”

“不认识你向人家笑什么？”

柳直不屑回答。他面向高山大声说道：“相逢何必曾相识！”然后他才转过头，对卫东彪说：“这个你不懂！你看，他俩多么年轻啊？实际上还是孩子。噢，对了，你知道鲁迅先生曾经说过什么吗？”他见卫东彪一脸茫然，便向他露出不屑的一笑，说：“他说，没有吃过人的孩子或许还有，救救孩子……”

“你东一榔头西一棒子说些什么呀，真是个精神病！”受了藐视的卫连长十分气恼。

“哈哈哈……”柳直豪爽地仰天大笑，“可惜呀，你不是个孩子……”说着话的工夫，拖拉机驶过王来顺身边。

王来顺说：“啊，柳直，你回来了？”

柳直说：“回来了，王队长，怎么是你放牛啊？”

王来顺说："我爹病了，我替两天。反正是农闲没什么要紧事。噢，柳直，你回来好哇，大家都盼着你回来。"

"谢谢大家！"

"你回来了先在家歇几天，恢复恢复再到队里干活，反正现在也是农闲。"

柳直说："行啊。"

卫东彪对王来顺说："他回来了，你们队又多一块臭肉！你这个当队长的，可得要对他加强管教。"

王来顺没有回答他。他向小花牤子抽了一鞭子，说："好好走道，撩骚完这个又撩骚那个，你吃饱了撑的？"

卫东彪叫拖拉机停下，对王来顺说："王队长，我跟你说话你没听着？"

王来顺说："你跟我说什么啦？"

卫东彪说："我说你们队要好好管教柳直！"

王来顺说："你再说一遍……"

气得卫东彪大喊："开车……"

柳直看到受了冷落嘲弄的卫东彪，哈哈大笑。然而他很快停住了笑声。他的脸色凝重起来。他看到了躲在老榆树后面的，很憔悴的一个年轻女人在向他张望。

那是柳直青梅竹马的同乡、同学、恋人董淑琴。董淑琴在默默地向他凝望。她脸上的表情很复杂，既有热切的盼望，又有不能倾诉的无奈。她的嘴唇在抖动，她的面部表情在向他诉说，她在等待他，有千言万语要对他诉说。

柳直举起双手向她致意。他知道她已经结婚了，她是被迫嫁给了大队书记黄占奎的儿子。他很痛苦，也很无奈。他不怨她、不恨她、理解她，甚至同情她。他愣了一下之后迅速地露出笑脸，向她回以会心的点头表示问候。

手扶拖拉机没有停留，很快向村里驶去。

董淑琴从树后走出来，她机械地向驶去的拖拉机挥了挥手，情不自禁地小声喊道："苦命的柳直啊，你回来了……"她的眼睛含满泪水，自言自语道："柳直啊，你为什么不骂我，不打我，你为什么还向我笑，点头向我问候？你这样做是为了安慰我吗？你知道吗，你越是这样做，我的心里就越难受哇……"

董淑琴的娘从后面颤颤巍巍地跟上来，拽她，说："孩子，你跑这来干啥？

走，跟娘回去……”她强拉硬拖地把董淑琴拽回去了。

村中央有一条小河，河上有一座木桥，桥头有一个山丘，山丘露出很多光滑平整的石头，还有很多能遮阴避雨的松树和柳树。闲暇时，人们便在这里扎堆，坐在石头上闲扯，天南地北、海阔天空、家长里短，嘻嘻哈哈。这里是柳塘人的休闲集散地——南桥头。

有几个人正坐在树下的石头上闲唠。

洪家铁蛋对胡二扯说：“二扯叔，唱一段呗……”

兰家二牛也央求道：“唱一段呗，大伙都愿意听你唱，你就唱一段吧……”

胡庆有是柳直的舅舅，他生性乐观，爱开玩笑，外号胡二扯。他表面上嘻嘻哈哈，但有正义感，能明辨是非。他还有一个特长，就是继承了他爷爷的特长，会唱许多戏剧小调，特别是会唱东北大鼓。

胡二扯笑着说：“唱一段？”

“唱一段。”

“好！”他咳了一声，清了清嗓子，手持一根木棍拍打了一下面前的石头，像是敲了一下鼓，用东北大鼓的曲调唱了起来——

说有这么个小姐本姓常，
取名儿就叫常桂香。
樱桃小口杏核眼，
柳叶弯眉细又长。
这小姐长得实在是好，
缺点就是尿炕这一桩。

“哈哈哈哈……”大家一阵哄笑。

二扯接着唱道——

常小姐已过二十八呀，
正是找婆家的好时光。
因尿炕尿的无人敢要，
她爹她妈愁得慌。
啊啊啊……

洪家铁蛋说：“愁什么呀，嫁不出去就嫁给二牛！那么好看的姑娘，尿点炕算什么呀？”他转脸嬉笑着对二牛说：“二牛，干脆你娶去得了……”

“行，我要……”

嘻嘻嘻嘻，哈哈哈哈……

大家都很开心。

这时，他们看到拉着柳直的手扶拖拉机向大队部开去，人们便站了起来向手扶拖拉机走去。

洪家铁蛋和兰家二牛跑在前面。这两个只有十六七岁的大孩子虽然穿着都很破旧，但不猥琐。特别是那个洪家铁蛋，黑皮肤、留角瓜头，长得挺结实。他们正是淘气的年龄，有时就显得较“顽皮”。不知是别人有意安排的还是自己想出来的。他俩手里都举着一面事先准备好的纸糊的旗帜，旗帜上面写着：欢迎柳直！他们迎到手扶拖拉机前面，拖拉机没停，直接开过去了，他们俩便跟着跑，几个小的孩子跟在他俩后面跑，几个大人跟着小孩后面快走。人越聚越多，形成了一个自发的欢迎的队伍。

铁蛋举旗高喊：“欢迎柳直回村！”

二牛举旗高喊：“欢迎柳直回村！”

几个小一点的孩子都起哄似的喊着叫着：“柳直回来了，柳直回来了……”

于是，很多住家的门、窗都打开了，探出男人或女人的头、身子向手扶拖拉机这边张望，他们摆手或点头向柳直打招呼。

柳直大笑着向孩子们招手并向四周拱手，大声说：“小朋友们好，大家好……”

胡二扯快跑几步到了前边，他一改嬉笑的样子而显得很庄重很苦楚地叫道：“柳直……”

柳直也感慨地叫道：“舅舅……”

胡二扯还想说什么，但他张了张嘴，什么也没有说出，脸上便露出凄苦的表情。

柳直便把脸转过去。

手扶拖拉机甩掉了人群，很快地向大队部驶去。

家树带着一种好奇或者一种敬意望着柳直，目送着手扶拖拉机远去。

王来顺赶着牛向家树他们喊："你们三个在这等我，我把牛赶回牛圈再回来接你们……"

娘仨便在村头停下来。

王来顺把牛赶入村南头生产队的牛栏后，习惯性地到饲养员室，也是生产队部看看。他进了屋，饲养员老姜头对他说："回来了？方才金队长找你，说他在红石林场当场长的哥哥来信儿，让这几天你和金队长到林场去一趟，具体研究落实一下咱们队去给林场栽树的事儿……"

"好哇，金队长呢？"

"到桥头去了，听说柳直回来，他去看一看。"

"啊，知道了。"

王来顺从饲养所出来往村里走。他看到了手扶拖拉机拉着柳直去了大队部，一些人还在后面观望的场面，金队长也站在人群中向远去的柳直招手。

王来顺走向金队长："你找我？"

金队长："我哥来了信儿，让你到林场去商量一下栽树的事……"

"行，我安排别人替我爹放两天牛，这几天，我抽出时间来就去。要不，你跟我一块儿去？"

"行，我跟你去。"金队长比王来顺小几岁，看得出来，他对王来顺很尊重。

二人边说边走，很快就来到了王家树母子身边。

王来顺对家树母子说："等急了吧？"又转身对金队长说："他们几个是我放牛时在山上遇到的。他们来投奔吴永德，吴永德走了，没有了落脚的地方，先到我家落落脚……"

金队长向家树他们看了看，并向他们点了点头，对王来顺说："你们回家吧，没什么事儿，我就先回去了。"

王来顺说："你回去也琢磨琢磨，林场栽树的活咱们怎么个干法，包括价钱、工程量、去多少人，明后天咱俩碰一下，和林场谈的时候，咱们心里有个谱……"

金队长点点头说："好。"转身去了。

王来顺对家树母子说："走，咱们回家。"

夕阳已经落山，它的余晖被滚动的黑云遮住，只有在缝隙中露出几缕光芒。红黑相间中，让人感到沉重的临近黄昏的压抑，但也在云缝中看到了露出的五彩光线的灿烂和美丽。

家树举目四望，这就是他们千辛万苦投奔的、陌生的柳塘。

02 盲流泪

柳塘村是一个有二百多户人家的较大的村子。村子由东向西顺着山势有一条主街。街两边排列着坐北朝南的农舍。王来顺家在道北、三间草房、一个用树枝木柈夹成的较大的院子。西边一个仓房，装着锄、镐、镰等农具和一些破草袋子、麻袋片子之类的东西。挨着仓库是一个猪圈，两个克郎猪抢猪食。房子东间王来顺的父亲老王头住，西间王来顺住。东屋靠南窗一铺炕，西间南、北炕。中间屋是厨房，东面锅里烀着猪食，西边锅里热气腾腾已经做好了饭菜。

柳塘有三多，一是文盲半文盲多，二是光棍多，三是“拉帮套”的多。“拉帮套”的多和光棍多有直接关联。所谓“拉帮套”，即生活困难的人家招一个男人来在经济上给予帮助，被招的男人因没有媳妇可以通过帮助和这个家庭的女人保持夫妻似的性生活。“拉帮套”分两种形式，一种是住在女方家，和这个家的男人及孩子们和睦相处。另一种是不入住，定期或不定期的到女人家去和女人相会。拉帮套的双方不觉得丢脸，外人也不笑话。

王来顺家就是两条“光棍儿”。

王来顺把牛赶回生产队的牛圈后，领着家树娘仨回到家来，推开院子门就喊：“爹，咱们家来客了！”

“谁呀？”老王头儿从屋里迎出来：“咱们家有客来，这是新鲜事。”一条大黄狗向生人狂吠，老王头儿训喝道：“不得无礼！”狗不再叫，还友善地围着家树嗅了嗅。

王来顺指着他们母子三人说：“这是我在草甸子遇上的。他们是投奔吴永德的，不巧吴永德搬黑龙江去了，没了落脚的地方，我就把他们领到咱家先落落脚，总不能让他们在荒郊野外喂狼吧，所以是，是不是……”他对家树娘介绍说：“大妹子，这是我爹……”

“啊，大叔，打扰了。”

“好哇，好哇，别客气，别见外，进屋吧，进屋吧。”老王头儿很热情地把他们三人让进屋。待三人进屋后放下破行囊卷，他又说：“先坐炕上歇歇，喘口气。我给你们倒水洗洗脸，去去风尘，咱们就吃饭……”

老王头儿六十多岁，脸上已布满了皱纹，每个纹路都深而枯槁，但身板还硬朗。饭锅里只做了他和儿子两个人的饭菜，人多了不够吃，他麻利地洗了一棵大白菜和几个土豆，切好、爆锅，把菜炖上了。又从碗架柜里拿出几个苞米面大饼子放锅里热上，不大一会儿，饭菜就做好了。他放上桌子，拿了碗筷，从咸菜缸里捞出一个大萝卜咸菜头，切成丝儿，又剥了几棵大葱、舀了一碗大酱，拿上苞米面大饼子，给每人盛了一碗土豆白菜汤，一桌丰盛的饭菜就摆在了大家的面前。老王头儿斑驳的老脸上露着慈爱的微笑对他们说：“饿了吧，快上炕吃饭吧。”

王来顺随着他爹的话音热情地让道：“上炕吃饭，上炕吃饭。肯定饿了嘛，啊，所以是，是不是……”

是，是的。他们确实是饿了。特别是家林，狼吞虎咽，他很快把一个大饼子和一碗土豆白菜吃完。这是他从山东老家出走后最香甜最舒服的一顿饭。他不能自持，吃完一个，伸手又拿一个……

娘伸手制止他：“好了，不要再吃了，空肚子，吃多了会撑着……”

老王头儿慈爱地摸了摸家林的头和脸，摇头叹息，显出他的宽厚、善良和仁慈：“吃吧，吃吧，孩子饿坏了，让他吃……”

家林看了看母亲，见母亲没有再制止，便又贪婪地吃起来。

晚上睡觉的时候，老王头挪到西屋和王来顺去住，东屋就腾出来让给他们母子三人暂住。老王头还从柜子里拿出了一床比较干净的被子送过去给他们盖。

母亲推让着说：“大爷不用不用……”

“别客气，晚上还冷啊。”

“又是吃又是住，真不知怎样感谢您。”

“谢什么？谁还没个三灾两难的。帮一把，应该的。忘问你了，你叫什么名字？”

“刘美娥。”

“家里还有什么人吗？”

“没有了。”

“啊，真不易。早点歇着吧。”

“大爷，等我们打听到我舅舅吴永德的下落，马上就走……”

“不急不急……”老王头儿说完，就去了西屋。

家树睡不着，月色朦胧中，他隔窗看到满天星斗，不禁浮想联翩。他从行囊中取出一支箫来，悄悄走出屋子，坐在一个木墩子上，低头吹起箫来。

他吹了一段《苏武牧羊》，箫声深沉、婉转、悲愤、苍凉。情从心发、意以曲达。这箫声如天籁之音，回荡在静谧的月夜里，更显得悠远而悲苦。家树用心在吹箫，而箫声更引发了他内心的痛楚，他的眼泪情不自禁地流下来，顺着他的脸颊一滴接一滴地滴进了他脚下的黄土地。

家林果然吃多了。母亲扶他出来拉肚子。看到家树在吹箫，曲调忧伤，表情痛苦，心疼地叫他说：“家树，回屋睡觉吧。娘知道你心里苦，但也不能太忧伤，别伤坏了身子……”

家树赶忙站起来，凑近母亲：“没事的，睡不着在外边坐一会儿。家林病了？”

“噢，拉肚子，可能是晚饭吃多了，空肚子一下子吃那么多……”

家树摸了一下家林的头，开玩笑地说：“真没出息！”等家林上完厕所后，家树说：“没劲了吧，来，哥背你回去。”他哈腰背起家林进屋。家林亲昵地搂住哥的脖子，说：“哥，我能走。”嘴上虽然这么说，但他还是紧紧地搂住他，希望他背。

“还嘴硬……”

母亲从后面看到哥俩亲近的样子，满意地抿嘴笑了。

真是祸不单行，一件几乎是决定他们命运的事情发生了。他们来后的第三天，正当吃晚饭的时候，村里的大喇叭传来了令人不安的喊话声：全村注意了，全体社员请注意了，现在广播会议通知，今晚七点钟，大队召开重要会议，大队干部、生产队队委以上干部、民兵连长、治保主任、妇女队长，务必按时参加会议，非常重要的会议……

会议是抓“盲流”的会议。

据《延边广播电视报》载："自一六五三年的数百年来，闯关东的热潮不断冲破各种有形无形的障碍，绵延不已。源自流民自身渴望生存的意志和希望，无疑是移民潮最顽强的生命力……"而这种移民潮并没有因为新中国的成立而结束。到了二十世纪六十年代，这种由于自身渴望生存而大批移民的现象依然存在，只不过这种现象不再叫移民潮，也不再叫流民，不叫闯关东，政府和一些群众管这些流民统称叫"盲流"。"盲流"即盲目流动之意。历史如实地记录下这样的事实。大批的农民从河南、河北、江苏、浙江、湖南、湖北特别是从山东各地盲流到吉林、辽宁、黑龙江、内蒙古等地谋生。于是在中国大地上便出现了一个为数不算少的人群——"盲流群"。无须讳言，有多少"盲流"就有多少苦难，人间就有多少屈辱！当善良的、富有同情心的人们看到在诸城汽车站或济南火车站的广场上，那些个无钱住店，把破行李卷儿铺在地上，大人孩子委缩着或躺或坐露宿等车的情景，或在饭店里看到一个老"盲流"胆怯心惊的在为他的"盲流"崽子捡饭底而被人白眼、嘲笑、驱赶的时候，就禁不住热泪盈眶，有的甚至失声痛哭！这些"盲流"大都是些饥寒交迫的农民。尽管他们的原住地禁止他们外流，但他们还是踏上了那充满希望又饱受屈辱的路……

不大的会议室里坐满了人。台上居中的座位是公社干部和各单位抽调来的干部。一位公社姓梁的副主任开始讲话："同志们：我们今天这个会议是一个抓'盲流'的会议。今天，根据县里的统一部署，公社的统一安排，公社抽调十几个干部和大小队干部一起统一行动……"他开始气愤起来，"这个'盲流'不知是怎么搞的，越抓越多，总也抓不尽。咱们柳塘村抓了好几回了，不是有人通风报信，跑了，就是有人把'盲流'隐藏起来，真是抓不胜抓！这怎么能行啊？据初步统计，全公社最近又来了'盲流'有好几百，柳塘恐怕也不少于几十个。啊，这还了得……我们要从阶级斗争新动向来严肃地看待这个问题。今晚上的这次行动，一定要严密组织，严密行动，严格保密，严肃纪律。一定要把柳塘的'盲流'干净、彻底、全部抓起来，收容起来，遣送回去……"

坐在门口王来顺悄悄地站起来，溜出门去。他回头看没人监视，撒腿就跑。他跑了一段，慌张中几乎与一个人撞上，那个人问："王队长，跑什么呀？"王来顺慢下来，很滑稽地抽抽着脸，应付着说："拉肚子，拉肚子，所以是，拉肚子……"待那个人走了，他又快速跑起来。从村头会议室到他家一千多米，他一口气跑到。进了西屋气喘吁吁地说："爹，快，快把他们娘仨送到南沟地窝棚里躲一躲，呆一会儿就要抓'盲流'了，啊，所以是，要快……"看他爹听明白了，他又冲出门外撒腿往回跑。待跑到会议室门口，他深呼了两口气，像刚解完手似的装模作样地边走边系裤腰带进了会议室。

老王头儿不敢怠慢，赶紧把东屋刚要睡下的娘仨叫起来："快起来吧，过一会儿公社和大队来抓'盲流'，抓到你们就要把你们送回去。赶快跟我走，到南沟里的地窝棚去躲一躲，等明天公社的人走了，你们再回来……"

娘仨困顿、疲惫又惊慌地捉迷藏似的跟着老王头儿从村里出来，顺着一条崎岖的山间小路逃奔。已进入黑夜，他们深一脚浅一脚前行，树棵子稍有一点响动，他们便马上惊恐的东躲西藏。他们走了很长一段时间。终于在黑暗中看到地窝棚的影子了。所谓地窝棚，就是生产队在大忙季节，为了节省来回走路的时间，在距村较远的田地边上盖的简易草房供社员们临时住的住所。他们刚进入窝棚的门，意外的事情发生了。

他们马上被抓"盲流"的几个人抓住了。为首的就是民兵连长卫东彪。卫东彪得意地说："果然不出所料，绑起来，带走！"原来，一些易被躲藏的重点部位在开会前就已布控起来，所以他们被抓了个正着。

他们被押到了大队部。大队部陆续的集中了一些被抓来的"盲流"。有老的少的，有男的也有女的。有的哭哭啼啼，有的呼天喊地，各式各样，但有一点是一样的，就是被推推搡搡，像犯人一样被嗔斥，被恫吓，被辱骂。

母亲坐在一角搂着家林，家林偎在母亲的怀里睡着了。家树始终倔强地站着，他苦闷地想着心事。大队部的门窗不严，有两扇窗户没有了玻璃，钉上了塑料布被风刮开，呼嗒呼嗒地扇着，屋里很冷。他在很冷的屋子里站着，看着和他一同集中在这里的"盲流"出来的乡亲们，听着他们的叹息声、哭泣声、哀求声；看管人员的训斥声、辱骂声和嘲笑声，他百感交集，年轻的脸上凝结着沉闷和愤慨。他就这样默默地站着。疲倦、困顿渐渐地袭扰着人们，屋里渐渐安静下来。

在大会议室靠近办公室的地方有一个堆放办公用品及杂物的小屋子。一对被抓来的母女被关在这个小屋子里。

这对母女是卫东彪有意安排在这里的。

年轻的姑娘二十五六岁。她眉清目秀，身材姣好。她脖领子的衣服扣解开，露出了衣领子底下白皙的皮肤。她饥饿、疲惫、面容呆滞，但这些都没有掩盖住她的美丽。

不知什么原因，她们投奔的亲戚晚上没有给她们送饭。她们中午饭就没有吃，所以现在饥肠辘辘，十分难耐。她对母亲说："娘，再忍一忍吧，也许明天早晨就能给咱们送吃的……"

母亲勉强挤出一丝笑容，气喘吁吁地说："我不饿……"她的身体已经十分虚弱，她病了。

这时，年轻姑娘忽然想起来什么似的说："娘，在路上那个卫连长跟我说，他说对咱们娘俩印象挺好，让咱俩今晚先在这住一宿，明天他会偷着把咱俩放了……"

娘摇头说："傻丫头，咱们和他无亲无故的，对他又没有什么好处，他怎么会放了咱们，对咱们发善心？"

"反正他是那么跟我说的……"

"真有那么好心的人？"她摇头表示怀疑，但还是抱着希望说："若真把咱们放了，可积了大德了……"

夜已经很深了，娘把打开的破行李卷儿抻了抻，佝偻着身体躺下去，闭上了眼睛。

"娘，困了你就睡吧。"

她也躺下了。然而她睡不着，肚子饿得咕咕叫，她本能地揉着肚子，艰难地熬着……

这时门被轻轻推开了，卫东彪闪身而入，迅速把门关上。

姑娘有些吃惊但很快反应过来："啊，是卫连长，这么晚了，有事啊？"

"来看看你！"

他直直地看着她。他所说的对她们娘俩有好感，实际上就是看上了她的年轻貌美。但他眼睛里露出来的不是淫邪的目光，脸上也没有色迷迷的微笑，而是一个胸有成竹的、居高临下的姿态，显得沉静，自然和志在必得。他装出来这个样子，是因为他料到眼前这个落难的女"盲流"是不敢违拗他的意思的，是不敢推托甚至反抗的。他觉得对这些不值钱的臭"盲流"们采取高傲、蔑视和专横的态度效果会更好些。所以他无所顾忌，尽管姑娘旁边有一个老娘，他也毫不在乎。他说："我来看看你！你晚上还没吃饭吧？"

"还没……"

"来，"他从兜里掏出一个纸包递给她："这是大队黄书记打的狍子肉。黄书记请我们吃饭，我偷着拿一块给你……"

"不用……"她嗫嚅着。

"拿着哇！"他近似命令地催促道。

她小心翼翼地接过来，两眼有些恐惧地看着他。

"吃吧！"

她打开纸包，狍子肉的香味儿扑进她的鼻腔。但她没有吃，她努力控制着自己的食欲。

"叫你吃你就吃！忘了吗？我白天在路上跟你说过，明天找机会我就偷着放了你。你吃点东西，走路好有劲儿……"

"你明天真的放了我？"

"真的！"

"你说话算话？"

"算话！"

"那行。"她打开纸包，拿起狍子肉，急切地咬了一口，没等细嚼就咽了下去。

"这就对了嘛。"这时，他靠上去，左手搭在她的肩膀上，右手解她的衣服扣子："把衣服脱了……"

"别介，不行。"她掰开他解扣子的手。

"怎么，你想明天就被遣送回去？"

"……"

他低声的但很严厉地说道："把手放开……"

她的手犹豫了一下，但还是放开了。

她的衣服被脱光，白白的身子袒露无遗。他也脱光了衣服，急切地扑上去，把她压在了身底下。待发泄完了，他还搂着她不松开。

他终于露出了他的流氓嘴脸。无论他说什么，她都没有回答。她现在除了流着眼泪以外，对她来说什么都不重要，重要的是那块狍子肉……她急切地、大口地吃着，待吃到只剩下一半的时候，她忽然想到娘还在饿肚子，她便把剩下那块儿留下来给娘吃。

卫东彪心满意足地走了。临走前，他鄙夷地看看她贪婪吃狍子肉的样子，讽刺地说：“像多少年没吃过肉似的，也不怕噎着……”他转过身去，自语道：“等着吧，看我明天怎么放你……嘻嘻嘻嘻……”

她目送着卫东彪出了门，长出了一口气，凑到娘身边，想把那块狍子肉给她吃。看到娘睡着了，她便没有叫。

其实娘并没有睡着。卫东彪和女儿说的话她都听到了，当卫东彪趴在女儿身上发泄兽欲的时候，她气恼、愤恨，想要上去把他从女儿的身上推下来，痛打他一顿！但她没有。正像卫东彪估计的那样，她们对势力者的惧怕、对自身低劣身份的顾忌以及对逃跑的希望像一根大铁钉子一样把她死死钉在地上，使她一动也不能动。她不但没有上去把那个人从女儿身上推下去，反而还假装睡着了，并且还发出了鼾声，以此来证明，她什么也没有听到，什么也没有看到，以此来消除女儿的尴尬和羞涩。

当女儿再次转过头来向她探望的时候，看到了她的眼泪正在向枕着的一个木块上流淌。

她一下子把脸贴在了娘的脸上：“娘，你没有睡……”她再也控制不住，“哇哇”大哭起来。

于是，两个屈辱的女人的眼泪流到了一起。

天亮后，大队通知这些“盲流”投奔谁家谁家就给来送吃的。老王头儿用一个盆端来几个窝窝头，几根萝卜咸菜条，一个带梁的烟熏火燎外壳漆黑的饭盒里边装着白菜汤送到家树母子面前。说：“吃饭吧。”看母子三人无心吃饭，劝解道：“人是铁饭是钢，不吃怎么行？吃吧！”他一边看着他们吃一边摇头叹息。

按着公社计划，这十几个“盲流”吃完早饭就送到公社，然后再由公社送到县里“收容遣送站”集中统一遣送回原籍。

看他们吃完了，老王头儿把母亲叫到一边说：“你过来，我跟你说件事……”

“大叔什么事，您说吧……”见他欲言又止很难开口的样子，家树娘催促道：“有什么事您老尽管说。”

老王头终于鼓起勇气说："你们就要被遣送回原籍了。回去了可怎么过呀？房子没有了，东西没有了，连个落脚的地方都没有，日子怎么过呀？"

这话触到了她的痛处，眼泪一下子流下来："没法活了。"

老王头问："你愿意留下来吗？"

"愿意呀，有什么办法能留下来？"

"办法是有，但我说了你可别恼……"

"您说吧。"

"大队规定，如果是光棍娶妻就可以留下，你若嫁给当地人就可以不走了……"

她低下头去不语。

见她没有马上拒绝，老王头儿进一步说："我家来顺就是长相丑一点，但人不坏，心眼好，你若能……"

她抬起头来打断他的话，很抱歉地说："您别说了，你们对我们母子有恩，说的也是好意，我很感激，但是不行。我的男人才死二十多天，尸骨未寒，我不能这么快就改嫁，让人背后耻笑……"

"我明白，我明白，不能坏了纲常老礼儿……"

老王很惋惜地拿着碗筷回去了。

他们当天被送往公社，并在公社的一个临时收容站里住了三天。因为县里的"收容遣送站"人满容纳不下，所以家树他们就在公社的收容站里留了下来。

公社收容站是供销社一个弃用的破仓库改建的。虽说是临时，也隔了几个单间，窗户上也安了铁栏杆。收容室破旧、阴暗、潮湿的地上铺散着稻草、谷草，那是先前被收容的人们铺睡过的。

家树母子被关进三号室，地上除铺有乱草外，墙角处还有一个马桶，马桶里还留有粪便。一进屋，地上爬着潮虫、蟑螂；雾气味、臭味刺鼻。不是监狱还不如监狱。

待家树他们进了屋，一个较瘦的看管人员"咣当"一声把门关上，上了锁。

家树从门上的探视孔向那个看管质问道："你们连以前的马桶都不倒，熏死人了，还拿我们当不当人看……"

"哟哟，你一个臭'盲流'，还把自己当人了。"瘦看管显得极度不屑，

“一个臭‘盲流’，还把自己当人了，你们这样的人连猪都不如……”

家树愤怒了：“不许侮辱人……”

瘦看管拿了一副手铐举在家树的眼前威胁道：“你再闹就把你铐在门框上吊一夜，看你还是不是个人。”收容所里没有手铐的，不知他从哪里弄了一副来。

母亲赶忙把家树拽到身后去。

就这样，他们在阴暗、潮湿、臭气熏天的三号室里度过了三天。当第三天早晨来到的时候，柳塘村与公社之间很近的山顶上传来了一个人的朗诵声。静谧的早晨使站在铁窗前的家树听得很清楚。这是柳直的朗诵。他每天早晨都站在山顶上朗诵，这成了柳塘的一道风景。他每天都在重复着朗诵他创作的一首诗，今天也不例外。于是他的诗句便按着惯例飞进了柳塘，也飞进了关着家树这帮“盲流”的公社收容站：

啊，你应该知道，
我爱我的父亲，也爱我的母亲，
是他们给了我生命。
是他们使我来到这个世界上，
有幸观赏到山河壮丽的景色，
品尝到五谷芳香，
体会到人间情义……

但同时，
我恨我的父亲，
也恨我的母亲，
是他们使我来到这个世界上，
让我受了多少白眼，多少嘲弄，
多少辱骂，多少殴打；
我本来是一个人的身躯，
每天却从狗洞子爬进爬出，
任人戏耍。
啊，

是他们使我受尽了人间的屈辱，
和那数不清的辛酸苦辣………

然而，我打你吗，
我骂你吗，
或者诅咒你，报复你吗？
不，不能，
我只能在心里默默地恨你、怨你，
却不能在行动上去伤害你，
因为你是我的父亲，
你是我的母亲哪！
啊……

听得出来，柳直所说的恨不是仇之恨，而是爱之恨。不是具体所指的恨，而是一种泛指意义上的恨。这是他复杂感情的抒发，也是他心意的一种表白和发泄。他大声地深情地朗诵着，动情处有些哽咽，以至于后来不能自已，嚎啕大哭。

按说，他朗诵这样容易被人误解的诗句是不能允许的。但很多人认为他有精神病，起码是精神不正常，也就不予追究。再说，对一个人批斗的次数多了也就见怪不怪了。

家树听到这句句滴血的诗句感同身受。他的喉咙火烧火燎般的难受。他的眼睛里渐渐地溢满了泪水，燃烧在胸膛里、喉咙中的火焰终于喷发出来。他紧握的拳头砸在窗子的铁栏杆上，像是接着柳直的诗句大声吼道："我谁也不恨，我恨我自己，我恨我自己！我不应生在这个世界上，我不应来到这个世界上！所以我恨我自己，我恨我自己……"

母亲惊愕地看着他，又心疼地呼唤他："孩子，你若恨就恨娘吧。娘把你生在这个世界上，除了吃苦就是受罪。没吃过一顿好饭，没穿过一件新衣服，娘连一块糖块都没给你买过呀，我的可怜的孩子，我的苦命的孩子呀……"

家树赶紧回过身去，"扑通"一声跪在母亲面前："娘，你快别说了。你千辛万苦把我们养大，感恩还来不及，怎么敢说恨字……"

母子三人抱头痛哭。

“哎呀，俺的娘啊——”

高一声低一声的喊叫声和呻吟声从隔壁的四号室传过来。

四号室关着的是母女俩。这母女俩就是在柳塘大队部被卫东彪有意安排在大队办公室边上的仓库里，并利用给狍子肉充饥，许诺可以偷着把她们母女放了等软硬兼施、连哄带骗的手段把女儿给奸污了的那对母女。那个卑鄙无耻的卫东彪把女儿骗奸后，并没有兑现把她们偷着放了的诺言，而是把她们母女和别的“盲流”一样送到公社的收容遣送站来了。

那位母亲已经病得很厉害。传过来的喊叫声让人听着揪心。

两室之间的隔墙是用草编泥抹的很薄的泥土墙。墙上已被以前关过的人挖了几个窟窿眼儿，作为互相观望、传递消息之用。

家树娘顺着一个窟窿眼向那屋观望。只见那屋的墙上用烧过的木棍写了几个较醒目的大字：我一定要杀了卫东彪！这几个大字一定是那个女儿写的。因为她正在那几个写过的大字上一遍一遍地描摹。之后，又在旁边写了另几个字：让雷劈了他！

家树娘又向那个年岁大的女人望去，不知她得了什么病，疼得满头大汗，在地上打滚儿，她抓自己的头发，撕衣服都不能减轻她的疼痛。她的一只手在墙上抓、挠。墙抹得不平，露着尖硬的沙砾和草尖，她的手很快就磨出了血。然而她已经不知道疼，还是使劲地抓着、挠着。于是，那墙上便留下了一道一道的血手印，她的几个手指都流淌下了鲜血……

“娘啊……”

女儿撕心裂肺地喊着娘，并使劲把娘搂在怀里，扳她的胳膊，抓她的手，想稳住她。

母亲被稳住了。然而时间不长，疼劲又上来了，不但又挠墙，还往墙上撞头。

女儿急得嚎啕大哭。

家树娘把目光从窟窿那收回来，眼里含着同情的泪水。她长叹了一声，说：“病得这么厉害，也没个人管，这不等死吗？”

家树说：“收容站应当管！”

娘说："傻孩子，收容站管？这么早，上哪找人去？"

"他们不是有值班的吗？"

"值班的睡得正香，他会起来吗？"

"人都快死了，他睡觉也应该起来！"

"你真是孩子话。你不要忘了，咱们是'盲流'哇，一个'盲流'的死活，谁会上心？"

"不行，那也得招呼他们，让他们想办法……"

娘支持地说："那就试试吧。"

家树就对着门外喊："值班的看管人，醒醒啊，快过来看看吧，四号屋要死人啦……"

喊了几声，值班室没有动静，家树就提了声音，并用手使劲地擂门："四号要死人了，快来看看吧……"

与此同时，与四号连着的五号室也使劲的敲门，并且很策略地喊道："跑人喽，跑人喽……"

激烈的敲门声和喊叫声终于把值班的瘦看管唤起来了，他哈欠连天十分恼怒地说道："敲什么喊什么，你们作死啊？！"

家树说："四号那个人病得厉害呀……"

看守说："又是你，就你事多！有点病怕什么？咋呼什么？"

家树说："你快去看看吧，人都快死了，应该抢救哇……"

看守说："抢救？说得轻巧。这里是哪？这里是收容站，不是医院。一个'盲流'还抢救？简直是笑话。有什么大惊小怪的？抢救？哼，还真把自己当回事啦……"

"你怎么这样说话，怎么一点同情心都没有？"

"同情心，同情谁，同情你们这些'盲流'？想的倒美……"

瘦看管嘴里这样说着，但他还是打开了四号室门上小窗口的锁头，刚一打开窗门，一股臭气从窗口涌出，他赶忙捂住鼻子。他看到十分潮湿的地上女儿抱着母亲在哭，母亲的手指流着血，脸上也划拉了血迹，墙上和地上都是血，她的裤子和上衣都浸沾着屎尿，十分污秽、肮脏。母亲疼痛不止地颤抖着，吼叫着，挣扎着。其情景惨不忍睹。

"哎，"想不到个瘦看管也动了恻隐之心，一声长叹，说："等着吧，我请示一下站长，站长若批准，就送她去医院打一针。”

家树娘冲着隔壁喊道：“同志啊，你行行好，快点送她去医院吧……”

瘦看管不耐烦地说了声：“等着吧。”就到办公室给站长打电话。

他拨了半天，电话总算接通了。

“站长吗？有个‘盲流’病得厉害，有生命危险，要求到医院去抢救一下，行不行？”

电话里传来对方的声音：“抢救？这么早，医院都没上班呢，找谁去抢救？等等再说……”

瘦看管说：“医院里有值夜班的大夫……”

电话那边传来了不耐烦的声音：“我说你这个人怎么这么不长脑筋，你以为我不知道有值班的吗？我是叫你搪塞一下就完了……”

“我是看确实有生命危险，挺可怜的……”

电话那边传来嘲讽的声音：“挺可怜的？那好哇，你既然可怜她，你就去给她治。不过，治疗费你拿，你若能拿治疗费，你就去医院给她治疗……”

“我哪有钱给她拿……”

“那不就得了……”

“那……咱们不是有点经费吗？”

“那什么那，挺着吧！八点钟以后再说。八点以后，县里可能来把她们拉走。上了车，咱就不用管了……”

瘦看管放下电话，又来到了四号室门前。他从门上小窗口对里边说道：“别叫唤了，先挺挺，现在医院没上班，八点以后再说……”

姑娘说：“挺到八点，怎么挺啊？”

瘦看管说：“这样吧，我这有止痛片，先吃几片顶一顶。等着，我去给你拿……”

他回到办公室，从抽屉里拿了几片止痛片，又拿杯倒了点水，从窗口递进去。

姑娘把药片和水接过去给母亲喝，然而母亲已处于昏迷状态。她浑身抽搐，眼睛翻白。

家树从窟窿眼望过去，他看到母女的情景，听到了瘦看管的话，十分的气愤，说："医院能没有值班的吗？他们这是把我们'盲流'不当人！"

娘说："唉，谁让我们是'盲流'呢……"

那个沙哑的、悲伤的声音又传过来："娘啊，娘啊……"

03 落脚

公社收容站里，办公室的电话铃响起来。瘦看管拿起耳机接电话："喂，我是公社收容站，你是哪？噢，县收容遣送站哪，啊，你说什么？明天上午把我们公社的'盲流'送到县里去，当天晚上就上火车……啊，知道了，好，好，误不了，明天上午一定送到……"

瘦看管打电话的声音挺大，家树母子听得很清楚。母亲叹了口气，她的呼吸明显加快，心里在激烈地翻腾。她思索了一阵，下定决心似的对站在窗前向外凝望的家树说："家树，娘跟你商量个事。"

家树回过头来说："娘，什么事儿？"

"方才那个瘦看管打电话你们都听到了吧？明天上午就要把咱们送到县里，遣回山东老家去了，这可怎么办哪？"她看家树不能回答，接着说："昨天晚上你王爷爷给咱送饭时对我说，如果我能嫁给柳塘的人，咱们就能留下来……"娘看了一下两个在认真听的孩子，又接着说："你王爷爷当时跟我说的意思是让我嫁给他儿子王来顺，我当时没有答应。我现在想来想去，还是先答应嫁给王来顺，先落下脚，你们看行不行……"

家树感到很意外，他皱起眉头，说："什么，嫁给王来顺，嫁给那个黑猩猩？不行，不行，绝对不行，不能嫁给他！"

家林也着急地说："不行不行，不能嫁给他！他是一个丑八怪……"

母亲抚摸着家林的脸，叹了口气说："唉，孩子，你以为娘愿意嫁给他吗，你以为这样做娘的心里好受吗？"说着，她的眼里就含了泪水，"可是，不这样做，我们无路可走哇！"她的脸上显出十分的凄苦和无奈，"我们往黑龙江去信打听你舅老爷的消息一点也没有，就是有，也解决不了燃眉之急呀！明天我们就要被送到县里，晚上我们就要被送上火车遣送回山东老家。老家的房子我们处理了，没有住的地方了，东西也都处理了，没有一粒米，没有一捆柴，我们吃什么，喝什么？再说，你们的爹是扫四旧被批斗打死的，我们又是偷着跑出来的，在这种情况下，我们被遣送回村，还不更被歧视，日子怎么过，还不更是雪上加霜……”她虽然极力地控制，但还是抽抽搭搭地哭起来。

家树为母亲擦眼泪，安慰着说：“我也知道无路可走，可是，我总感到，嫁给那个王来顺，太委屈你了……”

“认命吧。”娘说：“再说了，王来顺虽然是丑了点，但人不坏，心眼好，跟了他，以后对咱们娘们也错不了。你们若是同意，今天晚上之前务必把我愿意嫁给王来顺这件事想办法告诉你王爷爷，叫你王爷爷想办法把咱们接回去……”

家树的心里很不是滋味，但面对现实，他又能有什么办法呢？他不再说什么，他只能对母亲的决定表示默认。

晚饭开得早，五点钟时伙夫就把每人一个窝窝头，一碗萝卜条汤从探视窗口递给家树母子三人。

若想出去给老王头儿送信，现在是最好的机会。家树从伙夫手中接过窝头和菜汤的时候，对伙夫说：“大爷，我们想求您一件事……”

伙夫五十来岁，朴实、善良，对“盲流”们的遭遇很有同情心。他看着家树虽然疲惫，但年轻漂亮的脸，特别是那对深沉向他求助的眼神，他就对这个年轻人从心里感到喜欢。他和气地问：“什么事？”

母亲凑上前说：“我叫刘美娥，求您一件事。”她见伙夫在听，就接着说：“柳塘的王来顺认识吧？”

伙夫说：“认识。”

母亲说：“他爹是我舅舅，我们有一件要紧的事在走之前要告诉我舅舅，求您下班时去告诉他一声，让他来收容站和我们见一面。你无论如何也要告诉我舅舅，叫他来一趟……你行行好，我舅舅他们和我都不会忘了你的大恩大德……”

“行，行，不就是告诉老王头儿来见你们一面吗，这事很简单，正好我的家在柳塘，下班我顺便去告诉一声就是了……”

“这位大哥，”母亲补充道，“你见了我舅舅你就说，他跟我说的那件事我同意。”

“不用说是什么事？”

“不用，你这样说他就知道了。”

“好，放心，我一定告诉他。”

老王头儿接到伙夫的口信喜出望外，因为事情紧急，他最迟也要在明天早饭之前把他们母子接回来，否则就来不及了。他匆忙把饭吃完，放下饭碗，顾不得收拾桌子，火速赶往大队办公室去找书记黄占奎开介绍信。

老王头儿见了黄占奎，说："黄书记，我想开个介绍信。"

黄占奎摆架子摆惯了，对社员们很少有笑容，他对眼前跟他说话的这个德高望重的老王头儿虽然也敬重，但表情还是很严肃："开介绍信干什么？"

"你知道，来顺眼看快四十岁了，还在打光棍。这不，咱们村光棍多，找不到合适的，别人就在老家给介绍了一个……"

"谁呀？"

"叫刘美娥，现在公社收容站，当成'盲流'收容了。我想开个介绍信，把她领回来。"

"你说的是那个领着两个孩子，长得很秀气的那个女人？"黄占奎的记性很好，他立刻想起他打狍子时在山路上见过，在大队拘押时也看过的那个印象颇佳的妇女。他沉吟了一下，很爽快地说："好啊，好啊，这个我见过，我看行。来顺是该成个家了。"他转头向一个人喊道："马会计，给老王头儿开张介绍信。"然后竟破例地和老王头儿说起笑谈："办喜事的时候，别忘了通知我们一声去喝喜酒啊……"

"一定一定，黄书记肯来，那是赏光啊！"

这时，卫东彪眨着淫邪的眼睛凑近老王头儿说："哈哈，老王头儿，这下好了，你儿子娶媳妇，你的问题也解决了。你和你儿子爷俩可以共同用一个，啊，你给你儿子拉拉帮套，都解决了……哈哈哈哈……"

老王头立刻沉下脸来，非常蔑视地看着他，说："你放屁！说这话你真下贱！只有地痞流氓才能说出你这样的话！"

"哎，老王头儿，跟你开个玩笑何必急眼？"

"开什么玩笑？我比你爹年龄都大，开什么玩笑？再说，咱们之间也从来没开过玩笑，这样的玩笑还是回去和你爹开吧。"

"你……"卫东彪攥起拳头，龇牙咧嘴地向老王头示横。

"怎么，你还想动武？来，别看我六十多岁，你还不一定能行……"

黄占奎见状喝住卫东彪："卫东彪，你要干什么，没老没少，像什么样？快贴标语去！”

老王头儿愤愤地看着卫东彪离去。

人逢喜事精神爽。老王头儿四点多钟就把早饭做好了。他做了五个人的饭菜，他要把家树母子三人接回家来吃早饭。这件事他虽然没和儿子来顺商量过，但他相信儿子从林场回来听到刘美娥同意嫁给他的事情一定会很高兴地接受。儿子来顺昨天和队里会计到林场联系植树造林的副业去了，今天回来，待他回来看到刘美娥即将成为他们家的成员一定会有一个惊喜。他听伙夫说家林病了，发烧、咳嗽，就推了一辆独轮车向公社的收容站赶去了。

柳塘距公社收容站不远，三里来地，他很快就赶到了。他来得早，收容站还没上班，大门未开，他就把独轮车停在大门口，掏出烟袋坐在车上抽烟。他抽了好几袋烟，等人的滋味是枯燥烦闷的，但他高兴，他不时地自己对自己笑一笑。

等了大概有一个多小时，才看到伙夫来做饭了。老王头笑着迎上去：“来啦？”

“来啦。你来的这么早，是来与你外甥女见面的吧？等着，我给你叫门。”

伙夫连拍门带高声地叫了一阵门后，瘦看管打着哈欠从值班室出来开了大门。

老王头认识这个瘦看管，他姓费，就上前说：“费同志，我来领个人，她叫刘美娥……”

“领人？这里都是‘盲流’，你上这领什么人？”

“她不是‘盲流’，抓错了。”他赶忙把介绍信递上去，“你看，这有介绍信……”

姓费的瘦看管疑惑地接过介绍信认真地看了起来，介绍信上写道：

公社收容站：

贵站收容的刘美娥母子三人不是盲流，错被当成盲流抓起来了。刘美娥是来我大队与王来顺结婚的。经审查符合有关政策，特派人去领，望贵所准予放回为盼。

革命敬礼！

柳塘大队党支部管委会

一九七五年四月十日

瘦看管把介绍信看了一遍又一遍，他又审视了一眼老王头儿说："等着吧，我做不了主，等我请示完站长以后再说。"

等到了七点钟，瘦看管才给收容站长打电话请示，站长接电话后向柳塘书记黄占奎进行了核实，然后又向公社主管领导作了汇报，这才同意放人。

家树母子三人从三号收押室放出来，在办公室外看到了老王头儿，都激动得热泪盈眶。母亲迎上去感激万分地不知说什么好："大爷，您来了……"家林晃晃悠悠地扑上去："爷爷……"家树也上前感激地叫："爷爷……"

老王头儿看到娘仨被囚困得不像样子，心疼地说："走，快回家吧。"他把独轮车推过来，把他们几个的破行囊卷放到车上一边，指着另一边对家树说："把家林放到车上，我推着他……"待家林坐好，他们就上路了。

老王头儿推着车在前面走，母亲在后面跟着。在出院门的时候，家树站住了。

家树神情庄重地回头向住过的三号室，向整个收容站凝望。这里有他的屈辱，有他的痛苦，有他的辛酸。但他没有马上离开的喜悦，没有尽快逃离的快感，他似乎像带着一种留恋的心情向这里告别。

瘦看管见状不解地向他叫道："还不快走，看什么？"

家树没有看他，而是自己一笑，沉稳而有力地说："你不懂？"然后很感慨很激动地自言自语："法国大文豪巴尔扎克说过，苦难是人生最好的老师。苦难能使人更好地感悟人生，更好地体会和理解生活。它能磨砺人的意志，启迪人的智慧，增强人的信念。所以我感谢这里，我会永远记住这里！"说完，他深深地向收容室鞠了一躬，然后转身大步向院外走去。

瘦看管听着，懵懵懂懂，不得要领，却扑哧一笑，说："精神病！"

老王头儿把家树母子三人接回家，喜悦之情溢于言表。

他说："家树，水壶里有热水，你们娘仨洗脸、洗脚。把衣服都脱了，拿到院子里去拍一拍，去去土气、霉气，我收拾完桌子，咱们就吃饭……"

时间不长，饭菜端上桌，四个人坐在一起吃饭。

吃完饭，家树走到外屋地和收拾碗筷的娘说："娘，我想到公社收容站去看一看。"

娘问："看什么？"

家树说："八点多钟那些'盲流'就要被送去县里了，我想看看四号屋那娘俩送走没有。"

娘说："你看与不看能有啥用？"

家树说："我知道没啥作用，可我就是心里放不下，总惦记着……"

娘说："娘知道你是不忍心，不看个究竟心里总悬着。咳，娘理解你，你去吧。不过，不要招惹是非，早点回来，省得娘惦记着……"

家树说："放心吧，我看看就回来。"

家树来到公社收容站，老远就看到收容站门前停着一台大板车。几个"盲流"被工作人员像驱赶牲口似的往汽车上驱赶，几个年纪大的和年纪小的，还有两个腿脚不灵便的被工作人员扔麻袋一样的扔上车。时间不长，三十多个"盲流"就被推上了车。

家树看到，四号室那个母亲被抬出来了，后边跟着她的女儿。母亲已经不再喊叫，也不再乱挠、撞头，她已经意识不清，几近昏迷，偶尔哼哼两声，或呻吟一下，叫人感到她还活着。女儿已筋疲力尽，状若呆傻。女儿被先推上车坐下，然后母亲被上拽下推弄上去放在女儿的怀里……

他见此情景，心里很不好受。他几次想去上去质问一下收容站的工作人员。她都病成这样了，你们还怎么忍心这样对待她？她能熬到家吗？她死在路上怎么办……

然而他终于克制住了自己，他知道自己上去质问毫无用处。他的眼泪含在了眼圈里，无奈地看着汽车启动，逐渐远去。

他低头憋闷的往回走。他为那个病"盲流"死在路上怎么办而揪心难过。他摇头叹息，不能自已。

家树拐过山头的时候，看到了背着背筐坐在路边歇气的胡二扯。他走上前去打招呼。

"你是胡二叔？"

"是呀。你是到王队长家投亲的那个大孩子吧？"

"是。"家树因为胡二扯没有叫他"盲流"而是说投亲的大孩子而感激他，对他产生好感，"你这是？"

“一个亲戚家里吃的不够了，我给他送去一筐土豆子……啊，你怎么了？哭了？”

“嗯……”

“不好说？”

“也没啥。我方才去看了一个老‘盲流’被遣送回去。她病得很厉害，女儿又弱，我是担心她死在半路上，叫天天不应，叫地地不灵……看着那个可怜的情景，真的叫人揪心……”

“噢，好，你是在为病危无助的人而忧伤！好，侠骨柔情，忠肝义胆！”他认真端详了家树老半天，十分肯定地说：“你小伙子人长得英俊，又有同情怜悯之心，是个好样的……我看你将来一定有出息……”

“你太夸奖了……”

“不，你的面相很有福气，你鼻直眼亮，耳垂眉刚，不是平常俗气之人。咱们爷们初次见面之时，我就对你的印象不错。将来发达的时候别忘了叫二叔我借点光……”不等家树回答，他接着说，“二叔我不会看错了，努力吧，将来有出息，做个上等人……”

家树对他一笑：“二叔，你可别扯了，我一个臭‘盲流’……”

“你笑什么？”胡二扯很正经地说，“你不信是不是？你别不信二叔的话。自古以来，人跟人可不一样，人分好几等，有当官的坐轿的，有逃荒的要饭的。你别看你现在是落难之时，那是暂时的。人嘛，三穷三富过到老。古语说，将相本无种，男儿当自强！朱元璋从小讨饭当和尚，以后却当了皇帝。只要努力发愤，下等人可以变成上等人……”

家树听罢，心里很不平静，他家的遭遇和那对母女的遭遇强烈冲击着他，他激奋地仰天长啸：我向苍天发誓，我一定奋发努力，找回人的尊严！他双手高高举起，为他的高喊助威。然后，他搬起一块大石头向山坡下扔去。石头滚进山沟里，以前见过的那只山鹰又腾空而起在头上盘旋。

家树向它大喊：“我发过的誓言，你可以作证！”

他努力地控制自己的情绪，但一滴泪水还是流下来。

王来顺从林场回来，见家树母子三人回来了，既意外又高兴，说：“你们回来了，怎么回来的？啊，是不是，怎么回来的？”

老王头说：“是我把他们接回来的。”他不易察觉地拽了一下王来顺的衣襟，到院子里对他说：“她同意嫁给你，我就找黄占奎开了介绍信，从收容站把他们接回来了。她愿意嫁给你，你同意不？”

王来顺大感意外，简直不相信这是真的。但说话的人是他的父亲，知道这不是开玩笑，赶紧说：“同意！同意！”他真是惊喜万分，“同意，完全同意，所以是，哪能不同意，是不是？”

爷俩重新进屋后，王来顺再见到刘美娥就显得有点不大自然，说话之中的所以是，是不是就更多了。“所以是，你们在这住就安心地住，该吃就吃，该喝就喝，是不是，待会儿我召开生产队队委会，主要研究组织人力到林场去搞造林副业，给社员们增加点收入。再一个顺便研究一下你们入队的事，把收留你们加入我们柳塘第二生产队的事正式定下来，所以是，是不是……爹，一会儿你就带着家林去打一针，拿点药，小孩子有病打针好得快，是不是……”他很高兴地说着，还亲切地摸了一下家林的头，像特意对家林问，“是不是？”

家林抬头看着他，对他的热情不置可否。

王来顺十分高兴地到金副队长家去，他要把家树母子三人入队的事和金副队长商量一下。虽然他知道对于他们母子三人在他们队落户的事他一定会同意，因为他们俩的关系好，况且又是解决他婚姻的大事。但无论从工作关系上和程序上他都应该事先跟他沟通一下，求得他的理解和支持。

金副队长是朝鲜族人。三年前，由于这个队开垦了几垧水田，缺少种水稻的技术人员，他是从一个朝鲜族人聚居的村子作为技术人员被招聘过来的。他三十岁，身强体壮，面目沉静，两眼看人很和善。他指导汉族社员们翻地耙地，育苗插秧，灌水看水和日常管理等技术活。他尽心尽力，认真负责，水稻的收成不错。他又善于团结人，和大家和睦相处，来后的第二年就被选为了副队长，他被聘请的期限为两年，但由于和这个队的社员们相处得挺融洽，两年期满后就不回去了，永久留了下来。由于长年和汉族人在一起劳动和生活，他的汉语很好，外来新接触的人还都以为他是汉族人。他虽然说话和外表像汉族人，但家里的房屋、摆设和日常的生活习惯仍然保持着明显的朝鲜族风情。

他的家在村西道下坡。房子是典型的顶盖四面有坡，坡下接长檐，檐下有长廊的朝鲜族民居。开门进屋，是一铺满屋的大炕，炕一头安着两口铁盖锅，盆、勺、碗、筷之类放在锅边靠墙的一个碗架柜里。除了锅边有一处空地放柴、煤燃料和女主人便于架火烧柴之外，全屋都是一铺大炕，不像汉族屋子有炕有地，所以一进屋就要脱鞋上炕，坐在炕上或唠嗑或吃饭。

王来顺来到金副队长家就在门外喊："金队长在家吗？"

金副队长推开门，探出头来说："是王队长啊，快来进屋！"

他随金队长进了屋，把鞋脱在门槛底下的踏板上。他看到金队长的媳妇正在做饭，铁锅上腾腾的冒着热气，便有一股强烈的酱牡蛎汤味钻入他的鼻孔。酱牡蛎汤是朝鲜族一种特有的饮食品种，用黄酱放些土豆块或白菜、萝卜条做成。经济状况好一点的人，也可以放一些肉、豆腐之类的东西。酱牡蛎汤因为是臭酱做成的，那股味道，不习惯的人感到很难闻，闻习惯了就不感到难闻，并且感到很好吃。

王来顺和金队长面对面地坐下来，他抬头看到屋墙上挂着的用稻草网兜着的几个酱块子，笑着对金队长的媳妇说："小朴哇，你明年也给我们家做几个大酱块子……"

"行啊，你也愿意吃？"她笑着说。

"愿意吃。像汉族的臭豆腐似的，闻着臭，吃着香……"

"行，我一定给你做。不过，这酱汤谁给你熬啊？赶快给我们找个嫂子吧……"

王来顺嘿嘿笑了两声，说："今天我就是为这件事来的，我想和金队长商量商量……"

金队长很感兴趣地笑着说："我说你今天来不光是为了几块大酱块子嘛，有谱啦？说吧，让我做什么事儿？"

"我想和你研究一下。那天我不是从大草甸子领回来母子三个人吗，那个女的你也看到了，她同意嫁给我，她若跟我结婚，就要落在咱们队……"

"行啊，好事呀，那研究什么……"

生产队部实际上也是饲养所。十多间连脊的草房子，一排槽子后面拴着几匹马，对面一排槽子拴着二十几头役牛。而散放的非役牛在院子里散圈着。房一头的屋子既是饲养员的工作住室，同时也是生产队的队部。几个队委有的坐在炕上，有的坐在地下的凳子上在开会。屋子里的旱烟味、牛马棚里传过来的牛马粪味使屋里很浑浊，很呛。

会议已接近尾声。王来顺作总结：“大家若没有其他意见，咱们就这么定：第一，组织二十名壮劳力到林场去栽树，去林场住半个月，自己带吃的，带行李，由金队长带队，会计也去；第二啊，所以是，剩下的劳力开始做春耕前的准备，送粪、刨茬子，水田地的灌水渠道也该维修了，是不是，啊，所以是由我负责；关于今年的生产问题我要特别多讲几句。副业生产，包括到林场栽树副业在内收入要达到十万元；粮食生产，旱田八十垧，苞米、黄豆和其他杂粮平均垧产四千斤，扣除农业税和各项支出，三十二万斤粮食收入要达到三万两千元，水田十垧，产八万斤，收入一万四千元，这三项总收入要达到十四万六千元，争取达到十五万元。全队六十七户一百多个劳动力，全年总工分按四十万分计算，扣去三项提留，每十分工预计达到两元钱，比去年增加五毛钱，啊，所以是，如果我没算错的，就应该是这个数……”说起生产来，他的语言是很流利的，并且很得意地看了看大伙。

一个队委附和着说：“我看问题不大。去年咱们队的分值在全公社最高的，今年也错不了。去年咱们队十分一元五角，有的队才两三毛钱……”

一个队委接着说：“有一个队十分工才八分钱，正好够买一张邮票……”

另一个队委当笑话似的说：“那还不错呢，不管咋的，多少还开了支，有的队不但不开一个子儿，反而还往回倒找钱，挣的工分越多，往回找的越多，成了笑话了……”

“所以是，”王来顺把话接过去，“咱们得好好抓生产！咱们队委的几个爷们也好、哥们也好，要齐心协力抓。生产若是抓不上去，说什么都是白扯……第三，关于刘美娥母子三口入队的问题，大家都同意，咱们队就收下了，咱们就这么决定了，所以是，王家树这次就跟着大伙去林场栽树，是不是……”

一个人打趣地说：“同意是同意，但是你得请大伙喝喜酒。你不能只顾自己偷偷地搂着媳妇睡觉，把大伙都晾起来……”

又一个人打趣儿说：“对，王队长你必须请大伙喝喜酒，你不但娶了个媳妇，连儿子都有了，上哪找这样的好事去……”

大伙都“对，对”地起哄，气氛和谐而热烈。

王来顺自然是喜形于色，连忙说：“一定请，一定请，我到山西整杏花村给大家喝，不，我到贵州去弄茅台给大伙喝，行不行，啊？哈哈哈哈哈……”这回他说得很顺溜，第一次没有夹带“所以是，是不是”这几个字。

正当要散会的时候，卫东彪来了，他带来了大队黄书记的口信。

他说：“王队长，你们不能光抓生产不抓革命。过些日子，大队要召开大会，批判唯生产力论……”

王来顺说：“生产队，生产队，生产队就得抓生产，不抓生产还叫生产队？是不是……”

“那也不能光抓生产不抓革命。”

“卫连长，我们农民只知道种地，不懂什么叫唯生产力论，也不知道怎么批。现在的副业生产，粮食生产都到了该抓的季节，卫连长，可耽误不得呀，是不是……”

“反正我把信给你捎到了。到时候你们没有参加，没有发言，后果你们自己承担。”

王来顺平时就瞧不起他，听他有威胁的口气，根本就不买他的账，应付着说：“到时候再说吧，散会！”

04 婚事

听说王来顺找了媳妇，就要结束光棍生活，乡亲们都很高兴。左邻右舍都以串门为由来瞧看即将过门的新媳妇，都对王氏父子表示祝贺。

王家父子人缘好。左院的李大娘、右院的张大婶刚走，住在外屯的七大姑八大姨们就来了。她们不光是来看媳妇，更重要的是来帮助操办婚事的。

王来顺七十来岁很和善的大姨拉住美娥的手啧啧称赞：“长得真俊！”她左瞅右瞅，上下打量：“把柳塘的姑娘媳妇全都比下去。多大了？”

刘美娥不好意思地低下头去：“三十八了。”

二姨说：“听说你高中毕业？”

“是。”

“你人长得好，又有文化，王来顺这小子真有福气……你嫁给他不觉得委屈？”不等回答又说：“来顺人是丑了点，但心眼好，结了婚不会亏待你们母子，他若对你母子不好，看我不收拾他……”

小姨说：“他不敢！娶了这么个好媳妇，他爱还爱不过来呢，还不是含在嘴里怕化了，捧在手上怕摔着……”

“哈哈哈哈，嘻嘻嘻嘻……”

大家欢笑一堂。

嘻嘻哈哈说笑一阵后，大姑说：“现在咱们说正事吧。来顺不在，他不在不要紧，有他爹和咱们在场，咱们怎么商量就怎么定，你们看行不行……”

二姑说：“我看行。来顺妈不在了，咱们可以做主。”她面向刘美娥说：“美娥，你先说说，你嫁给来顺，有什么条件，有什么要求，你尽管提，只要我们能做到的，都尽量满足你，你说吧，别客气……”

“你说，你说……”大家七嘴八舌地让刘美娥提要求。

刘美娥抬起头来，很感激地对她们说：“谢谢各位姑、姨，我什么要求也没有，什么条件也没有。一不要钱，二不要物，什么也不要。在我们母子走投无路最困难的时候，是来顺大哥和王大爷收留了我们母子，救了我们，这个大恩大德，深情厚谊比什么都重要，是多少钱多少东西都买不来换不来的，这就足够了……”说着说着眼圈就红了。

大姑说：“孩子，你真是个知情知义的人。但不管怎么说，你结一回婚总不能让你太委屈，太寒酸……”

大姨说：“对呀，怎么也得给些钱，你自己留着也好，给你娘家寄点也行。另外怎么也得给你做两套新衣服、新被褥；两个孩子的衣服也要从里到外换一换……”

二姑、二姨、小姨也都附和着说：“是呀，他们王家总要拿一些，我们这些当姑当姨的也要凑一些……”

大姑说：“还有，美娥虽然是二婚，但来顺是头婚，怎么也得摆几桌酒席，热闹热闹。我看咱们把日子定下来吧。”

老王头儿一直没吱声，这时他很高兴地插嘴说：“是要摆几桌，是要摆几桌。自从来顺他妈死后，我们爷俩日子过得冷冷清清，家不像个家，现在美娥和两个孩子来了，添人进口，像个家了，大喜事吗，哪能不摆几桌……”

大姑说：“那就把日子定了吧。”

二姑说：“过了五一吧，五月二号怎么样？是双日子……”

这时，刘美娥说："大爷，姑、姨，我不要钱，不要物，什么要求也没有。但是，我有一个条件你们要答应我……"

大姑："你说。"

美娥说："我丈夫死后不到十天我们出来的，从他死至今不到一个月。我想，和来顺大哥订婚我同意，但结婚的日子得往后拖……"

"那你说喜事什么时候办？"

"按说，我应该为他守节最少三年。不守三年也要等一年他坟上的土干了。现在对我们娘们来说虽然说是特殊时期，但也要等半年，最少也要三个月，请各位长辈能体谅我，答应我……"

大姑沉思了片刻，说："我看行，不就再等两三个月吗。到七月时选个日子办喜事。十几二十年都等了，还差这两三个月吗？再说了，为亡夫守守节也是妇人之道，说明美娥这孩子有情有义，我很赞成……"

大姨说："美娥说得有道理，该讲的老礼还得要讲，不差这两三个月……"

大家都说"行"。

二姑问老王头："哥，你说呢？"

老王头恨不得明天就让儿子成亲，但他又不好违背美娥的意愿强求，也就顺着大家的话音儿说："行啊，行啊。"

大姑很权威地说："行是行啊，可有一条要说清楚，今天咱们就算正式订婚了，我就是媒人，在七月份结婚之前，虽然没办喜事，美娥娘三个就吃在这里，住在这里，就像一家人一样，就是一家了，美娥你说行不行？"

"行，谢谢大姑！"

大姑比老王头儿年龄大。问老王头儿："这样行吧？你们爷俩要好好对待人家，若对人家不好，姐可不饶你……"

小姨，也就是老王头儿的小姨子和老王头儿开起了玩笑："那就打得他趴在地上找不到牙，支起耳朵学狗叫……"

嘻嘻嘻嘻，哈哈哈哈……

又引起一阵欢笑声。

笑过之后，大姑很庄重地说："来顺他爹，把你准备的彩礼钱给美娥吧，美娥爹妈不在，就直接给美娥吧。"

"行啊，"老王头早有准备，从兜里掏出一个红纸包交给大姑："这是二百元钱，别嫌少。”

大姑接过转递给美娥：“多少是一点心意，拿着！”

美娥推脱说：“不要……”

小姑说：“不要不行，这是定亲的规矩。聘礼嘛，哪有不要的道理。你若是不要，是不是还留有反悔的余地呀？”

大姑补充说：“拿着吧，这可不是客气的事儿……”

美娥只好接过来。

她自从答应嫁给王来顺，就不可能存在反悔的问题了。她对于姑、姨们的热情友善的话，表面上很感谢，都能接受，但在内心深处，却别有一番滋味在心头的。

七大姑八大姨走了以后，第二天，她对老王头儿说：“大爷，我想今天领着孩子去给她爹烧三七，你看行不行？”

老王头爽快地说：“怎么不行，行啊……”

“你不介意？”

“不介意，这是人之常情，应该的，介意什么？去吧，去吧……”

她领着俩孩子来到了野外的山坡上，找了一个窝风向阳的地方，把枯草烂叶打扫了一下，开始烧纸。她遥向山东老家方向跪拜道：“孩子她爹，今天我和两个孩子来给你烧三七……”她让家树家林也跪下，她说：“今天不光是来给你烧三七，同时，我也是来告诉你，我要改嫁了……”

她本不相信有鬼魂，她不相信烧纸钱死去的人能收到，说的话能听到，她和她死去的前夫都不迷信，她心知肚明，烧纸祭奠只是寄托一下哀思而已。她记得那年她和前夫在清明节为故去的老人上坟烧纸，回家后，前夫还写了一首诗——家家祭奠过清明，阳世阴间祝太平。百万纸钱年年寄，笑问可曾成富翁？以此来表示善意的调侃。她今天来给前夫烧三七，原来只是想按着老规矩，祭奠一下。但当真的把纸烧上，跪下遥拜的时候，便悲从中来，特别是当说道“我来告诉你，我要改嫁了，我已经答应嫁给王来顺，我对不起你，我别无选择，请你原谅我吧……”时，百感交集，眼泪夺眶而出，以至边说边大哭了起来。

家林家树都难过地扑向她：“娘……”

母子三人便抱在一起哭泣。哭了一会儿，她抬起头来，向着远方说道：“孩子他爹，你若在阴间有知，你就保佑我们母子平安吧……”

一张没有燃尽的黄烧纸随风飘向天空，它像有灵性似的，带着她的祷告，向远方飘去，越飘越远……

柳直的家在村子的最东头，两间草房，在西山墙处又接了一间主房不主房偏厦不偏厦的屋子，柳直就住在这间屋子里。屋子的土墙用报纸糊过，地也打扫得很干净。地上有一张旧的桌子和一把椅子，桌上摆着几本书和笔墨纸张之类的东西。

柳直起得早。他洗了把脸，还用木梳梳了头。他现在虽然头发很长，仍然有些蓬乱，但已经不垢面。他坐在桌前翻看相册。他一张一张地翻看，眼光停留在一张较大的照片上。这是他在县里读高中时的一张毕业照，照片中的人有一个就是董淑琴。她面目秀丽，皮肤白皙，头上扎两个羊角辫，显得朝气勃勃又文质彬彬。他和她都偏爱文学，是同学也是诗友。照片上的她在向他甜甜地微笑。他拿起照片亲了一口，陷入回忆。往事不堪回首，他合上相册，然后又打开……

在他的房前有一个院子，出了院子就是通往山上的羊肠小道。每天早晨，柳直就是顺着这条小道上山去朗诵他的诗作。这天早晨，我们又听到了柳直的朗诵：

啊，
我爱我的父亲，也爱我的母亲，
是他们给了我生命。
是他们使我来到这个世界上，
有幸观赏到山河壮丽的景色，
品尝到五谷芳香，
体会到人间情义……

但同时，
我恨我的父亲，
也恨我的母亲，
是他们使我来到这个世界上，
让我受了多少白眼，多少嘲弄，
多少辱骂，多少殴打；
我本来是一个人的身躯，

每天却从狗洞子爬进爬出，
任人戏耍。
啊，
是他们使我受尽了人间的屈辱，
和那数不清的辛酸苦辣……

然而，我打你吗，
我骂你吗，
或者诅咒你，报复你吗?
不，不能，
我只能在心里默默地恨你、怨你，
却不能在行动上去伤害你，
因为你是我的父亲，
你是我的母亲哪……

他的母亲双手颤抖着扶着院障子向他那边张望，远远地听着他的朗诵。她的心里十分酸楚。她这个平时很孝顺的儿子虽然在诗中说怨她、恨她，但她心中并不计较。她知道儿子那是对自己遭遇的一种发泄。她为自己儿子的不幸和伤痛感到心疼。生活上的艰难，儿子的伤感，每天都压抑着她、折磨着她，使她变得呆呆痴痴，动作迟缓。她表面上虽然很木然，但她的内心还是很清楚的。她听到儿子那每天都像必修课一样的朗诵，心里便像打碎了五味瓶似的难受。她只有五十多岁，然而头发全白了，更显得脸皮黑瘦。长年的哭泣使她的眼边赤红。现在，她的爬满皱纹的脸上又流淌出伤心的泪水。她的眼里流的是泪水，心里流的却是血！她对儿子没有怨恨，只是自言自语叹气道："我的苦命的儿啊……"

她忽然看到董淑琴顺着她房前的小道也到山上去了，这引起了她极大的注意。这些日子，她看到董淑琴总是神情忧郁，少言寡语，有时心不在焉愣愣怔怔的样子，就挂记在心，时时在暗地里注意她，生怕她有什么闪失。柳直娘想喊她，但看到她上山可能是找柳直了，也就没有喊，只有在她后面默默地观望，悄悄地跟着。

董淑琴上山果然是找柳直去了。她顺着他朗诵的声音，先是快步的，后是缓慢地走近柳直。

心有灵犀，听脚步声他知道是董淑琴来了。他很高兴，甚至很兴奋。但当他回转身来，看到董淑琴满脸忧郁无限伤心的样子时，本想和她热烈拥抱的心情却冷静了下来。他默默地看着她走近。二人面对面站了半天，对视着不说话。过了一会儿，还是柳直打破了沉默，笑着说："你怎么来了？你的身体可好哇？"

她沉静地说："来听你念诗。"

他苦笑着说："陈词滥调，有什么好听的。"

"很好，你的诗反映了你内心的情感，我听着别有一番滋味在心头。"她装出很风趣的样子说，"我可是你的忠实听众，你天天朗诵，我天天听……柳直，有些人误认为你精神不正常，诗也是胡说八道，但我一直认为你的精神很正常，你的诗就是一个很好的证明……"

"还是你理解我！"他动情地握住她的手，很动容地说，"淑琴，还是你理解我……"

"我当然理解你，因为我们是知心朋友……"

"不光是朋友……"怕引起伤感，他没有往深说，而是看着她的脸说："淑琴，我知道你不开心，脸色很憔悴……"

她把手递给他，让他攥着，说："柳直，面孔的憔悴是次要的，你可知道我内心的憔悴吗？"

"我知道！"他马上同情地说，"我知道你的内心很苦、很痛。你嫁给老黄家一定另有原因。我相信你的品德，相信你我之间的感情。如果不是另有隐情，身不由己，你是不会离开我的，绝不会的……"

"谢谢你相信我。我知道你会相信我才来见你的，不然我是不会来见你的……"她舒了口气，平静一下心胸，愤慨地说："是黄占奎看中了我，你听说了吧，是黄占奎这个不顾廉耻的东西看中了我……"她愤慨地抿了抿嘴角，眼睛露出仇恨的光来："黄占奎让我给他做儿媳妇，我不同意，他就托人软硬兼施取得了我父亲的同意，并且在你上一次被抓到县里的时候，在我喝的水里下了蒙汗药……"她停了一下，嘲弄地说，"没想到吧，是通过我的母亲，是我的母亲亲手把蒙汗药下在我喝水的杯子里，我晕过去后，把我拉到他们家，他……让他的儿子强行占有了我。待我醒来，木已成舟。就这样做了他家的儿媳妇……"她终于去掉了伪装的平静，忘情地投入到他的怀抱里，先是小声地哽咽，然后便放开喉咙，嚎啕大哭……

柳直把她紧紧地抱在怀里，眼泪也禁不住流下。

她哭了一阵，抬起头来，眼睛直视着他，说："柳直，你鄙视我，嫌弃我吗？"

他捧起她的脸，为她擦去眼泪，说："不，这不是你的错，我不但不嫌弃你，在内心深处仍然深爱着你……"他再次把她拉到自己的怀里，使劲地搂着她。

二人抱在一起哭泣。

"柳直，"过了一会儿她说，"你在诗里说你恨你的母亲，恨你的父亲，我知道你不是真恨，只是一种比喻，一种表达的手法而已，而我，我是真的恨我的母亲……"

"不，你不能恨你的母亲，你应该理解和原谅她。她是不忍心让你嫁给我这样一个没用的人才那样做的，她的出发点还是为你好。若恨的话，你就恨我吧，是我害了你……"

"不，你没有错，我不怨恨你，不但不怨恨，反而认为你有胆有识，有正义感。"

"谢谢你，谢谢你！"

他更紧地搂她、亲她、吻她，并忘情地把手伸进她的衣服里。

她没有推开他的手，过了一会儿，才从他的怀抱中挣脱出来："我的身子已不干净……"

"我不在乎！"

"可我在乎，我已经是别人的媳妇，而且是有父母之命，媒妁之言，明媒正娶……"

"你可以离婚！"

她摇头说："不可能了，我俩不可能再走到一起，只能等来世再做夫妻……"

"来世？"

"对，来世。那天我在村头偷看着你回来，就是想见你一面，今天我来见你，也许是最后一面了……"

他很惊诧："你这是什么意思，你要自杀？"

她没有回答而是转了话题说："柳直，我天天早晨听你朗诵诗，我也写了一首诗想送给你，你愿意听听吗？”

看他点头，她便念道：

梁祝故事千古谈，
淑琴跟随亦欣然。
今赠柳郎一腔血，
化做心蝶舞长天。

柳直听着，心里不由得感动又伤痛。他说：“淑琴，你不能胡思乱想。你若是自杀，我也肯定不活了……”

二人又抱在一起痛哭。之后，董淑琴说：“柳直，我走了。以后我不再见你。你要多保重，我想见你一面的目的已达到。再见吧……”

柳直在她的背后急着喊：“淑琴，别放弃，我相信我们有相聚首的机会，你要振作，要照顾好自己……”

她回头向他挥手，微笑着向他告别，她转过身去，自言自语地说：“今生不可能了，但等来世吧……”

柳直目送她走远。他站在那里，有些蓬乱的头发被晨风吹得更乱。风越刮越大。高的树、低的树被风吹得哗哗作响，小树棵被吹得东倒西歪。黑云也移过来，遮住了初升的太阳，天暗下来，而且越来越暗，使人感到很压抑。几只乌鸦飞过，“呱呱”的叫声更增加了人的烦躁、郁闷。他痛苦地思索着，长久地望着董淑琴离去的背影，心潮起伏，他的眼泪不知不觉中滚滚而落。他或许应该追上去开导她，劝解她，但他没有，他知道劝解不会有效果，因为她的心已死。他长叹一声，步董淑琴诗之韵，从心底发出一道七绝以唱和。他高声朗诵道：

凄美故事世世谈，
悲欢离合也亦然。
梁祝化蝶身染血，
屈子悲愤直问天！

董淑琴离开柳直，直向悬崖走去。她站在崖上向柳塘望去。她面目呆板，两眼发直，然而却看得出来，她的内心思绪起伏，波涛翻滚。她似乎看到了她的父亲，一个被管制、批斗了十几年的地主分子，心里说不出是怨恨还是同情，她看到了生她养她的那间草房，似有无限的留恋之情。她看到了柳直的那间小屋，在那里曾有过多少她和柳直甜蜜的相会。忽然，她的脸上露出了莫名的微笑，几滴晶莹的泪珠在微笑中闪闪发光……

正当她微闭双眼，准备向山崖跳去时，她听到了身后的呼叫声：

“淑琴，你等一下……”

听声音，她知道这是柳直的母亲，这声音她太熟悉了。她睁开了眼睛，把跳崖时伸出的手臂收了回来。

“淑琴，你等一下……”她听到了急速赶来急促的喘息声，“我知道你要跳崖，我不拦你。我只是想和你说几句话，说完了你再跳……”

“大娘。”她回过头来，有些愣怔地看着她。

“孩子，大娘知道你心里苦，知道你心里苦哇！你从这里跳下去，一了百了，从此脱离苦海，也许是一件好事，大娘不但没啥说的，反而还支持你！可是，你想过没有，你这一跳，你母亲怎么办？她同意把你嫁给黄家，已经悔青了肠子，每天以泪洗面，你若再跳崖，她还能活吗？你真的忍心让她去死吗？”

她喘了口气接着说：“孩子，你再想一想，你这一跳，柳直还能活吗？他也肯定跟随你去了，你让大娘怎么办啊，我的淑琴好孩子，你可千万不能啊……”她越说越悲伤，一屁股坐在地上，头低下去，说不出声来了。

董淑琴见状急奔过去，抱起柳母大声的呼叫：“大娘，大娘，你别难过，我不死，我不死……”

过了一会儿，柳母缓过劲来，拉住董淑琴的手，说：“孩子，大娘从小就喜欢你，你又聪明又贤惠，你和柳直真是天生的一对，可惜有缘无分。唉，淑琴哪……”她抚摸着她的脸，很亲昵地说，“你做不了我的儿媳，还可以做我的女儿啊……”

“娘……”

她伏在柳直娘的怀里，呜呜地哭起来。

王来顺到公社中学给家林办理入学手续，办完之后到大姑家吃中午饭。大姑把饭菜收拾上桌，一边看着他吃饭一边说：“来顺呀，你眼看就要四十岁了，终于订了婚了。美娥虽然是寡妇，又领俩孩子，但我看人挺好的。你对大姑说实话，你满意不？”

“满意满意……”他笑吟吟地把一口汤咽下去。这几天他正为订了婚事而高兴。刘美娥肯嫁给他，这对他来说简直就是天上掉下来的馅饼，睡觉都偷着笑醒，哪有不满意的道理？所以他急忙回答道："满意满意……"他看到大姑揶揄地看着他，真诚地说："大姑，你笑什么？我真的很满意……"

"满意就好。"她又给他盛了一碗土豆萝卜条汤，说，"你看人家长得多好看，又知书达理，这样的媳妇上哪找去？"

"是呀，"他筋了一下鼻子，说，"大姑，不瞒你说，自打我在草甸子那放牛第一眼看到她时，我就对她特别有好感。当时我心里就想，我若能娶这么个媳妇多好……没想到，她真的答应嫁给我了……"

大姑笑着说："这就是缘分，千里姻缘一线牵，喜结良缘，多好哇……"

"是挺好的……"他腼腆地说。

"那你可得对人家好一点。人家千里迢迢到这来，受尽苦难。她同意嫁给你，也是出于无奈。人嘛，苦难之中见真情，你要善待人家……"

"我知道……"

"你知道，我就怕你犟劲上来什么都忘了……"

"不能啊……"

她疼爱地瞪了他一眼："说好喽，我可记住你说的话。"

"放心吧，大姑，我四十来岁的人了，知道该怎么做……"

"那就好。"

大姑收拾完碗筷，对他说："来顺，你快要结婚了，大姑给你买了一套衣服，你试试看，合适不？"

她从衣柜里拿出一套衣服递给他。

这是一套蓝色涤纶布中山装制服，叠得整整齐齐、板板正正。

王来顺高兴地接过来，把身上的外衣脱掉，把新衣服穿上。

大姑帮着他把扣子扣上，抻抻前襟，又抻抻后边，啧啧称道："嘿，真合身，真合身，看我大侄儿穿这套衣服多精神！"

王来顺也觉得十分满意："是挺合身！"

他把新衣服脱下来，按原样叠好，说："大姑，我回去了。"

"回去吧，把衣服带着，回家好好保管，结婚时好穿……"

"哎，"他刚要迈步出门，又回身指着墙上挂着的日历牌对她说："大姑，这个日历也给我吧？"

“行，拿去吧。”

他把包衣服的包袱皮打开，高兴地把日历摘下来，和衣服一起重新包好，对大姑笑了笑，大步出了门。

王来顺住的屋子的东墙上新填了两样东西，一件是不知从哪弄来的旧镜子，一件是从大姑家拿来的日历牌。

这两天他照镜子的次数明显增多。清晨起来，他很细致地洗了脸，打了肥皂，用剃头刀子认真地刮。刮完，洗完，就对着墙上的镜子照。

老王头儿笑着说：“来顺，别照了，去仓房棚顶上把那捆线麻拿下来，我要搓条绳子用。”

“哎——”他答应着，但没有立即动。

“快去呀！”

“就去。”他离开镜子，但在出屋门时又回身去翻日历。

“别翻了，昨天晚上你已经提前翻了，再翻，就是明天的日子了……”

“可不咋的……”他不好意思地一笑，到仓房取线麻去了。

“别着急，儿子……”老王头儿理解地冲着他的背影说，“你盼着快到七月好成亲，可是提前翻日历不行啊，那解决不了问题，日子还是得一天一天地过。快了，两个月的时间，还等不及吗？别急，我的傻儿子……”

王来顺从生产队部回来，已经九点钟了。他开了院门，大黄狗扑上来向他撒欢儿。他向西屋窗看了一眼，没有灯光，他们母子三人已经睡了。他进了自己的东屋，南炕的老爹也已经睡了，但灯没闭，还亮着。

王来顺这几天因为结婚的事而精神亢奋，躺下了却睡不着。他起来，悄悄从柜里拿出大姑给他买的那套结婚时穿的制服，穿上，他要自己欣赏一番。

他把一件旧上衣搭在吊绳上，遮挡住老爹头上的灯光，使老爹不受干扰，深沉入睡。

他开始对着镜子欣赏自己。

他先是看着自己的正面，笔挺的衣服衬得他身材挺拔，气宇轩昂；他转过身看看后面，背部方正、裤管平直；他看看肩膀，肩宽有度；他看看裤角，长短适中；他看着自己的脸，面颊比以前平滑，他看到镜子里的自己眼睛里闪耀着醉人的光彩，脸上流淌着灿烂的笑容。就这样，他前看、后看、左看、右看，他的身体左一圈右一圈，右一圈左一圈地旋转，快一阵慢一阵地舞动。他的这些自我欣赏的动作真的是一个抒情的舞蹈，让人感到滑稽、有趣，而又赏心悦目。

他对镜子里的王来顺说："都说你长得丑，难看得像个大猩猩，我看你长得还可以呀……"他自己跟自己开起了玩笑："比不上吕布，比张飞还是强吧……"

他自顾自地欣赏，他忘了南炕还睡着他的父亲。实际上他的父亲早就醒了，偷着看他的表演，几次偷着笑。他理解儿子的行为，不愿意打扰他的兴致。但他看到头前面的旧闹表已经十一点钟，儿子已经折腾了两个钟头。明天还得干活，再折腾下去就不行了。于是，他假装刚迷着又醒了的样子，伸了个懒腰，打了个哈欠，说："来顺回来了？"

"回来了。"

"回来这么晚，几点了？早点睡吧。"

"哎，早点睡。"

他一看表十一点了，便伸了伸舌头。麻利地把新衣脱下，叠好，放入柜子，上炕脱衣睡觉。

他躺下了，然而他睡不着。他十分亢奋，他脑袋里翻腾着的是刘美娥的身影，是满满的令他向往的甜蜜的婚事……

05 关于生产

刘美娥来到王来顺家，王家发生了很大变化。院子内外打扫得干干净净，厨房的锅台厨具擦拭得亮亮堂堂，特别是东西两屋都用报纸糊裱一新，有了刘美娥，老王头儿可以休息休息了，再也用不着他来做饭了。

吃完早饭，王来顺到队部组织安排各项农活去了。老王头儿准备放牛去。他临走前，拎了一桶猪食喂了猪，然后又从兜里掏出了几元钱递给美娥，说："你自己领着家林到医生那儿去打针吧。也出去熟悉熟悉、蹓跶蹓跶。把这钱拿着，给家林看病……"

"家林已经好了，不用打针了。"

“不行，他是胃炎又加上肺炎，不可大意，再打几针巩固巩固，这钱拿着。”

“不用，我这有钱。”

“不行，”他知道她说的有钱是彩礼钱，说：“你的那个钱你留着，孩子看病用这个钱，快拿着。”

她只好把钱接过来。

老王头儿满脸的高兴，他乐呵呵地赶着牛群出了村子，沿着草甸子边上的路向山坡地走去。他高高地挥舞着赶牛的鞭子，情不自禁地又吼唱起来：

四月春风已返暖哪，

就要开犁种大田，

小花牤子你要多吃草哇，

戗毛戗刺的多寒碜……

刘美娥收拾完碗筷，就领着家林去打针。这是她第一次在柳塘村公开的抛头露面，免不了有的行人就驻足观看，也有的街道两旁的人依门窗窥视。人们对她评头品足，叽叽喳喳地说一些议论的话，人们这样的举动其实并无恶意，多数只是一种好奇或农村一种不良的习惯。刘美娥觉察到人们对她的议论。起初，她还有些惶恐甚至难为情，但她很快镇静下来。她是一个农村妇女，但同时她也是一个有文化，有教养的女人。她觉得她应该表现出她的正气和自尊。她镇定自若地领着家林，抬起头，款款地向着山坡上的卫生所走去。

生产队饲养所旁边是一个大的积肥场。王来顺抓积肥抓得好，专门有几个社员长年搞积肥。牛粪、马粪都集中起来，还有两个带大木罐的拉大粪的车，常年到村里、公社镇里淘私厕，淘公厕，一年四季不停，把拉来的冻粪，大粪汤子都倒入积粪坑里，和牛马粪泡在一起沤一年。一年倒一年，然后上到地里，所以他们队的粮食产量比别的队都高。

几个社员在刨粪倒粪。家树已成为队里的社员，也被派工参加刨粪。

这时，卫东彪叼着烟卷儿过来了。卫东彪这个人上中等身材，三十七八岁。人瘦削而不单薄。面孔黄白，留分头。他虽是农民但没有农民的朴实气，给人的感觉是华而不实。他过去好吃懒做，所以平时口碑不大好，人缘也不行，社员们见他来也不搭理他。但他并不介意，指着走过去的刘美娥对大伙说：“你们看，她就是那个新来的‘盲流’叫刘美娥，噢，小娘们儿人长得还可以……”

“她已经在我们队入队了。”一个社员回答说。说时还回头看了一眼正在刨粪的王家树，示意卫东彪不要乱说。

“噢，一个‘盲流’，说收下就收下了，还是女人好生存啊。”他并不避讳，对家树的存在他毫不在乎。

王家树对卫东彪亵渎自己的母亲十分愤怒，扔下刨粪的镐头，上前质问道：“你这个人说话怎么这么难听？这么污辱人格？”

卫东彪讥讽地说道：“哟嗬，一个臭‘盲流’还讲什么人格，可笑……”

王家树被激怒，他薅住卫东彪的脖领子：“你再敢胡说八道……”

卫东彪毫无防备，他发现薅他的是新来的“盲流”王家树时，惊慌的程度就减去了许多：“呦嗬，你个小‘盲流’崽子敢打我？反了你了……”

王家树此时已怒不可遏，他的左手一使劲，右手握起的拳头就举在了空中。正当家树的拳头势不可挡往下落的时候，被一只有力的大手拉住了。

“家树！”王来顺在饲养所里办事，看到也听到了这里所发生的事。他迅速从饲养所冲出来，擎住了家树打向卫东彪的拳头：“家树，你何必和一个不会说人话的牲口较劲，他方才所说的一些话你就当成是牲口放屁……”

家树被拉开。

卫东彪质问王来顺：“王队长，你说谁是牲口？”

“谁是牲口我就说谁。”王来顺很蔑视地回答他。

“王队长，这样不好吧？”

“有什么不好，哪方面不好，请卫连长明确指示，啊，是不是……”

“你……”

“如果没什么指示，我还有事，所以是，就不陪了，再见……”

卫东彪被晾在那儿了。他恨恨地向王来顺走去的背影瞪了一眼。他愤愤地看了一会儿，也终于觉得无趣，便龇牙咧嘴地走了。

卫东彪前脚刚走，身后就传来了一阵哄笑声。

王家树使劲抡起了镐头。卫东彪方才对母亲极具污辱的嘲笑使他怒火满胸。他要怒打卫东彪的拳头被王来顺制止而没有得到发泄。便只能使劲地举起镐头刨粪，以此来发泄他胸中的怒火。

他此时的心情是很复杂的。他们为了在柳塘落脚，母亲只好同意嫁给王来顺。她虽然不是真心的，但也不是谁强迫的。王来顺和母亲订婚，也不是乘人之危。这纯属无奈，环境或者说是处境所迫。卫东彪不但不同情，反而挖苦取笑，这无疑在他的伤口上捅了一刀。他气愤已极，但又无可发泄，只能忍气吞声地承受，只能用力刨粪来排除胸中的闷气。

“砰”他一镐下去，已经开化但还没有化透的粪块被刨下，随之激起一簇粪花。“砰”又一镐下去，又一大块的粪块被刨下，又一簇粪花激起来。

他一镐接一镐的刨下去。他抡起的镐头，在空中划出一个接一个的美丽的弧线，他举臂弯腰的动作有如健美的舞蹈。随着他的镐起镐落，一簇一簇的粪花腾空而起，然后又天女散花般的纷纷落下……

大队部高杆上的大喇叭传来了响亮的广播声：“……坚决反对以生产压革命，只抓生产不抓革命，不能只拉车不看路……”

几个刨粪的社员站起来听广播。

王来顺又走过来，对他们说：“干活，干活，别听它瞎嚷嚷……”他也拿起铁锹刨起粪来。

不大一会儿，生产队金副队长走过来向王来顺汇报、请示：“王队长，我已经通知给油房割烧柴的人和刨茬子的人都停下来，明天都集中起来送粪。”

“好。”王来顺说，“从明天开始，全队的男女老少齐动员，队里的牛车、马车全出动，个人家的人拉车、小推车全出动，别的一切活计全停下，集中起来，突击五天，把这些粪全都送到地里……今天是十号，十六号开始，抽调的人去林场栽树，剩下的刨茬子，选种，准备犁杖绳套，二十五号就开犁……”王来顺说这段话很顺溜，一讲到关于生产的时候，啰嗦的话就少。一直到话语转折的时候，才说：“啊，是不是，所以是，关于生产，咱们不能听广播里瞎嚷嚷，当前的生产，咱们一定要狠抓……”

“那好，我去各个组长落实一下。”金队长说完走了。

“去吧。”王来顺很高兴地对几个刨粪的社员说，“你们看咱们刨出的这两大堆粪像小山似的，上五十垧地没有问题。”

一提起生产，王来顺就兴奋，他不但话说得顺溜，不用夹带“是不是，所以是”这样的多余的话，而且头头是道。关于要搞好生产的问题，道理很简单。生产活动，无疑是人类生存的最基本的，也是最重要的动力和条件。没有生产，人们吃什么，穿什么，住什么？在他十八岁之前，对生产的重要性尚没有过多的思考，待他去当了十多年兵回来以后，看到柳塘解放了这么多年没有任何变化，心里就很有感触。人们住的房屋还是那些低矮破旧的泥草房，道路还是那条坑坑洼洼、狼牙锯齿样的泥石路，东桥头那座木桥还是那座晃晃悠悠比以前更摇晃车走上吱嘎作响的破木桥，人们吃不饱，穿不暖，村子里死气沉沉，没有一点儿生气。他就本能地认为，这都是由于生产搞得不好造成的。他曾回想过历史。柳塘村东接柳塘镇，西通县城，北通长白山，南临松花江，本是一个山清水秀，物产丰富之地。想当年赵大财东在柳塘开油坊，开烧锅，家财万贯，柳塘还确实兴旺过一阵子。他想来想去，还是归结到生产没有抓上去。

他复员以后就坚定了一个信念，一定要带头把柳塘村的生产搞上去。他当了队长以后，始终把生产放在第一位。所以，当他看到眼前像小山似的两个粪堆时，就兴奋地把粪扬起来，说：“粪是个好东西呀……”

二队作出了个决定，就是做一块大黑板立在饲养所，也就是队部的门前。这块黑板作为生产队的宣传栏，刊登告示通知，反映生产队的生产动态，表彰生产队里的好人好事。黑板做得很气派，高三米，宽四米，边有立框，上有檐坡雨搭。关于板报员的人选，王来顺做了个大胆的决定，由柳直来担任板报的编辑、书写和稿件来源的搜集和整理工作。

王来顺特别向柳直交代：“关于生产，要多写多宣传，这个板报就是为宣扬生产专门设立的……关于你办板报的工分问题，这是脑力劳动，技术活儿，要比其他活高一点，合理报酬嘛，是不是……”

柳直说：“队里相信我比什么都重要，工分高一点低一点无所谓……”

“不，工分也很重要，吃粮花钱都靠工分嘛，等队里研究一下，一定合理给你记分。你要认真把板报办好。”

“放心吧，我一定尽力……”

柳直经过搜集整理，很快就把板报的稿子弄好了。这天，他把整理好的稿子往板报上书写。第一版，题目是：全队掀起送粪高潮，五天送粪近万吨；第二版，二十五名社员即将奔赴林场栽树搞创收；第三版，油房传喜讯，每天多出两垛油；第四版，全队备耕忙；第五版，饲养员改进饲养方法，马增膘一成多……每版之间用宽格、窄格、花边、曲线相隔，并根据内容和版块的大小横竖布局。文章或用叙述，或用诗词顺口溜表达，形式活泼多样。题目有的用红粉笔写，有的用黄或白粉笔写，很新鲜，很醒目。

很多社员驻足观看，议论纷纷，赞赏有加。

一个社员说："还是得有文化，你看人家柳直写的就是好。"

一个社员和正从饲养室走出来的饲养员老姜头打招呼："老姜头，快来看，表扬你了……"老姜头嘿嘿地笑。看得出，他十分高兴，由于笑，脸上的褶子更密集了。所谓老姜头改进的喂养方法，就是把铡了的草放在大锅里蒸一蒸，牲口爱吃，所以长膘比喂生草多一些。此法不增加料，但需要费心费力，辛苦，需要责任心。老姜头受表扬心里是高兴的，但嘴里却说："不用表扬，不用表扬……"

大队书记黄占奎来到黑板报前面。他倒背双手，十分详细地查阅板报的内容。他看了一会儿，回头对身后的金副队长说："办黑板报这种形式很好，这是一个很好的宣传鼓动阵地。关键的是，这个阵地谁来占领，是社会主义占领，还是资本主义占领！你看你们这个黑板报的内容，除了生产还是生产，没有一点革命的内容。当然，我们不是不要生产，而是要在无产阶级思想的统帅下去抓生产，也就是抓革命促生产。不能只抓生产不抓革命，甚至用生产压革命，那是很危险的……"他停了一下，很严肃地对金副队长说："你去把王队长找来，我有话要对他说……"

金副队长说："好，我去找。"

黄书记对离去的金副队长叮嘱道："快一点儿，我还有事。"他眼盯着板报，却对站在身旁的卫东彪说："你们民兵，团支部也可以联合办一个报板，用革命思想占领农村社会主义阵地……经费问题可以到大队会计那支一点……"他不满地说："你们要多想一点正事，别整天浑浑噩噩……"

卫东彪说："办板报是行，只是没人会整……"

"让你们办点正事不是不懂就是不会，你们都会什么，用不着的都一套一套的……"黄书记不满意地瞪了他一眼。

金副队长在油房里找到了王来顺，说："黄书记找你。"

“什么事？”王来顺一边回答金副队长的话一边摸着刚出榨的豆饼问油匠，“豆饼的出油率提高了，豆饼的分量是不是减少了？”

金副队长说：“黄书记叫你去，是和你说黑板报的事。”

“黑板报有什么事？”

“事大了，方向路线问题。说咱们只讲生产不讲革命。”

“方向路线咱不懂，革命的大道理咱也说不明白。你回去告诉他，就说我不在……”

“那样不好吧，你还是去和他说说。”

“说也说不明白，还不如不说，你就说我不在……”

“你还是去一趟吧，不然，黄书记嗔怪下来，咱们就有罪受了……”

“受什么罪？我就不信抓生产能抓出罪来……”看金队长犹豫着不走，王来顺又说，“关于生产，是关系到家家户户生活的大事，不抓才有罪，是不是？人首先得吃饱肚子，吃不饱肚子，哪有力气去谈政治？去吧，就说我不在……”

金副队长回来笑着对黄占奎说：“黄书记，队里和家里都找遍了，找不着。”

“哦？”黄占奎眉头一皱。

卫东彪说：“方才还在，怎么这会儿就找不到了，他是不愿见黄书记吧。”

“这是什么话？真的没找着嘛。”

“好了好了，”黄占奎不耐烦地说，“金队长你先忙去吧，晚上找到王队长时叫他到大队来一趟，有些事我得提醒他一下。他总说抓生产不犯罪，那可不一定。如果以生产压革命，把群众引领到邪路上去，那就是对党对人民极大的犯罪，懂吗？啊？”

金副队长懂了似的答应一声，走了。

卫东彪对黄占奎说：“王来顺越来越不像话，前两天我按着你的指示去通知他做好批判唯生产力论的准备，他都满不在乎。”

黄听到王来顺对他的指示不在乎，心里当然不高兴，但他还是很正经地看了卫东彪一眼说：“是吗？”

“是啊，他还骂我是牲口，那个小‘盲流’要打我，他还护着……”

“他为什么骂你是牲口？王家树为什么要打你？”

“因为……”

“说呀。”黄占奎轻蔑地瞪了卫东彪一眼，“你以为我不知道，你对王家树的母亲说了一些不中听的话，人家还不揍你？我看你是该揍！”黄占奎说完生气地走了。

黄占奎给人的感觉是很正经，有魄力，很威严。他从生产队板报前离开，在村里的主要街道上巡视了一圈，之后来到了王来顺家。

他隔着木栅栏往屋子里观望。

黄占奎很少到这两个老光棍家来，所以大黄狗对他并不熟悉，见他在门口往屋里望，便跑过来汪汪地向他咬叫。

刘美娥从屋里出来，向黄占奎问：“你找谁？”

黄占奎很沉稳地点点头：“来看看！你是新来的吧？我知道，你叫刘美娥……”

“你是？”

“我姓黄，是这个大队的书记。咱们在西山坡路上见过。你忘了，我那天在山上打狍子，在路上碰到你们娘仨……”

“啊，想起来了。是黄书记，进屋坐吧。”

美娥开了院门，把黄占奎让进屋，说：“黄书记请坐，我烧水给你喝。”

“不用不用，我不渴。你也坐下，咱们唠会儿嗑。其实，我早就想过来看看你，一直没有机会。怎么样，住得还习惯吗？有什么困难没有？”

“挺好的……”

“我听说你和王来顺订婚了？”

她的脸禁不住一红：“嗯……”

“王来顺这个人挺好的，成分好，能干，对人也不错，就是政治上的敏感度差一点……”

“那以后就请黄书记多帮助……”

“好说，好说。”黄占奎露出了得意的一笑，说，“以后有什么事情尽管吱声。你这次在柳塘能落脚就是我同意的。知道吗，自那天在山上相遇我就对你产生了好感……”他说着，脸上的表情逐渐的起了变化，冷峻的眼睛盯着她，由得意而变得淫邪。

她觉得很不自在，为了躲避，她说：“黄书记你坐，我去烧水。”

她走出屋，到外屋地拿了铁水壶到水缸里舀水。

黄占奎尾随着跟了出来，从她的背后贴上来。他贴到了她的身上，一只手假意夺她手中的水壶，说：“不用烧水，不用烧水……”

她已经明显地感到他的无礼，但她很冷静，说：“书记来了，连壶水都不烧？”

“不用烧，不用烧，我又不渴……”他向她贴得更紧。

她已经没有躲避的余地，忽然急中生智，侧头向西屋高声喊道：“家林，快出来点火，烧水……”

黄占奎听到西屋家林的应声，便松了拿水壶的右手，同时也把搂向美娥的左手收回来。

家林从西屋出来，看到了黄占奎贴着他母亲的身体退回去。他已经懂事，他知道黄占奎身体动作的含义，他向黄占奎怒目而视。

黄占奎本能地露出些许慌乱。在女人身上他很少“失手”，今天有些意外。他话中有话地向美娥说：“别忙活了，别忙活了，我走了，就是来看看，以后再来……”

他很快走到院子里。

家林指着黄占奎，小声地对大黄狗命令道：“冲，冲……”

大黄狗接着家林的指令，“汪汪汪”叫着扑向黄占奎。

黄占奎被这突然一击，忘了绅士风度，三步两步窜出院门，惊恐地回头张望。

家林开心一笑，招回大黄狗。大黄狗跑回来拱他的腿，向他摇头摆尾表现出很得意的样子。

家林亲昵地拍了拍它的头，憎恨地指着走去了的黄占奎说：“记住，以后要看好院门，那个姓黄的若再来，别客气，上去咬，咬死他……”

积肥场东侧是生产队的大谷草垛，草垛旁边是牛马圈，在马圈一头有个草栏子，胡二扯正和两个社员在铡草。王来顺从油坊来到这，从他们铡过的一堆谷草抓了一把，看了看，说：“照理说，你们这个草铡得不算粗，还可以。不过，你们能不能再铡得细点？”

胡二扯："这已经够细了。"

"再细一点。最近，饲养员老姜头为队里牲口增膘，搞了一个蒸草的办法，草铡得越细越好……"

"再细，费工费力，数量肯定出不来，工分怎么算？"

"工分好说，让会计和计工员算一算，数量可增可减嘛，合理计酬，是不是？"

"只要合理计酬，我们就再细点铡着。"

"对，再细点铡。你们不但能得到合理报酬，还为牲口增膘做了贡献。牲口膘肥体壮，种地进度快，质量好，多打粮食，多分钱，多分粮，你们不也都跟着受益吗？所以是，细点铡……"

"放心吧，王队长，我们一定细点铡。"

"好，你们铡吧……"王来顺走了几步，又回过身来对胡二扯说："过几天我让田瓦匠去城里包点建筑活。这几年你大部分时间和田瓦匠在外边搞建筑，在这方面你也是有一定的经验和技能。你也准备一下，田瓦匠出去搞工程的时候，你也一起去。"

黄占奎从王来顺家出来，由慌张变成懊恼。但他还是能沉住气，板着脸在街上走。

他老远就听到胡二扯的说唱声——

他急匆匆拨开院门往里走，
忘了杖根下蹲了一条狗。
那狗噌地一声窜上来，
咬了他的腿，咬了他的脚，
还撕破了他扬起的一只手。
……

不管胡二扯的唱词是无意的"扯大谰"，还是有意的影射于他，他听着都不舒服。他驻足听了一会儿，从他不断咬牙的动作来看，他对胡二扯是不满甚至是愤恨的。

他向积肥场走去。这是他的特点，既使他有缺点或有什么亏理事，他也绝不退缩或回避，他要用他的气势和作派来掩盖缺点，显示和确立他的尊严。

路过积肥场。见几个社员仍在刨粪、倒粪。他向草栏子走去，正好与从草栏子出来的王来顺相遇。

“啊，王队长，我到处找你，你不是不在吗，你到哪去了？”

“啊，黄书记。”王来顺本想躲避，但已来不及，只好搭讪：“黄书记找我，什么事啊？”

黄占奎的脸很严肃：“听说你们队委会班子开了会，研究了当前的多项生产工作？”

“是呀，”王来顺应付道：“我正打算抽时间向黄书记汇报呢，所以是……”

“是吗？”黄占奎知道王来顺是敷衍他，皱了一下眉，显出亲近地说：“来顺呀，你们研究生产，抓生产，这是很好的呀！可是，不能光抓生产，而忽视政治，忘了方向和路线。这些你想过没有？”

“想是想过，就是没有书记想的那么深，那么远，所以是……”

“看来你真得从思想深处找找根源。”黄占奎不容置疑地说：“来，到大队办公室来一趟，我要和你好好谈一谈……”

黄占奎在前面走，王来顺在后面跟着。王来顺不愿意和黄占奎谈话，道不同不相为谋。黄占奎让金队长找他，因是别人捎话，他可以搪塞过去。但这次不行，是面对面，是推脱不掉的。同时，他是一名共产党员，书记找自己谈话，次次推脱，次次应付，从组织性上考虑也有些不妥。王来顺只好硬着头皮跟着他到大队部去谈话，实际上是去接受教育和训斥……

走着走着，王来顺忽然想起明天到南葳子刨茬子的劳动力还没有完全落实，就对黄占奎说：“黄书记，明天到南葳子刨茬子的人员还没有完全定下来，我到金队长家去一趟，让金队长安排落实一下，我去去就来……”

黄占奎回头看了看他，思忖了一下，先是不满，后是宽容地说：“行吧，不过你可快一点，我在办公室等你。”

王来顺保证地说：“放心，我一会儿就回来。”说完，逃也似的走了。

黄占奎来到办公室等王来顺。左等不来，右等不来，十几支香烟抽过去了，还是没有来。肉包子打狗一去无回！他烦躁愤恨地看着窗外说：“王来顺，你胆子不小，竟敢耍我……”

06 朋友

这天，金队长的父亲过六十岁生日。六十岁是一个花甲子，朝鲜族特别重视，从各地来了三十多个亲戚朋友给老爷子祝寿。因祝寿属传统的习俗，主人家准备了比较丰盛的饭菜、酒水，摆了寿桌。

老寿星穿传统服饰，白袄白裤，脚穿白布袜，外穿船形矮胶鞋，头戴浅灰色纱礼帽，端坐寿桌正中首席，接受儿、孙及亲友们的大礼叩拜。拜寿的男人们上穿短身的白布褂，外套坎肩，下穿宽大的白裤子。女人们都穿斜襟布带条系扣的短上衣，下穿红、黄、绿等各色鲜艳的裙子。

按辈分大小依次磕头作揖之后，大家便围在一起唱歌跳舞，然后围坐在几个炕桌上尽情地吃喝。酒过三巡之后，人们借着酒劲，更加尽情地唱歌跳舞。歌声、鼓声，还有嘻嘻哈哈的欢笑声从屋里，院子里传出去，传得很远，很远……

本村的人除了王来顺以外都没有告诉，怕范围大了影响不好，或弄出什么不好的后果得不偿失。王来顺他是必须告诉的，他不光是自己工作的搭档，还是互相支持，无话不说的知心朋友。

王来顺跟黄占奎说找金队长安排明天刨茬子的事，那是一种推托之词，实际上他是给金队长的老父亲来拜寿的。他来到金家时，金家的亲戚朋友都已经散去。他对金家常来常往，很熟悉。来到后，便直接进屋上炕，拉开间壁的拉门，给老爷子拜寿。

他双手举起，匍匐在地，磕了三个头，然后双手抱拳作揖，说："大叔，祝你老生日快乐，身体永远健康！"

老爷子高兴得合不拢嘴，连连说："好，好，健康，健康……"他伸手去拉王来顺，叫他赶快起来。

站在身后的金队长抢先把王来顺拉起来："好啦，大哥，到我屋坐吧。"

金队长的媳妇已经把桌子放上，酒菜摆上，说："大哥，你们哥俩喝两杯……"

于是你一杯我一杯，时间不大，半瓶酒就下去了。

王来顺说："明天到林场去栽树的事都准备好了吗？"

“都准备好了，明天下午全部上山，后天就开始栽。”

王来顺把一杯酒喝进去，笑着说：“方才黄占奎找我谈话，我和他说我到你这来说一说落实明天刨茬子的事，一会儿就回去，他现在还在大队部等着我呢……”

“让他等着，咱先喝酒，喝完酒再说。”

“对，他等他的，咱喝咱的。他不是能装吗？让他去装！咱惹不起他，还躲不起他……我知道他不得意我，以后我若被撤了职，你要顶起来，要千方百计把生产抓上去……”

“行！”金队长爽快地答应，又喝了一口酒说：“不过咱也别跟他硬顶，也讲点策略，让他抓不到把柄，他说他的，咱干咱的……”

“你和我想到一块去了。”

二人唠得很投机，时间一长，就把大队部和黄占奎谈话的事抛到脑后去了。

第二天，金队长带领社员们来到林场工棚子。一排木板房里搭着对面板铺。房子中间的檐楞上飘着一面红旗，旗子上写有“护林防火”四个大字。房子东头是厨房，厨房上边的一根烟囱冒出了炊烟。炊烟袅袅，和红旗相映，立刻就使这寂静的山林有了生气。

社员们是下午来报到的。大家在各自的铺位安置好被褥，就到了晚饭开饭的时间，伙食由队里统一安排。

社员们各自从伙夫那儿打了饭菜，饭菜是每人两个窝窝头和一碗土豆萝卜条汤。有的在屋里吃，有的在屋外三五成堆坐在一起吃。家树打好饭菜，因和别人不熟悉就独自到屋外一棵树下，把饭菜碗放在一个大木墩子上吃起来。

这时，柳直端着饭菜面带微笑地向家树走过来。

家树赶忙站起来，并拿了一个小木墩递过去，很谦恭地说：“您请坐，您姓柳，我认识您……”

柳直接过小木墩，像老朋友似的说：“我也认识你。我不但回村那天在村头见过你一面，而且我还在你的箫声里认识你……”柳直很欣赏地说，“我听到你的箫声，你不但把《苏武牧羊》的凄苦、忧伤、悲愤表现得淋漓尽致，而且你的箫声具有极大的穿透力，使人在压抑、痛苦中感到一种奋发抗争的力量……”

“您太夸奖了。”

“真的，也许是心有灵犀吧，我理解你，你真的把《苏武牧羊》的意思内涵表现得很到位，我理解你也感谢你，你使我听到了这样雅致、优美的音乐。这不光是技巧问题，也是一个人的思想修养问题。”

“您说的有点过了，我真的不敢当。”

“一点也不过。你的到来，给文化贫瘠的柳塘提高了一个层次，这一点，有些人是看不到也想不到的……”

家树有些脸红了，他低下头去。

柳直看他真的难为情了，就解嘲似的说：“别不好意思，要相信自己的价值。对了，我说了半天认识你，还不知道你叫什么名字？”

“姓王，名叫家树。”

“噢，嘉树，好哇，真是个好听的名字。屈原在他的《橘颂》里说，后皇嘉树，橘徕服兮，受命不迁，生南国兮……他歌颂了橘树的坚贞圣洁。谁给你取的名字？”

“是我父亲，但我名字的家树不是《橘颂》里的嘉树，而是家庭的家……”

“噢，是谐音，但你父亲起这个名字虽然字不相同，但也有其含义吧？”

“是。”

“你父亲是干什么的？”

“是中学老师，我小时候他就教过我吹箫，到初中和高中时，他常常给我讲授《橘颂》……”

“那你一定能记得《橘颂》的诗句。我好久没读这首诗了，你能给我朗诵一遍吗？”

“行。”于是，家树宁思片刻，朗诵起来：

后皇嘉树，橘徕服兮，
受命不迁，生南国兮。
深固难徙，更壹志兮。
绿叶素荣，纷其可喜兮。
曾枝剡棘，圆果抟兮。
青黄杂糅，文章烂兮。
精色内白，类任道兮。
纷缊宜修，姱而不丑兮。

嗟尔幼志，有以异兮。

独立不迁，岂不可喜兮？

……

家树深情地朗诵，柳直闭目静听，神情十分庄重。

柳直说："你朗诵得真好。"

"不行。"家树说："不如您，我每天早晨听您在山上念诗，不但诗好，朗诵的情感也好，我听一次感动一次……"

"真的吗？那说明我们之间心灵相通，来，我们握握手，做个朋友吧。"

家树伸出手和他紧紧地握在一起，说："您是长辈……"

柳直笑着打断道："你今年十八，我今年二十八，虽然比你大十岁，但还是朋友相处为好。我们是忘年交！那天在村头我第一次见你时，我曾说过你是个孩子，那只是一种比喻，因为直觉告诉我，你年少无邪，诚实而有正气，现在更证明了我的眼光。从今后我是兄，你是弟，你跟我说话也不用您、您的，就直接说你，我听着舒服，行不行？"

"行！"

柳直十分高兴，孩童似的笑着说："来，一言为定，拉钩！"

二人的小拇指勾在一起，相视而笑。

笑过之后，家树指着柳直面前的饭菜说："你的饭菜还一口未动，都凉了，快吃吧。"

柳直说："精神的食粮有时胜过物质的食粮。与君一席话，胜吃十个窝窝头啊……"

"那也得吃一点啊。"

"好，吃，吃！"

柳直拿起一个窝窝头，心满意足地咬了一口。

吃过晚饭，天还没有完全黑。西边的太阳已经落下山去，只是它的余光还在天边留有一片光线。风不大却徐徐地吹着，天上灰暗的云彩由西向东飘浮流动。沟膛子里有一股山水在哗哗地流淌，鸟儿们在风吹摇动的树梢上飞来飞去寻找自己的窝。傍晚的山中是寂静的，但寂静中仍有流水声、风吹声和啾啾的鸟叫声。

家树坐在屋外的木墩子上吹箫，柳直和几个社员在听他吹：

苏武留胡节不辱，
雪地又冰天，苦忍十九年，
渴饮雪，饥吞毡，
牧羊在北海边。
心存汉社稷，旌落犹未还，
历尽难中难，
心如铁石坚……

箫声低沉，婉转，悲愤，苍凉，箫声随着风在山谷中传扬，山中的万物都有感情似的受到了感染。于是我们看到：

鸟儿停止了飞翔，在树上静听；

树、草不再摇动，肃立静听；

水不再流动，原地打着旋儿在听；

云不动，停下来听……

群山肃穆，万籁俱寂，都在倾听家树吹箫。

一曲终了，家树缓缓地把箫收起，两颗泪滴顺颊而下。

金队长也是一个重感情的人，他自始至终听家树吹箫。待家树吹完，说："吹得真好，听着叫人心里发颤。"他说："家树这孩子还真是个人才，窝在山沟里白瞎了。柳直也是，咱们柳塘二队还真就出了人才了……"他停了一下，转了话题说："好了，屋里的人也都出来，利用这个时间，我把明天的生产，谁割带，谁刨坑，谁栽苗的活计安排一下。然后再请林场的技术人员给我们讲一下技术质量的需求……"

大家准备就寝。有的已经躺进被窝，有的还坐在床头抽烟，有的还在唠嗑。柳直躺下，拿出一本书，借着头上的马灯光看书。

"柳哥，你看的什么书？"挨着睡的家树问柳直。

"诗词选。"

"你一定读了很多诗吧，能背多少首？"

"差不多能背三百首吧。你呢？你能背多少？"

"能背一百首。柳哥，给我讲讲诗词吧。苏东坡的水调歌头里的羽扇纶巾，谈笑间，樯橹灰飞烟灭，指的是周瑜还是诸葛亮？”

“个别人说是诸葛亮，大多数人认为是周瑜。从上下句联系起来看，应该是周瑜。”他来了兴致，“苏轼的这首词，气势磅礴，意境深邃，词句精美，无论是思想性和艺术性都达到了极高的境界，可以说，前无古人……”他看了一眼很认真听他讲解的家树接着说，“当然，还不能说是后无来者。毛主席的《沁园春·雪》就可以与其相媲美，甚至有过之而无不及……”停了一下，他说，“我虽然对他的专政的理论有不同的想法，但我对他的诗词却佩服得五体投地。像沁园春·雪这样的词，除了像毛泽东这样有雄才大略，有高度的思想境界，有深厚的文学修养的能叱咤风云的领袖人物是写不出来的。他不愧是伟大的诗人。家树，我这样说，你不会认为我是很狂妄吧？”

“不，不会。”

这时，金队长过来熄来了马灯，说：“别唠了，睡觉吧，明天还得起早上山干活呢。”

王来顺家在道南，董淑琴家在道北，无论是在院子里还是在屋子里隔着窗户两家的人都能看见。时间长了，刘美娥与董淑琴隔道望见，互相就笑一下，算是打了招呼。

这天，刘美娥去小卖部打酱油，回来正碰上董淑琴出门倒水，刘美娥便主动和董淑琴说话：“倒水啊？”

“啊，倒水，你买东西去了？”

二人相视而笑。特别是董淑琴难得一笑。

在柳塘来说，她们两个有文化有教养的女人，又是两个不幸的女人。她们的不幸各有不同，她们对各自的情况也都有所了解。董淑琴说：“你来了这么长时间了我们也没说过话，我也没主动去看望看望你这个新来的邻居，别见怪……”

“别这样说，其实我早就该过来认认门儿……”

“那就请进屋坐一会儿吧。”

“好。”她没有犹豫。

董淑琴家有两间屋子，一间住人，一间是厨房。住人的屋里用报纸糊的墙，炕上的炕柜、立柜，地上的地桌都是他们结婚时打的，花曲柳的面还很新，地面是水泥地，屋里显得很整洁。董淑琴的傻男人在前边院子里修理镐头，准备明天上山跟着大伙去队里刨茬子。说他傻，并不是完全丧失了理智，只是比正常人缺点心眼，一般的生活行为能力还是有的。他回头见屋里有人来，就进屋傻笑着对刘美娥说："来啦，来啦，坐吧坐吧。我烧水给你喝……"

董淑琴说："你去忙你的吧，这不用你。"

"那好。"他对刘美娥说，"你们说话，你们说话。"然后笑呵呵地出去了。

刘美娥问董淑琴："他就是你男人？"

"是。"董淑琴说，"他这个人傻不傻，呆不呆。他从小被车撞过，落下了病根……"

"啊，也是挺不幸的。看样子，他对你还好吧？"

"他的人不坏，对我也挺好，可我毕竟和他没有感情啊。我和他结婚，完全是他爹的阴谋，我娘的怯弱。可是生米已做成熟饭，你叫我怎么办呢？打不得，骂不得，离不得，也死不得，就这样委委屈屈地过，憋闷死我了……"

"我知道你委屈……"刘美娥给她擦去眼泪，"我们女人的命运往往不能自已掌握，老天爷对我们不公平。别哭了，总哭哭坏了身子，没有人替你遭罪……"

董淑琴长叹了一口气："我知道，可就是控制不住。你今天头一次到我家我就和你哭天抹泪地唠这个，别见笑。"

"看你说的，我怎么能见笑？"

"说实在的，咱们俩虽然没有说过话，更没有来往过，可自打我第一次见到你，我就看你顺眼，我就喜欢你。"

"我也是。"

"真是怪事，自打我见到你，就像是多年的老相识似的，像上辈子就认识。你笑，你说话，你走路，你的一切都是那么的熟悉，那么的亲切，刘姐，我说的都是真的，你信吗？"

"我信，我也有同感，我们姐妹有缘……"

"真的有缘，真的。"董淑琴忽然上前抱住刘美娥，十分动情地说，"我就叫你姐姐吧！这些年我太孤独了，太孤单了，我有话无人说，有苦无处诉啊……呜呜呜呜……"她嚎啕大哭，"你就让我叫你姐姐吧……"

"好妹妹，好妹妹，别哭别哭，呜呜呜呜……"话到伤心处，不由泪双流，刘美娥也伤心地哭起来。她捧起董淑琴的脸，说："咱姐妹有缘。我三十八岁为姐，你二十八岁为妹，你若不嫌弃我比你大那么多，咱们就姐妹相称，咱们就是相依为命棒打不分的亲姐妹！"

"姐！"董淑琴紧紧地抱住刘美娥。

没有上山栽树的男女老少社员们上地刨茬子。每人一垅，人很多，排了一大片，人声嘈杂，就显得很热闹。

董淑琴在刘美娥的召唤下也来到地里刨茬子。刘美娥是新落户的，很少当众露面，和社员一起出工劳动很少，社员们自然感到新奇，董淑琴更是深居简出，几乎与世隔绝，更让大家感到惊奇。

农村有三五成群对一些新鲜事物叽叽喳喳议论的陋习，今天更是不能例外。

"你看，那个就是新落户的'盲流'，嫁给王队长啦……""挺好看的，哈？"几个人议论说。

"董淑琴今天怎么出来了，这可是新鲜事……"又有几个人议论道。

两个"美人"的出现使大家有了谈笑和议论的话题。两个人对大家的议论似乎早有准备，她俩并不以为然，听而不闻视而不见地扬镐落镐刨茬子。由于长时间不劳动，二人感到很吃力，不一会儿就落在了别人的后头。特别是董淑琴由于长时间精神抑郁，体力虚弱，更是落在了后面。

刘美娥对她说："淑琴，不用逞强，落在后面就落在后面，不用拼命赶，别累坏了，悠着点，还有明天呢。"

"我不逞能。"董淑琴擦了一把汗水。

人们议论归议论，好多人还是表示出友善之意，好几个年轻力壮的男女社员在自己刨到头后过来给她们二人帮忙，为她们接垅。

王来顺过来说："你们两个跟不上就慢点刨，少评点工分就是了。所以是，特别是董淑琴你最近身体虚弱，能出来干活就不错了，慢慢来，是不是……"

董淑琴看他脸红口吃的样子，就不禁一笑，说："谢谢王队长……"

傍晚时分，董淑琴的母亲快步向王来顺家奔去。走进院子就向正在做饭的刘美娥大喊："她大姐，她大姐……"

刘美娥赶紧迎过来："什么事呀，大婶，这么急？"

董母走到刘美娥面前，出人意料地“扑通”一声给她跪下，说：“她大姐，你真是我们家的大恩人，我来给恩人磕头。”她真的给刘美娥磕起头来。

刘美娥惊慌地把她扶起：“你这是怎么啦，怎么啦？”

董母说：“我听说，你和淑琴成了姐妹，今天又带她出工刨茬子。好几年了，她从没笑过，可是她今天笑了一回，这多亏了你呀，是你让她笑了，你就是我们家的大恩人……”她说着又要磕头。

刘美娥把她拉到屋里坐下，“大婶，我也感谢她呀，是她让我有了一个可以交心的妹妹……”

董淑琴今天表现出少有的高兴。晚饭后，她不但洗了脸，洗了头，而且还把自己关在屋里坐在大木盆中洗了澡。由于高兴，又经过洗浴，她的脸显出红润，使得她久病虚弱的脸颊由青灰显出光泽，美丽而动人。她从镜子中看到自己的脸露出笑靥，先是点点头，接着又摇了摇头。她从柜子里取出一个本夹子，从中拿出她和柳直的一张合影，细细地观看，接着她把照片贴在胸口，闭目沉思。她的思绪回到了她们合影时的那个时候，她的脸渐渐浮起幸福笑容，微笑中且有两滴泪水滴下来……

刘美娥也为她今天参加了劳动而高兴，特别是和很多人认识了，也可以说来柳塘开始打开局面很满意。晚饭后，她收拾好碗筷，见东屋王来顺、老王头儿都睡下了，看家林也钻进了被窝，便也洗了头，洗了澡。

她擦拭完身子以后感到很轻松。看家林已进入梦乡，便轻轻摸了摸儿子的脸，看着他甜睡的样子很惬意，她似乎从儿子的脸上看到了孩子父亲的模样，便渐渐地陷入沉思。她从一个旧布包里取出她男人的一件遗物，那是她那个当中学老师的丈夫被批斗临死前偷着捎给她的一封信。信上说——

美娥，我不能陪你了，看在你我多年恩爱夫妻的份上，你一定要把两个孩子扶养成人，请忍辱负重，我在九泉之下感妻大德……

她收起遗物，泪眼蒙蒙，望着甜睡的儿子，她思前想后，小声地、伤感地哼起了山东吕剧。腔调是吕剧《李二嫂改嫁》的腔调，但词是她改编的——

刘美娥到柳塘走投无路。

要改嫁实属是无奈之身。

我夫君在阴间不要怪罪。

为儿子也只能走进王门……

她触动痛处，多么想嚎啕大哭，但她又怕惊醒东屋的王来顺和老王头儿，也怕惊醒了甜睡的儿子。她不能大声痛哭，她只能趴在枕头上压抑地小声哭泣，憋憋屈屈，让人听了很难受。

人在夜深人静时思念伤悲，其心痛的程度是更加强烈的。幸好对面屋的老王头儿起夜出去解手，推外屋地的风门时发出“吱嘎”的响声，才使她在悲伤中缓过一点儿神来。她把前夫留给她的遗书叠好包起来，心想，我现在所以委曲求全，就是为了把两个儿子扶养成人！好在王来顺父子人还不错，是正经人家，想到此，她的心里还能得到一些慰藉。

人在高度思念某人时往往会出现幻觉。

董淑琴把她和柳直的合影贴在心口上，闭目沉思，她的脸浮现着幸福的微笑。忽然，她抬头看到柳直在门口向她笑，并向她招手。她高兴地站起来向他走去。他转身向外走去，她便在后边跟着，嘴里不住地喊着——柳直，柳直……

她刚洗完澡，只穿了内衣内裤，全身半裸状态。幸亏是夜晚，路上没有行人。她的傻男人拿了她的衣服在后边追赶，嘴里连连喊着：“把衣服穿上，把衣服穿上……”

她全然不觉，只看到柳直在前面走。她看到柳直经过自己的家，朝上山的羊肠小道走去了，她也就尾随着他上了山。

她“柳直，柳直”的喊声和她傻男人的追叫声惊动了院子里柳直的母亲。她从院子探出头来，看到半裸的董淑琴向山上走去，又看到她男人拿着衣服追赶，便问：

“这是怎么的啦？”

“嘿嘿，没穿衣服就出来了……”

“黑灯瞎火的往山上跑干什么？”

“去，去给她穿衣服……”

“没问你，问的是她，她往山上跑什么？”

“嘿嘿嘿，给她穿衣服……”

柳直的母亲感到蹊跷，走出院门，也跟在后面上了山，要看个究竟。她刚走了几步，感到了问题的严重性，又回去告诉老伴说：“你快去告诉淑琴她妈一声，让她也来一下……”

董淑琴顺着山路追赶柳直。她追赶得快，前面的柳直也快。她追赶得慢，柳直也慢。她忽然被一块山石绊了一下，重重地摔在地上，两个膝盖被裸露的碎石划破，鲜血流出。她没有停步，似乎不觉得疼，继续追赶。

她登上了山顶，看到柳直经常朗诵诗的一个较平坦的地方，一棵树上挂着一块木板，木板上写着柳直填词的一首《水调歌头》——

上半阕：

花尖生双蝶，飞舞上蓝天。了却人间烦恼，世外有桃源。欣逢晴空丽日，又有彩云相逐，情话细细谈。月宫惊佳黛，凝眸羡缠绵。

下半阕：

怨从前，恨人蛮，喜团圆。千年往事为何酿得这般酸？感谢占豪丽拿，挥洒淋漓尽染，认人泪涟涟。莫笑听曲者，仰叹湿青衫。

落款是：柳直。

一行小注：听小提琴协奏曲《梁山伯与祝英台》感填《水调歌头》赠董淑琴妹惠存。

词中的占豪是作曲者何占豪，丽拿是小提琴演奏者俞丽拿。她的耳朵里响起了优美动听的《梁祝》乐曲，眼里看到柳直随着乐曲翩翩起舞。他边舞边朗诵——花尖生双蝶，飞舞上蓝天……他十分高兴地招手让她过来和他一起歌舞。她迎上去，挽起他的手，随着他的舞姿旋转，跳跃，飞翔……当舞诵到“为何酿得这般酸”时，他跳在一旁，仰天长叹，潸然泪下……

她激动、兴奋、陶醉。当柳直推开她的手跳向一旁，仰天长叹泪流滚滚的时候，她先是一愣，然后迅速扑过去想安慰他，可是，她扑空了，跌倒在那里……

柳母赶上去搀扶：“淑琴快起来……”

董淑琴看是柳母，没有让她搀扶，自己站起来，向前边的方向喊：“柳直，柳直——”

她举目四处查看，不见了柳直的踪影，情急不可遏止，她忽然眼望星空，用手一指，高声说道："月宫惊佳黛，凝眸羡缠绵！嫦娥啊，你既然看到我们两厢意切，情意绵绵，就该成全。可是，你只是羡慕有什么用？你明明看到那些恶人拆散我们，你却无动于衷……"

董淑琴母亲也跟着跑上山来，她心疼地来搀扶女儿："孩子，跟娘回家……"

"走开！"她气愤地甩手把母亲甩了个趔趄。她意识到自己的动作过了，想去扶母亲，见母亲没倒，也就没有去扶。

"淑琴。"刘美娥也来了，她是董母找来的。她上去搂抱住董淑琴，说："淑琴，我是你刘姐。天已经很晚了，跟姐姐回家吧……"

"刘姐……"董淑琴既没有像对待柳母那样的不理，也没有像对待自己母亲那样甩、搡，情绪明显的和缓，"刘姐……"

"走，跟姐姐回家！"

"不，我找柳直……"

"我的傻妹妹，柳直上林场栽树去了，这里哪有柳直？"

"不，方才他还在这里……"

"唉，我的傻妹妹呀！"刘美娥笑着说："那是你思念心切，脑子里所产生的幻觉……"

"不，我真的看到他了，方才还和我一起跳舞……"

"是吗？"刘美娥策略地解释说："可是他已经走了呀，已经回家了呀。我们在这找不是白搭吗？走吧，跟姐回去……你不是信任姐姐吗，跟姐姐回家……"

看她似醒非醒，但没有反对，刘美娥便对董淑琴的傻男人说："赶快把衣服拿过来给她穿上！"

傻男人把衣服递给美娥。

"来，姐把衣服给你穿上。回去后到卫生所把腿伤处理一下……"刘美娥心疼地从兜里掏出一块手帕，准备把董淑琴还在流血的腿包上。

"不穿！"董淑琴执拗地说："不用擦血……"

"不擦不包怎么能行？"

"行，让它流，流干了就好了。"

于是，在这深夜的山林中，董淑琴那双修长的、美丽的、白皙却血肉模糊的腿，由于没有包扎，还在不断地向外流淌着鲜红的血。

董淑琴突然站起来“哈哈”大笑，她扬头向远处高喊道：“柳直啊，我的腿在为你流血，我的心里真舒服哇……”

07 春意

柳塘村没有中学校，家林被送到镇里念书，吃住在王来顺的大姑家。王来顺背了二十斤苞米面子和二十斤小米给大姑送去，作为家林一个月的口粮，又掏出十元钱给大姑，说：“家林在你这吃住，你老就多操心受累吧。”

大姑推托道：“把粮食背来了，我已经很过意不去，还给钱干啥？”

“拿着吧，也没有多。等秋后开支时，再多孝敬孝敬你。”

大姑笑着把钱接过去。

在西屋写作业的家林走过来，对王来顺说：“叔，我不想念书了，我想回去。”

王来顺问：“为啥呀？”

家林说：“在这又吃又住的，又花钱，我想回去挣工分……”

王来顺笑了，摸着他的头说：“傻孩子，不念书怎么行？不念书将来有什么出息？将来到社会上没文化可不行啊。可千万别跟我学啊。我当兵当班长的时候，我们班的战士，有的当了营长，有的当了团长，我当副排长的时候，我们排的一个战士以后当了师长，我当了副排长就到头了，转业复员了，为什么，就因为我没文化，上不去……所以是，如果我有文化，也可能当师长、军长，说不定司令也当上了，所以是，哈哈哈。你要好好念书，在学校要听老师的话，回家来要听姑奶奶的话……”

“可是，家里增加了我们三口人，开销太大了……”

“这你不用管，那是大人的事，你只管好好念书。”

大姑说：“家林这孩子就是懂事，小小的年纪就能说出这样的话，真是难得。”

王来顺很感动地说：“你有这份心意叔心领了，别的你不用想，你一心一意念好书，将来有出息，叔付出多少都高兴，你若是不念书，没文化，叔的心就永远不会安宁啊……”

家林点点头：“你放心，我一定好好念书。”

大姑说：“在这吃完饭再走吧，我这就去做饭。”

“不了，我还有事。”王来顺走之前还向家林叮嘱了一句：“记住，一定要好好念书！”

王来顺从镇里往柳塘走。一路上，他看到路两边的树已冒绿芽，草地泛绿，放眼望去，满山遍野的空间都泛有绿意。但也只是一点点绿意，绿叶绿草似有似无。古人诗句形容说“草色遥看近却无”就是此时的季节、此时的景色吧。此时虽不是大绿，甚至还是枯树褐草遮掩，但毕竟已露绿芽，人的心情也随着这春意而明快和惬意了。

他路过大草甸子。大草甸子靠近山脚下有一条河。河水随山势走向时窄时宽。他看到前面较宽较平缓的水面上有一对鸳鸯在追逐戏水。这地方也有鸳鸯！他心里一振，十分高兴。他看到那个雌鸟红褐色，翎毛有花斑，雄的脖颈有一圈绿色翎羽，在夕阳下闪闪发光。他虽是一个粗人，但粗中有细，他粗陋的外表下也有细腻的情感。他十分喜爱这对鸳鸯，当这对鸳鸯戏逐而远去的时候，他的眼神久久没有收回来，他感到很惋惜。他想学着柳直触景生情来两句诗文，但他不能，他不会。他张大了嘴巴没有出来声音，深呼吸后鼓起的胸脯又落下来，他自嘲地笑了笑，冲着那对远去的鸳鸯说：“上哪去呀？在这地方安家落户不也挺好吗……”

他的父亲在大草甸子的山坡地上放牛。随着天气逐渐返暖，一些小牛们活蹦乱跳地撒欢，互相追逐。它们的皮毛不再像前些日子那样戗毛戗刺，光滑了许多，身上也长肉了。老王头儿乐呵呵的。他高兴，驱赶牛甩起的鞭子声也比以前响亮。他吆喝牛的声音也比以前圆润多了。

王来顺向山坡上喊：“爹，该回去了吧——”

老王头儿向他喊：“再等一会儿，等太阳落山再说，让牛再多吃一会儿。”

“过几天开犁的时候，小牛里头能不能有几个上套的？”

“连小花牤子在内能有五六个吧。”

“好哇，那我们就能增加三四付犁杖，种地的进度就能加快了……”

王来顺走到村西头张礼家。张礼是多年的肺气肿，哮喘，上气不接下气，身体很瘦弱。他家有老母，还有三个孩子，生活十分困难。他看到张礼从自家门出来，就问：“看到田瓦匠没有？”

张礼向自己的屋里一努嘴，“在屋里呢。”

“噢，他在你们家？”

“是。”张礼笑着走了。

田瓦匠有瓦工手艺，每年都领几个社员出去包点砖木工程。王来顺今天找他就是和他商量一下外出揽活的事儿。

田瓦匠给张礼“拉帮套”，这是全村都知道的事儿。王来顺从张礼脸上挤出来的自嘲的、无奈的笑里面明显地感到了他心中的痛楚。他的老婆被别的男人搂着睡觉，他要很自觉地予以回避，给人家腾地方，不管是出于什么原因，他的心里都是难受的。他脸上的笑是伪装出来的。

世上的事情真的很复杂，有些事情说也说不清楚。两年前，有人介绍田瓦匠给他来“拉帮套”的时候，他嗤之以鼻甚至愤怒，他感到自尊心受到了极大的伤害。然而当他看到孩子们嗷嗷待哺，老娘卧病无钱医治，老婆无米下锅而泪流满面这种无奈境地的时候，他只好长叹一声，只好要命不要脸了。他屈从命运的结果，就是自己出面，亲自到田瓦匠家把自己拒之门外的田瓦匠请了回来。这是喜剧呢，还是悲剧呢？山村中有一句俗话：大年三十死头驴，不好也是好……照此说来，我们权当张礼唱的是一出滑稽的喜剧吧。话是这么说，但王来顺从不敢拿此事和张礼往深里开玩笑。他不能拣软柿子捏，他不能往张礼这个老实人的伤口上再撒盐……

他到张礼门前高声喊：“嫂子在家吗？”

过了好一阵子，田瓦匠才从屋里走出来开门。他见了王来顺，在无所谓的表情里还是露出了些许尴尬：“王队长来了，有事儿啊？”

“有事啊，当然有事儿。”王来顺开玩笑地说：“我这个事不如你那个事要紧，你那个事办完了？”

“办完啦。”田瓦匠不避讳他，也用不着避讳。

这时，张礼媳妇也走了出来，说：“你们俩唠正经事，我去做饭给你们吃。正好我在队里豆腐房捡了两块豆腐，再炒两个鸡蛋，你们哥俩喝两盅……”

“行。”王来顺说。

不一会儿，桌子上摆上了一盘炒豆腐，一盘炒鸡蛋，一小盆白菜豆腐汤，还有一盘大酱和大葱。

王来顺边上炕边说：“嫂子，看你整这么多菜。”

她说：“田瓦匠最近不常来，你更是贵客，没有什么好菜，将就着吃吧。”

他二人对饮起来。酒过三巡，王来顺说：“现在已经到了建筑开工的季节，像往年一样，你再领几个人出去搞点工程。你们出去的人，每人每天交队里十元钱，队里给记二十分。每人每年向队里交两千元，队里给记四千分。剩下算你们的提成。但最低要保证每人向队里交两千元……”

“交两千元太多了，减点吧。去年不是一千八百元吗？”

“不行，就是两千元，交两千你们也有账算，这个你们蒙不了我。”

“我们商量商量，然后再定行不行？”

“不行，没有商量的余地，就是两千元，一个子儿都不能少。”

“好吧，听你的。”

张礼媳妇过来给倒酒，说：“王队长，嫂子给你倒杯酒。”

“别倒了，够了，再喝就过量了。”

“没事儿，多喝点，晚上好搂着新媳妇睡觉啊。”

“别扯了，我们还没结婚。”

“什么结婚不结婚的，一个房住着，孤男寡女的，还躲避的了。”

“别胡扯！”

“行了，那点事还能瞒了我……”

王来顺已经有了几分酒意，他回到家时已经是晚上九点多钟了。父亲已经睡着，他也轻轻地躲进被窝睡觉。然而他睡不着，窗外的猫在叫着，扑棱扑棱的在追逐求偶交配。小河里的鸳鸯相戏追逐的情景，窗外猫的叫春声求偶声，这些浮现在他的脑子里，搅得他心焦意乱。渐渐的，他觉得身体里升腾起一股热流，一种欲望冲击着他，冲击着他……他的翻过来调过去地在炕上烙起了煎饼，他想努力地把这种欲望压下去，然而不能，而且越来越强烈。他终于鼓起勇气，只穿了个裤头，光着的上身披个褂子，起身向西屋走去。

西屋的门虚掩着，山区农村习惯，夜里不闩门。他进屋后径直走向刘美娥。刘美娥已睡熟，他犹豫了一下，一咬牙，掀起她的被窝就钻了进去。他紧紧抱住她，嘴里发出急促的喘息声。

穿着内衣裤的刘美娥惊醒过来，挣扎着问："谁？"

"是我。"

她想从他的怀里挣脱，他把她搂得更紧。二人在炕上滚起来。

她使劲从他怀里挣出，说："大哥，你不能这样。"

"我想你！"他又向她扑过去。二人又滚过来滚过去。她停下来，不再和他支巴，她说："大哥，你要实在想来，我让你来。我早晚都是你的人！可是，你先听我说几句话行吗？"

听到她哽噎地带着央求的话语，王来顺松开了手。

她说："大哥，你想来，按说，我应该答应你。可是现在不行，你知道，我男人尸骨未寒，我不能这么快就做出对不起他的事情，那样的话，我的心会一辈子不得安宁。以后就是和你结婚了，心里总会结个疙瘩。你虽然对我们母子有恩，我们应该报答你，但是你今天这样来强迫我，我也一辈子都不会原谅你！"她的眼中闪出泪花，"大哥，我是一个比较传统的女人，很注重名节，大哥你也是一个有情有义，知情达理的人，是一个重义气讲道德的人。难道你愿意做出欺软凌弱，强人所难的事情吗？如果你真的喜欢我，爱我，你怎么会乘人之危，对你所喜欢的人，对你所爱的人强行无礼呢？大哥……"

"哦……"他不由就愣了一下。

她接着说："大哥，你今天强行和我来，可我是不情愿的，那有意思吗？我们今后会愉快吗？今后你会为今天强迫我，伤害我而后悔的……"

"别说了。"他被震动，清醒过来，立时就感到很羞愧。他慌忙出了被窝，连连说："大妹子，你说的对，说的对，大哥是浑蛋……"他下地，披起褂子快速出去了。

她坐起来，心里不知是什么滋味，心口起伏，不断地喘息。

王来顺走出去，在院子里走了两圈儿。他身体里的欲火无可发泄，感到憋闷难耐。他又对他的鲁莽行为感到羞愧难当。他浑浑噩噩，脑袋像裂了一样的难受。他呼一声把披着的褂子抛向空中，迅速地进了厨房，拿起一个水盆，从缸里舀了满满一盆凉水，又走向院子，把水盆举过头顶“哗”的一声劈头盖脸的从头顶倒下去。

他打了个寒战……

他抬头看到那两只闹春的猫还在闹腾，他拣起一个石块儿向那对猫打去。两只猫被吓了一跳，停止了叫闹，四只眼睛在黑夜中露出绿色的光，直直的看着他。

“看什么，都是你们闹腾的！”他似乎为自己方才的行为找到了原因，便又一个石块打过去。

两只猫跑了。

停了一会儿，他似乎又对自己的行为感到可笑。心想，这是何必呢？一个哑巴畜牲，闹就闹去呗……

他渐渐地平静下来。他忽然想到，刘美娥会不会因为他的鲁莽无礼而嫌弃他，甚至把婚事反悔掉？

他对自己的行为后悔不已，他痛苦地拍了拍自己的脑袋，自言自语地说：“王来顺呀王来顺，丢死人了丢死人了……”他找到他抛出去的褂子，穿好，又从东屋拿了裤子穿上，平心静气站了一会儿，理清了思绪，又重新向西屋走去。他要挽回，求得她的谅解。

他走到刘美娥面前，规规矩矩地站着，恭恭敬敬地低头弯腰说：“妹子，方才你生大哥的气了吧。大哥向你道歉，你能原谅我吗？”

刘美娥说：“大哥，我理解你，我不怪罪你。”

“你要这样说，我的头还能抬起来，不然的话，我这脸真的就没地方搁了。”

“千万别那样说，我还想请你原谅我呢。”

“咳，”他十分自责地说：“你放心，我今后决不再做伤害你的事情。你一定要相信我。”他抬起头来，十分诚恳地对她说：“今后我要再做对不起你的事，天打五雷轰！所以是……”

“大哥，”她赶忙用手去捂他的嘴：“你千万别这样说。”

他顺便攥住她的手。二人四目相对，眼神中都充满了信任。

她把手抽回来，说："大哥，我明天到大姑家去一趟，住一宿。大姑捎信来叫我去一趟，串个门儿，我也顺便看看家林，我也挺想他的……"

"行。快去快回，现在就要进入农忙了。"

"住一宿就回来。"

"我明天送你去，我正想到县里帮田瓦匠联系点活，顺道……"

"那就早点睡吧。"

"好。"说完，他向东屋去了。

吃完早饭，美娥对正要出去放牛的老王头儿说："大爷，我今天想到柳塘镇大姑家去一趟。一来是大姑来信儿说想我，让我去一趟；二来我也想家林了，想去看看他……"

老王头儿很爽快地说："去吧。去看看孩子，看看你姑，走动走动，应该的。"

"我去了今天可能回不来，大姑叫我在那住一宿，晚上的饭就得你老自己做了。"

"没事，没事！我做了大半辈子饭，还差这一天两天的。你放心住，住几天都行。"

刘美娥和王来顺走出了家门。

时令已进了五月。今天天气真好。晴空万里，艳阳高照，一点风也没有。只几天的功夫，草甸子的草绿了，山上的李子花、山梨花、金达莱花都开了。鸟儿飞来飞去，真的使人心旷神怡。

刘美娥虽然到柳塘已三个月了，并且已和王来顺确定了未婚关系，但二人一起出行，在柳塘的人们看来，毕竟还是一件新鲜事。

于是在他们的背后，就有三三两两的人们特别是女人们在议论，他们议论什么听不清楚，但从表情、动作来看，都是有关二人的婚配，结合的事情。

二人对人们的议论不理睬。他们走出村子，来到西草甸子，到了他们母子三人刚来时与王来顺放牛相遇有一棵独立大杨树的地方。

她站在她曾经瘫软，背过气的地方，回忆道："大哥，这就是我们娘仨遇见你的地方吧？"

“是呀，你还记得？”

“怎么能忘记呢？这是我最伤感，也是我很幸运的地方。在这里我遇见了你，我们娘仨的大恩人！”

“可别那么说呀，这么说我听着外道，啊，是不是？”

“这是我的心里话。大哥的恩情，我一辈子都不会忘。”

“快别说了，咱们都快成一家了，还说这样外道的话。所以是，快别这样说了。”他忽然有所醒悟地问道：“妹子，你知道村里的人在背后议论什么吗？”

“议论什么呀？”

“他们说，你看刘美娥那么漂亮的女人嫁给了王来顺那么丑的男人……”

“你净瞎说……”

“真的，美娥，你嫁给我不觉得憋屈吗？”

“以前觉得，现在不觉得了。”

“真的？”

“真的。人丑俊不重要。你人好，心好，身体好，这比什么都重要……”

他动情地抓住她的手：“美娥，你真好！放心吧，我一定对你好，对家树家林好。”想不到这个外表粗壮的男人也有幽默：“妹子，咱们先订婚后恋爱，一定更有味道，啊，所以是，你没听人说吗，丑夫近地家中宝……”

“那是丑妻近地家中宝……”

“丑夫近地更是家中宝啊，啊，是不是……”

她也用玩笑的口气笑着回应他“是……”

二人相视而笑。笑了一会儿，他红着脸恳求地说：“美娥，让我亲一亲，贴贴脸也行……”

她犹豫了一下，没有再拒绝，说：“行。”便把脸扬给他。

他激动地把她的脸捧起来，把自己的脸贴上去……

王来顺到县城联系完瓦工活，想到百货大楼给他的未婚妻——刘美娥买点小礼物。

买什么呢？他从一楼逛到二楼，从二楼又逛到三楼，又返回来从三楼到一楼。

“买什么呢？”他自言自语，没想到，礼物还这么难买。

他终于在一个卖女人内衣和床上用品的柜台前停住。他指着一件花衬衣问一个年轻的女服务员：

“同志，那件花布衫三十八岁的女人能穿不？”

“能穿哪，怎么不能穿？”

“不太鲜艳，扎眼？”

“不，挺好的……”

“多少钱？”

“三元五。”

“那件印花的褥单呢？”

“三元一。”

“我能打开看看吗？”

“行。”

服务员态度挺好，把褥单从玻璃橱柜里拿出来，打开。褥单上印有花草，一对鸳鸯戏水，显得十分艳丽、生动。服务员问：“怎么样？”

“挺好挺好，衬衣和这个褥单我都要。”

服务员一边给他包裹一边问：“是送礼呀，还是自己用？”

“啊，嗯……是送礼，送礼，不过呢，也是自家用，所以是，自家用……”

他又来到化妆品柜台，买了一瓶雪花膏，一块香皂，一条粉红色的毛巾。他把花布衫、雪花膏等几样东西都用褥单方方正正包好，放入挎包里迈步出了商店。

从县城开往柳塘镇的公共汽车在镇外通往柳塘村的岔路口站点处停下，王来顺从车上下来向柳塘村走去。

他喜形于色。青山绿水，花灿鸟鸣，使他的脚步更加轻盈有力。他来到了大草甸子，忽然眼前一亮——他又看到了前面河水里那一对鸳鸯！

“嗅！你们又回来啦？！”他高声喊道是，“回来好哇！”他喊着向它们走去。

那对鸳鸯像解人意一样，老相识似的向他游来。他走近，当他伸出手去要摸抚它们的时候，它们终于“呼”的一声飞去了。

他没有懊丧，还是很高兴地向它们招手：“飞吧，飞吧，你们飞去还会飞回来，这里是你们的家呀！”

他向飞去的鸳鸯望了一会儿，转身往回走。

他看到一棵树上几只鸟儿唧唧喳喳地叫着，互相追逐着。他本不善唱歌，但今天高兴，又四周无人，触景生情，声调很不畅地唱道——

树上的鸟儿成双对，
绿水青山带笑颜。
你耕田来我织布，
我挑水来你浇园。
你我好比鸳鸯鸟，
比翼双飞在人间……

唱完“哈哈哈哈”大笑，自己嘲笑自己唱得不雅。

山坡上放牛的老王头儿在嘲笑他。听到儿子像破锣一样的嗓子在唱歌，既感到新奇又感到好笑。他向他儿子唱歌的那个地方讥嘲地说道：

“臭小子，你也会唱歌？你唱的还不如小花牤子叫唤好听！可也是啊，高兴嘛，唱吧唱吧……”

王来顺每次从外地回来都到饲养所来看看，这是惯例。这次他从县城回来照例来看。他看到铡草的胡二扯三人正在从谷草垛往草栏子里扛运谷草，便上前喊道：

“二扯——”

“哎，王队长……”二扯迎上来。

“二扯，我今天去县城联系了点建筑活，价钱都定好了。队里准备组织几个人，由田瓦匠挑头，你也一起去。这些年你也年年跟着外出搞建筑，也有这方面的技能，你一起去帮帮他……”

“行，什么时候去？”

“就这两天吧，明天铡草的活儿我安排别人替你。”

“行……”

这时，饲养员老姜头慌慌张张从牲口棚跑出来，对王来顺说：

“王队长，你可回来了，咱们队出事了……”

“啊？出什么事了？”

“出了大事了……”

王来顺瞪大了眼睛，急切地问：“快说，出了什么事？”

08 王来顺之死

柳塘大队部在门前大空场召开全大队批判“唯生产力论”大会。队部门前立着两根木杆，木杆上横扯着一个大会标——“柳塘大队批判唯生产力论大会”。会标下面摆了几张桌子和凳子，是主席台。主席台上坐着公社革委会一位副主任，也就是上次组织抓“盲流”的那位梁副主任，还有黄占奎书记及其他大队干部。

主席台前面较宽阔的空场上已经稀稀拉拉的来了一些社员群众，有的自带板凳坐着，有的站着。

坐在主席台正中间的公社梁副主任脸色严肃地看了看表，很不满意地问身边的黄书记：“不是定了九点钟开会吗，怎么人还没有到齐，来的这么少？”

“再等一会儿就能来了，再等一会吧。”黄这样解释着说，他的心里也很着急。

又过了大约十分钟，公社梁副主任脸露愠色：“九点过了，怎么回事？”

黄书记看虽然又来了些人，但是还不到应来的人数，而且大都是一队和三队的社员，二队的社员几乎一个也没有看到。他本来心里就不满意，方才公社梁副主任的质问更使他气恼，他侧头向旁边的民兵连长卫东彪问道：“二队的怎么一个也没来？”

“已经通知了……”

“通知给谁了？”

“通知了王来顺。”

“为什么不来？”

“为什么不来？”他反问道，“黄书记你也不是不知道，他不总是和咱们对着干？哪次搞活动他积极过，总是找借口不参加。这次会议我去通知他，我特别强调了大批判会议的必要性和重要性，我还特别说明了公社领导也来亲自参加会议。你猜怎么着，他听了根本就不当回事。”卫东彪特意看了一眼梁副主任，“他把人都安排上山栽树去了，到县城搞建筑去了，剩下的……”

卫东彪的一翻话把梁副主任的火腾的烧起来了，梁主任一拍桌子：“真不像话！”

黄书记虽然比梁副主任职务低，但年龄比他大，显得老成沉稳一点。他压住火气，对卫东彪说："让大喇叭再喊两遍，叫他们快点来参加会议。"

"算了吧。"梁副主任说，"等他们来了都什么时候了，黄瓜菜都凉了。我看今天的会议不开了，开的话也达不到开会的目的。干脆推到明天开。"

"我看行。"

二位主要领导既然这么说了，其他的干部也都点头同意。

梁副主任说："为了开好明天的会议，不再出现今天这种情况，散会后，黄书记你要亲自去通知一队和三队的队长，严格要求明天务必全部参加会议。光大喇叭喊不行，一定要亲自通知，然后再由队长通知到每家每户。"

黄占奎说："好，我一定亲自通知。"

梁副主任接着说："下午，黄书记和卫连长亲自到林场去一趟，我和你们一起去！去林场找王来顺，让他把人撤回来，一定要参加明天的会。"

卫东彪说："王来顺不在林场，听说昨天就到县里联系建筑活去了。"

"他不在没关系，不是还有副队长吗，无论如何要把人撤回来。"

卫东彪极尽煽风点火之能事："王来顺这个人可犟，谁的话也不听……"

"一个王来顺就可以和无产阶级革命路线相对抗吗？真是螳螂挡车，不自量力！我早就听说过，王来顺这个人只抓生产不抓革命，甚至用生产压革命。今天的事例就是他用生产压革命的典型表现。如果这种现象不严加制止，那还谈什么无产阶级专政？我现在怀疑，像王来顺这样的人配不配当队长、当干部？如果像他这样继续搞下去，柳塘二队究竟走的是社会主义道路还是资本主义道路？"

黄占奎说："早晚得变色。"

梁副主任说："就这么定，吃完午饭，咱们三个就去林场，把人全部撤回来。"

"好。"黄书记拿起话筒宣布道："大家注意了，大家注意了。由于有的生产队没来参加会议，来了的人数也不多，为了严肃会议，达到预期的路线教育的目的，决定会议推迟到明天召开。明天九点全体社员一定要按时参加，现在……"

黄书记刚要宣布散会，这时，攀坐在空场东侧一排柳树上的一个小青年向台上喊道："快开吧开吧得了，明天还有事呢！"

另一个小青年附和道："是呀，快开吧开吧得了，明天还折腾个啥劲儿？"

正在气头上的黄书记向那两个小青年吼道："是谁在那里乱说乱讲，啊，是谁？"

卫东彪说："一个老张家的，一个老李家的。"

"去，把他们两个揪到前面来！"

卫东彪刚离开凳子，那边的两个小青年跳下树来，撒腿就跑了。

梁副主任黑着脸说："查一查，他们家都是什么成分？"

"查过多少次了，都是贫下中农。"

梁副主任斜视了一眼："贫下中农？不管什么成分，看来，你们这里的阶级斗争形势确实比较复杂，各种迹象表明，确实比较复杂呀！看来，不抓不行，不抓不行，啊？"

梁副主任的话，黄占奎听来既是对柳塘情况的分析，更是对他工作不力的批评。他恨恨地向跑掉的两个小青年说道："两个小兔崽子，看我以后不收拾你！"然后他对着话筒大声说："散会！"

王来顺从县城回来，习惯性地先到饲养所（队部）看一看。还没等他进屋，饲养员老姜头向他报告了一个令他十分吃惊的消息。

"王队长，今天上午大队召开批判大会，咱们队一个人也没去参加。大队和公社的领导很生气。吃过中午饭，公社一个领导和黄书记、卫东彪三个人去了林场，说是要把上山栽树的那些人撤回来……"

王来顺一听就急了："你说什么？"

"要把栽树的人都撤回来。"

"这不是胡闹吗？要撤也得通过我呀！"他走了几步，又回头问老姜头："他们什么时候走的？"

"走了一个多小时了。"

"好，我这就去林场，说什么也不能叫他们撤人。若是让他们把人撤回来，好几万元的副业收入款就打水漂了，今年的分值别说达到两元，就是八角钱也够呛了……不行，我马上去林场！"

"吃完饭再去吧……"

"不行，来不及了。"

王来顺在山路上急奔，把路两边的树木甩到身后去。为了在社员们下山前赶到，他越走越快，几乎是小跑起来。他越过小溪，跨过沟坎，汗流浃背地疾速前行。树上的鸟儿叽叽喳喳地鸣叫着，像是向他探问道：走这么快干啥呀？

走这么快干啥，这还用问吗？梁副主任、黄支部书记他们要把社员们从林场撤回来这件事情，对他来说，无疑是十万火急！它是关系到生产队的整个收益和全队二百多口人的生活大事！是戳他心窝子的事！生产二字在他心目中的位置无可替代，几乎就是他的命根子。他把生产看得比命还重要的观念并不是空穴来风。第一，他有强烈的责任心。自从他当上队长时起，他就下决心把生产搞上去，要当这个队长就要当好，要不你就别当。当的好与不好的标准，就是看你的口粮多不多，分值高不高。他曾不止一次在社员大会上保证，口粮一定要超过五百斤，分值一定要达到两元以上。他不但要对选他当队长的社员们负责，也要对他说过的话负责；第二，他是一个争强好胜，荣誉感很强的人。他想，社员们选你当队长，这是多么大的信任，多么大的荣誉？人有脸树有皮，人若没有自尊心，没有荣誉感，就等于树没有树皮，人没有脸皮一样，那人活着还有什么价值？活着就不值钱了。荣誉是怎么来的呢，当然是干出来的，要有成绩才有荣誉。说来说去，还是要把生产搞上去。现在，梁副主任、黄书记他们要把他呕心沥血、苦心经营的副业生产停下来，他能不急吗？

他边走边坚定了一个信念，说什么也不能让他们把人撤下来，就是豁出命来也要把这宗副业保住！

他急速地走，在下坡时脚下踩了一个石子儿，没站稳，摔了一跤，摔得很重。他咬着牙站起来，就觉得脚脖子有些疼，头有些昏沉，特别是他感到心口有些疼痛。以前他有过心口疼的病，两年多没犯了。这次是不是由于着急疾走又犯了呢？他把心口揉了揉，又到河边洗了把脸，就觉得头晕和心跳都好许多。

他转过山脚就看到林场的工棚子了。二十多里山路他一个小时就走到了。当他看到社员们还都聚集在门前，还没有下山，他感到十分高兴。他向门前的社员们挥了挥手，大步走了过去。

工棚子外，梁副主任、黄占奎、卫东彪在逼着金队长撤人。

黄占奎很严肃地对金队长说："金队长，现在全国都在搞对唯生产力论的大批判，这是当前最大的政治。根据上级的统一部署，咱们大队上午召开批判大会，你们队一个人也没有参加，这是怎么回事呀？"

金队长装出吃惊的样子说："怎么能一个也没有参加呢？"

黄占奎瞪了他一下："你不用装疯卖傻地反问我。为什么一个也不参加，你们心里清楚。这件事往轻了说，就是你们无组织无纪律，没有把支部的决定当回事。往重了说，就是和无产阶级革命路线相对抗……"

金队长笑着说："黄书记，别上纲啊，哪有那么严重……"

黄占奎严厉地说："好啦，不用狡辩了，今天我和公社梁主任来就是通知你们主动把人撤回去，明天参加村里的大批判会。"

"什么，撤回去？"

"对，撤回去！"

"那哪行啊。"金队长急着辩解道："我们昨天才上来，刚安顿好，怎么能说撤就撤呢？"

"不用讲条件和客观原因了，今天必须撤回去！"

"这我可做不了主哇，王队长不在，还是等王队长来了再说吧……"

"不行！"黄占奎斩钉截铁地说："你是听王队长的，还是听党支部的？"

"我当然听党支部的，可是王队长的话我不听也不行啊……"

黄占奎生气地说："你不用再软磨硬泡，你到底撤不撤？"

金队长显出十分难办的样子："怎么能说撤就撤呢？"

"你若不撤，党支部可就要考虑撤销你的党员资格问题……"

金队长考虑了半天，说："要撤，也是要由黄书记你亲自向社员们宣布，我不能宣布……"

"为什么呀？"

"王队长不在，队委会又没研究，我没权宣布啊……"

"好吧，你就推托吧。我来宣布……"

工棚子里的社员们背起行李，拿着镰刀镐头等工具走出工棚，准备回家了。

金队长无奈地蹲在家树和柳直吃过饭的大树底下。他忽然抬头看到王来顺向这边走来，便高兴地喊道："看，王队长来了……"

大家随着金队长的喊声，果然看到王队长来了，便都停住了脚步。

王来顺向大家挥着手，快步地走近，他上气不接下气地喊道："你们都回去！”

他想努力地站住，但还是两腿一软，倒下了。

金队长他们赶忙把他扶起。

金队长说：“怎么累这样，快坐下歇歇。”

梁副主任、黄书记、卫东彪他们看是王来顺来了，都板着脸，站在那不吱声。

王来顺喘了喘，让心胸平静一些，主动与他们打招呼：“梁主任，黄书记，你们来了……”

梁主任点点头，黄书记也点点头。

王来顺说：“梁主任，黄书记，明天的批判大会，我保证家里的男女老少社员们全部参加，我保证！可是，栽树的副业不能停啊……”王来顺很诚恳地征询他们的意见，转而对社员们说：“你们还站着干什么？还不赶快回屋里去，放下行李，明天继续栽树。大批判的事，咱们以后补上……”

“不行！”梁副主任斩钉截铁地说，“今天人必须撤回去。”

黄书记也说：“必须撤！”

王来顺笑问道：“为什么呀？”

梁副主任说：“为什么？就因为这是革命的重要，一切都要给革命让路。”

黄书记缓了口气，说：“王队长啊，不能用生产压革命啊，不能只拉车不看路，把社员们领到邪路上去呀。不能开口生产，闭口生产，除了生产还是生产……”

王来顺半真半假地笑着说：“生产队生产队，生产队就是搞生产的嘛，不抓生产，还叫什么生产队？”

“真是谬论！想不到你这个党员的觉悟这么低。”梁主任显出很不屑。

黄占奎说：“来顺呀，还是服从组织上的决定吧，把人撤回去，先抓革命后抓生产，用革命来保生产。”

“不能撤啊。”他恳求道：“梁主任、黄书记，这革命要抓，生产也要搞哇。林场这宗副业可关系到咱们队的收益分配呀，哪能说撤就撤呢？我方才说了，大批判的事，我们一定补上，还不行吗？”

梁副主任和黄占奎几乎同时说：“不行，你必须撤！”

王来顺一直压着火气，他尝试着金队长跟他说过的要讲点策略的话。但是他好说歹说，他们就是居高临下，横不讲理，就是不行。他一忍再忍，还是没有忍住。他的倔强的性子又使他的火气一下子就蹿上来。他也强硬起来：“不撤！”

双方顶起牛来，陷入僵局。

梁副主任气得踱了两步，回头很威严地说道：“王来顺，你到底撤还是不撤？”

“不撤！”

“你敢？”

“怎么不敢，除非撤掉我队长的职务！”他转对社员们说，“我是队长，你们必须听我安排，明天照常上山栽树！”

社员放下镰刀、镐头，进棚子放下了行李卷儿。

黄占奎看梁副主任气得脸色发青，便大声地对王来顺说：“王来顺，你太不像话了。你自以为你是共产党员、转业军人，贫下中农，又是队长，组织上就拿你没办法了。你太骄傲了吧？简直是目无组织，目无领导！那天我找你谈话，你撒谎说安排刨茬子，实际是给金队长他爹过生日。自己喝着烧酒，却把我晾在办公室傻等，我还没找你算账呢。今天这个事，你更是得寸进尺，忘乎所以。你是向组织上摊牌，简直是肆无忌惮地向无产阶级示威……”

王来顺气头上毫不相让，脱口而出：“示威就示威！”

梁副主任看王来顺昂着头挺着胸，一点没有屈服的意思，就说：“好吧。”便把黄书记拽到一边耳语了几句。黄书记点头表示迎合。

黄书记走过来，对王来顺，也是向大家宣布道：“党支部研究决定，撤销王来顺第二生产队队长职务，由金副队长暂时代理队长工作……”

王来顺惊愕地瞪大眼睛，他感到十分震惊！他严正地说道：“我这个队长是群众选举产生的，你们无权撤……”

黄书记说：“什么群众选举产生，党、政、青、妇、兵（民兵）、东西南北中，党是领导一切的。党支部有权免你的职，不但免你的职，还要组织群众批判你，消除你的恶劣影响……”

“不光是消除影响的问题吧。”梁副主任深刻地说：“王来顺，你要正视你自己的问题。你看你重用的都是些什么人？你重用地主分子，也就是董淑琴她爹当油坊的保管兼会计，你重用柳直办板报搞宣传，你重用富农子弟外出搞黑包工……”董淑琴的父母虽然年龄较大，但不是地主分子而是地主子弟。

卫东彪添油加醋地说："那个王家树的爹是扫四旧时被专政的对象，现在这个专政的对象老婆儿子都成了他的宝贝疙瘩……"

"这么多有问题的人你都包庇重用起来。这说明什么？这说明物以类聚，人以群分嘛！你口口声声说抓生产是为了发展集体经济，提高社员们的收入，实际上你骨子里想的是什么，要达到的目的是什么，不是昭然若揭了吗？"

梁副主任、黄占奎和卫东彪的话，像一盆污水似的劈头盖脸地向王来顺泼过来，他感到受了极大的侮辱！

他的两眼直勾勾地看着他们，一时气急说不出话来。只见他那像黑猩猩似的两只眼睛开始发红，越来越红，越瞪越大。两束锐利的红光从眼里射出。他怒指他们，却找不到恰当的词句回击他们，便"你你你"的老半天，才蹦出两个字来："放屁！"他还想说什么，却突然感到胸中一阵剧烈的疼痛。他先是呕的一噎，然后扑地一声，一口鲜血从口中喷出，接着，又是一口喷出来……他真是个刚烈的汉子，他的头高高地扬起来，向山野，也是向他生活的这个世界撕心裂肺地喊道："我抓生产何罪之有哇……"然后，他的身体向后轰然倒下。他的声音随风传入山谷，山谷中便响起了他的回声——何罪之有，何罪之有……

社员们见状慌乱成一团。

金副队长："快，快，绑担架，绑担架！送医院……"

有的找了两根木杆，有的拿来木板，有的拿出绳子，不一会就把担架绑成了。家树把自己的行李打开，把被子铺在担架上，然后把王来顺放到担架上，金队长家树等四个人麻利地抬起担架赶往公社卫生院。其他社员在后面紧跟，准备换着抬担架。

担架拐过山脚；

担架过了小溪；

担架在崎岖的山路上急速的前行……

来到公社卫生院，家树去挂号处挂号。

已经垂危的王来顺抬起手来摸索，口中微弱地喊着："金……"

金队长赶紧把手递给他，说："我在这里……"

王来顺断断续续地说："兄弟，我不行了……有两件事，一个是，你一定要挺起来，抓生产，保证秋后……日值两元……二是，我死后，把我埋在甸子西坡那棵白杨树下，我在那里遇上了美娥，我的，心爱的人……”他的脸上竟浮起笑纹：“老天爷让我认识了她，我心满意足，此生没有白活……”

金队长伏下身去，趴在他的脸上说：“你放心，我一定努力抓生产；把你埋在大甸子西山坡大杨树下……”他说完又觉得说的不妥，又说道：“你没事，死不了，打打针就会好的……”

王来顺脸上挤出一笑，头一偏，两滴清泪流下来，声若游丝般说出两个字：“美……娥……”

金队长见状，知道他这可能是最后的遗言了，他很难过地伸手擦去王来顺脸上的两滴泪水，很急促地说道：“来顺大哥呀，我对不起你呀，我没有顶住！我若是顶住了，你也不至于走到这一步。你可要挺住呀！家里、队里都指着你呢……”他的声音哽咽了，眼圈更显潮湿。

家树挂完号，快步走进医生办公室，对一位正在看报纸的医生说：“大夫，我们送来一个危急病人，请你快给抢救吧……”

大夫慢腾腾地抬起头来说：“介绍信。”

家树着急地说：“人都快不行了，还要什么介绍信啊？”

“没有介绍信不行。”说完，大夫不屑一顾地又继续看报纸。

金队长把火急火燎的家树拽到身后，说：“病人是我们柳塘村二生产队队长，在山上劳动时突然发病，没来得及开介绍信，我是二队的副队长，姓金，我打保票……”

这位大夫这才走到担架前面，俯身用手扒了扒王来顺的眼皮，瞳孔已经放大，摸摸胸口，已经摸不到心跳。他说：“人已经不行了。”

家树哀求道：“赶快抢救哇！他还睁着眼睛……”

“他已经死了。”

大家都“啊”的一声，目瞪口呆。

突然之间，家树不能接受这个事实，方才还是活蹦乱跳的大活人，怎么会说死就死了呢？他使劲地摇王来顺的头，悲伤地叫着：“叔，叔哇……”

老王头儿得到凶信，跌跌撞撞地跟着报信的家树走来，他的身后跟着他家的大黄狗。公社卫生院没有停尸房，王来顺也没有住院，不能停在院部，尸体便被抬在后院墙边停放。

老王头儿上前拽下盖在王来顺脸上的一个破被单，看着已经咽气多时的儿子呼天抢地地喊道：

“来顺，我的儿呀——”

他的哭喊声苍老、嘶哑、悲凉，让人听着撕心裂肺，十分凄苦。他蹲下身子，头歪在儿子的胸口处，背过了气去。

人们叫着、喊着，让老王头儿醒来。

大黄狗见状，走到王来顺头前，用嘴巴拱了拱王来顺的脸，王来顺不动。它又拱了拱王来顺的胳膊、手，王来顺的胳膊、手不动。它又去拱了拱王来顺的脸，王来顺还是不动。

它急了，冲着缓过气来的老王头儿汪汪汪地叫着，它用嘴撕他的裤子，扯他的袖子……

老王头搂着它的脖子无限悲哀地说：“大黄啊，你的救命恩人，他已经死了哇……”他的浑浊的眼泪滴在它的鼻翼上、脸上。

此情此景，它像明白了似的“噌”地窜起老高。它走到王来顺的头顶处，汪汪汪的几声喊叫，王来顺不起。它便从王来顺尸体右边跃起跳到左边，又从左边跃起跳到右边。它从头上跳过，从胸前跳过，又从腿上跳过。它跳来跳去，唤不起王来顺。它来到王来顺的头前，头伏地，两爪前伸，像似拜别。它的两眼呆滞，眼角挂着泪水，它忽然弓起身来，出人意料地，义无反顾地向砖墙撞去。

“砰！”它的头撞在墙上，身子被弹回来，“啪叽”倒在地上，它昏过去了。

这就是一条狗！一条通人性的狗。

老王头儿伏下身去抱起它的头：“我的好大黄啊，知情知义的好大黄啊……”

大黄狗缓过气来，它睁开眼睛，哀伤地看着老王头儿，眼泪便流下来。老王头儿放下它的头，它便缓缓地蜷缩在王来顺尸体的旁边，它无力地睁开眼睛看了看王来顺，便一动不动地趴在那里。

人们对于大黄狗的举动无不为之动容。

金队长拽起老王头儿说：“大爷，地上凉，起来吧。你年龄大了，不扛打击，要注意身体呀……”

老王头儿十分悲痛地看着金队长，缓慢地说：“金队长啊，来顺走了，你的搭档没了，呜呜呜，金队长啊……”

“大爷……”金队长感动得也落下眼泪：“大爷，你先回去休息。人死不能复生，活着的人还得过呀，以后还得指望着你呢。你先回去吧，王队长的后事你就不用管了，有我呢……”

老王头儿感激地看着金队长，使劲地握着他的手，说：“你是来顺的好朋友，好伙伴，你就多费心，多麻烦吧……”

“你就放心吧。”金队长说完，回头叫家树：“家树，你去弄一辆小推车，把你王爷爷送回去。”

胡二扯过来说：“家树去村里弄车太远，我去吧。我的一个亲戚在这附近住，他那有辆小推车，我去借来……”

“那也行，快去吧。”他见胡二扯借车去了，就又对老王头儿说：“大爷，王队长在临咽气时，交给我一个包，说是给嫂子买的礼物、纪念品。让在入土之前当着他的面交给她……”他把挎在肩上的挎包拿下，递给了老王头儿。

老王头儿接过来，睹物思人，十分伤感地拍了一下挎包说：“来顺呀，你给美娥买了礼物，纪念品，你若能亲手送给她，你会多高兴，她会多高兴……可是而今，而今，你两眼一闭就走了，作孽呀……”

他又瘫软在了地上。

胡二扯推来了一辆独轮车。

金队长对老王头儿说：“大爷，上车吧，让二扯把你送回去。”

“不用！”老王头儿虽然已身心疲惫，十分虚弱，但他还是倔强地说道，“不用坐车，我还能走。我儿子是站着倒下的，我也不能趴着走……”

“大爷，你还是别逞强了……”

“我说不用就是不用！”他推开金队长的手，顽强地自己站起来，说：“黄占奎他们回来没有？”

“回来了。”

“好，我去找他们……”

“大爷，你这是？”金队长赶忙拦他。

“我去找他问问，王来顺究竟犯了什么错？”

“问啥呀，能问出什么结果来？”

“不行，王来顺就这么死了，就这么白死了，这还有没有个天公地道？”

“什么天公地道？人家也没打他，也没骂他，人家也没让他死，是他自己死的，你能把人家怎么样？”

“无缘无故的他就死了？”

“顶多是自己气死的，就是他们给气的，你又能怎么样？人家嘴大，你说不过人家，你去找，反而会打不着狐狸惹一身臊……”

胡二扯把独轮车推到老王头儿的身边：“大爷，上车吧，咱别去惹那个气了。没听说吗，宋朝丞相赵高指鹿为马，明明是鹿他说是马，别人也就得说是马。你若说是鹿，他就整死你……”

“我咽不下这口气……”

“咽吧，咽吧，咽不下也得咽，该咽就得咽哪……”

金队长和胡二扯连哄带劝的把老王头儿扶到车上。

“你坐好喽……”胡二扯驾起车子，往回走了。

大队部办公室坐着公社梁副主任和黄占奎。

卫东彪进来说：“听说王来顺到医院没等抢救就死了。”

黄占奎意外地问：“死了？”

“死了。明天的大批判会还开不开？”

黄占奎扭头看了一眼梁副主任。

“照常开嘛！”梁副主任说：“死了个王来顺大批判会就不开啦？别说死了个王来顺，就是任何人，任何事都不能阻挡革命的车轮滚滚向前……”

“不但要开，而且声势要大，震动要大，效果要好……”黄占奎补充道。

09 吊丧

山村风俗，人在外面死后尸体不能拉回家，同时又有必须停放三天才能出殡的风俗。卫生院没有停尸房，经卫生院同意在卫生院的后院子里搭了个灵棚。灵棚用几根木杆和苇席搭成，木杆上挑着三十九张叠着的黄烧纸，说明死者三十九岁。灵堂前面两侧的木柱上挂着一副挽联。挽联白纸黑字，十分醒目。上联为：在队为队长抓粮食抓副业呕心沥血抓生产。下联为：居家乃户主亲高堂亲妻子深情厚谊亲子侄。横批为：刚烈忠勇。

挽联很少有用横批的，但此处用了横批，意思很明显，既要说明在此躺着的人死的有骨气，又要说明有节度。此联乃柳直所写。

家树胳膊上戴了一个黑布箍，垂手肃立守灵。柳直、金队长、田瓦匠、胡二扯等也都守灵。

老王头儿一下子苍老了许多。他对于儿子的突然死亡很难接受。他老泪纵横，绕着儿子的尸体走来走去。

金队长说："你老坐一会儿吧，要自己劝自己，不要过于悲伤。"

"我怎么能不悲伤啊！"他控制不住忽然大放悲声，那声音干裂，嘶哑而又颤抖："来顺我的儿啊，你从小就没有娘啊，你就是人们唱的那棵小白菜呀，从小没有娘啊。如今你还没有娶妻生子，你就死了，你死得冤哪……"他哭诉说，却转了话题："你当队长七八年，没有功劳还有苦劳哇！谁让你犟？你个犟种！你觉得你抓生产抓的挺好，那有啥用？人家说不好，你非说好，那有啥用？胳膊能拧过大腿吗，你这个犟种！修桥补路的双瞎眼，打爹骂娘的却儿女双全，你上哪说理去呀，你个犟种……"谁都听得出来，他不是骂他的儿子，而是在骂致他儿子于死地的那些人。

老王头儿苍老的、凄楚的高声喊叫和低沉的呜咽，让人听着十分难受。白发人送黑发人，况且这个黑发人是冤屈而死，其悲伤的心情可想而知。老来丧子啊，实在是人的一大悲哀！老人家的哭诉引发了人们的同情，也引起了人们的共鸣。

田瓦匠显得很激动，他的拿瓦刀的手习惯地做出垒完一块砖时用瓦刀砍一下的动作，说："大叔哇，别哭了，人死不能复生，得节哀啊……"然后他接着说："行了，来顺，这回你这一走，我这瓦刀也就没用了。也好，刀枪入库，马放南山，老老实实在家呆着吧。再想去搞建筑活儿，搞副业去，恐怕连门儿都没有了……"不知是由于激动还是由于对老王头的同情，他的心里也不是滋味儿，眼睛就有些潮湿。

胡二扯接着他的话茬儿说："来顺这一走，二队的生产可就要够呛了。他敢抓敢顶敢坚持，除了他，谁还敢哪？等着吧，弄不好，吃返销（粮）吧……"他摇头叹息着，十分丧气的样子对金队长说："金队长，我说的对不对？"

金队长此时的心情很不平静。在他听来，胡二扯简直对他就是将了一军。他和王来顺搭班子抓生产志同道合，他也同样有把生产搞上去的雄心和壮志。他正在为自己没有顶住黄占奎他们逼他下令让社员们撤离林场而后悔，现在又经胡二扯这么一"将"，马上坚定地说："不要紧，天塌下来我顶着！我已经答应王队长，他走后，生产队这个挑子我来挑！老田，老胡，你们大伙支持我，我一定敢抓。只要咱们齐心协力，只要你们听我的……这样吧，等王队长的丧事办完以后，你们两个该到县城去搞瓦工活还照常去，林场栽树的副业也不能停……"

田瓦匠惊喜地问："金队长，你这样做能行？"

"行！"

胡二扯说："你可得注点意，别像王队长似的……"

金队长悲愤地说："脑袋掉了碗大个疤，没啥可怕的。"

田瓦匠和胡二扯几乎同时说："好，金队长，只要你敢做敢当，我们大伙支持你！"

家树很有同感地点点头。他看到老王头儿在一旁还不停的抹眼泪，就说："爷爷，别哭了……"

"爷爷不哭。"老王头儿把家树搂在怀里："孩子，爷爷不哭……"可他的眼泪还是流下来。他伸手擦去家树眼角的泪水："好孙子，你也别哭……"

王来顺突然死亡的消息，很快传遍二队的角角落落。绝大部分的男女老少都从柳塘赶到公社卫生院来探望死者，慰问亲属，有的准备为其守夜。有一百多人聚集在灵棚前面，人多自然就嘈杂，议论也多。

有的问："什么病，说死就死了？"

有的答："听说是气绝身亡。"

有的说："听说是奓了肺了——跑了二十多里山路，又渴又累，再加上惹了一肚子气，喝了一大瓢凉水，肺就炸了……"

有的说："总之，王队长这个人就是性子太急，火气太大，若不然的话也不至于……"

这时，灵棚外面一阵骚动，刘美娥领着家林从大姑家赶来了。

她进了灵棚，一头扑向王来顺的尸体上，一边推晃着他的尸体，一边呼叫着：“大哥，大哥，你醒醒，你醒醒，我来看你来了……”

老王头儿哽咽着说：“傻孩子，他醒不了啦……”

刘美娥泪如雨下，她反复呼叫着：“大哥，你醒醒，你醒醒，我是美娥……”

老王头说：“孩子，你有话就说出来吧，别闷在心里。他虽然人已经走了，但他的魂还在，他能听到。别憋着，说吧，啊……”

“我不说他也知道哇，呜呜呜……”

她在大姑家接到王来顺死亡的凶信，心里“咯噔”一下子，随之就瘫软下来。常言道，存在的时候，不以为然，但逝去的时候，才感到它存在的重要和价值。此时的王来顺清清楚楚地出现在她的脑海里。她想到他们初次相逢，在村外草甸子山坡上他放牛时那像破锣一样的吼唱声；她想到他听到其舅舅搬走她没了落脚之地而晕厥时他掐她人中急切地呼唤她的情景；她想到他同情地用两只深邃的眼睛看着她邀请她去他家落脚的情景；她想到他逼着家林去上学的情景；她想到他时时偷看着她，回答她问话时常常“是不是，所以是”腼腆的样子；她想到他对她的关心、体贴和理解……总之，她想到了这个外表粗陋却处处表现出对她的深情厚谊的人，她的心里涌起了无限的思念和悲哀！

“男儿有泪不轻弹，只因未到伤心处。”到了伤心处时，多么刚强的汉子也要弹下泪来。男人这样，女人更是如此。她的泪哗哗地流下来。待她进了灵棚，看到摆在地上的王来顺的尸体，猛地扑上去嚎啕大哭。

此时的她动了真情，她是发自内心的哭泣。她令人感到十分悲惨地哭了一阵后，忽然伸手揭开了蒙在王来顺头上的被单子，看着他的脸诉说道：“大哥，你不应该就这样匆匆忙忙走了哇，不应该不给我一点报答的机会……”说到此，她停止了哭泣，发自内心的倾诉道：“大哥，你侠肝义胆，对我们母子有大恩大德，在我们陷入绝境的时候，是你搭救了我们，管吃管住，让我们有了落脚的地方，我从内心感激你啊，永远不忘你的大恩大德……”她深呼了一口气，倾诉道：“大哥，你有情有义，深明大义，不强迫我，不伤害我，不欺压软弱，尊重我的意愿。你是真正的君子，你是真正的有道德的人，你是我胸中最敬佩的真正的男人！我在心中永远仰慕你……”说到此，她已经完全不能自已，大声的恸哭道："大哥，我对不起你呀，我真的对不起你！我不应该拒绝你，让你就这样走了，让我留下了终身的遗憾……"她捶胸顿足，过度的悲伤使她背过气去。

对于她的哭诉的内容，人们有的听得懂，有的听不懂。但不管是听得懂的部分还是听不懂的部分，人们都感到情真意切，好多人都跟着抹眼泪。

在刘美娥走进灵棚的时候，董淑琴也跟着她走进了灵棚。董淑琴近来精神更加抑郁，身体越来越瘦，很是虚弱。但她听说王来顺突然死亡的消息后，一来是她对王来顺印象不错，二来是和刘美娥成了姐妹，还是拖着病体和父亲一起来灵棚吊丧。她见刘美娥昏厥过去，赶忙把她扶住，着急地叫着："姐，姐……"

张礼媳妇和张礼也到灵棚来吊唁。王来顺虽然是队长，但从不小看别人，对张礼也是尊重有加，这让张礼十分的感动。对于张礼媳妇来说，王来顺既是一个敢作敢为的硬汉，又是能和她说笑谈得来的人。她见刘美娥背过气去，也上前拽胳膊呼唤："她婶，她婶……"

过了一会儿，刘美娥缓过气来，她郑重地大声说道："大哥，我说话你若真能听到，我现在就跟你说，我们这辈子做不成夫妻，我们来世做夫妻。我们现在就做个约定，我保证，只要你愿意，我来世一定嫁给你！"她看着他的眼睛，说："大哥，你若听到我的话，来世愿意娶我，你现在就把眼睛闭上，安心地走吧……"

她用手抹了一下他的眼睛，真的很灵验，他的眼睛合上了。

老王头儿叹了口气："他总算闭上了眼睛……"

老王头儿虽在丧子的悲痛中，但又甚感欣慰。他欣慰的是刘美娥的哭灵完全是真心的，实意的，没有半点装腔作势虚假作态的成分。家树家林这两个孩子也是真的很悲伤。他向着王来顺的尸首点头默念："来顺呀，你没白搭救他们母子一回，你没白关心照顾他们一回，他们是有良心的人哪，是知恩图报的人！单就这一点来看，你值了，你就安心地走吧。"但老王头儿在欣慰之中免不了同时充满遗憾。他遗憾的是他儿子和美娥毕竟没有成婚，假如他们成婚了，美娥名正言顺地成为他们王家的媳妇，一家人和和美美过日子那该多好哇！而今，这个急切盼望着结婚，而且就要很快结婚的人却死去了……想到此，他不仅又老泪纵横。

董淑琴说："姐，咱们回去吧，还有明天后天，这样下去不行啊。"她回头对老王头儿说："大爷，你当老的首先得挺起架来，你不挺起架，下边的怎么办？你带头回去，我姐和家林也就回去了，这里有金队长、家树他们守灵就是。”

老王头儿忍着悲痛说：“好吧，美娥，咱们回去。”

家树、柳直、金队长还有几个社员留下来守夜。留下的人换着到小吃部吃了点饭后，就分两伙打扑克，一伙“三打一”，一伙玩“抓猪”。

十点多了，金队长望着天上的星星，心里觉得很空落也很惆怅，就对家树说：“吹段箫吧，你叔最愿意听你吹箫了。他活着的时候常夸你箫吹得好，你就再吹一段给他听听……”

“不好吧，现在正是悲伤的时候，哪能奏乐器？”

柳直说：“没关系，箫最能抒发悲哀的情绪，吹一曲吧。”

“好。”正好他们的行李从林场下来还没有送回家，他便从行李中取出箫来。他调整了一下情绪，说：“吹一曲什么呢？是《满江红》还是……”

柳直说：“还是吹《苏武牧羊》吧，《苏武牧羊》这支曲子最能展示箫的特点和魅力。”

“好，就吹《苏武牧羊》。”家树双眼微合，深提一口气，缓慢、低沉地吹起来……

第二天早饭后，一辆牛车拉来了松木板，两个木匠开始做棺材。画线、下锯、刨光，干得挺快。

老王头儿、刘美娥、家林来到了灵棚守灵。美娥说：“大爷，你看一眼你就回去休息吧，你是长辈，不用为他守灵。”

“我等一会儿再走，待一会儿你几个姑和姨都来，还有其他亲戚，我不在不好。”

果然，时间不大，几个姑和几个姨以及其他亲戚们就都来了。来了就都到灵棚里哭一番，经过先来已经哭过了的亲友们的说劝，才渐渐地停止了哭声。以后以此类推，一天哭几次，这叫哭灵。

社员们也都陆陆续续地来了，他们到场，主要是由于王家人缘好，来表示一番友好的情谊。

亲友们都来了，社员们也都来了，就显得人很多，场面也很大。

柳塘大队部门前会场。主席台上坐着梁副主任、黄书记等公社、大队领导，大喇叭响亮地播放着革命歌曲。梁副主任的脸抽抽得很难看，他看了看表，快到九点了，便对黄书记说："怎么搞的，今天来的人怎么还没有昨天来的多？嗯？"

会场上确实人不多，稀稀拉拉的，特别是男劳力不多，来的大多数是一些妇女孩子们，孩子们大多是来看热闹的。

黄书记侧头问卫东彪："怎么搞的？"

卫东彪说："二队的社员大部分都到公社卫生院看死人去了。"

"不是明天出（殡）吗？怎么今天就都去了？"

"嗯……那个金队长明里一套暗里一套，和他们一个鼻孔出气……"

梁副主任说："得采取点措施啊，这样下去还行？"

黄书记对卫东彪说："你立即带几个民兵到公社卫生院，开手扶去，快，要千方百计把群众都叫回来。态度要坚决，措施要得力……"

"好，我马上去！"

柳塘距公社很近，三里多地很快就到了。手扶拖拉机开到卫生院院里，卫东彪和几个民兵跳下车来，看到二队的社员大都在这里，他扫视了一眼便径直向灵棚里去找金队长。

他进了灵棚看到了这样一幕：

在停放着的王来顺尸体左侧肃立着刘美娥、家树、家林，他们在守灵。令他惊奇的是右侧，蓬头垢面的柳直穿着宽大的衣服手舞足蹈的在朗诵他自编自导的祭文。他的衣着外表和手舞足蹈的形象给人一种不疯自癫的感觉，不知是滑稽还是悲哀。

只见他边舞蹈边朗诵道：

乘鹤西去兮何匆忙，
公事私情兮未曾忘，
去国他乡兮君回首，
断肠家书兮寄柳塘。
……

他朗诵毕，双手举起，脸面朝天，大放悲声。这是柳直式的哀悼方式，非此不足以发泄他的情感。

刘美娥母子及老王头儿也失声痛哭。

卫东彪对柳直的言行感到可笑，说：“真是个疯子！”他在灵棚里没找到金队长，出了灵棚在做棺材处找到了金队长，他说：“金队长，黄书记让我来通知你，让你马上叫社员们都回去参加大队召开的批判大会。叫你们九点半之前一定赶到……”

金队长说：“批判大会很重要，是应该参加，特别是卫连长亲自来通知，更应该参加……”

“那就赶快叫大家回去！”

金队长笑了笑，为难地说：“你看人家都是来参加葬礼的，私人交情，我怎么好叫人家走？再说，去参加批判会也不给工分，也不在我这个副队长的派工范围之内……”

“金队长，不要再找借口了，你必须马上叫社员们回去，否则，后果自负！”

“那好吧，我试试看。”于是他面向大家喊道：“大家注意啦，卫连长代表黄书记来通知，大队在召开批判什么大会，大家有愿意参加的，现在就回去参加，人家还等着呢……”

卫东彪急躁地打断他的话说：“不是愿意参加，是必须参加！”

“啊，是必须参加……你们都去参加吧，都去吧……”

“金队长，你也去，要带队去！”

“我？”他推托道：“不行啊，我去不了了。你看，人刚死，我就推手不管了，那也太不仗义了。”

“明天出殡时你再来张罗嘛。现在你必须参加会议去。”

“去不了。”

“必须去！”

“去不了！”

“你若不去，可要考虑后果！”

“什么后果？我早就准备好了，无非是撤了我这个队长职务。你以为我愿意干这个队长，你现在就撤了我，我谢谢你，我给你磕头！”说完，他拂袖而去，并说了一句气人的话：“我可不能像王队长似的叫你们气死，我不死，不操心不费力当个好社员。”

“你！”卫东彪气得咬牙切齿，但又无可奈何。他思索了一下进了灵棚，对老王头说：“老王头儿，你们二队的社员都到这来了，会场那边空了。你必须想办法把大家动员回去，让他们去参加会议。”

“我有什么办法？”

“有什么办法你自己想。”

“我没办法。”

“那好，你没有办法我有，你可别后悔……”

“你想怎样？”

“如果你不想办法动员大伙回去开会，我就把刘美娥和她的两个孩子抓走，送到县收容站，明天就遣送回山东。”他回头指着刘美娥对几个民兵大声命令道：“把她们带走！”

这一招儿果然灵验，老王头赶紧上前阻拦：“别带走，别带走，我想办法让大伙回去……”

“那就快点！”

老王头走出灵棚，对金队长和大伙说：“大伙回去吧，大伙的心意我领了，可是不参加会议不行啊，大伙回去吧……”

“大批判是能当饭吃呀还是能当钱花，啊？不去！”有的人说。

“就是啊，他们说的咱们也不懂啊，瞎子点灯白费蜡……”有的说。

大家七嘴八舌，说什么的都有，就是不愿意回去参加会议。

卫东彪说：“老王头儿，大伙不回去，我只好带人……”

“别，别介……”老王头见大家不走，急得没招儿，“呼”的就给大家跪下了，双手作揖：“求求大伙了，求求大伙了，看在我这张老脸的面子上，快回去吧……”

大伙见状，虽不情愿，也只好离去。

卫东彪看大伙逐渐的离去了，就和几个民兵上了手扶拖拉机。拖拉机“突突突”地开走了。

刘美娥和家树家林赶忙扶起了老王头儿，说：“大爷，为了我们娘仨，让你受这样的委屈。”

“咳，没啥。”他站起来，看着他们母子说：“人在矮檐下，不得不低头哇……让他们闹腾吧，早晚能闹出头来……”

棺材做好了，老王头说："把来顺入殓了吧，省着在外暴尸……"他对两个木匠说："男人们都参加批判会去了，没有人手了，只好再求你们两个受点累，帮着把来顺入殓了……"

"行，行……"两个木匠很同情很痛快地答应。

这样，老王头儿和家树抬肩头两角，木匠抬脚下两角，把躺在担架上蒙着一个白布单子的王来顺抬放进了棺材，盖上了棺材盖。

美娥伏在棺材盖上痛哭，七大姑八大姨们也都陪着流眼泪。

这时，二里多地的柳塘村批判大会的会场上传来了大喇叭的批判声——

谁只抓生产不抓革命就叫他灭亡……

愤怒的大批判声和刘美娥等人的催人泪下的哭灵声搅合一起，在公社卫生院的上空传荡……

老王头指着大喇叭说："他已经死了，灭亡了，你们还想怎么样？批，批吧，狠狠地批……"

要杀钉了（就是把棺材盖钉在棺材梆上），老王头对木匠说："先别钉……"他把王来顺给美娥买的礼物的包递给美娥："美娥呀，这是来顺给你买的礼物，让当他的面给你。现在还没杀钉，也就等于是当他的面给你了，你收下吧……"

"什么呀？"

"不知道，你看看吧。"

她接过去，打开包，看是一件花布衫，一个花褥单，一瓶雪花膏，一块香皂，一条花毛巾。她一样一样地看，一样一样地端详。她的脑海里便浮现出了她和他在大杨树下临分手时谈话的一幕——

王来顺："你到大姑家去串门，也没有一件新衣服，还是穿着这身旧不拉叽的旧衣裳……"

"这不挺好吗？"

"不不，你们女人天性好美，应该穿的新鲜一点，所以是，应该打扮打扮，是不是……"

"有吃有穿的就挺好啦……"

"不，这个事怨我……"

"这怎么能怨你？"

“是怨我，你都来了这么多天了，对你关心不够……”

“大哥，你怎么能这样说？”

“是我的错，放心吧，妹子，今后我一定注意，多关心你，让你活得舒心，高兴……”

她的思绪从回忆中回来，看到那个让她舒心高兴的人已经躺在棺材里，她忽然就趴在棺材盖上大哭，双手抱头枕在花布衫上，胸腔抽搐，不长时间，眼泪就把花布衫洇湿了一大片。

在大家的劝慰下，她抬起头来。她平静了一下，拿起了花布衫，很冷静地对老王头儿说：

“大爷，我现在就想把这件花布衫穿上，让来顺哥在入土之前亲眼看一看……”

“你说什么？”老王头儿一愣。

大家也都不解。

“我知道，现在办的是丧事，不是喜事，我穿花衣服有悖常理，可是，我就是想穿上让来顺哥看一看，希望你们能够理解……”

“好，好。”老王头似有所悟：“穿吧，孩子，你穿吧……”

“我看行……”大姑说。

“行，行……”大家也都应和着。

刘美娥擦去了眼泪，双手拢了拢头发，表情十分庄重地穿上了花布衫。美丽的花布衫衬着美丽的脸，端庄、秀丽、淡雅，在灵前像一束花般挺立。

于是，在协调与不协调，合乎情理与不合乎情理中大家体会着另一种滋味儿。

10 突发事件

王来顺死后，柳塘村又出了一个重大新闻，那就是“反标事件”。

公社蹲点的梁副主任，大队黄书记、民兵连长卫东彪在大队部办公室西侧连脊的大会场看标语。头几天为召开批判“唯生产力论”大会张贴的标语被改动：那幅“千万不要忘记阶级斗争！”的大标语中的“忘记”两个字被拿掉，变成了

"千万不要阶级斗争！"；"认可要社会主义的草，也不要资本主义的苗！"中的几个字换了位置，变成了"认可要资本主义的苗，也不要社会主义的草"。

梁副主任铁青着脸，说："黄书记，这是典型的反动标语，你看怎么办？"

黄占奎气急败坏地说："马上召开党团员和干部大会进行布置，深入调查，尽快抓出作案分子。"

梁副主任说："对，同时报告县群专指挥部，请求派人帮助破案。"

黄书记对卫东彪说："你现在就去县里汇报，要求县里派人来。"

梁副主任说："不，事情重大，咱们俩亲自去汇报，现在就走。"

黄书记说："好吧。"接着，他又对卫东彪说："我和梁主任到县里汇报，你在家负责保护现场，一是现场不被破坏，二是不让任何人接近，尽量保密，不要再扩大影响……"

"不。"梁副主任说，"不用搞得那么神秘，要相信群众，发动群众揭发检举。不要捂盖子，捂是捂不住的。"

"对，还是梁主任认识得高，说的对。"黄占奎说。

"但是现场要保护好，不能被破坏了。"

"请领导放心，我一定把现场保护好。"

梁副主任说："咱们赶快走吧。"

大队大会场出了"反标"的消息不胫而走。很多人都来观看，观看的人中大多数是年轻人和孩子。门被几个民兵把守着，不让进，人们就趴门趴窗户往里观看，实际上，这些人们特别是孩子们都图个新奇。

"去去去，都去！"卫东彪驱赶着人们，不让他们观看。

有两个半大小子从这个窗户被赶走后又去趴另一个窗户。这两个孩子就是前几天开批判大会时爬在树上说怪话的那两个孩子。他们十四五岁，手脚灵便，动作敏捷，待到卫东彪过来驱赶时，他们又跑到了另一个窗户处，还嘻嘻嘻地对卫东彪笑，做着鬼脸，说："看看呗，还怕看？"待卫东彪去追赶他们时，他们又分别跑开了，气得卫东彪直骂："小兔崽子，看我抓住你们，拧断你们的腿。"

但卫东彪的话并没有吓住两个孩子。其中一个对着他念道：

卫连长，个不高，
人家结婚他偷瞧。

新郎向他一瞪眼，

吓得一躲闪了腰。

……

卫东彪疯了似的追赶的时候，跑到另一边的孩子高声念道：

卫连长，走道晃，

背个大枪到处逛。

狗撵摔倒枪走火，

吓得回家尿了炕。

……

卫东彪恨得咬牙切齿，追哪个也没追上。

观看的人们却没有生气，他们被两个孩子已经背得很熟络得常念唱的不知是童谣还是儿歌逗得直乐，有的笑得前仰后合。

这简直就是农村的一景。

梁副主任黄书记从县里回来了，县“群专”指挥部对柳塘的情况很重视，派了一位副主任带着两个干部来帮助破案，公社也派了两个人加强力量。梁副主任、黄书记二位回来后立即召开了党团员和干部大会。办公室里坐了有三十多人。

黄书记说：“大家静一下，现在开会。大家知道，我们村出现了‘反标事件’，这是我们村出现的一件非常严重的事情。这件事情是在五月五日发生的，我们决定叫它为“五・五案件”。县里来了领导和两位同志指导破案，公社对这个事件也十分重视，派来了两位同志配合破案。特别是梁主任在这里坐镇，这个案子一定会很快搞破。现在，请梁主任做指示。”

梁副主任站起来，笑着让县里的崔主任先讲。崔主任说先听听，让梁主任先讲。梁主任就先讲起来。他双手举起又往下压了压，示意不必鼓掌。他的脸色十分严肃，很威严地扫视了一下大家，说：“同志们，柳塘村出现的这个事件十分恶劣，它说明了什么？它说明了我们柳塘村的阶级斗争十分复杂，假如我们再掉以轻心，麻木不仁，我们就有可能亡党亡国，我们的千百万党员，团员和革命干部就会人头落地，这是多么触目惊心的现实啊！所以，我们的全体党员干部一定要擦亮眼睛，深入群众，广泛地开展调查研究，利用各种渠道了解线索，搜集线索，分析和整理线索，不放过任何可疑的人，不放过任何可疑的事，尽快地把破案工作开展起来，尽快地打开局面。同志们，考验我们的时候到了。好了，我就讲到这，下面就做一下分工，尽快进入工作。”

黄书记站起来说：“梁主任已把这次破案的重要性讲得很清楚，我们一定要遵照执行。关于分工和注意事项问题，一会儿请县里来的同志统一讲解和部署……”

会议室里只留下五个人：梁副主任、黄书记、卫东彪和县里来的两个人。

梁副主任说：“我们再开个小会，我们几个都是核心组的成员。现在，我们先排列一下重点人员，然后有重点地去开展工作。”他看了一眼县里来的崔主任，说，“崔主任，你看行不行？”

崔主任点了点头说：“我看行。”

谈到重点人员，黄占奎首先想到的是柳直。自打柳直从县里放回就成了他的一块心病。柳直不但天天早晨到山顶上去朗诵那些歪诗，还和那些有问题的人搅在一起，处处和他唱对台戏。更让他不能容忍的是，柳直竟隔三差五地和他的儿媳董淑琴相会……这个刺头简直就是柳塘村的一个祸害，此人不除，村无宁日……他看了看大家，很有见地地说：“我看柳直最值得怀疑。有这么几条可以证明他作案的可能性最大：第一，他历来对搞阶级斗争不满；第二，从他给王来顺写的挽联来看，他称赞王来顺抓粮食，抓副业，呕心沥血抓生产就是一个很好的证明；第三，我们批王来顺用生产压革命，他却在挽联的横批说王来顺刚烈忠勇，这明显是和无产阶级唱对台戏；第四，借革命烈士诗抄人怎么能从狗洞子爬出影射社会主义……”

梁副主任很有同感地点了点头。

黄占奎接着说：“这个人放在村里不合适，他很有反改造、反审查的经验和能力，他的社会基础又复杂，所以我建议还是抓到县里比较合适，县里的能力，条件和环境都比在柳塘好得多……”

梁副主任也附和道：“我也认为拿到县里去审查比较合适。”他看了看县群专指挥部的崔副主任说：“怎么样，崔主任，县里拿去吧？”

崔主任很郑重地思考了一下，说：“柳直这个人我知道，是个老运动了，在村里审查是有一定困难的。我和县指挥部刘主任请示一下，他若同意，我看可以拿到县里去审查……”

梁副主任说：“那就太好了，这是县群专指挥部对我们公社最大的支持！”转身又对黄占奎说：“咱们做好准备，一旦刘主任同意，咱们就马上把柳直抓起来……”

黄占奎痛快地应承道：“行，这个事情我来办。”

梁副主任又说：“除了柳直以外，其他值得怀疑的人还有没有，咱们要扩大视野，不使一个可疑的人漏网，逍遥法外……”

崔主任说：“要像木梳梳头似的进行排查，不能在柳直这一棵树上吊死……”

黄占奎说：“二队油房那个董会计是地主子弟，他去吊唁同情王来顺，对批判唯生产力论不满……我虽然和他是儿女亲家，但该审查的也要审查。”

梁副主任同意地点了点头，说：“共产党员嘛，越是在关键的时候越是要站稳阶级立场。”

黄书记接着说：“我看……”

卫东彪抢过去说：“我看王家树也不是什么好东西，他始终和柳直穿一条裤子，臭味相投，狼狈为奸。他也应该列入重点对象。还有，老王头儿也不能排除，咱们批判了他儿子，他儿子又死了，他能服气？”他看梁副主任不点头，补充道：“王家树的亲爹在山东是在扫‘四旧’中死的，他能没有仇恨？老王头儿……”

黄书记摇了摇头，打断卫东彪的话，说：“王家树？他不像。再说，听说老王头儿在外县的一个近亲去世了，五月五号这天他陪着老王头吊丧去了，不在柳塘。王家树和老王头儿作案的时间对不上……”

梁主任考虑了一下说：“这样吧，今天先排查到这，咱们分头下去调查搜集一下，然后再议。今天咱们排查的对象先不要惊动他们，等到必要的时候再动他们，该集中的就集中办班审讯，该抓的就抓起来。”他说完，很有礼貌地征求县里干部的意见：“你们看这样行不行？”

县里来的干部收起钢笔和记录本，说：“好。”

柳直听到村里出了“反标”以后，有预感似的整理自己的衣物，提前做好被抓的准备。因为他知道，像“反标”这样的案子，他柳直肯定是第一个被怀疑被审查的对象，被抓去审查的厄运很快就会落到他的头上。

他把桌子上的书、笔墨纸张归拢好，又把炕上堆放的被褥叠放整齐。之后，他感到要紧的是做好两件事：一是向自己的多灾多难的父母告别；二是向董淑琴辞行。

他来到父母的屋里，笑着对二位老人说："爸，妈，有件事情我告诉你们一声。"他尽量轻描淡写地说，"大队通知我，今明两天公社和县里可能找我去核实一点材料。你们不用担惊受怕，没什么大事，很快就会回来……"

他的母亲疑惑地问："核实材料，核实什么材料？"

"是核实材料，就是我写黑板报涉及到的送粪数量、副业收入、粮食产量等等这些数字是否正确，他们核实一下……"

母亲说："是吗，就是核实这个？"

柳直肯定地说："是呀，就是核实这个。不是这个还能有什么事？"

母亲说："我的儿啊，你可不能再有别的什么闪失……"

"放心吧，没有别的什么事儿。"

他从父母疑虑的眼神中退出屋外。他在父母看不见的外屋地向屋内的父母跪下磕了一个头，向父母告别。

柳直来到了董家和董淑琴见面。董淑琴近来经常不在自己家而在娘家。他向东屋住的董母打了招呼后，就来到董淑琴待的西屋。

董淑琴正在给两盆花浇水，见他来就说："柳直你来了，我正想找你，你知道了吗，咱们村出了'反标'……"

"我知道了。我就是为这事来向你辞行的……我可能被抓走……"

她瞪大了眼睛："啊，为什么呀，难道'反标'是你干的？"

"不是！"

"不是你干的为什么抓你，他们抓你有什么证据？"

"证据？"他苦涩地笑了笑，"证据，要什么证据？你说的真是傻话，你看他们什么时候抓人有过证据？"

"这么说，你找我是想告诉我，你已经做好了被抓的准备？"

"是。"

她着急地看着他，说："若不你先到外面躲一躲……"

他苦笑着摇了摇头：“躲？往哪躲？躲是躲不掉的……”

她扑过去把他紧紧抱住：“我不让你走……”

他抚摸着她的头发，两滴泪水滴下，安慰说：“淑琴，挺起架来，等着我……”

核心组召开案件进展情况汇报会。梁副主任、黄书记，县里的干部在办公室里，都正襟危坐，准备听取各组的汇报。

卫东彪慌慌张张地跑进会议室，他上气不接下气地向黄书记报告说：“重要发现，重要发现……”

黄书记有点厌烦地说：“干什么慌慌张张的，好好说，什么重要发现？”

卫东彪缓了口气，说：“有人反映在五月五日那天晚上，二队的老柳头儿去过现场……”

黄书记眼睛一亮：“你说什么？老柳头儿来过？”

梁副主任问：“老柳头儿是谁？”

黄书记说：“就是柳直他爹。”

“哦，是吗？”梁副主任也为之一震。

黄书记问：“消息可靠吗？”

“可靠。”

“这就对了。他儿子历来反对阶级斗争，又为王来顺鸣不平，喊冤叫屈，一丘之貉嘛！龙生龙凤生凤，老鼠的儿子会打洞。他来做案，合情合理。而且，他来过的时间又与案发时间相吻合。”他兴奋地把右拳头击在左手掌上，“好，好！我看十有八九就是他干的。”他用眼神征求了一下梁副主任的意见。

梁副主任正陷于没有线索的苦恼之中，听到卫东彪的汇报和黄占奎的分析觉得十分有价值，非常满意地向卫东彪点点头。

黄书记斩钉截铁地说：“去，立刻把他抓来！”

柳父被卫东彪和两个民兵推推搡搡地带到大队办公室。他惊恐万状，抖缩成一团。

卫东彪踢了他一脚：“站好！”

他无论如何也站不好。

柳父年龄只有五十多岁，但已显得很老态。他一米七十多的个子，本不矮，但因腰弯，又瘦，显得瘦小。他的脸皮黑皱纹多，常年的精神压抑眼睛变得很呆滞，看人的时候显得很胆怯，不敢正视。他被卫东彪踢了一脚，不但没站稳，反而一趔趄。

梁副主任亲自审问。于是我们看到了以下一段有趣的问答（很滑稽的审问）：

问：“你姓什么？叫什么名字？”

答：“我姓柳，名字叫柳拐子。”

问：“我问你叫什么名字？”

答：“我叫柳拐子。”

问：“我不是问你的外号，是问你的真实姓名。”

答：“我，我，我是姓柳，名字叫柳拐子……”

梁副主任气得一跺脚：“我是问你的真实姓名！什么拐子拐子……”

柳父吓得往后退了一步：“领导别生气，我真的叫柳拐子……”

这时黄占奎对梁副主任说：“他真的叫柳拐子。”

梁副主任疑惑地看了看黄占奎，不敢相信地说：“他叫柳拐子？我以为他的外号叫柳拐子。我还寻思，他也不瘸呀，怎么叫拐子？”他有些气恼地转问柳父道：“你怎么取了这么个熊名字？”

老柳头儿答：“不瞒领导说，我父亲和我母亲是私奔成婚的。在他们私奔的时候，母亲就怀了我，意思是我是一起被拐带来的……”

梁副主任嘲讽道：“真有意思。让人一听到你这个名字，就能知道你父母的风流丑事？是不是？”

他有些羞涩地答：“是……”

问：“看来你父亲也不是什么好饼！”

答：“我父亲不是饼……”

厉声问：“是什么？”

答：“不是……”老柳头儿恐惧而语无伦次：“不是一个好的饼，是一张坏了的饼……”

梁副主任大声说：“行啦，我是说他不是个好东西，什么饼不饼的？我看你这个老东西纯粹是装疯卖傻……”

黄占奎憋不住回头偷着笑。对于老柳头儿父母的那一段历史他是知道的。五十年前，老柳头儿的父亲给东北军张大帅（张作霖）手下一个团长当马弁，时间长了就和团长的宝贝千金有了暧昧关系，偷吃禁果，后来团长千金怀了孕。那时老柳头儿的父亲身份低微，家中又无钱财。团长夫妇本是嫌贫爱富攀高枝的人，绝不会同意他俩的婚事。团长的千金也是一个有情有义之人，她已经把身子给他，便在一个黑夜乘人不备之时，二人双双逃跑。先是逃到了辽宁一座小城，为了防止被抓，又来到了遥远的柳塘。他们来到柳塘后，隐姓埋名，不显山不露水，从不惹是生非。所以这么多年来，她的父母直到死时也没有找到他们。只是她有时想起父母偷着抹一点眼泪外，平安无事。"文革"深挖时，人们才知道了他们的这一段历史。

黄占奎偷着笑过后，又很快恢复了严肃。他接着梁副主任的话问道："老柳头儿，我问你，五月五号那天晚上你都到哪去了？"

"五月五号？"

"就是前天晚上。"

"噢，想起来了，到我小舅子家去了一趟……"

"没到大队会场来？"

"路过来着。"

"进会场没有？"

"没有。"

"好好想想，进过没有？"

"没有，咋的啦？"

卫东彪猛地照老柳头儿的屁股踢了一脚："老东西，老实交代！"

这一脚把老柳头踢了个趔趄，他扶住桌子没有摔倒，然后颤巍巍地问卫东彪："你叫我交代什么呀？"

"交代什么你自己还不清楚，你问谁？"卫东彪又举起了拳头。

黄书记制止了他，转向老柳头儿说："老柳头儿，别害怕，党的政策是坦白从宽，抗拒从严，你老实说，会场里标语的改动是不是你干的？"

"黄书记，那天我只是路过，根本没进会场，确实没干呐。"

"真的不是你？"

"真的不是呀！"

黄书记向卫东彪一努嘴，卫东彪就拿起了立在墙角的一根胶皮管子。

“你说还是不说？”

“真的不是我……”他往后退缩。

“啪！”胶皮管子抽在他的脸上，脸上立刻起了一道红印子。“说不说？”

说来奇怪，这凶狠的一管子抽得他眼冒金星。他不再退缩，反而意外地把头伸过来，说：“卫连长，你抽吧，今天我这一百多斤交给你，随便抽……”

胶皮管子劈头盖脸地抽下来……

想不到柳拐子这么抗折腾，审问没招供，打也没招供。

黄书记对卫东彪说：“把他押到公社去隔离审查。看来还是温度不够，要再加加温，要千方百计撬开他的嘴，让他招供……”

卫东彪：“行，我一会儿就把他送走。”他回头对一个民兵说：“你去把手扶拖拉机开来。”

卫东彪对柳拐子说：“你不是不说吗？好，这回给你找个地方，看你嘴还硬不硬，说还是不说……”

柳拐子睁开眼睛，无力地分辩说：“我真的不知道呀。”他近乎哀求地哭诉道：“卫连长，你饶了我吧……”

“饶了你，你以为蒙混过关就能饶了你？你想的倒美……”

手扶拖拉机开来了。

卫东彪把柳拐子的双手反绑上，与另一个民兵一起把他架上车。手扶拖拉机发动起来，向公社方向开去。

手扶拖拉机没有走村里的正街，从大队部出来就拐入村头绕行，但还是被一些村民看到。他们对被五花大绑地押在车上的柳拐子注目观看。他们的目光都很疑惑，这个平时唯唯诺诺，连大气都不敢喘的老头儿犯了什么法了呀……

当面给卫东彪吟唱“卫连长，个不高，人家结婚他偷瞧”的那个半大小子跑着给柳家送信去了。

黄占奎双眉紧锁，苦苦思索着案件如何突破。他望着窗外发呆，不远处的南桥头那边就传来了胡二扯的唱曲声——

……

五等人是支书官儿不大，

是现管有实权说啥是啥。

上管天下管地丧葬婚嫁，

大事小情全都落不下。

东家出来西家进，

姑娘媳妇全划拉。

……

他向南桥头那边瞪了一眼，憎恨地哼了一声。这个胡二扯唱曲，唱出来的词句连一点掩盖都没有，明明白白说的是支部书记。虽然他没有指名道姓地说这个支书是谁，但他听得出来，影射的就是他黄占奎。他的脑袋里迅速运转着，盘算着，他想，胡二扯啊胡二扯，你也太放肆了，一而再，再而三地用唱曲来攻击我……他忽然似有所悟地向开出去的手扶拖拉机叫喊："回来，把车开回来……"

车返回来了，停下。

卫东彪问："黄书记有事？"

黄占奎没理他，而是径直到老柳头儿面前问："老柳头，你方才交代说，五号晚上你到你小舅子的家去啦？是吧？"

"是呀，去啦。"

"你小舅子不就是胡二扯吗？"

"是呀。"

"你找他干什么去了？"

"我老伴病了，去借点钱，买药。"

"借来了吗？"

"没有，他没在家……第二天早晨去拿的。"

"他没在家干什么去了？"

"不知道，也没问。"

"也就是说，五号那天晚上胡二扯不在家里？"

"是呀，不在家里……听说我走了他就回来了……"

"好啦，不用说了……"他转身严厉的对卫东彪说："去，把胡二扯抓来！"

卫东彪没有反应过来，一愣。

“快去呀，还愣着干什么？”

“我马上去！”

南桥头聚集了一些人，他们在听胡二扯扯闲篇儿。大家嘻嘻哈哈的有说有笑。

胡二扯继续唱道——

第七等人是农民，

缺吃少穿家家贫。

过了昨天盼今日，

今日还是个饥荒年。

……

卫东彪带了两个民兵来到了胡二扯面前。

“胡二扯，别唱了！”

“哟，卫连长，怎么啦？”

“大队请你去一趟……”

“请我去一趟？看你这架势不像请啊，好吧，请也罢，抓也罢，走吧，我跟你去，我早就在这等着了……”

“哼，看样子，你早有准备？”

“人贵有自知之明嘛。我这个嘴，早就把人得罪了，能拖到今天才来请，已经是很宽容了……”

“那就走吧！”卫东彪示意两个民兵架他走。

“别急呀，卫连长，我就是犯了死罪，被拉去枪毙，也得让说两句话呀……”

胡二扯站起来，对大家拱拱手，说：“老少爷们，我今天被请去，有了吃饭的地方，这不挺好吗？我光棍一条，无家无业，无子无女，也就无牵无挂。这回找了个吃饭的地方，自己吃完了，全家就不饿了，这不挺好吗，我真的愿意去……”他用眼睛找到了洪家铁蛋和兰家二牛，说：“只是我家的仓房里还有一麻袋苞米棒子，院子的窖里还有点土豆子，告诉我那个亲戚拿去，他家不够吃啊……”

“好啦，别啰嗦了。”卫东彪催促道。

“走！”他推开架他的民兵，忽然哈哈大笑，并且来了一句京剧的甩腔：

“呜呀哈哈，走哇……”他迈步前行，用京戏腔调吼道——胡二扯被请去琼楼赴宴，饮玉液品珍馐赛过神仙……

他唱的是西皮倒板，十分有力，高亢，他竟唱上去了。他的声音传得很高很远。

他很自得，像真的去赴宴。

听他扯闲篇的那些人们却乐不起来。特别是洪家铁蛋和兰家二牛，在目送他走去的时候，眼里还含着泪水。

胡二扯被带到大队部后立刻被五花大绑。他被绑时既不惊慌，也不挣扎，而是顺从的甚至还带着微笑。

黄占奎很严肃地问他道：“胡二扯，你知道为什么抓你吗？”

“知道。”他很痛快地答。

“为什么？”

“我净唱些黄书记不愿意听的曲调……”

“你唱了一些我不愿意听的曲调我就会把你抓起来吗？”

“……”

“你以为我是报复你，公报私仇吗？”

“那是为了什么？”

“你也把我看得太低了吧，一个革命的领导干部绝不会假公济私，挟嫌报复……”

“我知道……”胡二扯脸上泛起不易察觉的讥笑：“我知道黄书记历来都是光明磊落，大公无私……”

“知道就好。那你就老老实实说，为什么把你抓来？”

“不是为了唱曲调那为了什么呢？”

“我在问你！”

他做出思索状，之后，他似乎很真诚地说：“黄书记，看在多年乡亲，多年交情的份上，你告诉我，你告诉我怎么说，我就怎么交代……”

“胡说！”黄占奎厉声说，“我怎么能诱供你？让你自己说……”

“你不告诉我，我也不知道为了什么事呀，你让我怎么交代？我若说，王来顺是我杀死的，你信吗？”

黄占奎又气又恼，说："胡二扯，事到如今你还有心思扯，你扯吧，我可没有时间跟你扯……"他转对卫东彪说："把他整到隔壁那屋去，让他好好去反省反省……"

卫东彪就把胡二扯架到另一个屋子去了，收拾了一顿后，交给了县群专组来的人进行审讯。

柳直的母亲颤颤巍巍来到王家树家，对王家树说："家树，我们家你大爷今天刚吃过晌午饭就被卫东彪领着两个民兵抓去了，现在都七点多了还没有回来。我方才到大队办公室去看了一下，没有，有人说是被送到公社押起来了。黑灯瞎火的，大娘走不动，求你去看一看，打听打听情况……"

家树说："我柳直哥呢？"

老太太急得眼含泪花："他昨天夜里就被抓到县里去审查了，我没招了才来求你……"

"大娘别急，我现在就去。"

家树来到他曾经住过的遣送站，这里现在变成了柳塘"五·五案件"临时隔离审查站，老柳头儿就隔离在这里。

家树对一个看守的民兵说："我来给老柳头儿送饭。"

"他儿子怎么不来送，让你来？"

"他儿子不是被抓到县里去了吗？他老伴又年老不便，所以我来……"

"噢，"民兵点点头，说，"行，来吧。"当他打开关押老柳头儿的那间屋子，他傻眼了，双手绑着被半吊着的老柳头儿歪奄拉着脑袋，哈拉子流出嘴角，淌在地上。他耳朵出血，鼻子出血……

家树赶紧把绑吊着老柳头儿的绳子解开，抱住他的身体，轻轻地放平躺在地上，一边捏人中，一边大声喊着："柳大爷，柳大爷——"

然而，老柳头儿已经停止了呼吸，再也醒不过来了。

看守民兵慌了手脚，他急忙拨通了柳塘大队的电话。

黄书记接电话："什么，死了？怎么死的？……胡说，他是自杀，是畏罪自杀！明白吗……"

看守民兵赶紧复述："明白，是自杀，是畏罪自杀……"

家树愤怒地向看守民兵吼道：“不是自杀，是殴打致死，是殴打致死！”

11 探监

在抓捕柳直之前，黄占奎、梁副主任、县群专指挥部的崔主任他们研究了比较细致的抓捕方案。比如他不在家怎么办；他跳窗逃跑怎么办；他拒捕怎么办……但当他们一行人来到柳直家的门前时，他们才感到，他们的担心是多余的。

柳直已站在门外迎候他们。现在是晚上十点钟，星空下看得很清楚，梳洗一新的柳直安然地站着，微笑着向他们点了点头，说：“你们来了，我在等你们……”

来的人互相看了一下，都感到很意外。

梁副主任说：“你知道我们要来抓你？”

“知道，因为这是惯例，也是你们的权利。发生了‘反标’这么大的案子，在没有破案之前，先抓我柳直审查，在你们看来，这是顺理成章的事情……”

黄占奎说：“你这话什么意思，难道说‘反标’案件与你无关？”

柳直肯定地说：“我明确地告诉你，‘反标’不是我干的。不过，我倒是同意‘反标’的话。”

黄占奎说：“这一点就够反动的……”

柳直不屑地说：“帽子拿在你手里，你可以随便戴……”

崔主任说：“好了，是你干的也罢，不是你干的也罢，审查以后就清楚了，走吧！”

县群专指挥部的两个人把柳直铐上，带走了。

柳直的父母一直趴在院障子边看着柳直被带走。老两口知道白天时柳直告诉他们说可能被叫去核实材料是一种隐避真相之词，目的当然是不叫父母担心和难过。实际上老两口处处都留心有什么变故，当柳直从屋里出走时，他们也偷着跟在后面趴障子观望。待他们看到柳直被铐走时，既不能喊叫，也不能追赶，怕柳直知道了为他们二老的身体担心又难受。这种既不愿儿子被带走又不能追赶的矛盾心理使他们像吊着的麻绳拧着劲的疼痛。老太太的手使劲地搯着木障子，手上扎出了血也毫不知觉。

董淑琴也躲在一个暗处看着柳直被带走。她没有呼叫，也没有流泪，而是从兜里掏出一张纸来。这张纸是柳直向她辞行时交给她的，叮嘱她一定要在他被抓走后贴到大队办公室的墙上。她看柳直已经被抓走了，便来到了大队办公室，看四下无人，就把那张纸贴在了墙上。纸上用毛笔写了这样一些字——

向敢于说真话，敢于坚持真理的人致敬！我愿意为他们陪绑！柳直。

董淑琴的心里一阵颤动，深深的向墙上鞠了一躬，说："柳直，你敢于表明心迹，英豪本色，淑琴敬佩你……"

老王头儿，这个刚强、质朴、善良的老人终于病倒了。他脸色黑黄，皱纹密集，躺在炕上，头上蒙一个湿毛巾，胸脯一鼓一鼓的显得气短。

刘美娥在外屋地用柴火熬中药。熬好了，把药水倒入一个碗里，又从缸里舀了两碗水倒入熬药的瓷盆里，泡上，准备下次再熬。然后端着熬好的药碗进屋。

"大爷，我扶你坐起来，喝药吧。"

"不用扶。"他挣扎着自己坐起来，接过美娥递过来的药碗，"咕咚咕咚"扬头把药喝进去了。喝完后说："哎，喝了也白搭……"

他喝完药，又躺下了，眼望房棚，一声不吱，脸上是病容和愁容。

大姑对美娥说："你二姑小姑、大姨小姨们都走了，我没走，是因为有话对你说。"

美娥说："大姑，有什么话你尽管说。"

"美娥呀，来顺走了，往后，你们母子还能在这个家待下去吗？"

"能啊。怎么啦大姑？"

"假如黑龙江那边有了你舅舅吴永德的消息或者别的什么原因你还能留在这个家里吗？"

"能啊，大姑你是啥意思啊？"

"没什么，我就是问一问。"

美娥说："大姑，你放心，来顺哥活着我不能走，来顺哥没了我就更不能走了。大爷对我们有大恩，常言说，受人滴水之恩当以涌泉相报。我们决不能扔下他老人家孤苦伶仃一个人生活。那样的是丧良心！这辈子我做不成他的儿媳妇，但我可以做他的女儿。从今以后，我就是他的亲闺女，家树，家林就是他的亲孙子（外孙）！我们一定尽儿女孝道，给他养老送终！"

"真的？"大姑一把拉住她的手。

"我完全是真心话！"

“这我就放心了。我原来担心，你们娘仨在这里待不长，剩他一个人孤苦伶丁的怎么过呀？我们姐几个商量着让他到我们那儿去，到谁家都行，他就是不愿意去，说人多嘴杂，咸了淡了的怕弄不到一块去。这下好了，你们留下来和他一起过，我就放心了……”

美娥说：“大姑，你们商量这个事的时候，我都听到了。既然大爷不愿意离开这个家，谁家也不去，我就决定留下来。你放心吧，我一定会像侍候我父亲一样的侍候他……”

“好，美娥，有你这话，大姑一百个放心，大姑谢谢你！以后有什么困难吱声，我们大伙帮助你……”

这时，家树买了一个橘子罐头回来了。他用菜刀撬开盖子递到老王头面前，并用汤勺舀了一勺送到他嘴里，说：“爷爷，吃口罐头去去火吧。”

老王头就嘴含着橘瓣，“呼”的坐起来，一手拽过家树，一手拽过家林，把他俩搂在怀里，热泪滚滚，却笑着说：“好孩子，我舍不得你们，真的舍不得你们啊。从见到你们的第一眼开始，我就喜欢你们……刚才你娘说你们能留下来，不走了，我这心里别提多高兴了……”

家林说：“爷爷你高兴我们也高兴……”

大姑说：“美娥，你大爷的病，一方面是想他儿子，一个活蹦乱跳的人说没了就没了，他当爹的哪能不心疼？另一方面，他也是担心你们会离开他。说来也是有缘，他见着家树家林亲着呢……这下好了，你方才的一番话，给他去了一大块心病，他的病就能好了一半了……”

“好了，好了……”老王头真的下地走了两圈以证明自己的病好了许多，“你们看，没事了没事了……”

大姑说：“好哇，我也就放心了。”她牵起家林的手说：“跟姑奶奶走，明天还得上学。你叔活着的时候，最关心你上学的事了。明天上学要把这几天耽误的功课都补上，一定要好好念书，取得好成绩，你叔在那边知道了，一定高兴……”

老王头儿拉过家林，端起罐头，说：“孩子，把罐头吃了再走。”

“不吃，留给爷爷吃吧。”

刘美娥拦住老王头儿的手：“别介，他一个小孩子吃什么，不需要，还是留着你老人家自己吃吧。”

“你这话就不对了，小孩子正是长身体的时候，怎么不需要？吃吧，身体吃得棒棒的，书念得好好的，将来有出息，做大官，当清官，把那些个欺压百姓，坑害百姓的昏官，狗官通通清除掉，为民除害……”

“行。”家林举起小拳头说：“像梁主任，黄占奎，卫东彪这些人通通都把他们打翻在地，叫他们永世不得翻身！”

大姑“扑哧”笑出声来：“看你们爷俩说的怪有意思的。不过，好好念书错不了。家林这孩子错不了，一定会有出息的。”

美娥说：“大姑，家林在你那又吃又住，让你操心费力。他若有不听话的时候，你该打就打，该骂就骂，千万别护着他。”转而又对家林说：“听爷爷和姑奶奶的话，好好念书，取得好的成绩，为爷爷、姑奶奶争光，为你死去的爹和叔争光……”她把脸背过去，怕别人看见她的眼里又含了泪水。

皎洁的月亮洒着清辉，五月的夜晚还有些寒凉。

家树在月光下吹箫……

箫声在柳塘上空飘浮。

老王头儿眯着眼睛在听家树吹箫。他专注地听着，手中端着的药碗停在半空中；

金队长侧耳听箫，搓麻绳的手停下来；

董淑琴听他吹箫，贴在窗棂上的脸消瘦而苦涩，她泪流满面；

……

母亲从屋里走出来：“家树，别吹了，晚上凉啊，别感冒。”

“娘，我不冷。”

“回去吧，娘知道你心里堵的慌，但也不能太悲伤。”

“……”

“娘知道你为啥难过，听说柳直又被抓到县里去了。”

“娘也听说了？”

“听说了。你董姨听到这个消息，一下子病倒了，已经卧床不起，两三天不吃不喝……”

“娘，你这几天多去陪陪她吧，你们俩谈得来，多开导开导她。这几年她太苦了。生活的苦还好对付，心灵的苦更折磨人哪……”

“好，我常去陪陪她。咳，好人总是多灾难，昨天我去看她，病得可怜哪……回屋睡觉吧。”

“娘，过几天我想去县城。”

“干什么？”

“去探监。”

“去看柳直？”

“是。”

“可眼下已经春耕大忙，走得开吗？”

“我走时和金队长请假，我想他会同意的。”

“他若同意你就去，他若不同意你就别去。咱们落户不久，时时刻刻得注意，不能叫人家挑出毛病来……”

“我知道。”

已经开犁种地。种地的社员们从地里陆陆续续地回来了。跟犁点籽，撒粪的都各自回家，赶车的、扶犁的忙着御车，赶牛、马入圈。

胳膊挎着粪筐的家树对金队长说：“金队长，南山的地明天就能种完了，后天我想请假去趟县城，到监狱去看看柳直。”

“去探监？”

“我想去看看他。”

“好哇，是应该去看望一下。”金队长不假思索地说道，“你去了也代表我问候一下，叫他好好改造，冤也罢不冤也罢，争取个好态度，早点回来。”

“那我后天就去了？”

“行。”他忽然想起了一件事，指着前面的黑板报说，“黑板报很长时间没换内容了。这件事你王叔活着的时候很重视，一直安排柳直做。现在他们死的死，走的走，咱们不能扔下，还得捡起来做下去。我看你明天不用下地了，把黑板报换一期，一天不够就两天，工分照记。等办完了这期板报你就走，不用再打招呼。”

“板报的内容……”

“主要的是反映生产，生产的动态、进度，生产当中的好人好事，好气象。总之，照你叔当初对柳直的部署，照柳直的思路办就是，好不好？”

家树点头，说：“等我把稿子编排好了你审查。”

“不用，你不用请示，自己办就是。”

家树来到董淑琴家，进屋看着卧病在炕上的董淑琴说：“董姨，你的病好些了吗？”

董淑琴挺着欠起身来，垫起枕头，靠在墙上，努力地露出笑容：“谢谢家树你来看看我……”

“董姨，你不应该不吃药，你应该积极治疗。”

“我这个病不是药物能治好的，已经不需要了。”

“你不应该这么伤感。”

“……”

看她不做回应，他知道自己的劝解不能排除她心里的忧闷，就说，“明天我就去县城探望柳直哥哥，你有什么话要我捎给他吗？”

“好哇！你去看他，你真有情义！”她沉思了一下，说：“捎什么话呢，千言万语，说什么呢？实际上，我什么都不说，他也知道我心里想要说的话。”她喘了一口气，说，“家树，你就对他说五个字：我等他回来。”

母亲掏出十五元钱给家树，说：“你到县城时买点饼干、水果给柳直带去，再买包糖给他，让他改善改善。告诉他不要乱说乱讲，争取态度好，早点回来。”

“嗯。”

爷爷从仓库里拿出一把黄烟，说：“柳直会抽烟，烟瘾还挺大，这把烟给他捎去。”

家树接过来塞进挎包里。

家树走到镇里，然后又从镇里公共汽车站乘车去了县城。

县看守所的围墙很高大，墙上拉着电网，门口挂着大牌子，大门两侧墙上是长久性大标语：一边是“千万不要忘记阶级斗争！”一边是“加强无产阶级专政！”大门口有一个小岗楼，岗楼里站着一位身背钢枪的威武的战士。家树向站岗战士说明要探监，战士让他到门里侧的看守所值班室去办理。

实在是凑巧，值班的看守警察竟是公社收容遣送站姓费的瘦看管。不知他是什么时候调过来的，由一个民政职工变成了身穿警服的看守警。

他打量了一下家树，皱眉思索，终于想起来了：“噢，是你，柳塘村的小‘盲流’，你想要探监？”

“是，我想看一看柳直。”他特别强调的是，“我的爷爷和柳塘二队的金队长也叫我代替他们来看看。”

“是吗？”他说，“柳直的事情我知道，他为你的王叔鸣不平……王队长，有些人说他死的，怎么说呢，不能说冤吧，起码是有点可惜呀……”

“那就让我见一见吧。”

费管教沉吟了一下，说：“你等一等，我请示一下领导再说。”

“费管教，麻烦您了。”

费管教抽了一支烟，很认真地思索了一阵子，说：“要见一个政治上有问题的政治犯，哪能说见就让见！”他斜视了一眼家树，叹了口气，又点了点头说，“不过嘛，你这个小‘盲流’我对你的印象还不错，当然啦，一开始不太好，嫌弃卫生不太好，一个‘盲流’事还不少。可是后来，你临离开收容所的时候，说的那些话，那些行动，虽然对我有不屑的口气，但我咂吧咂吧嘴，还真品出点儿滋味，你小小年纪，还真有点心胸……”他想了一下，“这样吧，我想办法安排你见一面。九点到十点时放风，放风的时候让你见……”

看来，人真的很复杂，既有他丑恶的一面，也有其善良的一面。

“那就谢谢费同志了。”

家树坐在会见室里等待着，一个管教带着柳直走进来。

柳直笑呵呵地快速走向家树，伸出双手就把家树抱住，大声说：“哈哈，家树，我的好兄弟，我就知道你能来看望我……”

“你怎么知道？”

“凭感觉呀。你若不来，我还是柳直，你还是家树吗？啊，哈哈哈哈……”

家树打量柳直。他这次是正式逮捕，和上几次不同，已被剃成光头。他的脸有些憔悴，眼睛有些凹陷，但不畏缩，不低迷，精神上很强劲。家树本来很伤感，很沉闷，但受了柳直的感染，也精神起来。

“柳哥，看来你的精神很好。我母亲、我爷爷、金队长、董姨，大伙都委托我来看看你。”他把母亲叫他买的食品还有爷爷给的黄烟递过去：“收下吧，这些东西管教都检查过了。”

“谢谢刘姨，谢谢王爷……”他接进去，不易察觉地挤了一下感伤的眼睛。

“金队长说，冤也罢，不冤也罢，争取个好态度，早一点回去。”

他叹出一口气。

“我临来之前，金队长让我办了一期板报，学着你的样子，重点的刊登了一些当前生产上的问题……”

"好哇好哇！"他来了精神，十分高兴地说："王队长活着的时候，决定办这个板报，他这个人看似很粗，实际上很有头脑。他抓生产，宣扬生产，他有功于柳塘……"

"只是我没有你办得好，文章差，形式也呆……"

柳直拍了一下家树的头："哟嗬，什么时候学会谦虚了？我希望你再接再厉办下去，千万不要停。"

"行，金队长挺支持，大伙愿意看，你放心，我一定努力办好。"

"我相信你一定行。"他转而问道："你董淑琴姐也一定有话对我说，你为什么不告诉我？"

"我不能管她叫姐，她和我娘姐妹相称，也得叫姨。"

"但从我这论你得叫姐。"

"我还是叫姨吧，一直这样叫。"

"好吧。"他调侃地笑着说："你管她叫姨，却管我叫哥，哈哈哈哈，就这样叫，各论各的……"

在监狱里的会见本是沉痛的，但在沉痛中却造出了轻松的气氛。

"你董姨对我说了什么？"

家树没了笑容："她说她等着你！"

"啊，她的身体怎样？"

"……"

"有病，而且病得厉害，是不是？"

"挺重的……"

柳直完全收敛了笑容："你不说我也知道，她受苦了……"他背过脸去，心情变得很沉重。过了一会儿，他愤慨地说："老天爷太不公平了，他们把精神上的痛苦给了我们，又把身体的痛苦给了我们。难道我们真的就像佛家所说的，生下来就要受苦，就是要为前世赎罪的吗？"他越说声越大，显得很激动。

家树笑着打断他，说："我娘和王爷爷，还有金队长都让我告诉你，少说话，少议论，争取好的态度，早点出来。"

柳直喘了口粗气："少说少说，变成了哑巴就不说了……"

费管教过来制止说："柳直，你小点声！你这样大声吵吵，影响别人……"

柳直不屑地看了管教一眼，说："好，不说了。你给我一张纸和笔……"

"干什么？"

“给我爱人写封信。”

费管教考虑了半天，还是给了一张纸，并借给了笔。

柳直接过笔和纸，很快写了这样几句话——

淑琴我的爱人：

你为我祈祷吧，我将努力变成哑巴！我知道很难，但我会努力，努力……

然而我知道，尽管我很努力，我还是变不成哑巴。因为我有正义感，有在大是大非面前追求真理、勇于献身的气概和勇于担当的责任心，还有一颗位卑不敢忘忧国的执着心，所以，尽管我有意识地去努力保持沉默，少惹是非，但恐怕在遇到具体问题的时候，还是做不到……淑琴，我向大家抱歉，原谅我吧！

临分手的时候，二人又拥抱在一起。

柳直说：“家树，谢谢你来看我。回去后代为谢谢金队长、王爷爷、刘姨他们，告诉他们不用惦记着。回去告诉董淑琴好好养病，要振作起来，让她等着我……我的父亲胆小怕事，这次‘反标’事件，弄不好又得受我的牵连，你日常多照应照应……”

“放心吧……”家树停了一下，没有把柳父的死讯告诉他，“我走了，以后再来看你，你在里边多保重……”

“走吧，再见……”

家树在柳塘下了公共汽车，步行往回走。他走到了村口的时候，碰到了柳直的母亲。

柳母是专程到村口来等他的。她在几天的时间里，老伴死了，儿子被抓去坐牢，她变得十分虚弱，憔悴，眼睛红肿，看人呆直。

家树看到她，赶忙奔过去：“大娘，你在这做什么啊？”

“在这等你。听说你去看柳直了？”

“是，我去看他了，刚回来。”

“你走时为什么不告诉我？”

“这……”家树就感到有些内疚，解释说：“怕勾起你老人家伤心嘛……”

“哎，”她摇摇头说：“死的死了，坐牢的坐牢了，这么大的事我都扛过了，还有什么怕伤心的？孩子，你去看他应该跟大娘说一声……”

“大娘，对不起，怨我……”

“大娘不怨你，你能去看他，你是有情有义，我怎么还能怨你？告诉大娘，他在里边怎么样？”

“挺好的，身体挺好，精神也挺好。”

“真的吗？”

“真的，他还让我告诉你，让你老好好保重身体，等他出来给你尽孝呢……”

“这样的话，我这心里多少还能舒展一点儿。”她叹了口气说：“家树，不瞒你说，你大爷一死，你柳哥被抓，家破人亡啊！我一个孤老婆子还活着有什么意思？我真想喝点药，找你大爷去得了。我所以没死，就是怕你柳哥出来那一天，一看，爹没了，妈也没了，我怕他受不了哇！”她说着说着就哭起来。

家树也红了眼圈儿。

她用袖子擦去眼泪，说：“家树，你急着回家吗？”

“怎么，大娘有事？”

“你最好先到淑琴那儿去一趟，她等着你探监带回来的消息呢！她现在身体一天不如一天，病的越来越厉害，你带给她一点柳直的好消息，让她高兴高兴。只要能听到柳直的消息，她的精神上就能好一些……”

“行，我现在就去！”

“快去吧，不用管我……”

家树来到董淑琴家，病得很厉害的董淑琴支撑着从炕上坐起来，笑着说：“家树回来啦？”

“回来啦。”

“见到柳直啦？他现在怎么样？坐……”

“挺好的，身体挺好的，精神也挺好。每天都能吃得饱，一点也没瘦……”他边说边坐下。

“他本来就心宽，天性乐观，又经过多次抓了放，放了抓，惯了，能吃得香，睡得着，身体不见瘦，这我信……这一点还叫人放心……”

“我把董姨你叫我带给他的‘我等你回来’这五个字告诉他，他非常高兴，让我告诉你，你一定要好好养病，注意身体，一定要等他回来……”

“但愿我能挺到他回来……”

“董姨，你可一定要好好养病，等他回来，不然的话，可就辜负他对你的希望了……”

“好。”

“董姨，金队长、王爷爷和我娘给柳哥捎话，希望他不论遇到什么事都要忍耐，少说为佳，不要事事都争个青是青，白是白……争取个好的态度，早点回来……”

“你柳哥怎么说？”

“他说他以后再也不多言多语，努力使自己变成一个哑巴……”

“他是这么说的吗？没再说别的？”

“是呀……”

“不对，他不可能光是这么说，这不是他的性格……”她边说边看着他的脸，像是在他的脸上寻找什么破绽。怀疑地问：“他真是这么说的？”

他看瞒不过，不好意思地从兜里掏出一封信递给她：“这是柳哥给你的一封信，你看看吧。”

她把信打开，熟悉的字体跃入眼帘……

她脸露笑意，说：“这才是柳直，这才是我所深爱的柳直！堂堂正正真男子，爽爽快快大丈夫！不用道歉，我为有这样心爱的人而骄傲！”

“董姨，你真了解他，你是真真正正的了解他……”

“我和他所以能成为恋人，成为知心朋友，就是因为志同道合。我欣赏他的也正是这一点……”

“董姨，请你原谅我方才对你有所隐瞒，我想的太狭隘，太小家子气了……”

“不，家树，我理解你的心情，其实你完全是一片好意。”她由于激动，脸上便有了红润：“家树，你柳哥这个人豪侠仗义，光明磊落，这是他的优点，但同时他也有他的缺点……”

“他有什么缺点？”

“好激动，有时不注意方法和策略；另外，他是性情中人，很容易在亲情、友情、爱情上面感情用事……”

“噢……”

“其实，家树，我也很欣赏你，你虽然人小，话不多，但看得出来，你的心胸很大……”

“看你说的……”

“我没有恭维你的意思。你今天来和我谈话，我很高兴。我谢谢你。噢，对了，你的箫吹得挺好，什么时候有空，给你姐，不，是姨吹段箫吧……”

“我吹得不好……”

“不，你吹得挺好，我愿意听……”她闭目平息了一下呼吸，说，“你每次在你们家院子里吹箫，我都能听到。你把你对生活的感受通过箫声表现得那么细腻，深沉而又悲愤，我听一次落泪一次。我真的很感谢你，我真的感谢上帝给我们村送来一个家树，让我得到了精神上的享受……生活真的是一把双刃剑，既有痛苦，也有幸福，既有悲哀，也有快乐。当然，我主要的是指精神上的，在普通意义上的特殊性……”

“董姨，我现在就回家取箫来吹给你听。”

“去取吧，我等着。”

家树坐在凳子上吹《苏武牧羊》。

董淑琴躺在炕上闭目聆听。

箫声缓缓响起……

他们二人都进入了乐曲的情景里。也许他们脑海中出现的情景有所不同，家树脑中出现的可能是长长逃荒路，董淑琴脑中出现的可能是棒打鸳鸯身受凌辱的情景，但融入到乐曲里，都是雪地又冰天，苦忍十九年的悲惨遭遇。

董淑琴听得很专注，甚至连呼吸都停止了。但她的内心在翻腾，以至泪水涌出，顺脸颊淌下……

12 变换

一九七六年十月。

晴空万里，风和日丽。县广播站安在各地的大喇叭都在播放着郭沫若的《水调歌头·粉碎“四人帮”》……

柳直欣喜若狂，他情不自禁地手舞足蹈：“哈哈哈哈，好词啊好词……”他不等别人询问，就忘乎所以地对别的犯人解释说：“什么叫水调歌头？水调歌头就是一种词牌的名字，比如毛主席的词——雪，用的是沁园春这个词牌。词牌数量很多，除了按其规定的字数填词以外，没有什么实际的意义，关键是填写的内容……哈哈哈哈，大快人心事，好词好词……”

犯人中有很多人对这样常识性的东西都懂，用不着他解释。但他们对柳直的解释并不觉得多余，更不反感，他们和柳直一样沉浸在激动和喜悦里。

有一个犯人说：“柳直，你是诗人，你也来一首，庆贺庆贺。”

另一个犯人说：“四人帮被打倒了，我们出头的日子大概也就不会太远了，是应该写一首庆贺庆贺……”

“好！”柳直收敛起笑容，露出很凝重的神情：“我一定写一首。我虽然写作的水平不能和郭老相比，但表示喜悦的心情是一样的。我写出来以后请大家批评指正。”

他沉思起来。

一个管教员打开了一个牢房的门，叫道：“柳直，到所长室来一下。”

柳直从监室里出来，跟着管教员来到了所长室。所长室里除所长外，还有两个公安局的干部。

公安局的干部见柳直进来，便站了起来。其中一个面带笑容说：“你就是柳直？”

柳直回答：“是。”

公安局干部伸出手对柳直说：“柳直同志，请坐。”

柳直听到叫他“同志”，一下子很不适应，但还是带着狐疑坐下了。

公安局干部说：“柳直同志，根据你的关于复查的申请，我们对你的所谓‘三反’问题重新认真进行了复查，认为所认定的事实严重失实，所定罪名不能成立。现在，我们代表公安局向你正式宣布：解除对你的审查和收押，立即释放……”

近来，柳直从报纸上知道了党和国家的工作重心已由阶级斗争为纲转移到以经济建设为中心，他已经意识到自己的问题会得到解决，所以他早有思想准备。但是，当真的宣布他无罪并立即释放的时候，他还是感到这个消息来得太突然了一些。他没有表现出大惊大喜，也没有表现出感激涕零。他听完宣布，缓慢地闭上双眼，深吸了一口气，然后把这口气从口腔往胸膛压下去。他没有说话。

“柳直同志，你不想说点什么吗？”

柳直把压下去的一口气又吸上来，他苦涩地笑了笑，摇着头说：“我说什么呢？我被批、批斗，被抓，被押，我被整整折腾了十年哪！在这十年里，我的青春没了，我的恋人没了，我的父亲没了，我的理想事业通通都没了，你让我说什么呢……”他平息了一下自己，说，“可是，我恨吗？我恨谁呢？恨四人帮，恨抓我的人，恨批斗我的人？”他摇了摇头，“这真是历史的误会，命运的无奈。虽然被捉弄了，欺凌了，却冤无头，债无主，岂不是命运的无奈？这种无奈是我柳直，也是柳直们的悲哀啊……”他停了一下，笑着说：“不过，我还是感谢你们，你们能实事求是地复查我的案子，还我清白，谢谢你们！”

“不用谢，我们应该做的。我想我们一定会吸取历史教训，不会让悲剧重演。”

“但愿如此吧。”

“柳直同志，你在释放证上签个字就可以出狱了。”

“好。”

柳直拿起笔来签字。

在看守所大门口，开着手扶拖拉机来接柳直的金队长、家树早已等候着。

看守所长、两个公安局的干部把柳直从院里送出大门外。

公安局干部说：“柳直同志，再见！”

柳直说：“再见。”

看守所长说：“柳直，庆贺打倒‘四人帮’的诗词写好了，别忘了送给看守所一幅。”

“好，我一定献丑。”

他看到了来接他的金队长和家树。他快步走过去，先和金队长紧紧握手。二人相视了一会儿。金队长说：“柳直，你受苦了。我和家树代表全队来接你回去。你自由了，今天中午在我家弄几个菜为你接风……”

“谢谢金队长，谢谢大伙！”

然后，柳直和家树紧紧地抱在一起。柳直说：“家树，你又来了，看守所的路都叫你踏平了。”

“这不很好吗，这为我们的生活增添了很丰富的内容，多姿多彩……”

“但愿这种生活不再发生。”

“不会发生了。”

金队长说：“上车吧，咱们回家。”

家树把柳直的破行李卷扔上车，二人上车坐稳，金队长打着火，突突突地向柳塘开去。

金队长一边开车一边回过头来，说：“柳直，现在中央的路线和政策变了，要重点抓经济建设，咱们要理直气壮地抓生产。你回来后，还是要把板报办起来，宣传生产，表扬生产，千方百计把生产搞上去！”

“家树不是办得挺好吗，还由他办吧。”

“不，你们俩一起办！”他转而又说，“你们俩有文化，年轻有为，不可能永远窝在农村，窝在山沟沟里，一定会有出头之日。但在没有离开农村之前，我想还是要多发挥一些作用，不光办板报，下次生产队选举的时候，我想推举你们作为副队长人选……”

柳直说：“我不行，家树行……”

这时，他们的手扶从西边的路上下来拐进大草甸子边上的路。柳直还要接着往下说的时候，看到对面拐过来一辆公安局的吉普车。他透过吉普车的门窗玻璃看到四个人，一个司机，两个警察，还有一个是坐在两个警察中间的戴着手铐的大队书记黄占奎！

这真是戏剧性的一幕：一个人从监狱里放出来，一个从村子里被抓走，被放的和被抓的在这里相遇，一个人肘腕上摘下的手铐，另一个人却戴上了。

“停车！”柳直从手扶拖拉机上跳下来，站在了吉普车的前面。

吉普车也停下来了。一个警察打开车窗，探出头来：“你站在路中间要干什么？”

柳直说：“公安同志，对不起。我是柳直，你们可能都认识我。我今天被无罪释放了。我看到你们车里坐着我们村的黄书记，我想跟他说两句话。”

那个公安干部回头和另一个公安干部合计了一下，就让黄占奎从车里出来了，说：“有什么话就说吧，快点说。”另一个说：“本来不能停车让你跟他说话，但考虑到你多年冤狱，今天对你是个破例，有话快点说。”

然而，柳直看着戴着手铐站在面前的黄占奎却没有说话。他的嘴张了张，想说什么却没有出声。他的两只眼睛先是眯缝着详细地端详着黄占奎，继而很严厉，渐渐的圆睁，目光像冒出火来似的直视着他。他就是这样怒目而视，一分钟、两分钟……

黄占奎和柳直面对面地站着，他先是保持着镇静，与柳直对视，但在柳直咄咄逼人的目光下，渐渐地显出慌乱和恐惧。

柳直露出轻蔑的微笑，坦然地说："黄占奎，你今天被抓你知道是谁告发的吗？"他停了一下大声说："是我！是我写的检举信告发的你！"

"我想到了……"

"我郑重地告诉你，我告发你，不是因为你搞阶级斗争扩大化，随便揪人、批斗人，随意抄家打骂那些事。你们做的那些事虽然是恶劣的，错误的，坑害了许多人，但毕竟是形势如此，尚可理解、原谅。我告发你的不是那些事，而是你利用职务之便，利用恫吓、欺骗、强制等手段，奸淫妇女，拷打致死人命等实际违法犯罪行为。你的罪行可以用你们批判别人时常说的一句话，叫做罄竹难书！知道吗？"

黄占奎眨眨眼睛，没有回答。

"黄占奎，今天咱们在此幸会不知你有何感想。但不管你怎么想，想什么，有件事我想问问你……"

黄占奎直着眼睛等他问。

"城狐社鼠这个成语是什么意思你知道吗？"

黄占奎摇头，表示不知道。

柳直蔑视地说："我告诉你，好好听着！城狐社鼠这句成语是从晋朝时大将王敦家族与大臣司马炎家族争权夺利引发出来的。所谓城狐社鼠就是藏在城墙里的狐狸，躲在神庙里的老鼠。人们想要捕杀城狐社鼠，都不能不有所顾忌。因为捉城狐，恐怕要毁坏城墙，得罪君王，熏社鼠，恐怕要烧坏神庙，对神不敬。由于这样，狐鼠之辈就仗着皇城和神庙，可以作威作福欺压黎民百姓……"说到此，他厉声说："黄占奎，你就是那城狐社鼠之辈，打着革命的旗号作为你们的城墙，扯着无产阶级专政这个大旗作为你们的社庙，兴风作浪，无恶不作，肆无忌惮地欺压人民群众……看起来，你们很得势，很得意，横行霸道，不可一世。可惜呀，到头来，你们还是登不了大雅之堂，最终还是逃不脱被捕杀的命运，老鼠过街人人喊打……"

黄占奎对柳直的讽刺挖苦和一顿数落无言以对。开始，他虽然面对柳直有些慌乱，但还是抬着头。现在经过柳直的一阵痛斥，他面对着柳直的头终于渐渐低下来。

柳直见状，揶揄着说："黄书记，你怎么把头低下啦？这可不是你的性格，你还是抬起头来吧……"

黄占奎没有抬头。

柳直脸上露出轻蔑的笑，长出了一口气。他侧头看了一眼两个公安干警，干警向他指了指腕上的表，意思是告诉他，时间挺长了，谈话应该结束了。他回头看了看黄占奎，本想说，你滚吧，但没有，只是向他挥了挥手，让他走开。

黄占奎没反应过来，站着未动。

两个公安干部喊他："快走吧，上车！"

黄占奎逃也似的上了吉普车，两个公安跟着上去，车开走了。

柳直看着吉普车开去。他高兴地仰天大笑："哈哈哈哈，黄占奎呀，黄占奎，斗转星移，你终于向我低了头……"

家树说："柳哥，我以为你会骂他几句，可你一句也没有骂。不过，你把他说成是城狐社鼠比骂他还厉害……"

"杀父之仇，夺妻之恨，扒尔皮，食尔肉，也不能解我心头之恨！可我却不能扒他的皮，食他的肉！既然连最解恨的事情都做不到，其他的说什么不都是苍白无力，多余的吗？什么都没必要说了。你看到了吧，他已经在我的面前向我低头，这就足够了。"

金队长说："黄占奎这个人也真够缺德的，全村有点姿色的女人差不多都被他欺负过，连他儿子娶媳妇的头一宿都被他强占了……"突然，他意识到说走了嘴，黄占奎的儿媳妇就是董淑琴。他赶忙吐了一下舌头，看了一眼柳直，赶紧把话咽回去。

柳直说："没事，说吧，这事全村人大都知道，用不着藏着掖着。"

"你别难过就行。"

"我不难过。"他嘴上说不难过，实际上他的心里很难过。黄占奎强占了董淑琴这件事一直像癞蛤蟆一样堵在他的心口里。那咽不下去也吐不出来，始终在精神上折磨着他，他只能十分痛苦地默默忍受。今天他看到黄占奎被抓了，心里似有一点慰藉。他说："我不但不难过，我还很高兴。我为今天在此与黄占奎相遇而高兴。我出狱了，他却进去了。真是三十年河东三十年河西。这种变换说明了什么？"

家树说："这种变换说明了那句话，善恶到头终有报，不是不报，时间未到，时间一到，一切都报。"

"对，"金队长说，"时间一到，该变换的就都变换了。"

三个人为观点一致相视而笑。

手扶拖拉机直接开到了金队长家。

三个人进了屋，金队长就风风火火地对老婆喊："快，快整点菜，柳直回来了，我们喝几盅庆贺庆贺！"

"哎。"金队长老婆小朴一边答应着一边把金队长拉到旁边，嘀嘀咕咕说些什么。金队长惊愕的"啊"了一声，转头向柳直望了望。

柳直见有蹊跷，笑着问："你们嘀嘀咕咕的说些什么？"

金队长犹豫了一下，走过来沉着脸，说："柳直，今天咱们这顿酒喝不成了。"

"咋的啦？"

"昨天晚上董淑琴已经走了……"

"她死了？"

"是，我和家树去接你，走的早，所以不知道。今天上午人已经出殡埋葬了。你快回家吧，你妈在家等着你……"

金队长老婆接着说："方才你家婶子来告诉我，说见你回来叫你马上回家。"

柳直听后转身出门，向自己的家中跑去。

家树也随他而去。

柳直的母亲见柳直回来，扑上前去抱住柳直哭喊道："柳直我的儿啊，你可回来了……"

柳直劝慰道："妈，你别哭，你别哭，我这不是回来了吗，我这不是回来了吗……"

家树把老人拉开，扶她在床沿上坐下，说：“大娘，你可不能再哭了，你的眼泪已经流的够多了……”

老人用手擦了一把脸说：“孩子，我能不哭吗？这些年，你柳哥抓了放，放了抓，你大爷也死了，今天你董姨也死了，我怎么能不哭？呜呜呜呜，可怜的孩子呀……”

她哭了一阵，然后从怀里掏出一个纸包来递给柳直，说：“这是淑琴临闭眼时留给你的。”

柳直接过去。他打开一看，是一张照片和一封书信。

照片是董淑琴上高中时的一张照片。照片上的董淑琴十八九岁，鸭蛋形的脸上一对清澈明亮的眼睛，头上扎两个羊角辫，充满了青春活力。照片上的董淑琴在对他笑。

他打开信——

柳直兄：

我本来想等你回来，但等不到了。我走了，希望你不要难过。因为我可以从此脱离烦恼，把缠绕在我身上的各种绳索都断掉了。所以对我来说，也许这是最好的归宿，是值得喜庆的事情。

我最放心不下的事情就是我的父母二位老人。我走了，他们无儿无女了，老弱孤苦，前景实在令人担忧。如柳直兄今后能顾及得到，必要时能扶持一把，妹心甚慰。我已原谅了我的母亲，她实际上也是一个被害者，你也原谅她吧！

柳直兄，我的一个最大的心愿就是我们能永远在一起，夫唱妇随，白头偕老。但这辈子是不可能了。只能把这个愿望放在来世！我想和你有个约定，就是：“今生不能结连理，但等来世做夫妻。”我一定遵守这个约定，你如果愿意，也希望你遵守这个约定，让我们来世成为夫妻。

你一定要答应我。我在那边等你！

我把在高中时的一张照片留给你，是想把我最美好的青春和最快乐的时光留给你，希望它永远深深留在你的记忆中！

妹董淑琴绝笔

"我愿意，我愿意！"柳直看完信后，大喊道，"我愿意来世和你做夫妻！"

柳直泪流满面，拿着照片的手不停地抖动。

家树说："柳哥，不必太难过了。其实，她能够活到今天已经很不错了，我们早就应该有这个心理准备。"

柳直深吸了一口气，擦去脸上的泪水，会意地看了看家树，说："是呀，其实也好，她终于解脱了。"

柳直从柜子里找出一张白纸贴在了墙上，把董淑琴的相片贴在了上端，又拿出毛笔和墨汁在相片下面写了一个大奠字。他端详着相片和那个大奠字，琢磨着要写一副挽联。他在地上踱步，踱来踱去，忽然来了灵感。他拿起毛笔，在奠字下方从右向左竖写了一首悼诗，是一首七律——

淑琴乘鹤已西行，
从此不再问人生。
千宗忧苦追风去。
万般冤仇化雨声。
今生承诺兄胸记，
来世之约妹心铭。
鼓盆而歌答惠子，
曲尽何必动悲情。

他急速地写完。自己念道"淑琴乘鹤已西行，从此不再问人生"时，悲从中来，泣不成声。

家树宽慰说："柳哥，你不是用了庄子鼓盆而歌答惠子的典故吗？既然死的人乐意而去，活的人高兴才是，就不用哭了呀。"

"不哭了，不哭了，应该为她高兴才是，哈哈哈哈……"他转而大笑，然而在笑声中他的眼泪还是哗哗地流下来。

西山坡上一堆新土，那是董淑琴的坟。

柳直扛着一个木桩碑来到坟前。家树用铁锹在坟头前挖了一个坑，帮柳直把木桩碑立在坑里，用土埋好。我们看到木碑上写着具有柳直特色的碑文——来世之妻董淑琴之墓，落款一行小字：未婚夫柳直立。

埋好木碑，柳直从背包中拿出一瓶酒来开始祭奠。他倒了一杯，把酒洒向天空，高声念道——贤妹乘鹤已西行……

他又倒了一杯，把酒洒向地上，高声念道——从此不再问人生……

他倒了第三杯酒在坟上，高声念道——今生承诺兄胸记……

他倒了第四杯酒，自己一饮而尽，高声念道——来世之约妹心铭……

然后，他把剩下的酒“咕咚咕咚”仰脖饮尽，把酒瓶一扔，双手拱起，撕心裂肺地向西方喊道——

西天大路，淑琴你要走好哇……

南桥头。两树之间扯着一条横幅，上写“大快人心事，抓了黄占奎。”

说说笑笑的人们都站起身来，亲亲热热地迎接一个人——胡二扯。

胡二扯手拄着拐杖，一瘸一拐地向人们走来。

洪家铁蛋和兰家二牛赶紧跑过来搀扶他，让他在一个显著的位置上坐下。

他坐下了，就笑容满面地拱手向大家致意。

铁蛋说：“二叔，你都回来好几天了，怎么今天才出来？”

二牛说：“大家都等着听你说书唱曲呢……”

“还说还唱？”他指了一下自己的瘸腿，“若不是因为说书唱曲，我能被抓进去坐牢，这条腿能被打断？”

“那你就不唱了？你能板住？”铁蛋说。

“唱一个吧，唱一个吧。”大家都要求道。

“唱一个让大家乐呵乐呵，这些日子大家都闷得慌。再说啦，‘四人帮’被打倒了，黄占奎也抓起来了，还不值得高兴高兴，还不值得唱一唱？”

“嗯，这倒是个理由。”实际上，他的好扯好说笑的本性还是改变不了。只见他思索了一下，清了清嗓子，大声唱起来：

> 黄占奎在位时威风凛凛，
> 到如今进监狱上了绑绳。
> 皆因是作恶多端咎由自取，
> 脚上泡自己走休怪别人。
> ……

柳直来到董家。

董淑琴的母亲在院子里看到柳直走来，赶忙从院子迎出来。她颤颤巍巍地扑向柳直，握住他的手，连连说："柳直，你来了，你来了……"

柳直随她进了院子，看到董父正在园子里择豆角，就打招呼："大爷，择豆角哪？"

董父答应着，放下手中的活，和他们一起进了屋。

柳直坐在凳上说："我来看看二位老人，身体还好吧？"

董母说："还行，你还惦记着。柳直，我听说你到淑琴的坟上去看她去了？呜呜呜……"

"去啦。"

董父对她说："你这是干什么？柳直来了，好好唠唠嗑，看你整的这一出儿……"

"我这不是心里有愧吗？"

"好啦，大娘，事情已经都过去了，咱们还得往前看。今天，我先过来看看你们二老，今后生活上有什么困难尽管找我，我一定给你们解决……"

"不用，你家里也一大堆难事，够糟心的了……"

"不，你二老放心，我对淑琴有过承诺，她走了，我就是你们的儿子！我一定替她尽一个儿子的责任……"

"柳直啊，"她使劲地握住柳直的手，眼泪"哗哗"流下，"我的儿啊……"

一声"我的儿啊"把柳直叫得热血沸腾。如果说他来看她二老是出于对死去的董淑琴嘱托的一种承诺，是出于一种道义和理智，那么这一声颤巍的叫，就使他不光是从理智上，而且也从感情上大大的贴近了。在老人呼唤他"我的儿啊"的时候，他看到老人那黑皱黑皱的脸，那镶嵌在黑瘦脸上的两颗烂红了边的哀怨的眼睛，以及那佝偻着抖动的身体内发出的乞求的声音，他的心里不禁就一阵发紧，他的喉咙就像有一股气流堵塞着。啊，她也是一个慈善的、受尽人间苦难的可亲可敬的老人！他确实被感动了，他真的想随着老人握他的手顺势扑过去，趴在她的怀里，回应她，叫她一声妈！然而他没有叫出口，而是说："大娘，以后你就把我当成你二老的儿子吧……"

从这一天开始，柳直真的对董淑琴的父母尽一个儿子的孝道。他拿过水桶和扁担去挑水。他把一担水倒进缸里，又担了一担水倒进缸里，水缸的水满了。之后，他又去帮董父择豆角，扫院子……

13 上学

一九七七年，国家恢复高考制度。

家树吃完早饭，撂下饭碗就去找金队长。金队长现在已经是大队书记兼队长。他正好刚出门要到队里去，见家树来，就问："家树，有事？"

"我想念书，去参加高考。"

"村里不是已经给你开了介绍信，同意你去吗？"

"我拿了村里的介绍信去报名，公社教育组说我是'盲流'，不给报名……"

"胡扯！你已经来了三年，还算什么'盲流'？上级已经开会传达，不许再叫'盲流'，叫'盲流'是歧视，应该叫自由流动人口。再说，已经正在给你们办理户口，怎么不能报名？"

"我说了，不好使。"

"不好使？"他思忖了一下，"这对你是大事，这样吧，等一会儿我把队里的事情处理一下，我和你到公社去。"

金书记开着手扶拖拉机拉着家树来到了公社教育组。

戴眼镜的公社教育组贾组长认识金书记。见金书记就开起了玩笑："哟，是金书记来了，什么事呀还麻烦金书记亲自来，快请坐。"

金书记坐下，笑着说："不亲自来不行啊，只好亲自来打扰一下贾组长。"

"怎么能说是打扰？"他说："为金书记办事，是我们的荣幸……"

"别扯了，我们农村干部，还不都得听你们公社领导的。你贾组长让我们向东，我们就不敢上西……"

二人都很开心。

贾组长说："说吧，来我们教育组有什么事？"

“现在不是恢复高考了吗，我们村的王家树要报名参加高考……”

“他呀，不行！”贾看了一眼站在一边的家树，肯定地摇了摇头。

“为啥呀？”

“他是‘盲流’，没有户口。”

“他已经来了三年，去年已经上了临时户口……”

“临时户口不行，必须得正式户口。”

“县里已经统一向山东发函，正在办理正式户口，很快就会解决。”

“那就等办理了再说。”

“那若过了报名日期，不就给耽误了吗？”

“那不是我的问题。”

方才二人还说说笑笑，转眼之间谈话就陷入了僵局。

金书记为了扭转尴尬局面，笑着说：“贾组长，方才你还说为我们农村干部办事是荣幸，怎么还没等办呢却这么难求。看来你是说的一套做的又是一套。啊，哈哈哈……”

贾组长也缓了口气说：“不是我难求，这是政策规定。”

“什么政策规定？以前兴叫‘盲流’，现在上级有政策，不许再叫‘盲流’，叫自由流动人口。宪法规定，公民可以自由流动嘛。在中华人民共和国的土地上，公民什么地方都可以去，这是权利嘛……”

“哟嗬，才当了两天半书记，理论水平可提高的真快。”

“得了吧，再高还能高过你贾组长去？别见笑。”

气氛又有了缓和。

金书记说：“贾组长，通融通融，先把名给报上。王家树这个年轻人不错，别给耽误了……”

贾组长看了看金书记，又看了看家树，眨眨眼睛说：“这小伙子长的倒不错，不知道文化怎么样，你是什么学历？”

家树说：“高中念了二年，没毕业。”

“有初中毕业证书吗？”

“有。”

贾组长点点头。

金书记说：“这小伙子不但学习好，还会吹箫，箫吹得可好了。家树，等以后有时间给贾组长吹段箫，让贾组长品评品评。”

贾组长说：“我可不懂吹箫。”

“给你吹一段，让你高兴高兴嘛。”

贾组长笑了。

金书记趁机说：“怎么样，贾组长，开开恩，把名给报上吧。”见他还犹豫，近似肯求地说：“千万不能给孩子耽误了哇……”

贾组长眯着眼睛思忖了一下，终于说：“好吧，既然有你金书记亲自来做指示，谁敢不服从？可是，我先把名给他报上，再向县招生办汇报请示一下，县里要同意，他就等通知参加高考，县里要不同意，那我也就没办法了。”

金书记上前拉住他的手，高兴地说：“行啊行啊，那我就亲自谢谢你啦。家树，快过来谢谢贾组长。”

家树说：“谢谢贾组长！”

贾组长说：“不用谢。把这张报名表拿去，填好了送来。”

“是。”家树转忧为喜接过表格，转向金书记感激地一笑。

煤油灯下，家树在温习功课。

娘陪着，纳着鞋底。

家树演算了两道题，抬起头对娘说：“娘，多亏了你细心，把我念书的教科书带来了，现在用上了。”

娘说：“娘没舍得扔，我就想着用得着。再说，破行李卷里没什么要紧的东西可装，带上你的书也不累赘。”

家树说：“娘，你非逼着我去高考，真要考上了，我去念书了，家里没有了劳动力，爷爷老，家林小，日子怎么过呀？”

“这你不用管，有娘在，什么困难都不要紧，天塌下来，娘也能顶住。”

“那就苦了娘了。”

娘把手摸在他的脸上，说：“只要你能考上大学，将来有出息，娘再苦再累也值得。”

“娘。”家树动情地攥住娘的手，把娘的手紧紧地贴在自己的脸上。

娘笑了，说：“家树，学过的东西忘没忘，捡起来有困难吗？”

“没忘，认真复习，都能想起来。”

“那就好。”她放下鞋底，说：“饿了吧，娘去给你熬一碗面子粥……”

他拽住娘的手，说：“娘，我不饿……”

这时，老王头儿过来了，手里拿着一个苹果罐头，一包饼干，说：“先不用熬粥了，把这个罐头和饼干吃了……”

刘美娥赶紧挡住说：“那可不行，爹，这罐头和饼干是你有病姑和姨她们孝敬你的，怎么能给家树吃……”

家树也忙推辞：“爷爷，这可不行，我不需要……”

老王头儿笑着说：“怎么不需要？你复习功课，三更半夜，点灯熬油的，不但费脑子，也熬身体呀，听话，把这个吃了……”

美娥连说：“不行不行……”

罐头和饼干在他们中间推来推去。

老王头儿生气了，把罐头和饼干往桌子上一蹾，说：“怎么不行，啊？”

金书记在大喇叭里喊——

“柳直到大队来一趟，柳直到大队来一趟，有重要事，有重要事……”

柳直正在董家院子里劈柴火，他听见大喇叭叫他，抬头向大队方向望去。

董母说：“柳直，大队叫你呢，快去吧！”

董父也催促道：“快去吧，剩下的我来劈……”

柳直放下斧子，疑惑地说：“找我什么事呢……”

董母说：“你去了不就知道了，是金书记找你，我看，准是好事……”

柳直迈步走出院门，回头说：“大爷，不用你劈，等我回来……”

柳直来到大队部，见了金书记，问：“金书记，你找我？”

金书记喜形于色：“是呀，我找你。来，坐……”

“找我什么事呀？”

“好事！天大的喜事！”

“我能有什么好事？”

“时来运转嘛，柳直……”他兴奋地说，“公社文化站缺一个人，他们物色来物色去，物色到了你。方才县文化馆来了两个人，其中还有一个是副馆长，他们来考察了解你的情况，我把你的情况和大队的意见向他们谈了，他们很满意，叫你明天就到县文化馆去谈话，填张表，他们研究要认为行，过几天就去上班……”

柳直既惊又喜的：“是吗？”

“不过，先试用，试用期干得好，就办理转干手续……我相信你一定能干好，按时转正，怎么样，柳直？”

“请金书记放心，我一定能干好。”

“我相信，你一定能干好。柳直是谁呀，柳直就是柳直！我说过，柳直、王家树都是人才，不可能总窝在山沟沟里。今天，你柳直先飞出去，等些日子家树考上大学，也一定能飞出去……”

“这得谢谢金书记……”

“谢什么，这是你们自己的能耐！我盼着你们都飞出去，有出息，这是咱们柳塘的光荣，咱柳塘的荣耀……当然啦，你们都走了，队里也就缺了人手，比如说黑板报谁来办……不过，也不能因为缺人手就把你们留下呀，你说是不是？”

“嗯……”他不置可否。

他把手一扬，笑道：“走吧，飞吧，该走的走，该飞的飞！我虽然舍不得，但我的心里还是高兴的……”

“那我就走啦……”

“走吧，哪头重哪头轻我还是知道的。”

“我是说现在，没啥事我就回去了。”

“回去吧。”

柳直向金书记摆了摆手，走了。

柳直已经走出了很远，金书记从后面追上来，喊：“柳直，柳直——”

柳直回过头来：“金书记，还有事？”

金书记从兜里掏出十元钱，说：“柳直，你明天就要去报到去了，这些年你被折腾来折腾去，我知道你手头没钱，很困难，这十元钱你拿着，中午吃个饭什么的……”

“不用，不用，我有……”

“别打肿脸充胖子了。”

“真的不用，你也不宽裕。”

“叫你拿着你就拿着！”他沉下脸来：“啰嗦劲儿！你的困难我知道，我比你强！这些年咱们哥们也好，爷们也好，处的不错，怎么，这点忙不能帮吗？”

“金书记，我怎么好意思……”他把钱接过来。

“还有，你到公社文化站上班，离咱村三里多地，天天来回走不方便，我家里有一台旧自行车，修一修，擦一擦，浇点油还能骑。一会儿你到我们家推去，你上下班用……”

“那可不行。”他急忙推辞道，“那可不行……”

“怎么不行？在家里闲着，闲着也是闲着。”

“那么贵重的东西，我怎么敢……”

“废话！一台破自行车难道比咱们的情谊还值钱吗？你用还是不用？”他生气了。

“好好，我用我用……”

他转怒为笑：“这就对了嘛，柳直什么时候这样婆婆妈妈过？”

“金书记，”他充满了感激地说，“金书记，这么多年，我一直被人当坏分子、牛鬼蛇神斗，受尽凌辱。今天，我能去参加工作，金书记又给钱给自行车，冷不丁的，我还真有点不……”他的眼睛有点潮湿。

“不适应是不是？以前是不正常，现在才是正常的，你本应当受到尊重。柳直，明天你就堂堂正正上班去！”

“好！”他坚强起来，没有让泪水流出来。

柳直骑着自行车去公社文化站上班。今天的天气很好，他的心情也很好。他出了村子，路过村头的老柳树、老榆树。他顺着草甸子的路冲上西山的大车道。晴空万里，车子在山路上向前奔驰……

他唱起一段京戏戏词：

青是山，
绿是水，
哗哗是涧……

柳直开支了。他们文化馆不是独立财政，工资由站长去县文化馆统一领回。他从站长手中接过工资袋，举手抛向空中，然后又接住，对着工资袋摇头笑道：“哈哈哈哈，工资，你是工资……”刚一下班，就急急忙忙地向商店走去。

他要买一瓶酒和下酒的菜肴，准备为家树高考庆贺一番。根据他对家树的了解，他认为家树一定能考上，而且成绩一定会名列前茅。他还酝酿写一首祝贺的诗，以表达他的喜悦和祝福之情……

考场设在县里的一个学校里。

教室里坐满了考生。考生们都在低头答卷，鸦雀无声。监考老师来回巡视的脚步都很轻，所以连脚步声都听不到。

家树第一个答完卷，他走向前面，交了卷子。脸上的表情很自信。看得出来，他考得很不错。

不久之后，大队大喇叭响起了金书记激动的声音："全体社员注意了，全体社员注意了，现在向大家报告一个好消息。咱们大队的王家树参加高考，成绩文科全省第一，理科第二！已被大学录取，录取通知书已经邮到大队。王家树被大学录取，这是我们柳塘村的光荣！我们柳塘也出了大学生啦……"

柳直第一个跑来祝贺。柳直进了王家院子就向屋里喊："家树，我就知道你是棵好树！"他进了屋向老王头儿和家树娘打招呼："王爷，姨。"然后笑呵呵地对家树说："你真的是一棵好树，你这棵树将来一定会成为栋梁之材！"

家树娘说："他柳哥，你过奖了。"

"不是过奖，看吧，他以后一定会成为栋梁之材！"他从兜里拿出一瓶酒，又掏出一包熟花生米，半斤猪头肉："咱哥俩，不，还有王爷爷，咱们喝几杯，庆贺庆贺！"

家树娘接过来，说："庆贺就庆贺呗，买这么多东西干啥，花这么多钱。"

"没关系，我昨天开支了，有钱。"

家树娘说："你抽调到公社文化站上班已有一个多月了吧？现在是以农代干，以后有机会可以转为正式干部，凭你的能力，一定有前途，好好干……"

"我一定努力。"

家树娘又炒了一个土豆丝，熬了盆小白菜汤。这样，一盘猪头肉，一盘花生米，一盘土豆丝，一盘大葱蘸酱，一盆白菜汤四菜一汤就摆上了桌。

柳直把每个人的小碗里都倒上了酒，招呼家树娘："姨，你也来喝一杯。"

“我从来不喝酒。”

“平时可以不喝，今天得喝一点儿。你儿子考上大学了，这可是大喜事，怎么也得喝一点儿。”

老王头儿也说：“美娥呀，过来喝一口，高兴嘛，不能多喝少喝。”

家树娘只好过来，端过酒碗。

柳直提议道：“庆贺家树考上大学，祝你鹏程万里，来，干一杯！”

酒过三巡，柳直说：“咱们喝庆贺酒不能没诗，我已想好一首诗，现在念来以示祝贺。”

树枝缺水近枯干，
显在雪中未曾弯。
生逢春雨倾盆落，
机杼文采待争妍。

他念完，哈哈笑道：“怎么样，家树，这首诗……”

家树说：“柳哥这是一首藏头诗，树显生机！谢谢柳哥。”

“家树，为了祝贺你考上大学，这几天我就酝酿着写一首诗。可是始终没有想出更好的句子，凑合着用吧……”他得意地大笑：“哈哈哈哈，树显生机，家树，你从现在开始有了转机，将来一定会生机盎然，文采无限……”

家树苦笑了一下：“柳哥……”

柳直又喝了一口酒，眯眼看了一下家树，说：“家树，你考上了大学，本来是一件高兴的事，别人都替你高兴，可我就没看你乐过……”

家树显出一丝笑来：“我也高兴啊，真的，我也高兴。”

“拉倒吧，你不用装给我看。”他嘬了一口酒说：“你呀，就是心事太重，心事太重了……”

家树苦笑了笑，未做回答。

柳直接着说：“哥理解你。你在考虑学费的筹集问题，家里的日子今后怎么过的问题，这些都是愁事……”

老王头儿说：“愁什么，你只管去念书，一心一意地去念书，这是正事。你去念书的钱咱们想办法挪动，以后的日子不会有问题。你放心，只要有爷爷在，家林将来也让他上大学……”

家树娘的眼里就含了泪水，说：“家树能上学，能有今天，多亏了爷爷。”

她端过老王头儿的酒碗，说：“爹，我平时不喝酒，也不给你敬酒，今天我借着柳直拿来的酒，敬你一杯！”

自从王来顺死后，家树娘就改口管老王头叫爹。

“好，爹喝！”老王头儿从家树娘手中接过酒碗，说，“为我孙子考上大学，为我王家增光，我干了！”

柳直和家树都端起酒碗。

“干！”

“干！”

家树和柳直都有了一点酒意。二人出来遛跶，就走到了队部前面的黑板报处。

柳直伸出双臂，就地转了一个圈，充满诗意的说：“啊，多么迷人的夜晚啊！”他说，“家树，你看这柳塘有山有水，有树林有草地，除了贫穷以外，风光秀丽，空气新鲜，还是不错的，啊？”他收拢双臂，又转了一个圈，说：“来，让我们拥抱这美丽的大自然，拥抱柳塘吧……”

“自然环境是很美。”

“来，”他看了看黑板报。黑板报是昨天家树新写的，左上方一大块写的是“今年庄稼长势喜人”，“加强田间管理”之类的内容，右上角还空闲着一块没有写字。他说：“来，你就要上学走了，在上边写点留言吧。”

“那是队里的宣传用的板报，写我的留言不好。”

“没事，写点留言，更能增添板报内容的丰富性。”

“那好。”家树借着酒劲，思索了下，拿起板报下沿上留存的粉笔，写下了如下一段话——

无　题

我愿意把我的头颅割下，让全身的血液从脖颈中喷出，在空中化成一个奠字，来纪念我曾经在柳塘度过的那一段时光……

王家树留题于一九七七年十月三十日

柳直一边看家树写一边锁眉沉思。他说：“写的好，很有深度。”他接着说：“家树，从你写的这一段话就可以看出来，咱们俩人的性格有很大不同。”

“有什么不同？”

“概括起来说，我比较豁达、乐观，乐于言谈，而你稳重、少言寡语，但你的内心是很丰富的，思想也比较深刻。”

家树笑了笑：“你对咱俩性格的分析我有同感。”

柳直动情地拉住家树的手：“家树，假如咱哥俩以后能有机会在一起共事，我们不同的性格也许可以互补……”

“我相信我们之间会有这个缘分。”

“那好，以后我多一点深沉，你也多一点乐观。”

“可是，我总是乐观不起来。从我爹被斗致死时开始，以后当‘盲流’，这乐观二字，就离我远去了……”

“那不行，离去了就把它再找回来，生活嘛，总是要有一点儿乐趣。深沉太过了，也是一种负担哪……”

家树诚恳地说：“好，我听大哥的，今后尽量要多一点乐观。”

临近开学，金队长告诉家树不要到队里干活了，在家里好好准备准备，养养身体。家树就利用开学前这几天上山去刨药材，卖钱解决一点学费。

娘说：“要开学了，别去刨了，别累坏了，歇歇吧。”

“娘，放心吧，我不累。”说着，他就背起背筐，拿起镐头，上山去了。

现在虽已是深秋，但“五花山”的景色仍然还十分明显。红、黄、绿等各种颜色的树冠连成一片，层层尽染，远远望去，十分的好看。

家树路过大草甸子，走上了西山路上。党参、细莘等药材大多长在较平坦或坡度较小的比较肥沃的黑腐植土地上。当他正要拐入小路向深处走时，他发现路肩坡上躺着一个人。

那个人躺在那里一动不动。他先是吃了一惊：这个人是死人还是活人？只见那个人佝偻着身子躺着，头偏枕在路肩的上沿，看不出喘气还是不喘气。他想走开，又觉得不妥，便用镐头往一块石头上敲了敲。

那个人听到了响声，身体便动了一下。接着，把手扶在地上，支起半个身子，头抬了起来。他是个男性，四十多岁，已奄奄一息。

家树见状，走过去问他：“你咋的啦？怎么在这躺着？”

那个人想坐起来，努力了几次也没坐起来，家树扶了他一把，他终于坐起来了。他翻了翻白眼仁，微弱地说："我饿……"他很困难地咽了下口水："我已经三天没有吃东西了……"

家树从背筐里拿出自己预备的中午饭——一个苞米面大饼子递给他，还有一块咸菜，说："吃吧。"

那人看到大饼子，眼睛突然圆睁，迅速的从家树手中接过，几乎是夺过，不顾一切吃起来。他一口一个大月牙，一口一个大月牙，两口三口就把一个大饼子吞下去了。

"别噎着，这还有水……"家树又把带的一瓶水给了他。

他接过水去，咕咚咕咚几口就喝下去了。他仰脖张嘴，老半天才缓过一口气来。

他这才想起礼貌，用手擦了一下嘴，欠起身来，扑通一声就给家树跪下了："谢谢救命之恩，谢谢救命之恩！"

家树赶忙把他扶起："不要这样，不要这样。"家树扶起他后问道，"你这是从哪儿来到哪儿去，为何三天没吃饭？"

"我是山东人，到本县一个山村里投亲，投亲不遇，只好到另一处去探亲，身无分文，又迷了路……"他说着说着，就流出了眼泪，这眼泪更勾起了他的伤感。那个男子汉此时竟呜呜地哭起来。

相见何必曾相识，苦难经历何相似。这哭声极大地震撼了家树的心灵，他不忍心再问。他毫不犹豫地从兜里掏出他昨天卖药材的钱，从中拿出五元，递给他说："你把这钱拿去，省点花，够你几天的了……"

那人接过钱，擦去眼泪，很正经地说："你尊姓大名？"

"我姓王，叫王家树。"

"我姓白，大恩大德，容当后报，请受我一拜。"

"不要这样，苦难之中拉一把，人之常情，你走吧。"

家树看着那个人向他指示的路走去，无限同情地点点头后，向小路的深处走去。

家树要上学去了。如今的家树已经二十一岁，长成了一米八的大个子。他穿上了娘为他做的新的蓝制服，里边穿了白衬衣，脚上也换了一双蓝色球鞋，人也精神，漂亮。

“娘，我走啦。”他背起背包，向娘告别。

“走吧，到学校就给娘来信。”娘把几个鸡蛋又重新塞在家树的背包里。她眼角挂着泪水，但那是笑中的泪水。

“爷爷，我走了，你老人家在家保重。”家树给老王头儿鞠了一躬，告别。

“走吧走吧。”老王头儿十分高兴地挥着手。

家树恋恋不舍地走出家门。虽然说去上学是好事，特别是念大学更是很多人梦寐以求的事，但毕竟是离开娘了，心里依然觉得不是滋味儿……

这时，金书记急急走来，说：“我有点事，来晚了。我来送送家树……”

娘说：“金书记，你那么忙，还来送……”

老王头儿说：“他一个小孩子，送什么送？”

金书记笑着说：“你老人家这话可说得不对，家树上大学这可是件大事，这是咱们柳塘有史以来第一个大学生，这事现在近说也好，往远了说也好要多大有多大！就是敲锣打鼓地送也不为过……”

家树说：“金书记，我本应该去向你辞行，又怕张罗大了影响不好，却惊动你来送我……”

“应该的。家树哇，你是个懂事的孩子，知道把持自己。但叔还是嘱咐你几句。你入学后一定要刻苦学习，取得优异成绩，将来走上社会能干一番事业，为咱们柳塘增光……”

“金叔你放心，我一定努力，不辜负你的希望……”

“好，叔相信你！”他从兜里掏出十元钱，说：“柳直走时我给了十元钱，你走我也给十元，拿着……”

“叔……”

“啥也别说，别嫌少，这就是叔的一点心意，拿着！”

老王头儿说：“你叔给，你就拿着吧。”

家树接过来：“叔，谢谢叔……”

“不用谢，走吧，赶紧走吧……”

早晨的太阳十分的鲜艳。

家树走出村子，村头的几棵老柳树老榆树列队欢迎着他。他摸了摸老柳树，又摸了摸老榆树，老柳树和老榆树疙疙瘩瘩的躯干，弯弯曲曲的枝丫在显示着它们的苍老和坚韧。他抚摸着它们，看着它们，心里就升起一种敬意！它们站在村头，任凭风吹雨打，严寒酷暑，从不倒下，总是默默地忍受，抵抗和挺立！三年来，每当他劳累，憋闷和气馁的时候，无论是路过它还是有意到它的面前驻足，他都会在它们的身上吸取一种力量！他上前抱了抱老柳树，把脸往它的身上贴了贴，又抱了抱老榆树，把脸贴了贴，心里默念道：再见吧，我尊敬的老柳树、老榆树！

他走在草甸子边的路上，草丛中有灿烂的野花，有清脆婉转的鸟鸣，它们在向他致意，友好地、欢乐地送他。他接受它们善意的表示，但脸上却没有露出惬意的笑容。当他来到他们母子三人来时走过的山路，来到娘在投亲不遇绝望时背过气去曾经倚过的那棵独立的大杨树旁，看到树旁边一个光滑的大石头上他和柳直酒后用红铅油自己写的一首题为“在那个年代”的一首诗——六十年代饿断肠，七十年代度饥荒。谁持红巾拭君泪，我吹长箫祭柳塘时，百感交集，心里涌起的不是欢乐而是苦涩。啊，他经过了那个年代……现在，他的怀里揣着他母亲收的彩礼二十元，王爷爷攒的养老钱二十元，姑奶奶姨奶奶们给凑的二十元，自己刨药材挣的二十元，还有金书记给的十元，这九十元钱沉甸甸地压在他的心口上，直压得他有点喘不过气儿来……

“你应该多一点乐观！”他想起了柳直的话，他忽然就大喊一声：“啊——”这吼声传入了对面的树丛，树丛中那只山鹰就随着这吼声冲上了蓝天。

家树登上了山顶，金灿灿的光芒洒在他的身上。他深深地向柳塘鞠了一躬，然后转身大步向前方走去。

下部　在这个年代

我是炎黄子孙，血管里流淌的是中国人传统道德的血液；我是共产党员，骨子里烙印的是为人民服务的宗旨……

14 南桥赋诗

松云市文化局长柳直在飞机场迎候新任命的副市长王家树。他仰望天空，一架“麦道”飞机低旋而降。

旅客们陆续走下飞机。王家树手提皮包，随人群走出机场。

王家树今年三十八岁。他身体挺拔、精神饱满，两眼炯炯有神。他并没有因为旅途劳顿而显出疲惫。他的步伐稳健，脸上始终保持着惯有的那种自信，自信中略带着一种严肃。

柳直高兴地迎上去：“家树……”

“大哥！”

柳直喜形于色，快走几步与他握手。

“家树，看你的表情，我就能猜得出来，你这次参加省里的建设项目规划会成果一定很丰硕！”

“可以说是大丰收哇！咱们报的文化广场建设项目省里同意了。”

“那太好了！”柳直高兴地说，“看来得举杯相庆！”

“是该庆祝。可是，项目虽然批了，下一步落实起来还有不少难题呀。比如说，资金问题就是个大问题……”

“市里不是研究过可以招商引资吗？省里总会要给一点的吧？”

“省里是能给一点，但解决不了根本问题。招商引资还涉及到不少政策性问题。大哥，这些问题回去后再详细谈。”

柳直今年四十八岁，他长发过耳，脸色红润。他穿着漂白的衬衣，扎领带，外套一件乳黄色休闲装，下穿浅灰色裤子。他一点不显老，潇洒，具有文化人气质。他头几年就从柳塘文化站职员提拔当了站长，又从站长提拔到县文化局当了副局长，后来又提拔到市里和家树一样都当了局长。他当了文化局长，王家树当了建设局长。如今，王家树当了副市长，成了他的上级，他没有抱怨，他对家树这个小老弟超过自己从内心感到高兴。

“家树，别愁，办法总是有的……”柳直听了家树的话，他也感到下一步的工作是大量的，甚至是艰巨的。但他的性格是乐观的，说话也就表现出乐观来。

"大哥说的对，我们回去好好研究一下，办法总是有的。"

"家树，"柳直转了话题说："几天不见，大哥就想你了。上我的车吧，咱哥俩在一块待一会儿。"

"行。"家树回头对跟随的办公室秘书说："你坐办公室的车回去吧，我和柳局长唠会嗑儿。"

秘书上了接王家树的车，回去了。

柳直说："家树，你当了市长，以后请多关照。"上了车后，柳直回头对坐在后排的王家树开起玩笑："有什么要求，尽管指示……"

"大哥，别人这么说有情可原，你怎么还这样逗我？"

"大哥跟你开玩笑嘛……"他又回头看了一眼家树："不过，有一点大哥提醒你，在公共场合，你对大哥不用客气，你虽然不主管文化局，但你毕竟是市领导，该端起领导的架子就要端起领导的架子……"

"那样的话，大哥能高兴？"

"我不会不高兴，公私关系，上下关系，我还是摆得正的，大小王我还是分得清的，这一点你放心……"

"好，有大哥这话，家树就心里有底了。"

"家树，你大胆干，大哥支持你！"

"谢谢大哥！"

轿车向市区奔驰。这条路是经过美化的，不但马路平坦、宽阔，路两旁绿树成荫，还修了许多花坛，绿草茵茵，百花鲜艳。

车进入市区，来到布尔哈通河边。车没有过桥，而是拐进了桥东的河堤路上。

柳直下了车，对司机说："我和王市长随便走走。"

王家树随柳直在堤上漫步，说："大哥又有了兴致，要欣赏一下两岸风光？"

"是呀！家树你看，改革开放才十几年，我们松云市就建设得这么快，这么好。"

布尔哈通河是一条不大的河流，它从市中心流过，以前河道里杂草丛生，垃圾遍布。为了改善环境，提高城市品位，清理了河道，从下游修筑了一条拦河坝，两岸又筑了河堤，修了水泥护坡，建了沿河马路。现在已蓄水成湖，取名叫延新湖，湖面现已宽五百米许，长五千多米，再加上两岸绿树花草似锦，高楼林立，鳞次栉比，景致已十分的美丽、壮观。

“家树，你看，”柳直指着东面的经济开发区，说：“开发区已进外商五十多家。”又指着西面的一些耸立的吊车、钢架林立的建筑工地说：“我们松云市简直就是一个大工地，到处都在建设，高楼一座接着一座拔地而起，真的是日新月异。”他扶着堤上的护栏，充满激情地说：“家树，我喜欢这里。我喜欢这宽阔的水面，我喜欢这高楼映绿树，野鸭戏游艇的景致，我也喜欢这里的人，你看，”他指着河对面绿树丛中的几个唱歌跳舞的青年说，“他们在聚会游玩充满活力，多么着人爱呀……”

“大哥，看来你又来了诗兴……”

“是的，触景生情，能不激发人的诗兴吗？但我现在却想起了方志敏烈士《可爱的中国》里边的诗句。他憧憬着他为之奋斗的中国的未来的时候，他说，我相信，到那时，到处都是活跃跃的创造，到处都是日新月异的进步，欢歌将代替了悲叹，笑脸将代替了苦脸，友爱将代替了仇杀，生之快乐将代替那死亡悲哀，明媚的花园将代替那凄凉的荒地……这是多么美好的憧憬啊！方志敏烈士五十年前的憧憬终于在今天实现了，或者说，现在已经初步显现……家树，你不这样认为吗？”

“你说的非常好，我很有同感。用日新月异来形容我们松云市的变化一点也不过分。”

他们从河堤上折回来走到桥上。桥叫南桥。桥面从两车道加宽变成了四车道，两边还有人行道。桥上的小汽车形成流水线，人行道行人也多。站在桥中间，凭栏向两面眺望，水面宽阔明净，帽儿山从南岸的高楼缝隙中探头向这边观看。山、水、桥、树相映成趣，令人心旷神怡。

“大哥，如此美景，应该诗兴大发吧，来一首吧。”

柳直喜形于色，向家树点点头，然后略一思索，随口吟出一首七绝：

南桥春水两面通，
帽山翘首探华容。
楼光树影非本色，
……

他吟诵的声音不大，并没有引起其他行人的注意，更没有引来围观者。他情绪饱满，激情四射，但遗憾的是第四句没有想好，所以卡住了。他的本意是，这么好的景致，楼房、花草、树木都不过是点缀而已，只有人才是创造这美的主宰。但他一时想不出好词来，便摇着头复诵道：楼光树影非本色……他沉吟着复诵几遍，但还是没有吟出恰当的第四句的词来。便自愧地说："想不出来了，江郎才尽，江郎才尽……"但他还是向家树挥了挥拳头，表示他的兴奋，说："家树，这首诗今天就先有这三句，第四句我以后一定续上，一定续上……"

家树向他会意地笑了笑，并点头表示赞许："不用急嘛，好句子总是要千锤百炼，反复推敲，大哥一定会有好的句子。"

他很自信地说："容我好好琢磨琢磨……"

家树说："咱们走吧，在这时间长了不好，等有闲暇时再来尽兴。"

"走吧，让别人认出你这个大市长在这闲逛不好，我倒没啥，咱们走吧。"

他二人向桥头走去。来到小车前面，家树看了看表，说："送我去办公室。"

柳直指着前面帽儿山下，延新湖之间散落有一些旧矮房舍的较大空地，说："那就是要建文化广场的地方，不去看看？"

"现在不去啦，下午召开市文化广场筹建领导小组会议时，让领导小组的成员都到现场去看看。"

"那好哇！"

家树拿出手机，拨通了市政府办公室于主任的电话号码："喂，是办公室于主任吗？请你通知一下，下午一点召开市文化广场筹建领导小组成员会议，市经委、财政局、商务局、规划局、建设局、土地局、动迁办、文化局都来按时参加……对，对，各成员单位在家的正、副职都参加，你也参加。"

正当他们准备离开的时候，在河岸柳丛中野游娱乐的人群中跑过一个人来，那个人边跑边喊："柳直，柳直——"

柳直听到喊声，看清了跑来的那个人，立刻显出十分的兴奋、激动，他向她挥手，回喊道："艳红，艳红——"

柳直对家树说："家树，她叫张艳红，是市群众艺术馆一个群众娱乐活动辅导员，现在正和我谈恋爱……"

家树笑道："好啊，恭喜大哥……"

说着，艳红就来到了面前，她本想扑上去和柳直拥抱，但旁边有人，没好意思，说：“柳直，你怎么在这？”

柳直说：“艳红，我来给你介绍，这是王家树，本市的王副市长。记住，以后来往，他首先是我弟弟，然后才是副市长……”

艳红上前与家树握手：“啊，是王市长，你好！我听柳直说起过你，没想到这么年轻，以后请王市长多关照……”

家树笑着说：“你更年轻啊，没想到我大哥给我找了这么一位年轻的嫂子，今后还请嫂子多关照啊……”

柳直说：“好啦，就别都虚头巴脑的啦，今后都实实在在地处。”

家树和艳红都点头响应。

张艳红三十二三岁，白皙，高挑，充满青春活力。她本是剧团演员，唱歌跳舞都行，但由于剧团演出不景气，调到群众艺术馆当群众业余文艺活动辅导员。她是文化局下属单位的工作人员，和柳直接触长了，双方便走到一起，现正在热恋当中。

柳直天生乐观、风趣，说：“家树，大哥已年近五十，没想到日落西山之时，还能找到这么一位年轻貌美的另一半儿，你看还行吧？”

家树笑道：“大哥正在壮年，我看你们俩郎才女貌，很合适呀……”

艳红抿嘴儿一笑，向柳直斜视了一眼，对家树说：“王市长……”

家树打断她：“以后不要叫市长，就叫家树。”

艳红说：“那不行，你比我大好几岁，我哪能直呼其名？”

柳直说：“私下里就叫家树！”

家树点点头。

艳红说：“那好，我就叫你家树。家树，开展群众性文艺活动很必要，也很重要，可是我们馆里缺乐器，缺演出服，缺经费。一个手风琴拉了三十来年了，破旧不堪，拉起来直漏风。市里能不能给拨点经费？”

家树笑着说：“我不主管文化部门，也不主管财政，我没有权利批经费。你可向文化局打个报告，由柳哥向市里请示。我可以向管文艺和财政的领导提提建议，敲敲边鼓……”

“那就谢谢王市……家树啦……”

市政府办公大楼内，会议室里正在召开松云市文化广场筹建领导小组会议。

家树把一张松云市文化广场规划图打开，办公室于主任帮着一起把图挂在了墙上。

松云市文化广场规划图

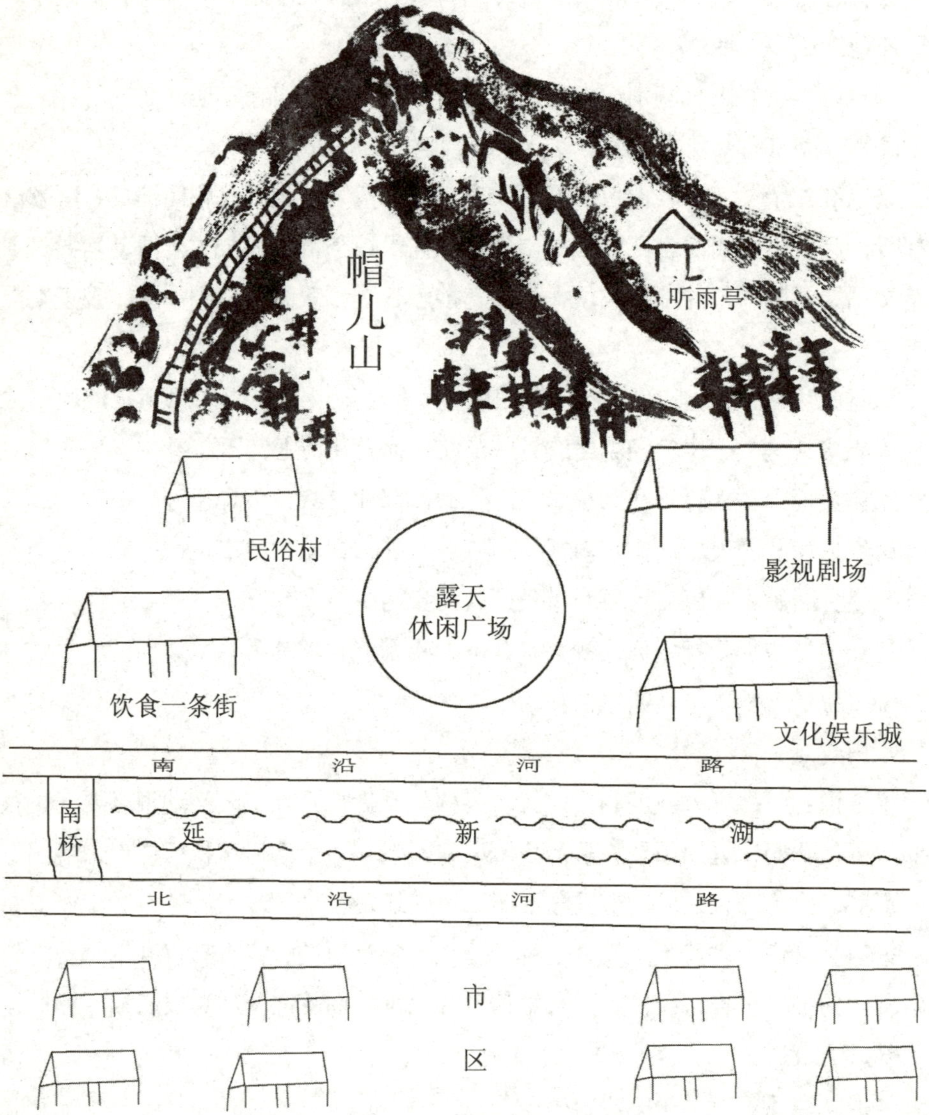

家树坐在主席位置，他用目光环视了一下大家，说："我这次到省里开各市地建设项目规划会议，咱们市向省里报的文化广场建设项目，省里批准了。"

大家都点头微笑，十分高兴。

家树说："我们市这次搞的文化广场建设项目，集旅游、开发、城市改造、环保、改善居民居住条件、娱乐、餐饮等为一体，很有特色，受到了省里的领导和专家们的一致好评。"他站起身来，走到挂图面前，用钢笔指着挂图逐一解释说："大家请看，这是帽儿山，这是延新湖，我们要在帽儿山下长白虎雕处往山上修一条万米长的木板梯式栈道，以供人们登山游览之用；我们要在山顶上建一个揽月亭，在山腰处建一座帽下听雨亭，还要建一个聚鸟亭，养鸟人可以在此以鸟聚会，引来百鸟齐鸣。我们要在树木稀少和树种单一的地方，补种一些松树和景观树，达到树木荫荫，流水潺潺，花草繁盛，山谷鸟鸣的宜人景致，彻底改变过去由于滥砍乱开所造成的光秃荒芜的样子，使我们的帽儿山真正成为国家级的森林公园，成为环境优美，生态文明的人们向往的名山！"

大家听得很兴奋。

家树继续说："我们要在山脚下建一朝鲜族民俗村。民俗村内有朝鲜族各种风俗礼仪展示，如娶亲、丧葬、祝寿、戏剧、歌谣、舞蹈、农耕、交往等等。挨着民俗村，建阿里郎饮食一条街，经营打糕、咸菜、狗肉汤、米肠等。具有朝鲜族特点的民俗村和饮食一条街是我们国家独一无二的，这种民俗文化、饮食文化相信一定会大大提高我们市的旅游品位和吸引力。"他看了看大家，接着说："在饮食一条街的对面，建一个娱乐城，娱乐城是包括影视放映大厅、书屋、棋牌室、曲艺厅、游泳馆和练功房。在饮食一条街和影视娱乐城中间地方建一个大广场，广场内要修建一些休闲亭子和安装一些锻炼器械，供人们休闲和锻炼之用。总之，我们要把帽儿山的自然景观，把布尔哈通河形成的延新湖景观和人工建造的景观连成一线，错落有致地搭配在一起，形成我们松云市特有的文化大景观……"

人们高兴地鼓起掌来。

见听的人都高兴，讲的人当然更高兴。家树说："项目挺好，前景也很美，建设资金怎么解决呢？这个项目全部建成得几亿元，这是个大工程。前些日子我们几个领导和有关部门跑了北京和省里。中央的有关部委从照顾老少边区角度能给解决五千万，省里各部门能解决五千万元，其余都得我们自己筹集。我们市的财政解决不了这么大的数字，怎么办呢，除了市财政尽量解决一部分外，大部分资金要靠招商引资和私人投资来解决。招商引资和个人投资就要有个政策问题。这个会议之后，有三件事马上要做：一是请财政局、商务局、文化局一起商议一下，共同起草一个招商引资和私人投资的优惠政策草案，报市长办公会议研究；二是请建设局，动迁办和土地局尽快调查土地的占用情况，居民拆迁的户数、面积以及需要安置的情况；三是要成立招、投标办公室，各重点的项目的建设一定实行招投标，不许暗箱操作……会先开到这，下面的时间，筹建组的各位成员一起到现场去看一看，对现场的布局实地勘察一下，以便在下一次讨论时心中有数。我现在再公布一件事情：经市长办公室会议研究决定，并经市委同意，市文化广场建设筹建领导小组由我任组长，文化局柳局长、市经委范主任任副组长，下设办公室，柳局长兼任办公室主任……”

家树带领市文化广场筹建小组成员勘查现场场址回来后，到市长办公室向徐市长汇报参加省会议情况和筹建小组研究部署的情况。

徐市长见家树进来，很高兴地站起来，主动跟他握手，热情地招呼：“家树，从省里开会回来啦？坐，坐。”

家树坐下，说：“徐市长，我把参加省召开的各市地建设项目规划会的情况和回来后召开我市筹建文化广场领导小组会议落实情况向你汇报一下。”

“好。”他递给家树一支烟，递烟的手马上又缩回来，他想起家树不吸烟。便又亲自给倒一杯水，“不用着急，喝杯水……”

徐市长年近六十，朝鲜族，精力还很旺盛。看得出来，他很欣赏，很喜欢家树，提拔家树当副市长就是他推荐的，所以见了面，自然就有亲近感：“家树，怎么样，当副市长以后压力大吗？”

这是一个很难回答的问题，说没压力，似有不谦虚之嫌，说有压力，又有能力不够的嫌疑，思忖了一下，模糊地说：“还行。”

“我相信你能做好。”

“我一定努力。”

“说说吧，省里的会议开得怎么样？”

“咱们报的文化广场项目批准了，而且还得到了省里的肯定和赞扬……”

“是吗？”徐市长显得十分高兴。

“是，省领导说咱们的项目很有特色，很有创意。”

“是吗，是吗。”徐市长喜形于色，省里对建设项目的肯定和赞许，无须讳言，也是对他这个市长领导有方的肯定和赞许：“家树，那咱们可要好好落实。你们是怎么研究落实措施的？”

“关键的是建设资金问题。全部建设资金需要三亿元，中央和省里能给解决五六千万元，其他的都需要我们自己筹集。市财政无力承担这么多资金，这就需要通过招商引资，鼓励个人投资和民间集资等渠道解决。招商引资和个人投资必须要有优惠政策，才能有吸引力。我们已责成财政局、商务局、文化局联手草拟一个关于招商引资和个人投资的优惠政策方案报市长会议审批，并报市委审查同意后即着手进行……”

“好，很好，草案要尽快草拟，尽快报上来。”

“我们快办。市长还有什么指示？”

“这是一个大项目，也是我们市的一个重点项目，一定要搞好。要精心规划，精心设计，精心组织，精心施工，建成一个精品工程，要上对得起中央和省里的关怀，下对得起全市群众的期待，为我们松云市做一点实实在在的工作……有什么需要我出面沟通和协调的尽管来找我，咱们共同努力把这个工程搞好。”

家树感激地说：“好。”

在快出城的街道南侧有一个独立的小三楼，在一楼和二楼中间的墙上横出着一块大牌匾——松云市振兴房地产开发建筑有限责任公司。牌子挺大，其实公司规模一般，一个小楼三个单位，振兴建筑公司只占小楼的一层。

总经理田振兴，也就是从前柳塘的田瓦匠正在自己的办公室召开公司领导成员和有关人员的业务工作会议。田总经理坐在写字台后面，副总经理卫东方和财务部、工程技术部以及各项目部负责人坐在一圈沙发上。在以前生产队时期经常和田瓦匠一起外出搭档搞建筑的胡二扯也是振兴建筑公司的一个项目经理，也在座。

办公室谈不上气派，但墙面清洁，窗明几净，特别是田瓦匠不抽烟，办公室桌上放一块“不吸烟办公室”的牌子，别人也就不好意思抽烟，再加上窗台上摆了两盆正在开花的杜鹃，就叫人感到很清新，不像有的地方一开会就烟雾腾腾，乌烟瘴气。

田总经理说："现在我们研究一下今年的工程业务问题。听说王市长从省里开会回来了，松云市的文化广场建设项目工程省里批了，下一步市里就要组织实施。现在关键是，我们振兴公司如何抓住这一有利时机，把其中的一个项目，无论是饮食一条街工程也好，居民住宅集资楼改造工程也好，或者是游乐城配套工程也好承包下来，这都是几千万的项目，如果我们能承包下来，就能改变我们公司不景气的被动局面。但问题是，我们公司无论从技术力量上、机械设备上、资金运作上都比不上人家，竞争不过人家。在这种情况下，我们怎么办？我们如何克服我们的劣势，把工程拿下来……这对我们来说，是千载难逢的好机会，我们一定要抓住，若抓不住，不但我们现在的日子不好过，今后我们就将在强手如林的建筑业里边死路一条……"他扫视了大家一眼，说："怎么办？啊，怎么办？今天请大家来开会，就是要听听大家的意见。你们有什么办法，有什么高招都提提，都讲出来，咱们集思广益，共同研究一下切实可行的方案……"

卫东方说："田经理，你方才说的可是一件大事，是关系到咱们企业发展，甚至是生死存亡的一件大事。但是大家一下子没有思想准备。我看那样好不好，先让大家酝酿酝酿，准备准备，这个会过两天再开。有了好的办法，过两天会上提也行，或者单独找经理献计献策也行，你看怎么样？"

田瓦匠说："也行。不过，这件事不能久拖不决，要尽早拿主意，越快越好……就这样，散会……"

大家散去。

卫东方对田瓦匠说："田经理，你方才提的问题，我看在会议上研究不出什么办法来。咱们队伍不如人家，设备不如人家，资金不如人家，能研究出什么好办法？"

"那你说怎么办？"

"若我说，咱们就得特事特办……"

"怎么个特事特办？"

"主管这个工程的副市长王家树和文化局长柳直都是咱们的老乡，你和王市长老一辈少一辈的两家关系不错，乡里乡亲的，胡经理又是柳局长的亲舅舅，这个关系咱为啥不用？咱们可以打一打乡亲牌、亲情牌，这是咱们的优势……"

田瓦匠点点头："这倒是……"

"当然啦，咱们也不能属啄木冠子的（啄木鸟），光用嘴甜乎人，该浇油也得浇油，舍不得孩子套不到狼！”

“你是说行贿，走后门？”

“别说的那么难听……”

“你让我去跟王家树、柳直去玩猫腻儿，我可拉不下这张脸……”

“不用你出面，一切由我来安排……”

田瓦匠狐疑地看着他，没再说话。

柳直来到振兴建筑公司，正和要出来的胡二扯相遇。

“舅舅，你出去呀？”

“啊，柳直，你来做什么？”

“田经理打电话叫我来，说找我有事。”

“什么事呀？叫你来你就来？”

“不知道什么事。他是乡亲，又是长辈，我不能不来……”

“有正经事就办，不能办的就不办……”

“我知道……舅舅，你那条腿不是好了吗，怎么又有点瘸？”

“没事，这两天累了点。好，不是田经理找你吗？快去吧……”

柳直来到田瓦匠的办公室。

田瓦匠赶忙迎上来：“柳局长来了，请坐，请坐……”

“客气什么呀，你还是管我叫柳直吧……”

“哪能那样叫，你现在是大局长嘛，不比从前了……”

“你不也是大经理吗！”

“那好，我还叫你柳直，显得亲近……”

“火急火燎的找我有什么事呀？”柳直接过他递过来的中华烟，点着，吸了一口，发现桌子上有“不吸烟办公室”的牌子，说：“哟，这屋里不许抽烟……”

“没事，抽吧，你例外……”

“找我有什么事呀？”

“没事就不兴找吗？”他开玩笑地说，“其实也没什么大事，就是想找你来叙叙旧，顺便求你给我写几个字……”

“写字，写什么字啊？”柳直立刻就来了精神。

“现在不是提倡，时兴企业文化吗，你看我这个办公室光秃秃的……”田瓦匠很能跟上形势地说道，“我想请你给我写一个条幅，挂在墙上，也提高提高文化档次……”

“行，行，行，”这正是柳直之所好，所以他不假思索立刻答应：“我写得不好，但自家用还是可以的。”

田瓦匠把早已准备好的笔墨纸砚拿出来，放在桌子上：“你看，我早就准备好了。”

柳直把纸铺好，提起笔来，说：“写什么呢？”

“你看着写，你是专家……”

这时，卫东方进来说：“我看，就写‘振兴腾飞’四个大字……”

柳直怀疑地看了看卫东方。

田瓦匠介绍说：“这是我公司副总经理卫东方，就是卫东彪的二弟。噢，卫东彪在村里当民兵连长的时候他还小……”

“是呀。”卫东方笑着解释说，“我知道我哥哥那时候做了一些错事，柳局长可能对他有些成见。但他是他我是我，况且过去这么多年，柳局长总不能株连无辜，把对他的成见转移到我的头上来吧？”

柳直本来听到卫东彪这个名字就很敏感，反感，但听卫东方说的也很客观，虽不情愿，但还是伸出手来与他握手：“你是卫东彪的弟弟，但愿我们能友好相处……”

“好，柳局长大度……请吧，请柳局长赐字吧……”

柳直看了看田瓦匠，提起笔来，情绪饱满地说：“那我就献丑了……”他饱蘸墨汁，挥笔写下“振兴腾飞”四个大字，字飘逸、灵动而有力。

“好！”田瓦匠好像很明白似的叫好。

“好！赶快镶裱起来，挂上！”卫东方附和道。

柳直对自己的作品也很满意，他很欣赏地看了一下，然后，落款，盖章，说：“写的不好，将就着用吧……”

柳直从田瓦匠办公室告别出来，卫东方跟上来，把一个信封递给柳直。

“这是什么？”

“劳务费……”卫东方笑着说，“给你一点劳务费……”

“什么劳务费，拿回去！”

“给人书画作品不都讲究润格吗，这是润格费……”

“胡闹！润什么格？拿回去！”

“别介，这既不是贪污，也不是受贿，是正大光明的劳动所得，有什么可推辞的？柳局长，你就别推辞了……”

扯扯拉拉之后，卫东方把信封塞在了柳直的拎包里。

柳直无奈地摇了摇头，走了。

说是无奈，一半是真的无奈，而另一半，很大程度上是装出来的无奈。自从改革开放以后，人们由于对物质利益的追求所导致的一切向钱看的现象已经十分的普遍。柳直生活在这物欲横流的社会当中，不可能做到无动于衷，一尘不染。他在对别人享有高档生活不无羡慕时，仍保持着最低的底线，那就是不主动去贪、去占。但像给别人写几个字，收一点润格费，虽不能说名正言顺，但也不伤大雅。如此想来，他也就不再在意。他把手伸进兜里摸了摸卫东方塞给他的那个信封，他触到了硬硬的两打钱币。两万！他的心里不禁一紧，这么多！他回头向振兴公司望了一眼，不知是高兴还是不安，这个一贯乐观豁达的柳直，忽然就觉得心中涌起一阵跳动……

正当柳直手摸着装有两万元纸袋转身离去之时，田瓦匠和卫东方从后面赶了过来。田瓦匠对柳直说：“柳直，大叔我还有点事儿……”

柳直转过身来问：“什么事儿？”

“我想请王家树王市长和你吃顿饭……”

“吃饭？”

“啊，没有别的意思，只是好长时间不见了，到一起叙叙旧……”

“请王家树，你自己去请多好哇……”

“还是柳直你面子大……”

“还是你自己去吧……”

“我怕请不动，还是请你帮帮我，给大叔点面子。”

柳直虽不情愿，到看到田瓦匠乞怜的样子，只好说：“我试试吧。”

家树回到自己的办公室翻阅整理这几天去省里开会时秘书送来的文件、材料。看了一会儿，抬头看了看墙上的表，五点多了，起身准备回家吃饭。他已经好几天没有回家了。

这时，柳直敲门进来，说："要走？"

"我刚要走，回家吃饭。大哥来有事？"

柳直说："今天晚上别回家吃啦，我带你去临江酒店，有人在那里等你，要请你吃饭。"

"谁？"

"到那你就知道了。"

"不行，你不说我不去！"

"哎，快走吧！"

"不行，大哥，你不说清楚我不去，你打我骂我都行，但这不明不白的饭我不能吃。"

看家树较真，柳直只好说："是咱们村的田瓦匠要见见你。别人可以不见，一个村的乡亲总该见一见吧。总不能因为你当了市长，摆架子连乡亲都不见了吧？"

"噢，是田瓦匠，没有别人？"

"没有别人。"柳直催促道，"快上车吧！"

家树犹豫了一下，还是跟他上了车。

15 清流雅韵

临江大酒店是坐落在繁华市中心的一个豪华大酒店。家树随柳直和司机进了大厅正门。门童向三人鞠躬致敬。里面几个漂亮的女服务员微笑着躬身向他们问候。其中一位女服务员把他们领到三楼，在一个门楣上方写有"清流雅韵"的包房外，把他们三人让进了厅内。

家树进得厅来，见里面摆有一张大餐桌，餐桌旁坐着两男一女三个人。那三个人赶忙站起来欢迎他们。站在前面的那个人六十来岁，他圆脸平头，穿西装，身体比较魁梧。他微笑着热情地拉住家树的手："家树，不，是王市长，你还认识我吗？”

“怎么能不认识，你不是田叔吗？”

“啊，你还没有忘记田叔……”

“怎么能够忘记，我们曾在一个生产队里劳动、生活，那一段时光刻骨铭心哪，怎么会忘记？”

田瓦匠感动得直说：“好，好，好哇，家树……”他回头指着另一个人说，“这是我公司的副总经理卫东方。他就是咱们村当年那个民兵连长卫东彪的二弟弟，那时他还小，你可能没有什么印象……”

家树看了一眼这个卫东方。他三十四五岁，脸面黄中偏白，较瘦，两只眼睛很灵活。尽管王家树对他的哥哥卫东彪印象不好，甚至挺坏，但对他的弟弟——站在面前的这位卫副总经理还是显出他的风度，应酬地与他握手：“卫副总经理，你好！”

卫东方赶忙满脸奉迎地把手伸过去，不无讨好地说：“王市长好，王市长好……”

和田瓦匠、卫东方一起的女人是柳直的未婚妻张艳红。柳直对家树说：“她是你未来的嫂子张艳红，就不用介绍了吧？”

家树很高兴地向张艳红点了点头，说：“我们在桥上就已经认识了，我未来的嫂子嘛……”

落座以后，家树对田瓦匠说：“田叔一向可好哇？”

“还行，改革开放以后，我就一直搞建筑，先是搞了一个建筑队，现在又注册成立了一个建筑工程有限公司，叫振兴房地产开发有限责任公司。”

柳直补充说：“现在的田瓦匠可今非昔比了。他现在是建筑公司的总经理，公司具有二级资质，注册资金八百万，实有流动资金五千万，在我们松云市，也是一个有实力、名气较大的公司，技术队伍、机械设备在全市都堪称一流……”

家树说：“好哇，田叔，我祝贺你事业有成，我真为你高兴。我记得我王爷爷放牛的时候，总自编自唱那首歌：二月风吹刮人脸哪，最难熬的是倒春寒。青黄不接日难度哇，盼了今天盼明天……他盼了今天盼明天，盼什么呢？就是盼能吃得饱穿得暖，就为这个生活的最基本的要求天天盼。今天好了，我们不但解决了温饱问题，还逐步富起来，还不值得祝贺……”

“是呀是呀，这多亏了改革开放，多亏了党的政策好。”

“所以我们才能到高级饭店来享受一下呀，啊？”柳直说着，带头“哈哈”大笑起来，他是在活跃气氛。

大家也跟着笑起来，气氛随之很融洽。

服务员开始上菜，不大一会儿就摆满了一大桌子。服务员给每个人都斟了酒。

柳直向田瓦匠说：“田经理，菜都上来了，开始吧。”

田瓦匠说：“好，我先说几句，家树，我请你喝酒，你能赏光来参加，叔感谢你。来，我先提议，看在我们多年的乡亲的份上，看在老少爷们的份上，喝一杯叙旧酒，来，大家一起来……”

家树端起酒杯，站起来，很诚恳地说：“田叔，我很感谢你请我喝酒。我们是多年的同过苦共过难的乡亲，老一辈少一辈的交情，所以这杯酒我一定喝！”他和田瓦匠碰了杯，干了，然后说：“但是，我有个要求，今后千万不要这样搞。这样搞，太浪费，太张扬，不好。如果想喝酒了，到我家去，叫你侄媳妇炒俩菜，在家里喝，叙叙旧，多好哇！叔，你说我说的对吗？”

“对，对，”田瓦匠的脸上就有点慌乱，“以后咱不上饭店，不上你家就上我家……”

柳直赶忙过来打圆场：“今天田经理请客也是一番好意嘛。来，家树，咱哥俩也好长时间没在一起喝酒了，借此机会，咱哥俩也干一杯！”

“来，大哥，干！”

那个漂亮的叫艳红的“小嫂子”也举杯到家树面前，侧脸对柳直说：“我怎么称呼呢？叫市长吧，显得生分，叫家树，又不太尊重，柳直，你说我该怎么叫？”

“以前不是说过吗，有我在，你就叫他家树。”

艳红看了看田瓦匠和卫东方，意思是说，这样叫不好吧。

柳直说：“没关系，田、卫二位经理也不是外人，都是多年的乡亲嘛……”

“那好。”她转身对家树说，“家树，他们的酒都喝了，我也敬你一杯，不能不给面子吧？”

“谢谢，我喝。”他接过酒来，“不过，嫂子，你既然敬酒，得一块喝！”他斟满了一杯酒，递给她，说：“来，咱们一起干！”

“好！”张艳红接过酒杯和家树碰了一下杯，一饮而尽。

家树开起玩笑，说："嫂子，有大哥在，嫂子让我喝，我喝。大哥不在，嫂子让我喝，我也喝……"

艳红很高兴："谢谢家树这么看得起嫂子。家树，我想告诉你，你方才说的你王爷爷放牛时唱的那首山歌——二月春风刮人脸哪，柳直让我们文化馆的一个曲作者谱了曲，很好听，柳直和我们大家都挺满意。我准备把这首歌教给一个乡的业余演出队参加市里的文艺汇演……"

"好哇，"家树高兴地说，"你能不能先唱给我们听听……"

艳红转头看了看柳直，柳直鼓励地点点头。她说："那好，那我就唱一唱。"她很大方的唱道——

二月春风刮人脸哪，
最难熬的是倒春寒。
青黄不接日难度哇，
盼了今天盼明天。
……

她唱得很投入，声音高亢深厚，沉重中带有沧桑。她沉浸在歌声的境地里了……

田瓦匠带头鼓掌，说："不愧是演员出身，唱的就是好！"

"好！"家树也不禁鼓掌说，"真的挺好！等有时间你教教我。我对这首歌和这首歌所反映的那个时代有特殊的感情。真的，你教教我……"

"哟，家树，你想学？"艳红很意外地说，"你很少说笑，怎么也想学唱歌？"

家树说："一是我确实对这首歌有感情，二是也是要改变一下形象嘛。柳哥总批评我太深沉，太死板，我也想乐观起来，活跃一些……"

"那好哇，家树你确实得改变一下形象了，当领导的也要跟上时代的脚步嘛。你还不到四十岁，干吗总是那么绷着脸，老八板儿……嘻嘻，我这么说，你可千万别不高兴……"

"不，你说的对，我一定改。今天听你唱歌我就挺高兴嘛，真的，我真的感到很愉快。今后，请你和柳哥一样，经常提醒着一点儿……"

柳直也高兴地说："难得家树这么高兴。行，大哥今后多给你创造点这样的条件，多带你参加一下娱乐活动……"

家树响应说：“行。”

张艳红看家树发自内心的高兴，乘机向田瓦匠说道：“田总经理，还等什么？有什么节目就赶快上吧。”

田瓦匠点点，又向随来的卫副经理努努嘴。卫副经理会意，起身出去了。

在此当口，家树向四周环视了一下。这是一个较大的能歌能舞的餐厅。一侧靠墙有一个小舞台，台上有点歌收放两用电视平台，麦克风等全套练歌设备。一张能坐二十多人的大旋转餐桌。墙上挂着半裸体的美人像。他们坐的这张餐桌，他被让到上首，左边是田瓦匠、卫东方、田瓦匠的司机；右边是柳直、张艳红和柳直的司机，他们依次而坐。但有趣的是，每个人都没有挨着坐，而是被有人特意安排了似的每个人的中间都空了一个椅子。

不大一会儿，卫东方回来了。他领来了五个小姐，小姐都袒胸露背短裙光着大腿。小姐来了以后，分别坐在空着的位置上。这样，除了柳直有张艳红陪同外，其他五个男人每人旁边都坐了一个陪舞陪酒的漂亮小姐。

坐在家树旁边的小姐习惯性地把身子靠向了家树，嬉笑着说：“大哥，来，小妹陪你喝一杯……”

家树很厌恶，但他还是强忍着推开她的身子。但那个小姐不知趣地又向他的怀里扑，说：“大哥，我陪你喝一杯还不行吗？”

家树很反感地把她推开，随即站了起来。看得出来，他虽然很克制，但在克制中还是露出了嗔怪的眼神。他很不满地看了一眼田瓦匠，说：“对不起，田经理，我去卫生间方便一下，你们慢慢喝……”他不等田瓦匠回应，便转身离席而去。

田瓦匠、卫东方站起来尾随在后，以示关照。

家树转身制止道：“你们留步吧，我去卫生间这也好陪同吗？”

田瓦匠只好停步，说：“我们不陪，你自己去……”

柳直注意到，从几个小姐进屋的那一刻起，家树就收起了笑容，板起了脸。待家树离开以后，几个小姐仍不知深浅，还在撒娇劝酒。

柳直把酒杯往桌子上一蹾，很不耐烦地指着几个小姐说：“好啦，你们都走吧！”

几个小姐不知何故，对柳直的驱赶毫无思想准备，她们面面相觑，一下子都愣住了。

柳直大声说：“快走吧，还看什么？”

几个小姐很委屈地悻悻离去，她们把怨恨的目光投给了卫东方。

卫东方跟了出去。他把五百元出场费交给了其中一个小姐，说：“对不起，这是你们的出场费。等以后需要的时候再叫你们……”

几个小姐接到钱，也就转怒为喜，说：“行啊，啥时需要你吱声，我们随叫随到……”

待几个小姐走了以后，柳直埋怨田瓦匠道：“我说田大经理，你是怎么搞的，谁让你安排小姐？请客吃饭就吃饭呗，看你整的这一出儿，砸锅了吧？”

田瓦匠解释说：“卫经理说现在的领导都得意这口儿，找几个小姐乐呵乐呵嘛……”

柳直怨恨地瞪了卫副总经理一眼，说：“净胡扯！你们也不看看对象，什么招法都敢用……”

张艳红本身在男女关系上虽不随便，但她毕竟是在社会面上经常活动的人，对这样玩玩乐乐的场合并不很介意，就说：“家树不是上卫生间了吗？待一会儿就回来了。再说了，找几个小姐陪着喝点酒跳跳舞这有什么呀，他会回来的。”

“他回来个屁！”柳直情急之中竟说出了脏话，“别人可能认为找小姐玩一玩没啥，可他不行，他是一个比较正统的人。我了解他，他不会回来了……”

田瓦匠懊丧地说：“你看这事办的，柳局长，你看咋整？”

柳直生气得反问道：“你问我咋整，我能咋整？简直是胡闹……”

欢快热闹的场面一下子冷下来。

柳直忽然站起来，急叫司机：“走，快走……”

家树离开“清流雅韵”歌舞餐厅，快步下楼往家走。他的家离这里有一段路程，本想叫一辆出租车，但为了缓解一下烦躁的情绪，就没有打车而步行。

已是七点多钟，华灯初上。鳞次栉比的高楼红红绿绿的灯光在闪烁，车流很大，行人很多。

他走到一个洗浴中心门前，看到门前挂着一张镶了框的招贴画，上面是一个西方美女，全身裸露，只用手拿了个树叶挡住私处……王家树看着，皱着眉头，正在这时，一辆轿车从后面开过来，在家树的面前停下。从车上下来一个人，是柳直。

"家树，你走得这么快？"

家树把刚迈下一个台阶的脚停下："大哥……"家树虽然对饭店里发生的事不愉快，但他是不能对柳直发怨气的，即使有不满，他也不能对柳直轻易发作，他对柳直一直是尊敬的。他们是患难之交，而且柳直对他有大恩。

柳直开玩笑地打趣道："一个人在这里欣赏街景吗？"

家树也笑了，说："大哥，你是文化局长，现在有些文化现象是否值得研究、探讨？比如说，像浴池门前这样的地方，还有一些商铺、娱乐场所都张贴美人画，这是为什么？是为了招揽顾客，能产生经济效益的需要，还是为了美化环境，让人产生美的艺术享受？在大庭广众之下，特别是一些年轻人看了，通过感官刺激，产生的是正面作用还是负面影响？当然啦，如果是在人体艺术展、书画艺术展那样的场所出现，那就另当别论……"

柳直笑了笑说："这是改革开放以后出现的现象，谁也没有鼓励，谁也没有提倡，好像一夜之间就自发地出现了，而且越来越多。先头人们还对这种现象有些议论，看不惯，但时间长了也就习以为常了。实际上这是一个很复杂的问题，有深刻的社会原因。也许这是改革开放必须要产生的一种社会现象，这个问题很复杂，一时说不清楚……"

"你说没有人鼓励，没有人提倡，也不尽然。前几天我看了一个杂志，连续几期，连篇累牍地宣扬一个观点，那就是鼓吹家庭震荡。说现在的家庭都是没有爱情组成的家庭，都是封建观念下的产物，没有爱情的婚姻是不道德的，必须要发生震荡，在震荡中解体，然后去寻找、追求有爱情的婚姻，去组成新的家庭。我们现在的离婚率这么高，所产生的离异子女的教育问题、犯罪问题那么严重，当然原因很多，不能完全归罪于家庭震荡论，但家庭震荡论确实也起到了推波助澜的作用……"

"那几期杂志我也看过，是很偏颇。"

"所以我说一句话，大哥你别介意，这样的文章在杂志上发表，我们党的宣传部门，政府的文化管理部门为什么不引导，不制止？"

家树随柳直上了车，车向家树家开去。

二人并肩坐在车后座，都不说话。

柳直沉不住，说：“家树，方才在饭店生气了？”

家树侧头看了看他，又正过身去，没回答。

柳直说：“今天田瓦匠办的这件事是欠考虑，我知道你很反感。但他也是好意……”

“什么好意，简直是荒唐！”家树很气愤地说，“我本来就不愿意去吃请，但考虑到老乡亲、老关系，不能不给面子，再加上有你的关系，不能不去。按常理，老相识在一起喝点酒，叙叙旧无可非议，很正常。不见外的话，找一个一般的饭店，或到家里坐一坐都行。可是，却找了一个高级餐厅，什么清流雅韵，又找来袒胸露背光着大腿的小姐……哼，这哪像一个农民？简直是，简直是……”他找不出恰当的词来表示他的愤慨。

柳直笑着说：“田瓦匠已经不是一个普通的农民，也不是过去柳塘村第二生产队里的一个农村瓦匠，他已经是一个农民企业家，改革开放后新出现的建筑业的一个大老板……”

“哼，什么农民企业家，我看他应当把农民二字去掉！他已经失掉了农民应有的朴实，他已经丢掉了农民的本色。他现在的所作所为，算什么呢，啊，算什么……”家树很激动，一时找不出恰当的字眼来形容。

柳直接过去说：“算什么，你别激动，我来替你说。他的行为简直就是黄、赌、毒，行了吧？”柳直看了看他，笑了笑，尽量淡化地说道，“我看没那么严重吧，再说，改革开放以后，时代变了，人们的行为也在变，现在时兴这个嘛……”

家树正色道：“别人时兴那是别人的事，可我不行。我不是表面上假装不行，而是真的不行……”

“我知道你正统，但也不要太认真，改革开放，就像打开了窗户，新鲜空气进来了，苍蝇也会随之进来嘛，这有什么可大惊小怪的……”

“抓经济建设这只手要硬，抓精神文明这只手也要硬。这些苍蝇会腐蚀人，会泛滥成灾……”

“好啦，家树，这件事是偶发事件，过去了就不要再计较了。”

“可有一句话我想问大哥。”

“什么话？”

“安排小姐这件事你知道不知道？”

"我不知道。"

"真的不知？"

"真的不知道！怎么，你信不过我？"

"我相信你不知道。大哥，你事先不知，这就好，没让我失望。可是，大哥，你知不知道，田瓦匠请我喝酒是什么目的呢？"

"他能有什么目的呢？"柳直没有正面回答，实际上他用反问的形式把话推了回去。

家树和柳直走了好一会儿，餐厅里的众人都不说话，这时，艳红站起来说："家树不会回来了，柳直也走了这么长时间，看来也是不会回来了，咱们也撤吧。"

卫东方说："别介，红姐，他们不回来了，咱们也得吃饭哪。"

这时，艳红的手机响了，她接起电话说："喂，爸啊，我正在外边和朋友吃饭。有什么事，你说吧……天津的医院已经联系好，已经凑了十万，还缺十万？柳直能不能有办法凑一点儿？"她着急地站起来，离开了饭桌子一段距离，背过身去说："他是一个穷光蛋，一点积蓄也没有……我知道这个病危险，不能再等……爸，告诉我妈别哭，等我跟柳直说一说，看他能不能想办法，托亲靠友借一借……"

她挂了电话，老半天没有缓过劲儿来。她使人不易察觉地抹去了眼角急出来的泪珠，又坐回到饭桌旁。

"红姐，"卫东方关心地问："谁病了？"

"我弟弟，"艳红叹了口气："我弟弟得了白血病……我爸妈就这么一个宝贝儿子，急死了……"

"噢，是这样。红姐，别着急，有难大家帮，咱们共同想办法……"他侧头对田瓦匠说："田经理，我去趟卫生间……"

他对田瓦匠向艳红那边努了努嘴。

田瓦匠会意地点了点头。

卫东方到走廊打电话。

不大一会儿，振兴公司的一个女财务人员走进餐厅，把一个纸包递给了卫东方，走了。

卫东方把纸包放在桌子上，往艳红的面前一推，说："红姐，这是十万元，这是田经理和我们公司的一点心意，你拿去给你弟弟看病……"

艳红一点思想准备也没有，待她反应过来，连忙推脱："不行不行，这哪行？"

"怎么不行，治病要紧……"

"不行不行，绝对不行！"

"哎，红姐，你先拿着，算借给你的，还不行吗？"

"算借给我的？那我也不敢，柳直不在，这么多钱，我可做不了主……"

"有什么做不了主的？你就别刚儿了，拿着，先解决燃眉之急嘛。都火上房了，还刚儿什么刚儿？"

在她犹豫的时候，卫东方随之就把纸包放在她的手上。

"先拿着用，以后有了就还，没有就永远欠着……"

田瓦匠说："还什么还，不用还！这钱就是赞助给你的！你跟柳直说一声，叫他在工程发包时关照一下就行了。"

艳红从卫东方手中接过钱说："那我就先拿着，我现在也确实是急等着用钱。不过有一条，我是先替柳直拿着，他若不同意，再还给你们……"

"我说红姐，你怎么这么多顾虑呢？"卫东方仗义地说，"咱们之间的事，讲的是情义，讲的是信誉……"

菜上来了几道，服务员给每人斟满了酒。

卫东方举起酒杯说："来，红姐，你也是女中豪杰，是社会面上的人，咱们干一杯！"

"好！"艳红也端起酒杯，嘴一抿，说："干！"

三人一饮而尽。

田瓦匠说："你吃点饭，你拿那么多钱不方便，吃完饭我们送你回去。"

"不吃了，也不用你们送！大大方方不易察觉，反而安全。好啦，我走了。谢谢田经理和卫副经理在我困难时伸出援助之手，再见！"

她拎起纸包，大摇大摆地走了。

"来来来，他们都走了。咱们吃！好酒好菜，咱们吃……"卫东方坐下斟酒。

看来田瓦匠还陷在王家树和柳直不欢而去的情绪之中，说：“东方，你也真是的，找来几个三陪小姐干什么？王家树他不好这口儿，花钱费力不讨好，这可应了那句话，捧着屁股亲嘴——不知香臭！”

“哎，人家是领导吗，大面上怎么也得装一装！别急，不管怎么样，今天艳红把钱收下了，这就是一大胜利，来来，我们该吃吃，该喝喝……”他举起酒杯，对田瓦匠说：“来呀……”

“来，喝！”

酒过三巡，菜过五味。卫东方对田瓦匠说：“田经理，把那几个小姐再找回来，玩玩？”

“别扯了，要玩你们玩，我一个五六十岁的老头子，玩什么……”

“五六十岁更要抓紧玩，再不玩什么时候玩？现在改革开放，你也跟跟形势……”

“不行不行……”

“什么不行？习惯就好了……”

他不等田瓦匠同意，就掏出手机打电话。不大一会儿，就来了三个小姐，和方才一样，袒胸、露背、光大腿。

三个小姐分别挨着田瓦匠、卫东方、司机坐下，陪着喝酒。

喝了几杯，卫东方、司机在音响的伴奏下开始和小姐跳舞，他们脸贴着脸，胸贴着胸抱在一起跳起来。

陪着田瓦匠的小姐对田瓦匠说：“大哥，我也陪你跳舞吧……”

“我不会。”

“不要紧，不会我教你……”

“不行不行……”

“来吧……”小姐撒娇地把他拽起来。

田瓦匠也许是借着酒劲，也许是为了适应形势，尽管他很不习惯，很不自然，但还是随着小姐的舞步，看着别人的样子，一只手挽着小姐的手，一只手揽着小姐的腰，笨笨卡卡地跳了起来。跳着跳着，小姐的身子就扑进了他的怀里……

16 资助风波

家树坐上柳直的车，时间不长就到了家。

柳直对司机说："你在这等我一会儿，我进屋向二位老人打个招呼咱们就走，很快。"然后和家树进了屋。

这是一楼，家树因家有老人进出方便住了一楼。家里人都在，他们见有客人来，都到了客厅欢迎柳直。

柳直先向王爷爷问候："王爷，你老挺好的？"

"挺好挺好……"

王爷爷，也就是老王头儿今年已经年近八十岁。十年前随他的"女儿"刘美娥搬进城里。他本不想来，但他若不来美娥就不走，没办法跟着来了。来了后，美娥侍候他比侍候亲爹还周到。由于心情愉悦，所以耳不聋眼不花，身体十分硬朗。他穿着便服白褂子，人显得干净整洁。

柳直问候人也不忘他的开朗乐观，说："老爷子，看你现在的身体，再活五六十年没问题，年龄超过活了一百三十多岁的那个洋巴佬，创造个世界之最，哈哈哈……"笑后又说："那年我坐牢的时候，你叫家树探监时捎烟给我抽。你老多活些年，我以后还等着抽你的黄烟呢……"

"哎，那点小事，还当一提。"

"不能忘啊，那是人在危难之时的真情实意啊，一辈子都忘不了。"

家树凑上去招呼："爷爷……"

"哎，哎。"老王头疼爱地应承。

柳直又和家树娘打招呼："姨……"之后又和家树的媳妇淑云及女儿晓华打了招呼。

家树对妻子说："淑云，去弄点饭菜，我和柳哥还没吃饭。"

"哎。"淑云答应着到厨房去了。

大家落座以后，家树娘对柳直说："柳直，你很长时间没来了，你现在怎么样，还一个人过？"

"就一个人过。自我从娘过世以后，无牵无挂，除了每个月去一趟柳塘给淑琴她爹娘送二百元生活费以外，自己吃饱了，全家都不饿了……”

“淑琴的爹娘还好吗？这些年多亏你照顾。哎，这老两口子的命，前半辈子真是够不幸的，命不济啊……下半辈子，遇上了你这么个未成亲的姑爷，顶个儿子了，也算是交了好运……”

提到淑琴爹娘前半辈子多灾多难的时候，她的眼睛不自觉的就有潮湿。她说：“柳直，在力所能及的情况下，你就多照顾照顾他们二老……”

“放心吧，姨，淑琴临终时对我有过嘱托，我对她也有承诺。我必须履行我帮助她赡养二位老人的诺言，尽我应尽的义务……”

“好哇，姨知道你是一个有情有义的人。”她擦了擦眼睛，笑着说，“柳直，我一直想问你，你今年四十八了吧，你为什么还不结婚？”

“结婚，跟谁结婚啊？”他自嘲地说：“我赚得少，负担又重，先前养着我娘和董淑琴父母三个老人。我娘死了以后，虽然自己的亲爹亲娘没有了，负担还是很重，还有一个没成亲的老丈人和丈母娘需要赡养，人家姑娘都嫌累赘，谁跟咱哪？这些年虽然当了干部，清水衙门，我的手又散，不会攒钱，囊中羞涩，谁跟咱哪？”

“你说你手散，那不是你手散，那是你乐善好施，侠肝义胆的表现。就说你对家树吧，他念四年大学，你每月都给他邮十元钱，月月邮，一邮就是四年！那时的十元钱比现在的一百元还值钱。家树能上完大学，多亏了你，他能有今天，多亏了你！你对家树可以说是恩重如山……”

“姨，看你说的。莫逆之交的兄弟，应该的，说这些就外道了。”

“好，不说了，还是说说你的婚事吧。听说，你有一个女朋友叫艳红，你和她怎么样啊？差不多就结婚吧。”

“她人不错，虽然比我小十五岁，愿意跟我结婚，可是结不成啊。”

“为啥？”

“她有一个患白血病的弟弟，她父亲叫我必须拿出二十万元给她弟弟治病，才能把她嫁给我。”

“是这样，要的太多了。若是三万两万的姨帮你凑一凑。”

“不过现在好了，她父亲已经同意我们结婚，昨天我们已经领了结婚证。”

“那太好了，什么时候办，日子定下来没有？你办婚礼的时候，可得好好热闹热闹，姨就盼着这一天哪……哎，说起来，你这些年也真够不顺的，也就是你开朗乐观，换成别人，也许早就垮了……”

“我都这么大岁数了，不想操办了，两个人的行李卷儿往一块一搬，就那么过得了……”

“那可不行，不办一办，姨这一关你就通不过。”

“好，那就听姨的，办一办。”

老王头儿说：“在咱们这的习惯，光领了结婚证不行，必须得举行婚礼才算结婚了……”

这时，淑云在厨房里向家树叫道：“饭好了，是在客厅吃还是在厨房吃？”

“端客厅来吧。”

柳直站起来说：“我不吃了，外边司机还等着我。”

家树娘拦着说：“不吃哪行，吃完再走，把司机叫进来一起吃。”

“不了，姨，改天再来吃。等那天你包茴香馅饺子的时候，我再来吃。”

家树说：“别拦着他啦，让他走吧。不光是司机在外边等他，更主要的是我那个小嫂子在家等着他呢。”

“还是我家树兄弟知道我。”

“那好，”家树娘笑着说，“我这两天就包茴香馅饺子，你一定过来吃。对了，你来时，一定要把艳红领来一起吃。上次你领她来见我，我一见就喜欢她……”

“好，我一定把她领来。”

家树在厨房吃完饭，娘就把他叫到客厅里说：“家树，娘跟你说件事儿。”

“娘，什么事呀，这么神秘？”

“今天上午田瓦匠来过了。”

“田瓦匠，他来做什么？”

“给送来二十万元钱，说是晓华自费出国留学需要钱，他资助的……”

“钱收下了？”

“收下了，不收不行啊，他扔下钱就走，追都追不上……”

“娘，我就知道他请客吃饭会有什么说道，没想到他还有这么一手……”

女儿晓华从自己的房间出来，她听到了奶奶和父亲的谈话，高兴地过来偎在父亲的肩头，说：“爸，你不是正愁着我出国留学没有钱吗？这下好了，有钱了，我可以实现我出国留学的愿望了。”

家树宠爱地拍着晓华的头，说：“我的傻女儿，这个钱咱不能要。”

“为啥不能要？”女儿眨着眼睛不解地问。

他解释着说：“这是行贿，知道吗？咱若是要了，爸爸就是受贿，是会犯错误甚至是犯罪的。”他很耐心地说：“你知道他为什么要给咱们送钱吗？是因为市里要搞一个文化广场工程，他是想揽这个工程里的建筑项目，就来走爸爸的后门。用钱行贿，这是违规违法的……”

“爸，他给咱送钱，是他主动送的，也不是咱们去跟他要的。再说，人家那是资助我出国念书，也不是为了工程项目……”

“傻孩子，醉翁之意不在酒……”

“这我不管！现在这样的事儿多了。”

“胡说！”家树正色道：“你一个小孩子懂什么？贪污受贿的领导干部是有，有的还很严重，所以反腐败嘛。但爸爸不能做贪污受贿的事，如果那样做，上对不起国家，下对不起民众，严格说来也对不起家庭，也包括你，懂吗？”

“我懂！”晓华撒娇地晃着他的肩，“就这一次，就这一次还不行吗？”

“不行！有第一次就有第二次，就会越陷越深……”

“我不管！”

“不管不行啊，好孩子，听话！”

“我不听！”她急躁起来，“就你廉洁，就你革命……”

“晓华，说话不可以这样尖刻，不可以嘲讽你爸，希望你能理解爸爸，体谅爸爸。”

“体谅你？够体谅你的啦。”她看了一眼旁边的妈妈和奶奶，像为她们鸣不平似的说：“你当局长这么多年，现在又当了副市长，家里得了你什么好处了？你看人家有大房子小汽车，有存款，吃的用的都是高档的。你看咱们家有啥？什么也没有！什么光也借不上你的。你总叫我们理解你，你理解过我们吗？”

奶奶打断她：“晓华，你冷静点。”

晓华冷静不下来，继续气愤地说：“白给的钱不要，我还怎么出国留学？我们一起毕业要出国的同学，家长都在积极的想办法筹集钱，可你倒好，到手的钱不要，我还怎么出国留学？”

“别人家有条件可以出国留学，咱们家没有条件就不出嘛，等以后有了条件再说嘛。再说啦，在国内考一个大学不也行吗？”

“算了吧，平常总是在嘴上口口声声关心我，原来就是这样关心我！”

“我正是为了关心你，关心我们这个家才不要这不义之财，要了，后果将不堪设想！”

“后果，能有什么后果？他是自愿资助，我们不偷不抢，我们能有什么后果？若说后果，就是考虑你自己……”

他摇头笑了笑，说：“不能这么说呀，孩子，我们若收了这笔钱，是会后悔的，后悔都来不及呀……”

“不用危言耸听！”她瞪了他一眼，情急之下失去了理智，“说的好听，竟是些骗人的鬼话……”她急出了眼泪，气恼地进房间去了。

“你……”他被激怒了，站起来要拽她回来。

娘拦住他，说：“不许胡来！孩子要出国留学的愿望像一个热火盆似的，她今天上午到现在知道有钱了，能出国留学了，高兴得不得了，又是秧歌又是戏的，你的话像一盆凉水浇下去，你知道她受了多么大打击，她能不急？不许对她动粗，要慢慢开导，慢慢说服，她会明白的……”

他重新坐下，舒缓了一下气息，说：“这孩子怎么这么不懂事呢……”

娘说：“你以为她像你似的什么道理都懂？她还毕竟是个孩子！晓华这孩子很懂事，只是一时没转过弯来，她慢慢会顺过劲儿来的。”

他点点头说：“娘，田瓦匠这钱无论如何咱不能要，必须赶快给他送回去！”

“是不能要，应该送回去。”她转对站在旁边的淑云说，“淑云，你说呢？”

淑云看了看女儿怒气冲冲的背影，不置可否地笑了笑：“我听娘的……”

家树掏出田瓦匠的名片给田瓦匠打电话，拨了几次都打不通。

娘说：“今天晚了，明天再说吧。”

家树心情很烦躁，他坐在沙发上连着抽了几支烟。电视上出现了松云市新闻节目。主持人说道：“本台消息，我市文化广场建设工程已经省政府批准。今天下午，王家树副市长带领文化局、建设局、财政局、房产局、商务局、规划局、动迁办等筹建领导小组成员单位的负责人到现场进一步勘察建设场址，进行调查研究……”屏幕上出了家树及上述单位负责人在规划区内进行查看的情景。画面上特别突出了王家树站在前面向帽儿山指指点点，又转身向延新湖指指点点，众人观看，有的点头有的交头接耳议论的场面。

主持人又说：“本台记者报道，我市文化广场建设工程中的万米木板梯式通道工程项目、民俗村工程项目、阿里郎美食街工程项目、影视娱乐城项目、景点亭阁工程项目、广场整地美化项目以及与之相配套的通路、通水、通电等项目都要通过招投标的方式向外承包，决不搞暗箱操作。建设工程筹备领导小组将正式通知，凡具有相应资质的工程建设单位都可以进行投标。现在就可以做好准备，待正式通知后即可报名竞标……”

家树又点燃了一支烟，他深吸了一口，陷入沉思。

柳直从家树家出来，给艳红打电话：“喂，你在哪里？回家啦……”

他上了车，告诉司机：“回我家。”

车在市区穿行，过南桥，拐入一个小区，在物业门卫外停下。柳直对司机说：“你回去休息吧。”

小区里有几栋家属楼，都是旧楼。柳直的家在二单元四楼，柳直拾级而上。

艳红听到门铃响，知道是柳直回来了，她开了门，没等柳直站稳，扑上去与他拥抱，并给了他一个甜蜜的吻：“你可回来了……”

柳直把她揽在怀里，还了她一个吻：“等急了吧？”

桌子上已经摆好了饭菜。艳红说：“在饭店没吃饭，我回来做了点，饿了吧？”

“还不太饿。”柳直脱去外衣，牵了艳红的手坐在沙发上，说：“艳红，先不急着吃饭，我问你件事。”

“什么事呀？”

“今天在饭店歌舞餐厅田瓦匠安排三陪小姐这个事你事先知道？”

艳红瞪大了眼睛：“不知道哇。”

“那你跟田瓦匠说还有什么节目赶快上吧是什么意思？”

“那不是在歌舞餐厅吗，我的意思是让田瓦匠赶快让餐厅工作人员启动音响安排练歌，大家边喝边唱边跳舞，不是热闹吗，谁知道他那卫经理出去领来几个三陪小姐。”

“噢，你事先不知？”

“真的不知，怎么啦？”

“你也看得出来，家树十分恼火！他在那没有发作，那是保持他领导者的风度。田瓦匠这个人也真是，快六十岁的人了办事不知深浅，也不分个里外，也不分个时间地点。家树是个十分正派的人，他能不生气？就是喜好那口的领导，你也不能在大庭广众之下给他安排小姐，那不等于给他上眼药吗？”

柳直点了一支烟，吸了一口，他站起在客厅来回踱了几步。他的神情显得很忧郁。他的房子不大，只有七十多平方米，两室一厅，厨房、卫生间都很小，是十年前刚实行集资建房时集资分配的。没有很好装修，显得很旧，一个县处级领导干部还住这样的房子，比较起来就显得有些寒酸。但有一点是与众不同的，那就是文化氛围还是很浓的。靠东墙一个大书橱，书橱里摆满了各种书籍，书橱旁一个写字台，写字台上摆着笔筒砚台之类的东西，一把旧木椅子伸进写字台下。西墙上，是柳直自己用行书体书写的一个中堂和一幅对联。字写得遒劲而秀丽，看来，柳直对自己的作品很重视，中堂只有四个大字：白驹过隙，落款没有名字只有书写的年月日。用一米二宽、四十厘米高的装饰木镜框装表。条屏的上联是：且将忧苦当欢乐，下联是：不以贫富论喜悲。对联也是用木镜框镶裱。中堂和条幅挂在墙上十分显眼，使人感到房间主人的文雅和喜好。

柳直在中堂和条幅前默默的端详。似有所思。

艳红从沙发上起来站在柳直的身后，问柳直：“那两行字我懂，白驹过隙是什么意思？”

“这是一个典故。白驹是良马，隙是很小的空间，是说明跑得飞快的良马穿过很小的空间转瞬即过，非常快。比喻人生的短暂，要珍惜时光。这个典故演变成了一个成语，人们经常借用来自省自励……”

艳红点点头：“噢，用白驹过隙比喻时间的短暂，以此来激励人们奋发向前，这真的挺好。我也真的很受启发，今后要改掉办事拖拉的习惯，干啥都要抓紧时间，早办完早利索……”她边说边把头亲昵地歪搭在他的肩头上。

柳直伸手拍了拍艳红搭在他肩上的头，念道：“且将忧苦当欢乐，不以贫富论喜悲，艳红，你看我撰写的这两个条幅怎么样？”

“从精神追求方面来说，当然挺好，这是一种境界嘛。但实际生活上可就是两码事了。”

“此话怎讲？”

“有些忧苦就欢乐不起来呀！比如说……”

“你说呀……”

“像我弟弟得了白血病，愁得我妈天天哭，我爸筹集治疗费，急得吃不下饭，你说，怎么能乐起来？”

“噢，这倒是个事，现在咋样了？”

“我爸已联系好了天津的一个专门治白血病的医院，得先拿二十万元费用。我爸好歹筹集了十万，还缺十万。他方才还给我来电话，让我跟你说说，能不能托亲靠友给他借一点……”

“让我借？”

“是呀，我弟弟这个病不能再拖了，再拖就有生命危险，越早越好哇……”说到这里，她的眼圈就有些发红。

“是呀，我知道这个病的严重性。”他皱眉叹气道，“可我上哪借去呢？”

她却露出笑容道：“柳直，咱现在有办法了……”

“哦？有什么办法？快说！”

“我说了你可别……”

“快说吧。”

“振兴建筑公司的田经理给咱们资助了十万元。”

“田瓦匠给资助了十万？”柳直有些意外地睁大了眼睛问。

“是，田经理给资助了十万，我已经把钱拿回来了……”

他疑惑地问：“他资助这么多钱，为什么呀？”

“他们说，乡里乡亲的，危难之时见真情，有困难帮一把……”

他眯起眼睛看着她，问：“没什么条件？”

“没提什么条件。”

“也不用还？”

“不用还。”

“不对吧？”

“田经理说不用还，只是说……”

“说什么？”

“说只要在工程发包时关照一下他们公司就行了……”

“哼，还是有条件嘛。”柳直猛吸了一口烟，说：“不行，这个钱咱不能收，绝对不能收。艳红，赶快把钱送回去！”

“这……”

他着急地说：“这什么这，赶快送回去，他这是行贿，咱们若不送回去，收下了，是会犯错误的，我的好艳红……”

“我也知道收这个钱不好，可是，咱们正急着用钱哪……”

“急着用钱也不行，必须送回去！”他看艳红不动，就说，“你不送我送，把钱给我！”

艳红还是站着没动。

“怎么回事呀？”

艳红嗫嚅着说：“这钱退不回去了。”

“为什么？”

“钱拿到手我就给我爹送去了，我爹接到钱就带着我弟弟去天津了……”

“已经走了，这么快？”

“这几天急得像火上房似的，有了钱还不马上走？”

“这么说，钱追不回来了？”

“怎么追呀？”

柳直一下子瘫坐在沙发上。他大口大口地吸烟，胸部激烈地起伏，他双目紧闭，一声不吱。

艳红怯怯地叫他：“柳直……”

他把脸从左偏向右。

艳红再怯怯地叫：“柳直……”

他把脸由右偏向左。

看得出来，他很生气，思想斗争很厉害。他吸了一支又一支。他忽然站起身来，大声地对艳红斥责道：“你，你好糊涂哇！”

艳红被柳直的突然吼叫吓得倒退了好几步，她从没见过他生这么大气，发这么大火，她张了张嘴，慌乱得不知道说什么好。

柳直气哄哄地摔门进了卧室，往床上一躺，对艳红不再理睬。

艳红很委屈。她既知收人钱财不对，但又有急着为弟弟看病的苦衷；她既承认柳直说得有理，但又感到被申斥有伤自尊。她先是嘤嘤低泣，忽然“哇”的一声大哭……

这哭声很伤感，很哀痛，不断地从客厅传入到卧室来。他终于坐起来走出卧室上前抚摸着她的头，说：

“别哭了，别哭了，哭得这么悲悲切切的像受了多大的委屈……”

艳红又是“哇”的一声大哭，随之就把头埋在柳直的怀里，哭诉道：“你以为我愿意收他的钱吗？你以为我不知道收这个钱是错误的吗？我就那么一个弟弟，父母的掌上明珠，急等着救命钱，你又没地方去借，想尽点责任你也尽不了。我是既要考虑弟弟治病，又要考虑你的难处，我是被逼无奈呀！你知道我的心里多矛盾吗？你还骂我，斥责我，你知道我的心里多难受吗？我的脑袋都要裂开了……呜呜呜……”

柳直被她的哭诉打动了，就有些自责：“别哭了，别哭了，是我不好，是我不应该那样粗暴地对待你……”他双手捧起她的脸，看着她说：“可是，你想过没有，给你弟弟治病的燃眉之急解决了，对咱们的后果你想到没有？”

“什么后果？”

“这不明摆着吗，人家给钱是有条件的，那就是在工程发包的时候给他帮忙，达到承包工程的目的。你以为真的是什么乡亲情义，那是有目的的……”

“到时候再说，能帮上忙就帮，帮不上就不帮……”

“你想的可简单！假如帮了忙，背后交易，一旦露了馅，肯定被查处；帮不了忙，他们承包不到工程，会善罢甘休吗？”

“哪那么好就露馅，这样的事儿多了，人家都不露馅，就咱们家露馅？”

“不是有很多露馅的吗？”

“行了，柳直，为了我爹，为了我弟弟。”她用几近哀求的眼神望着他，“特别是为了我，你就担一次风险吧……”她把头拱在他的怀里，两手使劲地抱着他。

“唉……”他长叹了一口气。

她抬起头来说：“况且，他给钱也不光给了咱一家，天塌下来，前边有大个子顶着……”

柳直急忙问：“这么说，他还给了别人？还给了谁？”

“还给了家树。”

“你怎么知道？”

“田瓦匠不知道家树家的具体地址，是他开着车，求我领着他到家树家楼下的附近，指给他的……”

“那也不能断定田瓦匠去就是给了钱。”

“跑不了，田瓦匠进去时，兜子鼓鼓囊囊的，从屋里出来时，兜子就瘪了，我在车里看得很清楚……”

“那就更不好，如果真的给家树家送了钱，家树肯定不会要，或退回去，或交公，我们怎么办，弄不好就露馅了……”

“我看不要紧，田瓦匠给咱们钱家树不知道，田瓦匠也不会往外说，咱们自己不说，怎么能露馅？”她停了一下，一不做二不休的样子说，“反正钱已拿去给我弟弟看病，退是退不回去了。事已至此，说什么都没用了。它就是一个茅坑，我们已经跳进去，想拔腿是拔不出来了……”

柳直瞪大了眼睛看着她，不知是怨恨还是无奈。

过了好大一会儿，柳直面对他写的那幅自勉的字——“且将忧苦当欢乐，不以贫富论喜悲”无比地慨叹道：“一念之差，一念之差呀！”

在客厅看完本市新闻电视节目的家树，从包里掏出一份材料开始审阅……看完最后一页，他抬头看了看表，墙上的挂表表针指向十二点。他把材料往茶几上一放，于是我们看到，材料的封面上写着：松云市文化广场建设工程招、投标实施方案。他打了个哈欠，仰靠在沙发上，两眼微闭，一阵睡意向他袭来。

是的，他太累了。

早晨六点半是松云市电视新闻节目时间，家树经常习惯性地看这个节目。节目是昨天晚上新闻节目的重播。屏幕上出现的是王家树和有关部门负责人查看帽儿山、延新湖等处的场景。主持人在说：“我市的文化广场工程各个项目都要搞招、投标，决不搞暗箱操作……”

家树掏出手机给柳直打电话。

柳直正在卫生间刷牙，听到放在客厅桌上的手机响，手拿牙刷过来接电话：“家树啊，什么事？”

“大哥啊，有件事我憋了一宿了，想和你唠唠……”

家树犹豫了一下，接着说道：“昨天田瓦匠给我们家送来二十万元钱，说是资助晓华出国留学……”

柳直说：“噢，有这事？看来田瓦匠还挺讲究……”

家树说：“什么讲究，他有他的目的。他是冲承包项目来的。我想，他能给我送，就很可能还给别人送……”他笑着试探地提醒道，“大哥，给你送没送？”

柳直有点慌乱，然而很快镇静：“给我送？没有哇！”他也笑着搪塞道：“这样的好事还能轮到我……”

家树说：“没有就好。我是提醒大哥，如果有这事，赶快退回去……”

挂了电话，艳红问：“柳直，谁来电话？”

柳直说：“是家树。”

艳红问：“什么事？”

柳直说：“让你说着了，他们家也收到了田瓦匠的钱……”

“他啥意思？”

“退回去！”

艳红问：“让咱们也退？”

柳直说：“我没承认咱们家也收了钱，我对他撒了谎。”

艳红说：“那就对了，可千万别承认咱们也收了钱。”

柳直说：“真是可悲啊。”

艳红笑道：“好啦。”她迅速地收拾好碗筷，说，“别寻思那么多了，快洗脸吃饭吧！”

柳直为自己向家树撒了谎而脸红。他到卫生间洗了把脸，坐在饭桌前面，拿起筷子又放下，心事重重的，看着饭菜发呆，一口也没动。

17 父女反目

淑云把早饭端上桌。两菜一汤和腐乳、咸鸭蛋、肉丝炒榨菜、咸刀鱼四盘咸菜，大米粥馒头。淑云放好碗筷并给每人盛了一碗粥，招呼大家：“吃饭啦！”

娘和晓华住一个卧室，听到淑云的叫声，娘就招呼还蒙头躺着的孙女晓华：“华，快起来吧，吃饭啦。”

晓华翻了个身，未动。

娘知道她醒着，便揭她蒙在头上的被说："晓华，听话，起来吃饭。"

晓华把奶奶揭开的被拽回去重新盖上："不吃！"

"你这孩子，真犟！"她疼爱地说，"快起来吃饭，不吃饭怎么行？"

晓华慢腾腾地坐起来，两只眼睛有红丝，明显地哭过。她说："奶奶，我不想吃，心口堵得慌……"

奶奶心疼地说："来，奶奶给摩挲摩挲，待会儿喝杯热水冲一冲就好啦……"她慈爱地为孙女摩挲胸口。

晓华的眼泪就掉下来。她穿好衣服，随奶奶走出寝室来到客厅，堵气地坐在餐桌旁。

端起粥碗的家树对娘说："娘，吃饭吧。"然后又笑着对晓华说："华，听话，好好吃饭。"

晓华斜瞪了他一眼，把头偏过去，不理他。

家树苦笑了一下，耐心地说："怎么，生爸爸的气，连饭也不吃了？不许耍小性子，赶快吃饭……"

她又剜了他一眼："我不饿！"

家树有些生气地说："你这孩子怎么这么不懂事？"他气恼地把端着的饭碗放到桌上，因用力过大，碗放在桌上时就有了"哐当"的响声。

坐在旁边的娘赶忙偷着拉了他一把，制止他发火，说道："不用你管了，你快吃完上班去吧。来，晓华陪奶奶一起吃。"

他由于放碗用力过大发出哐当的响声，他就很歉意地向爷爷笑了笑。在娘的制止下只好压下火气，端起饭碗三扒拉两咽的把粥喝完，绷着脸进自己的房间去了。

淑云说："今天是星期天，他上午不去单位了，在家里看材料……"

"噢。"

不一会儿，屋里就传出来家树的打手机的电话的声音。

家树："喂，你好！是建筑公司田经理吗……"

一块挂着"松云市振兴房地产开发有限公司"牌子的办公楼里。

田瓦匠接电话："是呀，你是哪位？噢，是王市长，是家树……"

家树说：“我是家树，田叔，我有一件事情想和你说一下……”

田瓦匠说：“什么事，你说你说，你尽管说，只要大叔能做到的，我一定办。你昨天在饭店一口酒没喝，一口饭没吃就走了，我真的不好意思……有什么事你尽管说，你放心，我一定办。”

家树说：“昨天你给我家送了二十万元钱？”

田瓦匠：“对呀，孩子不是要出国念书吗，当爷爷的怎么也得表示一下，算我资助孩子的。够不够？不够的话，你吱声……”

家树说：“不，这个钱我们不能要，你拿回去……”

田瓦匠说：“为什么呀？”

家树耐心地说：“这还用问吗？大叔，我谢谢你的好意，但这钱无论如何我们不能收。”

田瓦匠有些急：“怎么，家树，你不给大叔面子？”

家树说：“不是面子的问题，这样做不好，确实不好！你不拿回去的话，到时候，恐怕对谁都不好。面子就更下不来了。”

田瓦匠说：“家树，你听我说……”

家树正色说：“什么也别说了，你必须把这个钱拿回去！你不拿回去的话，我就把这钱交给组织上，那样对谁都不好。”

田瓦匠说：“家树，家树……”他发现对方已经挂断了电话，便木然地站在那里。

家树在房间里给田瓦匠打电话的声音晓华在客厅里听得一清二楚，她生气地向家树的房间瞪了一眼，“嘭”地摔门进了自己的房间。

“当，当”敲门声。

淑云在厨房刷碗筷，娘进爷爷房间打扫卫生，她们似乎都没有听到敲门声。家树走出自己的房间去开门。

敲门的是晓华一个较要好的长相清秀的叫李伟的男同学，家树认识，并对他有较好印象，就很欢迎地说：“噢，是你，请进。”

男同学向家树一笑，说：“王叔叔好！”边说边进屋，“晓华在家吗？”

“在她自己房间里。”

李伟去敲晓华的门，无回音，又拽她的房门，门被反锁着。

李伟就问家树：“王叔，她怎么了？”

家树苦笑了笑，说：“她在赌气。”

李伟说：“跟谁呀？”

家树说：“跟我。”

李伟说：“为什么呀？”

家树笑了笑，他本不想说什么原因，但他沉吟了一下，还是说：“是因为她要出国留学，而我却不能让她去……”

李伟说：“为什么不能让她去，是因为钱的问题吗？”

“……”

家树对李伟的提问不置可否，他没有正面回答。

李伟显出他的聪明和敏感：“王叔，如果单纯是为了钱的话，我和我爸说一下，他做生意有钱，先借给你们点。我知道，你虽然当市长，官挺大，但收入并不多，你又不贪不占，平时供养太爷爷，奶奶，又供晓华念书，很不富裕，但不能因此把晓华给耽误了。我们好几个同学都在办理出国留学手续，晓华若能去，和我，和我们也是个伴儿……”

家树本想应付几句就进屋去看他的材料，但他被晓华的这个男同学的这番话，被这个小大人的有情有义的话所触动，便决定坐下来和他唠一唠，把原准备与女儿晓华进行思想沟通的话和这个头脑敏捷的年轻人谈一谈，便指着沙发说：“请坐。”

李伟和家树对面坐下来。

家树说：“你已经问了我好几个问题，我能问你一个问题吗？”

李伟说：“什么问题呀，王叔？”

家树说：“你们为什么一定要出国留学呢？在国内不是一样可以读大学，读研究生……”

李伟说：“国外的科学技术发达，学术研究领先，各方面都很先进……”

家树说：“在某些领域我们中国也并不落后哇，经过这些年的飞速发展，有些方面，我们中国已经达到了世界领先的水平。如航天技术、通讯讯息技术、计算机技术等等。具体的说，数学家陈景润并没有出国留学，但他的哥德巴赫猜想研究世界公认，被称为陈氏定理；农业科学家袁隆平也没有出国留学，但他研究的水稻杂交技术世界领先，使许多国家受益，被称为水稻之父；画家范曾是我们国家培养的学者，他的水墨人物画在外国展出，轰动友帮；京剧大师梅兰芳的京剧表演艺术，被称为世界戏剧三大体系之一，受到世界各国的尊崇……这些是不是可以说明，不出国留学，在国内学习一样可以深造，一样可以做出成绩？”

李伟说：“王叔你说的这些我也承认，不和你分辩，但总的来说，我们国家和西方世界比较起来就是落后，很多方面就是不如人家。”

这时，柳直开门进来，见家树和一个学生在谈话，“哟，你们一老一小在谈什么，谈得这么热烈？”

家树说：“我们在探讨一个很重要的话题，你也坐下来听听。”

李伟站起来，对柳直说：“柳局长，我认识你，你请坐。”

柳直说：“好，好，坐，坐，你也坐。”说完掏出烟来抽烟。

家树对李伟继续说：“方才你说我们比西方世界就是落后，西方世界什么都比我们强，你能不能具体地跟我说说，都表现在什么方面？”

李伟沉吟了一下，说：“我说了，对与不对，王叔和柳叔你们可别见笑，别介意。”他停了一下说，“经过这些年的发展，特别是经过改革开放这几年的发展，我们国家在科学技术上确实有很大的进步，在一些领域还可能领先，但总体水平我们还是不行。这是科技方面，其他方面呢更是不行，怎么说呢……”

家树说：“没关系，想怎么说就怎么说，各抒己见嘛。”

李伟廉虚地说：“说得不对，请二位叔叔批评指正。”他似乎很有见地地说道：“总而言之，第一，政治上太腐败，贪官污吏太多。没有钱什么事也办不了，有了钱什么事儿都能办。连共产党内部，上下级办事，不上供都办不了。比如说正常的项目审批，资金拨划等等，你不上供，该批给你的也不批给你，谁上供批给谁。你想，一个执政的党内部都如此腐败，整个社会还好得了吗？”

“哦？”家树不禁一愣，一个刚毕业的高中生说出如此深刻的话来，确实令他感到很吃惊。他若有所思的对他点点头，说：“你说，你说，继续说。”

“第二，我们国家不民主，不自由，不尊重人权。”

“具体说说，怎么不民主，不自由，不尊重人权？”

“比如说，咱们的党政机关、政治机关，大都是长官意志，领导说了算，权大于法。老百姓办事特别难。不公平，不公正，甚至冤假错案比比皆是，公民的各种权利可以随意侵犯。大的不说，小的方面，比如家庭里面父母对孩子可以随意打骂，封建意识太严重，不但不犯法，人们还都认为是天经地义的。可是在西方不行，孩子的人身权利是受法律保护的，父母和孩子的权利是平等的，是不可以随便打骂的。再比如，女孩子把男同学或男朋友领家来和自己过夜父母是不能干涉的，干涉了就是侵犯了人权。他们尊重人权，尊重人的天性，而我们中国却不行……”

家树笑了。

柳直也笑了，说：“你说的挺有意思，不过，这样的事情你是怎么知道的？”

“我是听我们的一位老师讲的。”

柳直说：“你们的这位老师在美国或西方生活过？”

“没有，是去年在中国新毕业的一个大学生。”他见家树和柳直对视而笑，便不解地问道：“二位叔叔，你们是笑我说的不对吗？”

家树说：“不，不，我不是笑你，你说的挺好，说的挺好。不过，你愿意听听我的意见吗？”

李伟说：“愿意。”

家树很郑重地说：“第一，关于腐败的问题，这是事实，有的还很严重。老百姓反映也比较强烈，所以我们党采取了很多措施反腐败。产生腐败的原因很多，既有历史的原因，又有政治的、社会的、经济的等各方面的原因，情况比较复杂，但随着反腐力度的不断加大，特别是随着经济的大发展，国力的增强，人民群众生活水平的普遍提高，腐败问题是会逐步得到解决的。第二，关于民主和人权问题，我们的制度确有一些不完善之处，但决不是像西方某些人所说的是专制和强权政治。我认为，我们国家的公民享受着广泛的民主和自由，比如我们今天的谈话，你一个普通学生在一个副市长面前毫无顾忌地抨击时弊而不受追究，这本身就说明了实实在在的民主和自由。至于你说的女孩子把男同学男朋友领到家里过夜而父母不能干涉的问题，那是国情不同，风俗习惯不同，对个人私生活的思想观念不同，谈不到政治上的民主自由和人权问题……所以，我们不能把西方的一切都说成是好的，把我们自己说得一无是处，你说呢？当然啦，我也并不是不分青红皂白一概反对出国留学，那要看学业是否需要，个人条件是否允许，对将来的发展是否有帮助等等。如有条件出国留学有什么不好呢，学成后为国服务有什么不好？”

这时，晓华走出自己的房间叫她的同学：“李伟，我们走！”她明显带着嘲讽她父亲的话回头甩了一句说：“哼，吃不到葡萄说葡萄酸。”然后也不等李伟，自己先摔门出去了。

李伟歉意地笑着对家树和柳直说：“叔，我走啦，再见！”

家树说：“再见，再见。”他看着李伟随晓华走了，然后转过身来，对柳直说：“一个十七八岁的孩子，说话像成年人似的，有意思。”

柳直深吸了一口烟，说：“是呀，这个孩子所谈论的问题确实与他的年龄不大相符，它是否可以说明这样几个问题。第一，说明当前腐败的问题是个相当严重的问题，已经引起社会的普遍关注，不但是社会各阶层关注，连中学生这样年龄的孩子们都关注，也就是说，对腐败问题的注意和反感已经不光是大人们的事，已经逐渐的年轻化，这是一个十分值得注意的问题。第二，西方某些人所谓中国不讲人权的说法在我们国内的一些人中，特别是年轻人中被接受，并有一定的市场……”

家树接过去说：“这是一个很严重的问题。说中国不讲民主不讲自由不讲人权这不是事实嘛。抛开一些别有用心的人以外，我们的一些年轻人也接受这样的观点，这种现象确实是值得研究。当然啦，也不必大惊小怪，我相信年轻人随着阅历的增加，知识的增加，分辨能力的增强，会逐渐明辨是非的……”说到这，他摇头笑了笑，说：“在美国，女孩子把男朋友或男同学领到家里来过夜，父母不得干涉，干涉了就是侵犯人权，这在中国能行吗？哼！在我们中国，如果女孩子把未婚的男朋友领回家里来过夜，父母不打断她的腿才怪……这样的人权西方行，我们不行……”

柳直笑着说：“其实父母必要的干涉也是对子女的保护。”

家树：“对呀，可怜天下父母心，有几个父母不爱护自己的子女，有几个父母要侵害子女的人权？”

柳直同意地点点头，深吸了一口烟：“所以，我认为你今天能放下副市长的架子，和一个中学生坐下来平等地探讨这些大家关心的话题，是很有意义的，这种做法是很值得提倡的。”

“噢，这我可没想到。”

“你可能没想到，但实际上，真要上纲上线的说，你今天和一个中学生平等地交谈大家关心的社会问题应该是我们松云市自由民主生活中的一段佳话，是值得大书一笔的。”

“大哥言重了。”

“不，确实如此。那个叫李伟的同学代表的绝不是他个人，他所代表的是具有和他同样想法的那部分中学生，甚至青年人的一个群体。你们的谈话，实际上是一种思想上的沟通。通过沟通，可以消除官民之间的思想隔阂，拉近政府与群众之间的距离，其意义是很大的。”

家树同意地点点头。

晓华和同学李伟从家里出来，打出租车来到了延新湖岸边的一个游乐场。几个要出国留学的同学正在等他们。

挺胖的一个男同学说：“你们怎么才来？”

一个很活泼的女同学说：“哟，我说李大班长，王学习委员，你们俩总是形影不离，干什么去了，让我们大家好等……”

李伟说：“对不起，有点事，来晚了。”

胖同学说：“来，赶快，咱们几个来个合影吧。”他把挎着的相机从脖子上取下来，交给游乐场的一个工作人员，说：“请你帮忙给我们照一下。”

几个人站着照了一张，又坐着照了一张，红花绿树，湖波粼粼，风景很美。

胖同学说：“李伟、晓华，我们几个都单独照了，来，你们俩也单独照一张吧……”

活泼的女同学：“对，你们俩单独合一张……”

李伟看着晓华，明显在征求她的意见。

晓华说：“行，单独合一张就合一张。”

胖同学就给他俩摆好姿势，按了快门。

照完相，胖同学说：“我说李伟，你这大经理的儿子，还不去租个游艇，请我们大家游一游……”

“好说。”

李伟去交了船费，几个人就上了游艇。游艇飞快地在湖面上行驶，风吹起了他们的头发，船后划起一道长长的尾线。他们都很高兴。

胖同学说：“我要去留学的那个国家，听说也有一个湖，风景也很美。假如我真的能去留学，梦想成真，我一定要去那个湖游玩，欣赏那里的美丽风光！当然，当我在那里游玩的时候，我一定会记起延新湖，记起今天我们游览延新湖的美好时光……”他显得很激动，话语中充满了感情。

活泼的女同学说：“我也是，我不会忘记从小学、初中到高中十二年的同学情谊，更不会忘记我们游览延新湖的相聚时刻……”

几个同学都为既将分别而沉默。

胖同学忽然大声地发起感慨：“啊，秋水与长天一色，落霞与孤鹜齐飞！王勃《滕王阁序》中的这两个句子真的很美啊！”他用手一指前方，“你们看，前面的几只水鸭子真的飞起来了，它们在与我的想像的翅膀齐飞！同学们，不要见笑，我们可以借用王勃句中的意境来展示我们自己，让我们的奋斗与理想齐飞！”

几个同学鼓起掌来。

活泼的女同学说：“胖哥，你还真能联想，真能发挥……”

“一个名人说过，没有想像力的人就是一个平庸的人，一个傻子……”

“哪个名人说的？”

“胖哥啊……”

“哈哈哈哈”

胖同学笑过之后对王晓华说：“晓华，别人都有说有笑，高高兴兴，我看你怎么一直沉默，像不高兴似的？”

活泼的女同学说：“是呀，你咋的了？”

晓华勉强一笑，未作回答。

李伟说：“她出国留学的事遇到了一些麻烦……”

胖同学问晓华：“遇到了什么麻烦？”

晓华不语。

几个同学都催促道：“快说呀！”

晓华低沉地说：“我恐怕去不了啦……”

“为什么呀？”

“快说呀……”

“我们家没有钱……”

“什么？”胖子同学非常吃惊地说：“你说什么？你们家没钱？你爸是市长，你们家没钱，你打死我我也不信……”

李伟说：“她爸虽然当副市长，但和别的官不一样，他们家真的不富裕……”

“哟嗬，”胖同学打趣道，“你和晓华还没咋的呢，你就为她家辩护上了，将来你真的成了她们家的乘龙快婿，还不得处处向着她……”

活泼的女同学偷着拽了一下他，他看到晓华背过脸去擦眼泪，便做了个鬼脸儿，赶忙打住。

大家都为晓华遇到了麻烦而扫兴。

活泼女同学拉住晓华的手，说：“晓华，你哭啥呀，你平时总是争强好胜的……别哭了，慢慢想办法，啊……”

李伟看了看表，说：“租游艇的时间到了，我们上岸吧……”

同学们都各自散去了。

李伟对晓华说：“晓华，到我家去坐一坐……”

“不去了，我现在心情不好，到你们家也高兴不起来，让你爸你妈看我总哭丧个脸，多不好……”

“不会的，你去了心情就会好起来的。”

“不去了……”

“走吧。你上次去过我家以后，我爸我妈对你印象可好了。说不定，我爸一高兴，能帮你一把呢。”

“那可不行！”

“什么不行，走吧！”看她还犹豫不定，李伟便拉了她的手，不容分说地说：“快走吧……”

李伟的爸爸是一个大贸易公司的控股董事长。家是一个独处式别墅，档次较高。

李伟的爸爸正在客厅的沙发上看资料。他五十多岁，秃顶，人看上去很和善。见李伟和晓华进来，就主动和晓华打招呼：

“噢，是晓华同学来了，欢迎欢迎……”

晓华说：“李伯伯好！”

“好，好，请坐，请坐！”他热情地礼让。并向楼上喊：“老张，来客人了……”

他的夫人从楼上下来。她不到五十岁，因为保养得好，白净，面嫩，像四十一二岁，显得很有教养。她笑容满面地说：“啊，是晓华来了？”她走近晓华，说：“这孩子，几天不见，好像又长高了，有一米六五了吧？”

“一米六四。”

“好哇，看你爸你妈都是大个子，你的身高还能长。”她把一盘水果端过来，说：“坐下，吃个橘子……”

“谢谢伯母。”她接过橘子，又放回盘内。

“吃呀，”李母又拿起橘子，并且削了皮，递给晓华，“吃，别客气……”

她只好接过来，掰一瓣放入口中。

李母问：“晓华出国留学的事儿怎么样了？”

晓华勉强笑了笑，看看李伟，没有回答。

“我听说你要和李伟一起出国留学，我很高兴！你们两个平时就很要好，这次若能一起出国留学，能互相照应，多好哇！我也就放心多了……”

李伟说：“晓华出国留学的事出了点问题……”

李母急着问：“出了什么问题呀？”

“她父亲不同意。”

“她父亲不同意？为什么呀？”

“因为家里没钱。”

“没钱，市长家没钱？”她怀疑地说，“你也学会了开玩笑？”

“她家真的不宽裕……”

李母还是不信：“这怎么可能呢？”

李伟的父亲插嘴说：“听说王市长上有老，下有小，工资不高，又是出了名的清官，说家里没有钱，恐怕是实情啊……”

李伟趁机说：“妈，晓华若不能去，剩我一个人怎么办啊？”

“哦？”李母真的就感到这是个问题。她思忖片刻，带着明显倾向问李伟的父亲，“是呀，晓华若因为钱不能出国，剩咱李伟一个人可怎么办哪？”

李父笑着说：“晓华呀，别着急，回去跟你爸说，你出国留学的钱，大伯给你拿，借给你也行，资助给你也行……”

“不行不行。”晓华赶忙推辞道，“谢谢李伯伯，这钱我不能拿……”

李母拉起她的手："傻孩子，叫你拿你就拿！无论你和李伟以后的结果如何，这钱都无偿捐助给你，永远不用还……"

晓华看了看李父，又看看李母，她刚要开口推辞，李伟拦住她。

"好啦，我替晓华答应，接受你们的捐助……"

晓华笑着斜视了他一眼……

待李伟送晓华出门后，晓华嗔怪道："你怎么能随便替我答应接受你爸爸的捐助？"

"你死要面子不答应，我只好替你答应。不然的话，你们家里又拿不出钱，你出不了国嘛……"他故意的逗趣道，"难道你舍得让我孤苦伶仃的一个人走？"

"不还有别的同学吗？"

"不，谁也不能替代你在我心目中的位置……"

娘从爷爷的屋里出来，说："柳直来了，别走啦，你不是爱吃姨包的茴香馅饺子吗，今天中午咱们就包，把你媳妇艳红也叫来一起吃，你现在就给她打电话。"

柳直笑着沉吟了一下，说："好。"然后给艳红打电话。

娘又对淑云说："去市场绞点肉馅，买一把茴香。冰箱里还有没有虾仁了？若没有了再买点虾仁。茴香馅饺子光拌肉不行，还得放点虾仁才鲜……"

淑云答应一声就去了。

不大一会儿，淑云绞肉馅回来了，艳红也来了，娘把面也和好了。"姨好，淑云好！"以及"快来快来"、"坐下坐下"等互相寒暄之后，柳直和家树也凑过来一起包饺子。大家在一起欢欢乐乐，热热闹闹，一团和气。

娘高兴地对艳红说："艳红，你真漂亮！柳直娶了你，他真有福气。等你们办婚礼的时候，姨一定张罗着好好办一办。"

艳红说："姨，我们都这么大岁数了，领了结婚证，两个人的行李卷往一块一搬过日子就行了，不打算操办了。"

娘说："那不行，不能委屈了你！再说了，咱们中国人不能偷偷摸摸的，不能领了结婚证就算结婚了，那不行！咱们结婚讲究办仪式，明媒正娶，正大光明，这才算结婚。结婚是一辈子的大事，不能那样随意……”

艳红笑着说：“我们听姨的。”

娘说：“这就对啦。艳红你可能也知道，柳直和我们家是什么关系。他和家树比亲兄弟还亲。家树上大学是柳直从微薄的工资里每月给邮钱，一邮就邮了四年才念下来的，如果没有柳直的资助就没有家树的今天……所以呀，你到这来就像到了自己的家……”

艳红说：“我知道。”

柳直笑着说：“姨你总提这个干什么，多俗气。”

娘说：“俗气就俗气，人不能没有良心！人家对咱有恩情，永远不能忘记……”

饺子下了锅，碗筷已摆放停当。正当饺子一盘一盘地端上来，大家准备高高兴兴吃饺子的时候，晓华回来了。

娘高兴地说：“晓华回来了，正好，快过来和大伙一块吃饺子。”

柳直、艳红也站起来招呼：“快来……”

晓华没有过去和大家一起吃饺子，她站在大家面前，既是向奶奶也是向大家很郑重地说道：“奶奶，妈，我已经决定出国留学，我的同学李伟答应帮我和他一起办理出国留学手续……”

奶奶，妈，父亲听后都一怔，妈说：“经费还没有着落，你怎么就办理手续？”

晓华说：“经费的问题已经解决，李伟的父亲答应借给我十万元，以后有了就还，没有，也可以不还。”

奶奶说：“晓华，这么大个事，你怎么也不和家里商量商量？”

晓华说：“我有权自己做主！”

家树已经很生气，强压怒火：“你这孩子怎么这么不懂事，怎么可以自作主张？”

晓华不屑地白了他一眼。

家树耐着性子说：“去，告诉你那个同学，不要帮你办理出国手续，告诉他爸爸，钱，不借！”

晓华毫不示弱地说：“不用你管！”

“再说一遍。”

“不用你管！”

“啪！”一个响亮的耳光打在晓华的脸上。

柳直、艳红赶忙拉开家树。

娘心疼孙女，打了一下家树的背部，嗔怪地说：“你疯了？”然后去护住晓华。

晓华捂着脸，哭着进了自己的房间。

大家都“傻”下来，吃饺子的心情都荡然无存了。

晓华回到自己的房间把门反锁，任外面人怎么叫也不开门。她哭了一阵子，从抽屉里拿出一张纸写了一封离别信。信上写道：我走了，从此和这个狠心的父亲一刀两断。不用找我，我也决不回来。我离开他，让他自己廉洁去吧！

18 兄弟成仇

王家树副市长在办公室里看文件。桌上的电话铃响起来，他放下正在审阅的材料，接电话：“喂，我是王家树，啊，是娘啊。”家树立刻重视起来，因为娘很少往办公室给他打电话，怕影响他的工作。娘现在给他来电话，肯定有什么要紧事。他急切地问：“娘，有什么事吗？”

娘在电话里说：“家树，你别着急。娘告诉你一声，晓华留下一封信，离家出走了……”

“什么？离家出走了？”

“你别急，我只是告诉你一声。”

“那……”

“我和她妈在找，你就不用管了。不用你，如果你去找，一个是影响你的工作，二来让旁人知道了，一个副市长的女儿离家出走了，好说不好听，影响也不好。等我们找到了，再告诉你……”

家树愤慨地说：“她怎么能这样！”

家树放下电话，又急又气，然而又无可奈何。他离开办公桌，来回踱了几圈，定了定神，想到这都是由于田瓦匠送钱惹的祸，心中不免就对田瓦匠产生了不满。他拿起电话打给田瓦匠："喂，是田经理吗？"

田瓦匠接电话："你好，你是那位？噢，是王市长……"

家树说："田经理，我让你把送到我家的钱拿回去，你怎么到现在还不拿回去？"

田瓦匠近似哀求地说道："家树，你看，我怎么好意思拿回去？你给大叔点面子，就留着给孩子出国留学用吧！"

家树正色道："不行！田经理，我已经给你打了三次电话，为的就是给你留面子，这是最后一次，如果你今天还不把钱拿回去，那我只能把钱交给组织上，到那时对谁的面子都不好！"

家树不容商量地放下了电话。

田瓦匠愣住了，他进退两难。不把钱拿回来吧，家树下了最后通牒，这关通不过。把钱拿回来吧，又恐怕达不到承揽工程的目的。为了达到承揽工程，他已经拿出五十多万元给有关人员进行了打点，给别人打点，虽然都很重要，但与家树这棵大树相比都是小树，王家树这棵大树不动，别的小树再摇恐怕也难以奏效。只有小树大树都动，才能畅通无阻。拿出五十万投入承揽到工程，回报的就不只是五十万，而是十倍二十倍甚至上百倍。"不行，"他想，"我必须把家树这关闯过，让他把钱留下。"

他思忖再三，决定给柳直打电话，看柳直能有什么好办法帮他。

"喂，是柳直吗？是柳局长。我是田振兴，真不好意思，中午吃饭的时间打扰你……"

这两天神情有些忧郁的柳直在家里和艳红刚端起饭碗吃饭，电话铃响了。

"喂，你好！我是柳直。哦，是田经理，不必客气，有什么事你尽管说……"

田瓦匠说："柳局长，有件事想请你帮帮忙，给我出个主意……"他停顿了一下说，"有件事我也不瞒你，我给王家树家送了点钱，是资助他女儿出国留学的。可是他非得叫我把钱拿回来。我拿也不是，不拿也不是。所以想请你给我出出主意……"

"这事儿啊……"这几天柳直正在为收到田瓦匠的十万元"明白费"感到闹心，而且越来越感到问题的严重性。钱已经被岳父拿去给小舅子治病了，想退也退不回去了，不退又总是块心病，所以他对田瓦匠虽有感激但越来越多的是怨，是恨！想不到田瓦匠要不要把给王副市长行贿的钱拿回去这样的事也来问他，这简直就是给他填堵。但他又不好发火，他想到田瓦匠给他送钱，征求他的意见毕竟是出于好心，对他信任。出于礼貌，他推托道："对于这样的事，我知道家树是很反感的，我也没有什么好办法。不过，你可以去找一找他的弟弟家林，求家林去替你协调协调。"

田瓦匠问："家林能行？"

柳直说："你可以试一试嘛。好，就这样，再见！"

柳直接完电话，没有回饭桌，而是坐在沙发上，点燃一支烟，深深地吸了一口。

看柳直心事重重的样子，艳红说道："快来吃饭哪，怎么抽起烟来？"

"不吃啦。"

"刚端起饭碗，怎么就不吃啦？"艳红也放下饭碗，过来亲昵地拽他吃饭。

柳直握住了艳红伸过来的手说："我没胃口，不想吃，你吃吧。"

"你不吃，我也不吃。"说着就坐在了柳直的旁边。

"那好，那我们就等一会儿再吃。"他揽着艳红的肩，像在热恋中的年轻人似的互相偎依着。他说："艳红，我总觉得我们拿了田瓦匠十万块钱早晚是个事儿。"

艳红注视着他的眼睛："那怎么办呢？"

"这几天我正在为这件事情发愁。特别是我们昨天在家树家亲眼看到家树父女为此而反目，更增加了我的不安和对后果的忧虑……"他自嘲地笑了一下，"家树在和那个男同学谈话的时候，我还装模作样地参与讨论腐败问题，真是讽刺，现在想起来，真叫人脸红啊。"

"若说这件事也不能完全怨你，主要是我的责任。若不是我弟弟用这笔钱治病，把钱退回去也就没事了。可现在钱已经花了，退是退不回去了。不但退不回去，我爸来电话说带去的钱不够，还得再拿十万元……"

"还得十万？"

"是呀，还得十万。再拿十万也不一定能够，我弟弟那个病是个无底洞，治也难，又不能不治……"她叹了口气，苦着脸说，"其实我早就看出来你为此事着急上火，坐卧不宁，饭不思，睡不实，唉声叹气的，我看着你这样子，我心里也难受哇……我本想和你说，咱们想办法借一借，把钱还给田瓦匠。可是还了这十万，还得十万，我们到哪里去借，借了又用什么去还……”

柳直大口地抽烟。

艳红说着就急出了眼泪，忽然紧紧地抱住柳直，十分歉意，十分感激地用脸贴着柳直的脸说：“是我们家连累了你，是我连累了你，让你这样为难，这样自责，这样痛苦。柳直，真的对不起你，真的对不起你，你打我一顿吧……”她说的是发自内心的话，让人感到真的很自责。她趴在柳直的肩头呜呜哭起来，她还用手抓住柳直的一只手往自己的脸上打，以表示她对自己行为的自责之意。

柳直是一个十分重感情的人，他有坚强的一面，但更多的是脆弱的一面。他的思想和行为极易被感情所左右。他的第一个恋人董淑琴曾对他有过评价。她说，柳直这个人有正义感，为了真理可以宁折不弯。他又极为善良，有同情心，为朋友可以两肋插刀。但同时，正因为他善良，有同情心，重感情，往往做事就被感情所左右，甚至在大是大非面前也会陷入到情感的泥沼而不能自拔，这是他的致命之处。现在，他被艳红的真情所感动。他捧起她的脸，也眼泪巴叉地说：“看你像个小孩子似的，说哭就哭，别哭，事归事，饭还是要吃的。来，吃饭！”

她知道他是在硬撑着，说：“柳直，你为我做了牺牲，我怎么感谢你呢？”

柳直此时的理智让位给了儿女情长：“谢什么，我们已经是夫妻，夫妻之间还言谢？我们既然相爱，为自己所爱的人做一点牺牲也是应该的……”

“柳直，你真好！我下辈子还嫁给你……”

“不用下辈子，”柳直亲昵地把手指插入她的头发梳理了一下，强露笑容调侃地说：“如果以后我被抓了，去蹲监狱了……”

她赶忙用手把他的嘴捂住：“不许瞎说！”

“假如真的有那么一天……”

“放心，我等着你，海枯石烂不变心！”

他深情地注视着她，她也用热烈的目光回视着。

二人紧紧抱在一起。

家林的养鸡场陷入了经济危机之中，催到期贷款的银行工作人员刚走，借私人款的债主就接踵而至。看来债主来讨债不是第一次，已经很不耐烦了，便借口说他是借了别人的钱，也就是第三人的钱，也就由那个第三人转承来讨债。

讨债人很严厉地对王家林说："王经理，我上你这要钱已经来了好几次了，今天应该给了吧？"

家林抱歉地说："真是对不起，我现在手头上实在没钱，再容容空儿，过几天我一定想办法还……"

"你他妈的拿谁不识数哇？你说了多少个过几天了，啊？你把我们的腿都遛直了，你他妈的也太不讲究了吧，啊？"

他跟随来的一个人"啪"的一声，用手中的棍子打碎了窗户的一块玻璃，说："妈的，没钱还办养鸡场，都砸了算了……"

另一个跟随的人从墙上摘下挂着的营业执照镜框，往地上一扔摔得粉碎，说："我看也是，都砸巴砸巴得了……"

家林看了看这两个光头凶横的人，不敢发作，赔着笑脸说："二位别生气，二位别生气，有话慢慢说。"

讨债人逼问道："你今天给个准信儿，什么时候还钱？"

家林保证地说："再过十天保证还。"

讨债人想了想，说："好吧，那就再给你十天时间。如果十天以后不还，"他威胁道："你可要考虑好后果，你的鸡场还开不开……"

家林让对方相信地说："一定还，一定还，砸锅卖铁也还上……"

家林也是一个有血有肉很有"刚儿"的汉子，方才债主的辱骂，帮手的砸、摔，对他都是一种侮辱。但他却不能反抗，只能默默忍受，因为他欠人家的钱，到期不还，本身就亏理。但他毕竟是受了凌辱，心里堵的慌。待吃午饭的时候，他对老婆大声喊："真他妈窝囊，拿酒来！"

他刚端起酒杯，卫东方来电话找他。

在临江大酒店的一个雅间里，坐着田瓦匠和副总经理卫东方。田瓦匠对卫东方说："应该到了吧？"这是临街的一个单间。他二人站起来从窗户向街上张望，不大一会儿，他们看到王家林从外面走进了酒店。

王家树的弟弟王家林已经三十四岁了，脸面上还能看出小时在柳塘时的模样。但身材已很高大，比他哥哥还要魁梧。只是近来债务缠身，精神上总有些沉郁。

看家林进来，田瓦匠迎上前伸出手说："家林来啦，怎么这么慢？等你半天了。”

“啊，来晚了，不好意思。”

田瓦匠指着卫东方介绍说：“这是我们公司的副经理，姓卫……”

家林与他握手，说：“认识认识。”

桌面上已经上了两盘凉菜，一盘酱牛肉拼盘，一盘蜇头拌海参肉丝。这时服务员又端上两盘热菜，红烧大虾……田瓦匠礼让道：“坐，家林，咱们好长时间没见了，今天坐一坐……”

“坐，坐，”家林入了座，说：“弄这么多菜，又这么高档，太破费了……”

“不多不多，四菜一汤。”

卫副经理打开一瓶酒，给每人倒上。田瓦匠端起酒杯：“来，家林，咱们难得一聚，干一个！”

三人都干了。

家林说：“田叔，你找我来，肯定有事。有什么事，你尽管说。”

“不急不急，好事成双，再干一个！”

三个人都干了。

卫副经理也提一杯，三个人也都干了。

酒过三巡，田瓦匠才心事重重地说：“家林，叔今天找你，是想和你商量件事。”

“什么事？”

“市里要搞文化广场工程，我想和你合作承包其中的一个项目。”

王家林诧异地说：“你这么大的公司和我合作？我是既无资质，又无技术，要人没人，要钱没钱，和我合作？”

“对，我和你合作，一不要你资质，二不要你技术，既不要你出人，也不要你出钱，我只要你办一件事……”

家林放下筷子直视着他：“什么事？”

“你去跟你哥说，把那个工程中的一个项目包给我……”

家林赶忙打断他的话：“不行，不行，别的事都好商量，可这件事不行。”

“为啥呀？”

“为啥？我哥那个人你们还不知道？特别正统，最反对拉关系走后门，背后捅咕的事，肯定不行。”

“别人不行，你还不行吗，他是你哥呀……”

“他是我哥不假，可那也没用。去年我那个养鸡场仓库搬迁补偿的事，你们听说了吧……”他苦涩地回忆道，“去年修高速公路从我那养鸡场仓库通过，高速公路的人都答应了，只要我那个仓库能办下来批建手续，就按正式建房给我补偿。那时我哥当建设局长，我去找他给我办一个批建手续，那还不是小菜一碟吗？他不但不给办，还骂了我一个狗血喷头。办不了批件手续，里外里我少得了补偿费二十多万元……”家林有些气愤，“他是我哥，他才不讲那份情面呢……”

看他有些激动，田瓦匠息事宁人地说：“来，喝酒喝酒。”

三个人又干了一杯。

田瓦匠说：“家林，你也别生气，不管咋的，他毕竟是你哥，你去说说看看，也许能行。”

“不行不行，我知道他的秉性，绝对不行。”

田瓦匠：“家林，你先别忙着拒绝，你不想听听条件吗？”

“什么条件？”家林问。

田瓦匠说：“假如你做通了你哥的工作，能把工程包给我公司，你办养鸡场的二十万贷款我替你还。另外，再给你二十万现金作为酬劳。”

“你说什么？”

“你在银行的二十万贷款我替你还，另外再给二十万元中介费。”

家林连吸了几口烟，他的头脑在急速运转。反问道：“我的贷款你给我还上，另外再给我二十万元？”

“没错，办成了马上兑现。”

这个条件果然是挺优厚的，特别是对家林这个急等用钱还债的人来说更具有诱惑力。银行的贷款已经到期，借个人的钱也在催讨。田瓦匠的优厚条件他不能不动心。

“你说话算数？”

“绝无戏言！”

“好！”家林猛地把酒喝下：“那好，我试试看。”

田瓦匠鼓励地说：“家林，再喝一杯，我祝你马到成功！”

家林说："行与不行，我明天一早就给你回话。"

"好，等你的好消息！"

家林离开饭桌，向田瓦匠二人一拱手："你们二位留步，我先走一步，告辞！"

家林出了酒店就掏出手机给家树打电话。

"喂，大哥，你在哪？有件事想和当面你谈一谈。"

家树说："我在办公室，有什么事不能在电话里说吗？"

家林说："不行，很重要的事，必须当面谈。"

家树说："那好吧，我在办公室等你。"

家树的办公室是套间，里间是办公室，外间是会客室兼小会议室。小会议室里一位工作人员正在往会议桌上摆放茶杯，还有瓶装矿泉水。看来一会儿要有会议或洽谈之类的活动。

家林就从外间直接进了里间。

家树见家林来了，笑着说："家林来了。这么有空来看我？"

"有点急事儿啊。"

家树从抽屉里拿出一盒烟扔给他："啥事，说吧。"

家林拿出一支烟，点上说："你也知道，我办养鸡场的贷款已经到期了，银行已经催了两三次了，养鸡又赔了十多万，借的钱人家也来要，没办法我来找你……"

家树收起笑容说："我知道，那怎么办呢，你是向我来借钱？"

"不是，我知道你没钱。"

"那你来找我干什么？"

"我是跟你说，有人能替我还。"

"谁？"

"田瓦匠。"

"他怎么替你还？"

"他说，只要大哥能同意他承包一个土建项目，他不但能替我还二十万元贷款，还能把个人债务替我还上……"

家树说："你是想让我为他暗箱操作，把工程包给他？"

“是。”

“条件还很优厚。”

“是。”

家树的脸渐渐的严肃起来，他没有正面回答，而是反问道：“家林，你想过没有，这样的事情，大哥会答应你吗？”

“我想会，所以我才来找你。”

“为什么？”

“为什么，因为你是我哥，你总得拉兄弟一把。”

家树笑了笑，说：“家林，你眼前的困难哥知道，能不能想想别的办法。比如银行的贷款我可以跟银行说一下，可以在允许的范围内办理续贷，欠个人的款能不能签个还款协议，分期分批的还，这样能否缓解一下？”

“不行，这都解决不了根本问题。还是田瓦匠这条路能让我摆脱眼前这个困境。大哥，只要你睁一只眼闭一只眼，兄弟我就跳出苦海了……”

家树收起了笑容：“不行，家林，大哥的这只眼是不能闭的。”

“为啥不能闭？”

“因为我是共产党员，人民选举的副市长！”

“共产党员就可以不讲亲情了吗？”

“不是不讲，而是违法违规的事情不能做。”

“大哥……”

“你不用再说了，家林，你应该理解大哥。咱们是穷苦出身，最知道百姓的疾苦，最理解百姓的需求。当前，百姓对有些贪官污吏深恶痛绝，对不正之风深恶痛绝。你愿意你哥做一个让百姓憎恶的贪官吗？”

家林反讥道：“我不是来听你上课的，我是来求你帮忙的。”

家树肯定地说：“这个忙我帮不了。”

“你真的见死不救？”

“……”

“好吧，王家树！从今以后咱们没有任何关系。你没有我这个弟弟，我也没有你这个大哥，再见！”

王家林摔门而去。

王家树看着家林愤然离去，他无奈地摇了摇头。他回过身去，看到身后墙上挂着的“廉洁自律”的横幅，苦涩地叹了口气，心想，家林哪，你怎么就不理解哥哥的苦衷呢？

他走到窗前，看到家林从市政府的院子往外走。他看到弟弟家林那宽阔的脊背似乎被沉重的债务压得有点弯曲，心里不免又生出许多酸楚。虽然他并不后悔没有答应家林为田瓦匠求情走后门这件事，但他作为哥哥，他毕竟没有在弟弟最困难，最需要他帮一把的时候帮上他。他低下头来，他感到他这个当哥哥的很惭愧……

在城外高速公路旁有一个养鸡场，门口挂着“松云市家林养鸡场”的牌子。

家树驱车来到了养鸡场。

家林从办公室的玻璃窗看到家树下车往院里走，对媳妇淑芝说：“他来了，你就说我不在！”

“哥来了，你怎么能不见？”

“少啰嗦，我懒得见他！”说完，就快速地从后窗户跳出，到鸡舍里藏起来。

淑芝迎出来：“大哥来啦？”

“来啦，家林呢？”

“他不在……”

“不在，干什么去了？”

“嗯……嗯……买饲料去了吧……”她禁不住就往舍里瞅。

看她支支吾吾不住往鸡舍望的样子，家树说：“不是不在，是不愿意见我吧？”

“大哥来有事呀？”她答非所问地说。

“没什么要紧事，我来看看……”

淑芝就陪他在养鸡场内看。

进场院是办公室，办公室隔壁是寝室。办公室西面是三趟长方形鸡舍，共养两万多只鸡。鸡舍一侧是饲料仓库，挨着的是鸡蛋储藏室。

“原来是两趟鸡舍，现在是三趟……”

“今年新盖了一趟。”

“噢，很有规模了嘛。怎么样，现在的效益怎么样？”

“测算过，一只鸡去掉成本能净挣十五到二十元，一万多只蛋鸡一年能挣二十万元，还有将近一万只雏鸡，再过几个月也能产蛋，到明年的这时候，净嫌五十万元没问题，贷款和欠款都能还上，只是眼前贷款到了期，挺急人的……”

“前景还是挺乐观的，只是当前有些困难？是吧？”

“是，现在就是个难关！”

“告诉家林，我已经跟信用社领导说好了，可以办理续贷。你们明天就可以到信用社去办理手续。就是用新的贷款还上旧的贷款。办理了续贷手续，你们眼前的困境就可以缓解了。”

“那可太好了，”她高兴地说：“多亏大哥给想着……”

“信用社如果要抵押担保的话，你可以回家把我们家的那个房照拿去做抵押，由你嫂子签字就生效。”

“行，如果能办下来续贷，那可就解决了大问题了，我们的心就踏实了。”

他看到一个工人正在清扫场区内的水泥路面，就过去拿起铁锹把工人扫起的一堆垃圾铲上车，然后把车推向另一堆垃圾……

“大哥，可不用你干……”

那个工人夺他手中的锹，打趣地说：“王市长，你哪能干这活……”

“这活怎么啦？我怎么不能干？”他把另一堆垃圾铲入车内，说，“打扫卫生很好哇，特别像畜禽这样的养殖场所，既能减少污染，减少疾病，又能改善环境，美化环境，使人感到舒服……”

他帮着二人把院路清扫完，就过去了很长时间。他对淑芝说：“你去把家林叫来，我要对他说几句话。”

淑芝就往鸡舍走去。

家树尾随着淑芝到了鸡舍门口。他没有穿消过毒的工作服，不能入内，便从门口往里望。

家林也正在往外望，他看到了家树，便赶紧闪到鸡舍槽子后面，但还是被家树看到了。

家树无奈地摇头笑了笑。

淑芝从鸡舍里出来说：“我没有找到他，可能是真的出去了……”

“别替他隐瞒了，我已经看到他了……”

“大哥，你别生气。”

“我不生气。”

家树向鸡舍里望了一会儿，转过身来对淑芝说：“淑芝，家林在生大哥的气，不愿意见大哥。淑芝你呢，你也生大哥的气吧？”

“没有哇，我可没生大哥的气！”

他笑着对她说：“你们生大哥的气，大哥也理解。说实在的，大哥真的有愧，对不起你们那……”

“大哥怎么这样说？”

“我说的是真心话。”他认真的自责道，“淑芝，自从你们办了这个养鸡场，我这个当哥哥的很少关心，很少过问，更不用说具体地给解决点实际问题了，你说，我是不是很有愧呀？”

“大哥那么忙，哪能顾得过来呀……”

“忙是忙，但忙中偷闲还是可以的。但我没有做到……”他长叹了一口气，说：“这两天，我认真反省了一下我自己，淑芝，你知道，我和家林是亲兄弟，也是患难兄弟。小时候，无论是在家度日，还是外出逃荒，我都能尽到一个当哥哥的责任，尽力保护他。比如那年快到柳塘的山路上，林里蹿出一个狍子，我们以为是凶猛的野兽，我毫不犹豫地把家林挡在背后，野兽要吃就先吃了我……可是现在，唉……”他很激动，很难过，悔恨之情发自内心，便情不自禁地涌出了泪花：“可是现在，我的兄弟的情义淡漠了，当哥哥的责任心淡漠了，我，我真的很惭愧……”他转过身去，偷偷地擦去眼泪。

她慌了，赶忙安慰说：“大哥，别这样，是我们不好！”

“不，是我不好，是大哥不好！我只顾当局长，当副市长，而忘了当哥哥……”

她不知道怎样来安慰他，便说：“我看就是家林这个弟弟不对，犯浑！我现在就去把他找来，让他当面向你认错……”

“不必了。你再去叫他他也不会来。他现在正在气头上，过几天我再来……”他平缓了一下情绪，转了话题说：“我这次来养鸡场看看，虽然目前还存在着还贷还债的压力，但困难是暂时的，前景还是乐观的，所以我很高兴。你们要建立信心，一定会有一个好的前途。”

“大哥放心吧，我们一定好好干！”

“你们两个都能吃苦，这一点我放心。还有一点很重要，就是一定要搞好防疫、防止鸡瘟等一切病害的发生……一旦发病，后果将不堪设想……”

“我们已经和畜牧兽医站签订了防疫合同，由他们负责防疫，保证成活率，如因疾病造成损失，由他们赔偿……”

“好，这件事办得好，这个防疫费用不白花……”

她把他送出场门口，看着他上了车远去了，才转身回到院里。

她来到鸡舍门口向里喊道：“家林，你这个小肚鸡肠的弟弟，快出来吧，大哥走了……”

家林从鸡舍走出来，向着车去的方向大声说道：“哼，我小肚鸡肠？我是不愿意攀他这个高枝儿！”

“家林，你不能错怪了大哥，大哥是真的关心咱们。他在我的面前都掉泪了……”

“他掉泪了？哼！”他不以为然地说：“他掉泪？风吹的吧？他是铁石心肠……”

她皱起眉头问：“铁石心肠也能掉泪吗……”

“哼，刘备摔孩子收买人心！来那一套虚情假意有什么用？掉眼泪了，真是可笑，他那眼泪也能掉得下来……”家林气不打一处来，恨恨地说：“淑芝，记住，他当他的市长，咱养咱的鸡。今后，就是穷死，饿死，咱也不去登他的门，我永远不会再去见他……”

“这是何必呢？你也得考虑人家的难处。不能因为一件事没如愿就是坏的，他毕竟是你大哥呀……”

“他以前是我大哥，现在他不是我大哥，我没有这样的大哥。人家现在是清正廉洁的大干部啊，咱们想高攀高攀不上。”

“别说些气话了。”

“不是气话！人有脸树有皮，人得有点志气。你看着，我今后如果再去见他……”他越说越气，竟令人意外地说出了这样的话，“我若再去见他我就不姓王……”

她吃惊地说：“家林，你疯了，你怎么能这样说话？”

“我没疯，我正常着呢……”

19 夫妻结怨

家树回到办公室里凝眸沉思，他还在家林摔门而去的情景中思索。他的脑海中反复回想着家林摔门而去时说过的话——“我们老王家的坟地真的冒了青烟了，出了你这么个清官、好官！你铁面无私，对你的亲弟弟可以见死不救，比包公还包公。可惜呀，你不是包公，用不着在我面前装模作样。从今往后，我若再求你办事，我就不是人！”家林十分气愤地把家树给他的那盒烟“啪”地打到他的胸前：“收回你的烟吧，别影响了你的清廉……”

他从抽屉里拿出家林甩给他的那盒烟，那盒烟本来家林是要甩打到他脸上的，但家林没有打到他脸上而是打在了他的胸口上。他苦涩地笑了笑，心里说：“家林哪，我的亲弟弟，你早晚会理解我的苦衷的。”

家树果断地拿起电话：“是纪检崔书记吗？你好！我是王家树，对。有件事情向组织上反映一下……振兴房地产建筑开发有限公司为了能搞到建筑工程，给我家里送了二十万元钱。我已经几次叫他拿回，但他就是不拿回……我只好向组织上汇报此事，并把钱交给组织上处理……你看是我把钱送过去，还是纪检委来人取……你派人来取，那好……崔书记，我想向你提个建议，纪检委能否就此事展开一下调查。他能给我送钱，就有可能还给别人送，查一查，早点采取措施，避免有的同志在这个问题上犯错误……”

办公室于主任进来报告说：“王市长，新加坡的白主席从宾馆来电话，他说想会见你一下，他问是你去宾馆见他，还是他来市政府见你？”

家树说：“人家来投资，当然是咱们去宾馆看人家，既表示礼貌，也表示热情。”他站起来，“你有时间吗？有时间的话一起去。”

“有时间。还需要准备一下吗？”

“不用了，现在去见面主要是礼节性的拜会，正式谈判的日子是明天。”

来到松云宾馆，家树和于主任进楼后乘电梯到15楼，到1515高级客房敲门。

新加坡白氏木业联合集团董事局主席白瑞星开门迎接。他十分热情地向王家树伸出手：“如果我没猜错，您就是王市长？”

“我是王家树，你就是白主席吧？欢迎您到松云来投资、做客！”他回头介绍于主任：“这是我们市政府办公室于主任。”

于主任赶忙上前与对方握手：“你好你好，白主席，欢迎你呀！”

“谢谢，谢谢。”

白主席年近五十岁。他西装革履，脸面红润，头发梳理得很整齐，他和于主任礼节性地握完手后，又迅速地拉起王家树的手，并紧紧握住不放。两只眼睛定定地看着家树，握住的两只手不住的上下左右摇晃。他久久地凝视着王家树的脸，神情也渐渐凝重起来。

家树对白主席的表情有些莫名其妙，对他如此长时间的注视有些不解。但出于礼貌，他始终保持着笑脸，说：“白主席，您请坐，您请坐。”

但是白主席还是没有坐，他又望了一会儿家树的脸，才略带伤感，往日不堪回首地说：“王市长，你不认识我了吧？”

听到如此问话，家树感到意外，他笑着摇了摇头。

白主席使劲拽了拽，摇了摇握着的手：“你忘了，我就是你救过的那个投亲不遇的山东‘盲流’。你想想，那年，你背着背筐到山上去刨药材……”

家树努力地回忆，忽然惊喜道：“啊，想起来了……”

家树回想起来，那是在他临上大学前到山上去刨药材时，在路边见到一个饿晕了的人并给他一个苞米面大饼子和资助五元钱的情景……”

家树十分意外并惊喜地说：“您就是那个投亲不遇的人？真是想不到哇！”

“是呀是呀，世事难料，沧海桑田哪……”他的眼睛有些湿润，“王市长，你的大恩大德我一直不敢忘，多次打听你的情况，总想见到您，今天终于见到了……”他终于止不住眼泪掉下来，但他又努力的忍住，回过头去叫唤身后的一位女士：“瑞雪，快过来见一见，这就是救过我命的大恩人。”又对家树说：“这是我的妹妹，也是我公司的财务总监。”

瑞雪女士过来和家树握手。她三十多岁，身材高挑，皮肤白皙，穿短衫花裙，十分漂亮。她说：“你好，王市长！常听我哥谈起你，你在我的心目中早就有一个美好的印象。今天见面，更增加了我对你的好感。”她大方地说：“你真帅！”

“是吗？”家树对她西方式女性的坦白表露虽略感意外但并未反感，也大大方方地说：“听到一位漂亮的女士这样夸奖，我感到十分高兴。谢谢你，欢迎你！”

大家终于落座。于主任安排服务员给每人都倒了一杯茶水。

白主席呷了一口茶，说：“王市长，真想不到，我们会有今天。想起当年，真的是不堪回首，令人感慨万千哪……”

家树也端起茶杯：“是呀，当初我们的境遇，都是历史记录的一笔，生活当中有方有圆，有歌有泣，才更说明了人生的丰富多彩。当初白主席虽遇有劫难，但也该庆幸，因为它验证了中国的一句老话，大难不死，必有后福哇。”他有意地提起叫人高兴的话题：“你看，白主席现在不是事业兴旺，功成名就吗？”

“不敢说功成名就。其实我现在的产业都是继承我父亲的产业。我父亲原来是国民党军队的一个军官，一九四五年兵败随蒋介石到了台湾，后退役到新加坡经商，现在生意已做到了泰国、马来西亚等国。现在的资产不瞒你说，已经超过二十亿美元……我父亲逃去台湾时，把我母子扔在山东老家。他到台湾后又结婚生下我这个妹妹瑞雪。瑞雪在美国读书长大，学成后回新加坡帮父亲打理公司。但我父亲还是有重男轻女的思想，在我们国内刚改革开放的时候，就把我这个唯一的儿子接到了新加坡，把董事局主席的位置让给了我……”

“哦，是这样。”

“我能有今天，全仗当初王市长相救，没有王市长的仗义疏财，侠肝义胆，就没有我白瑞星的今天。说实在话，我今天决定到松云市来投资，就是冲王市长来的，就是来报恩的……”

家树制止道：“白主席，可千万别再报恩报恩的。区区小事，何必总挂在嘴上。”

“不，一个大饼子和五元钱，现在来看，简直是微不足道。但在当时，在那种情况下，它就不是一个大饼子，不是五元钱，它是一个善良人的深情厚谊，是多少钱都买不来的。”

“白主席言重了。”

“怎么说都不为过。”他转向妹妹说道：“瑞雪，把那张支票给王市长。”

瑞雪女士从兜里掏出一张支票递给家树。

白主席说：“早就想感谢王市长，但一直没有机会。今天初次见面，略表一点谢忱之意。这是五十万元，无论如何请王市长收下……”

家树赶忙把瑞雪递过来的支票推回去，说：“白主席你这是干什么，这样做可不好！”

“这有什么不好？这是我的一点心意，你若不收，我的心里就永远不会安宁。俗话说：受人滴水之恩，当涌泉相报，我其他的无以相报，你一定要收下。”

“白主席，谢谢你的好意。但是你错了。第一，当初你在危难之时，我确实给了你一个大饼子，五元钱，但那是作为一个受中国传统道德教养的农家子弟的必然行为。因为扶困救贫、乐善好施是刻在我们每个中国人骨子里的基本理念和行为规范，人人都会这样做，这是很平常的事。假如只为自己，对别人见死不救，那还是人吗？或者说那还是具有人性的人吗？所以，白主席不必太介意。第二，你是来投资的。在洽谈投资和签订协议的过程中，接受你的馈赠，这也是我们的纪律所不允许……”

白主席分辩道：“这不是馈赠，而是，而是对曾经的救命之恩的报答。我们中国有句老话，叫做知恩图报。当然，这点钱不能报答于万一，但起码表示了我的一点心意，是我的一点心意啊……”

“你的心意我领了，但钱无论如何是不能收的……”

“你不收，那就是不给我面子！”

家树正色道：“白主席，我不是不给你面子。你这个钱，不管是馈赠也好，还是感谢也好，我都不能要。所谓知恩图报，我理解不光是物质上的，更主要的应该是精神上的。比如我们彼此之间加强交流，增进友谊，在交往中互相帮助，互相支持等等。情义无价，地久天长嘛。”他顿了顿，加重了语气说：“白主席，我们可以谈交情，谈感情，谈合作，除此之外，请允许我说句不恭的话，那就是小看我王家树……”

“这……”白主席愣住了。他看了看王家树，觉得再继续争下去就很不得体，还是以后找机会为好。他便对瑞雪说：“那就把支票先收起来吧。”

瑞雪把支票又装进了自己的兜子里。

家树笑着说：“这就对了嘛。”他给白主席斟满水，又要给白女士斟时，于主任赶忙抢过去，给白女士斟了水。

家树说：“听说您后来找到了您那位亲戚？”

“找到了，其实他就在离柳塘不远的邻县的一个村子，也归我们松云市管辖。我这次来投资，就是从我的这个亲戚那听说松云要建文化广场工程，招商引资……”

“好哇，我们欢迎白主席、白小姐到松云市来投资呀！白主席虽不是松云人，但在松云，特别是在柳塘有过一段历史，也可以说是有着特殊的渊源哪。你能来投资，是对松云经济建设的有力支持和贡献，我们表示十分的感谢！”

“王市长不用说感谢。要说感谢的话，是我应该感谢松云，特别是柳塘这片热土，感谢这里的人。所以，我这次来投资，我郑重地向王市长表个态，我不图利润，不要利息，不要任何回报，不讲任何条件，到时候能把本金返还给我就行……”

家树高兴地说：“好，好哇，说是不用说感谢的话，但我还是要说谢谢白主席，谢谢白主席对我们松云市有这样的深情厚谊。”他顿了一下说，“那样吧白主席，关于投资双方的权利义务关系等问题明天洽谈和签约时再说。现在，假如白主席身体允许又感兴趣的话，我陪你到工程的现场去看一看。”

“你这么忙，有时间吗？”

“您是贵客，又是投资方，理当相陪。”

“那好，去看看。”

大家都站起来，准备出门。

家树侧过身，恭让白主席先走。然后又很礼貌地让白小姐先走，说：“白小姐请！”

白小姐谦让道：“王市长请！”

家树儒雅地说道：“不，白小姐请，女士优先嘛。”

白小姐始终用欣赏的目光注视着家树。在侧身经过家树身旁时，她回过头来与家树友好的四目相对。她嫣然一笑，显出她对家树的赏识和钦佩。

家树回到办公室。电话铃响，他拿起电话：“喂，啊，是娘啊，我是家树……”

话筒里传来娘的声音：“娘告诉你一声，晓华找到了，在柳塘她姥姥家。娘现在也在柳塘，来陪陪她，劝劝她，过两天消气了就好了。这边有我在，你就不用惦记着了。你王爷也想柳塘了，我来时他也跟我来了，在这住几天……”

家树说：“让娘操心了……”他虽然生女儿的气，但知道了她的下落，对他毕竟是一个好消息。他说：“你和爷爷多注意身体呀！”

他放下电话，摇头笑了笑，舒了一口气。女儿的离家出走，对他的压力是挺大的。他的嘴上不说，但在内心是时刻都在惦记着。说起来，他的女儿晓华从小就很乖，很懂事。在学校尊敬老师，团结同学，是一个品学兼优的学生。在家里，听大人的话，很讨大人喜欢。他们的父女关系一直很好。这次因为要出国留学和他闹翻，细想起来，孩子要出国留学并无不妥，是可以理解的，也是应该支持的。可惜呀，爸爸没有能力啊，只好委屈你了……

淑云听到敲门声，开门一看，来的是娘家哥哥、娘家侄儿小凯，还有一个姑娘。

她高兴地说："是哥来了，快进屋吧。"

进屋后，她哥介绍说："这个姑娘叫田丽，是咱们村田瓦匠的女儿。现在正和咱小凯处对象，今天来见见姑姑……"

"啊，好好好……"她笑着对姑娘说："是田叔的女儿，好哇！今年多大了？"

"二十三了。"

"在哪儿上班？"

"在振兴建筑有限公司上班，在财会室工作……"

"振兴建筑公司不就是你爹开的那家公司吗？"

"是。"她大方且很有礼貌地说："姑，今天我来拜见你。我和小凯都年轻，不懂事，今后请姑多指教，有什么做不到的地方，请姑多包涵……"

"好，好。"几句话把淑云说的挺高兴，她不禁拉起田丽的手："你真是个好孩子！"她转身对她哥夸奖道："这孩子不但人长得俊，还知书达理，工作也不错，我看比小凯强。别的不说，小凯连个正式工作都没有……"

"姑，"田丽接着说："小凯的工作也解决了。我爹在昨天已经把小凯安排在公司的一个业务部，搞房售业务，每天和我一起上下班……"

"是吗？那可太好了。小凯，你可得好好干，要干出个样来才行……"

"放心吧，姑，我一定好好干！"

"这就对了。"她笑着问田丽："姑什么时候吃你们的喜糖啊？你们都处了两年多，双方又都知根知底……"

田丽抿嘴一笑："我听双方家长的……"

哥说："我正是为这件事来和你商量的……"

“和我商量？”

“是呀，和你商量。”他对小凯和田丽说，“你们不是要到商店去买东西吗？去吧，我在这和你姑姑唠会儿嗑……”

“那我们就去了？”小凯说。

“去吧！”

淑云说：“买完东西就回来。田丽来看姑姑，姑姑怎么也得表示一下。别的先不说，起码中午饭要在姑姑家吃。听见没有，中午一定要回来……”

小凯和田丽就走了。

淑云说：“哥，方才听你的话里话外是不是有什么说道？找我商量什么呀？”

“还不是小凯的婚事。小凯的婚事遇到了麻烦……”

“缺钱？”

“不是。”

“缺房子？”

“不是。”

“姑娘家要的彩礼太多还是提的条件过高？”

“都不是。”

“那是为了什么呀？”

“说来也是没想到的事。这不，小凯和田丽这两个孩子相处了两年多了，感情一直都挺好，双方家长都比较满意。以前他们家啥说道也没有，既不要彩礼，也不要房子和地，咱们家能办个什么程度就是什么程度，他们没有挑拣。可是，昨天我去他们家商量两个孩子的婚事，田瓦匠却提出来让咱们办一件事……”

“什么事呀？”

“就是他们公司搞建筑的事。”

“他们公司搞建筑与咱们有什么关系？”

“让咱们帮忙啊。”

“帮什么忙？”

“就是最近咱们市搞文化广场综合工程，让咱们求妹夫包给他们一个工程……”

“噢，这是结婚的条件？”

“人家倒没说是条件。可咱们听着就是个条件。”

“他怎么说的？”

“田瓦匠说，既然咱们结成亲戚了，这个忙总是能够帮的，这个面子总是能够给的。假如连这点忙都不能帮，那咱们这个亲戚还有什么味道？你听这话是啥意思……”

“这话是有点胁迫的意思。”

“田瓦匠还说，如果他能够包到工程，取得了经济效益，不但他们得到好处，小凯和咱们家也能得到实惠。我今天来，就是让你跟妹夫说一说，在工程承包的时候帮田瓦匠这个忙……”

淑云思忖了一下说：“这个忙我恐怕帮不了……”

“为啥呀？”

“你妹夫这个人你也不是不知道，他从不干托关系走后门的事，你让我怎么帮？哥，你体谅体谅妹妹吧，这个忙我帮不了……”

“就算我求你了，为了你侄儿……”

“别说了，这个忙我实在帮不了……”

“帮不了也要帮！”他有点急躁，“这不是帮别人，是帮你的娘家亲侄儿，是关系到你侄儿的婚姻大事！你这个当姑的得头拱地去办！”他发起了当哥哥的脾气，“不然的话，要你这个姑姑有何用！啊？有何用……”他瞪了一眼说，“再说啦，人家田瓦匠也真够意思，除了求这点事以外，别的啥说也没有，还给小凯安排了工作……”

她一脸为难之色。

“好啦，”他很生气地站起来，“不用你帮！我不求你行吧？我走……”他气哄哄地迈步出门。

这一招果然灵验，淑云慌了，她赶紧上去拉住他，说：“你走啥呀你……”

“我不走干什么？磨磨叽叽地讨人嫌！”他还是挣脱着要走。

“哥，你别闹腾了，我试试还不行吗……”

“你答应啦？”

“你不依不饶地让我怎么办，我只有豁出去了，试试吧……”

“这还差不多。”他重新坐下来：“你不能光是试试，你要当个事办，一定要千方百计做通家树的工作……”

“行啦哥，别啰嗦了，我尽力去办还不行吗？”

他笑了：“行，行，我不说了，我就等你的好消息。”

“哥，你看电视吧，我做饭去。”

“行。”

他高兴了，拿出手机来给小凯打电话：“是小凯吗？往回走没有？好，好，你们两个回来的时候，到超市去买一只烧鸡，你姑喜欢吃烧鸡，唉，对了，就得意这口……”

小凯接到父亲的电话，心里十分高兴。从父亲兴奋的声音里边，他意识到父亲求姑妈在姑夫王家树那给田瓦匠关照工程的事儿姑妈答应了，不然的话，父亲不会乐呵呵地叫他给姑姑买烧鸡以示慰问。他知道姑姑和姑夫感情很好，相敬如宾，只要姑姑求姑夫的事，姑夫是会答应的。如果姑夫能在包发工程上给田瓦匠以关照，那么他不但在田瓦匠面前有脸面，更重要的是他在田丽面前腰杆子就更直了，身价也就会更高了。因为他、田丽和父亲都带有田瓦匠的使命，如果这件事情办成了，对他和田丽，对田瓦匠以及他的公司都是值得庆贺的大喜事。对他小凯今后的工作和生活意义都是重大的。

田丽见他喜笑颜开，就问：“什么事儿，这么高兴？”

“我爸来电话，让给姑姑买一只烧鸡……”

“买一只烧鸡就值得那么高兴？”

“你个傻子，光是烧鸡的事儿吗？我估计让我姑向姑夫求情的事儿我姑答应了……”

“那可太好了！”她高兴得几乎要跳起来。

趁着高兴劲儿，他顺势就把她拽到自己的怀里，说：“你怎么慰劳慰劳我呢？”不等她回答，便迅速地把脸贴到她的脸上，然后热切地狂吻起来。

家树从车上下来，进了自己的家。他把包放在茶几上，坐下来看电视。

淑云迎上来说：“还没吃晚饭吧？”

“在宾馆吃过了。我想喝点茶水，给我沏杯茶吧。”

“好，正好暖瓶刚烧的开水。”她麻利地拿出杯子，放进茶叶，用暖瓶水沏上，递到家树的面前。

家树笑着向她点头致意，说：“你还没吃饭吧？”

“我不急，不太饿。”她笑着回答。

“我跟你说过多次了，吃饭不用等我。我没早没晚，没有规律……”

“你在外边辛苦劳累，我哪有在家先吃的道理……”

“你呀，就是考虑的太多。”他转问道，“娘和王爷都到柳塘去了？”

“是呀，去看晓华去了。”

“晓华这孩子就是不懂事。”

“晓华这孩子是不懂事，可是，若我说呀……”

“什么事，你说呀。”

“我说了你可别生气。”

“不生气，你说吧。”

“若我说呀，这件事情不能完全怪晓华，我看，你也有毛病……”

“我有什么毛病？”

“现在很多有钱人家的孩子、当官人家的孩子都办理出国留学，咱家晓华和几个同学热火盆似的想要出国留学，没有钱也就罢了，可是田瓦匠给送来钱了你却不要，你说你傻不傻？”

“哦？”

“再说啦，你把钱退给田瓦匠得罪多少人呐？晓华、家林生你的气，那好说，毕竟是亲的热的，事情过去了也就好了。田瓦匠呢，他不记恨你吗？收了他钱的那些人，不记恨你吗？你以为不收好处是正大光明的事，是廉洁正气。可是，当今社会上有多少人这么看呢？很可能有很多人不但不说你好，反而在嘲笑你呢，你值不值得？”

“哦？”他用异样的目光看着她，“淑云，你今天是怎么的啦，你很少发表这样的长篇议论，今天是怎么啦？”

她笑着说：“我知道我说这些你不爱听……”

家树努力控制着：“你说吧，你有什么话你就都说出来。”

“那好吧。家树，你知道，我是一个相夫教子、规规矩矩的女人。我从不追求荣华富贵，对别人家的房子、车子、票子从没有羡慕过。我对你从没有提出过任何过高要求，从没有抱怨过，也从没有对你的工作多言多语。家树，我说的对不对？”

“对，你确实是一个好儿媳，好妻子，好母亲。”

“那好，家树，我今天破例求你一件事。”

“什么事？”

“田瓦匠的事情你通融一下。一呢晓华要出国留学，就满足了孩子的这个愿望吧，咱当父母的也就了了一件心事。二来呢，我娘家侄看中了田瓦匠的女儿，现在正在托人提亲，昨天下午我哥哥带着我侄儿来找我。你看，田瓦匠现在不光是乡亲，还是亲戚……”

“来找你，走你的后门？”

“走前门也罢，走后门也罢，你就给我哥一个面子吧。”

家树苦笑了一下：“说来说去还是为田瓦匠说情。”

“家树，”淑云充满感情地说：“在柳塘咱们住邻居时，你管我叫姐，我大你几个月。结婚后，我成了你媳妇。咱们风风雨雨二十多年，虽然不敢说举案齐眉，但也算得上相亲相爱。看在我们多年夫妻的份上，看在我从没求过你的份上，你就答应我一次……”

家树拉起她的手，也充满感情地看着她，说：“淑云，我的好姐姐，我的好媳妇，你听我说……”

“我不听你解释，我知道你有很多理由解释，但我不听，我就想听你答应我。”

“可是，不行啊。”

“为什么？”

“钱我已经交给了组织上，已经没有通融的余地了。”

她失望地看了看他：“没有希望了？”

“没希望了。”

她把手从他的手中抽出来说：“你怎么这样绝情？”说完，走进了自己的卧室。

他知道，她虽然没有大喊大叫、摔东摔西，她是一个贤惠的女人，她的表情说明她已经很委屈很生气了。所以他看了一会儿电视，便想到应该到屋里安慰她、劝解她。当他走进屋去，看见淑云正在往一个兜子里装东西，像是要出门的样子。

家树问："你这是干什么？"

淑云说："我想回柳塘娘家去住几天，和娘、晓华她们做个伴儿。"

"你是生我的气了，所以要走？"

"没生你的气，是我想出去散散心。"

"你走了我怎么办？"

"你的应酬也多，有宾馆，有酒店，吃有吃的地方，住有住的地方，用不着我侍候……"

"淑云，"家树着急地说："这么晚了，已经没有车了。"

"还能赶上最后一趟车。"

家树去夺她的包："要走也要明天走，我送你……"

"不用了。"她用怨愤的眼神看了看他，从他的手中把兜子拉过来，往肩上一甩，转身就出屋去了。

"淑云……"他还是不舍地上来拽她的手。

"松开！"她从来没有过的厉声说道："怎么，我一点自由活动的权利都没有吗？只能给你做吃做穿的侍候你？这辈子我该你的？"

"这么晚了我不是不放心吗？"

"少来那套虚情假意的，你什么时候在乎过我？"

再有素养的人，大概也有情绪失控的时候，她抬脚把二人拉扯时碰掉在地上的一个水杯子踢飞起来，水杯子"啪"的一声摔在墙上，摔得粉碎。

水杯子的碎裂声把家树震呆了，他的心里不禁一阵颤抖。他看到妻子怒气冲冲走去的背影，心里不知是一种什么滋味儿，老半天也没有缓过神儿来，他傻在那里了。

20 娘亲如天

妻子淑云赌气走了，屋里立刻就空虚起来。他怅然若失，感到无奈、委屈和怨愤。他心情烦躁地看电视，用遥控器换了这个台又换了那个台，都不如意，他干脆"啪"一声把电视闭了。他站起来，先到窗前向外，向高空望了一会，又坐回到沙发上，重新打开电视，但他还是看不下去，他仰躺在沙发上，任凭电视响着，闭目沉思。

他实在烦躁，便从柜里拿出一瓶酒来，锅里还有淑云热着的饭菜。他端出来，准备喝酒来排遣一下心中的烦闷。

他喝了几口，心里还是烦乱，他很想找一个能倾诉的人。他想到了他的好朋友柳直，他想请柳直过来一起喝几杯，唠一唠。

他拿起电话给柳直打电话。

电话打通了，但对方未接，把电话挂断了。他又重新拨号，再打，但对方接电话的不是柳直，而是柳直的夫人艳红。

艳红说："喂，是王市长啊，有什么事吗？"

家树说："哦，是嫂子啊，大哥在家吗？"

艳红说："他不在家，出去了，把电话落在家里，忘带了……等他回来我叫他给你回电话……"

家树说："不用了，太晚了，休息吧。"

这更增加了他的烦躁。很明显，柳直并没有出去，而是不愿意接他的电话。以前艳红都直呼他"家树"，而现在却称呼他"王市长"。这两点已经清楚地向他示明，他们之间已经出现了裂痕，或者说已经有了距离。尽管这种裂痕或距离的产生不是由于谁伤害了谁，不管是什么原因，距离是产生了。

他猛地喝了一杯酒，苦笑着，把酒倒上，又喝了一杯，他摇了摇头，把酒倒满，一扬脖又喝了一杯。家树是有些酒量的，但他喝的是闷酒，他已经喝了几杯，又连干三杯，他便觉得酒劲往上撞，脑袋有些迷糊。

于是，他的眼前出现了这样的几个画面：

——女儿晓华愤愤地对他说："就你廉洁，你关心过你的女儿吗？"

——弟弟家林向他怒吼："你廉洁吧，我没有你这个哥哥！"

——妻子淑云板着脸对他说："你真绝情！"

——田瓦匠虎着脸说："你当了官了，一点也不给老乡面子！"

——柳直把手机递给艳红："家树来电话，就说我不在……"

他虽然有些迷糊，但意识还清醒。他站起来，走到洗漱间准备洗把脸，清醒一下。他站到大镜子前，看到镜子里的王家树。他对着镜子里的王家树嘲讽道："王家树啊王家树，你已经是孤家寡人，众叛亲离，众叛亲离呀！"

他打开水龙头，用凉水洗了把脸，大口地灌了一口凉水，又使劲的"噗"

出去，噗在镜子上自嘲道：“你一个小小的王家树，竟妄谈廉洁。你可知道，你可知道廉洁有多难吗？”他拍了一下自己的头，大声自答道：“腐败容易廉洁难那！”

此时，他无人交谈，无人倾诉，无以发泄，他从柜子里取出箫来。他已经很长时间没有吹箫了。今天他要以箫消愁，以箫言志。

于是，室内便响起了箫声。

他先吹了一曲《苏武牧羊》。箫声低沉、婉转、忧愤而苍凉。但箫声中也有抗争，搏击和奋发。同时，在箫声中也有回忆，明显诉说着他青少年时逃荒、落难、挣扎的艰难岁月。

他的眼泪便流下来。

他又吹了一曲《满江红》。当箫声响起：“怒发冲冠，凭栏处，潇潇雨歇。抬望眼，仰天长啸，壮怀激烈。三十功名尘与土，八千里路云和月。莫等闲白了少年头，空悲切。”时，他忽然觉得有一股热血在胸中涌动，而且越来越激烈地冲击着他。

这股热血油然变成了一股豪情。他站起，把长箫在空中划了一道弧线，引颈高声诵道林则徐的两句诗——

苟利国家生死以，岂因祸福避趋之。

他长舒了一口气，觉得心胸里边舒坦多了。他放下箫，找出笔墨纸砚。他提着笔，略一思索，在宣纸上挥笔疾书。

书毕，他凝眸远望，脸上露出的是坚毅的神情。他心里说道：“晓华，你怨恨你的父亲吧，我真的很对不起你，你不能出国留学，是爸爸无能啊；家林，你恨我吧，我不是见死不救，是我不能违背原则，损害国家利益去救你，我有愧于你，真的很对不起你；淑云，我的贤惠的妻子，你咒骂我吧，我卷了你的面子，你对我很失望，心里很难过，我真的很对不起你。可是，晓华、家林、淑云，你们怨我也好，恨我也好，骂我也好，我理解，我不怨恨你们，但我却不能按你们的要求去做。如果我按你们的要求做了，你们满意了，人民群众会满意吗？我这个领导干部工作起来还有底气吗？所以，我只能对不起你们……”他虽然努力地控制着自己的情绪，但眼泪还是含在了眼圈儿里。

娘、爷爷在柳塘淑云娘家和淑云的父母正在打麻将。时间已近九点，剩最后一圈就结束了。

晓华自己坐在沙发上看电视。

这时，淑云开门进来了，看大伙在打麻将，她便自己走到橱柜找饭菜。她晚饭未吃，又坐了两个多小时的车，她饿了。

娘凑过来，问："这么晚了，你怎么来了？"

"我也来看看。"她放下端着的饭菜说。

"你来看看？"娘端详着她的脸说："不对，你把家树自己扔在家，你自己出来看看？"娘追问道，"你把他自己扔在家，你自己跑出来，你们俩是不是吵架了？"

"嗯。"

"为啥呀！"

在娘的追问下，她只好嗫嚅道："真气人，求他点事，一点都不开面儿……"

"什么事？"

"田瓦匠要承包点活，让他关照关照，他就是死活不行。"

"所以你就跟他吵架？"

"我没和他吵架……"

"没吵你怎么跑出来了，还不是跟他怄气啦？"

"搁谁谁不生气……"

娘皱起眉来，尽量耐心地问："他怎么不开面儿啦？"

"今天上午，我哥和小凯，还有小凯的对象到咱家，叫我求求家树，在工程承包的时候关照关照田瓦匠的公司。我寻思咱们和田瓦匠是老乡亲，田瓦匠的女儿又和咱小凯搞对象，将来又是亲戚。田瓦匠又明确地表示，事办成了，不但小凯的婚事没问题，工作没问题，就是在经济上也有咱们家的好处，我就答应了。可是当我腆着挺大的一张脸求他的时候，他二话没有，就是个不行，你说我这个脸往哪儿搁？"

"所以你就生气了？"

"能不生气？"

"你呀，你怎么耍起小孩子脾气？田瓦匠为了搞到工程，尽想些歪点子，他给咱家送了二十万元明白费，咱家都没要，为啥，因为这是见不得人的事儿，要了的话，家树是会犯错误的，这些事你也是知道的，你怎么还跟着瞎搅和？”

“我不寻思小凯好不容易有个对象又有了工作，若是因为田瓦匠包不到工程把小凯的对象和工作吹了，我这个当姑的还有什么脸……”

“这也不是买卖婚姻，若因为包不到工程婚姻就吹了，我看早晚得吹……”

“那可不一定……”

“糊涂！”娘终于失去耐心，忽然严厉道：“你真糊涂！家树是你什么人？是你男人，是你丈夫，是你爱人！你们两个应该志同道合，互相支持，相扶到老。特别是你，他清正做官，廉洁做官，你应该感到高兴才对。你怎么为了一点私利，怂恿自己的丈夫去做违法乱纪的事情，去做毁坏自己名声，断送自己前程的事情？你糊涂不糊涂？嗯？晓华年幼无知，和他闹也就罢了，情有可原，家林一时被债务所逼，头脑发晕。可你呢，你脑袋也发晕了？啊？在你男人困难的时候，你应拉他一把才对，可你呢，关键的时候，不辨是非，不分黑白，跟着起哄，赌气起哄，赌气走人。淑云，你说，这是应该你做的吗？啊？”

这一番劈头盖脸的批评，把淑云数落得脸红一阵白一阵。她老老实实地听着，没有辩解，更没有犟嘴。平时，她婆媳二人关系很好。娘既把她当媳妇，也把她当女儿。婆婆在她心目中善良、豁达、讲理、体贴人。她是尊重婆婆的。况且，她现在已经知道错了，就是在她离开家后在路上时就已经意识到扔下丈夫赌气出去是很不妥的。她怯着说：“娘……”

娘缓了口气，说：“淑云，娘不是不让你回娘家。在正常的情况下，回娘家来看看，看看爹妈，看看其他亲属都是人之常情，娘怎么能反对你来？时间长了你不来，娘还追着你来呢，可是这次，你是真的欠考虑……”

淑云小声说：“娘，我知道错了。”

淑云爹这时也过来数落淑云：“你婆婆说的对，你怎么能是非不分？家树做官清正廉洁，不徇私情是好样的，保持了咱农民的本色，是咱百姓的福气。咱柳塘的人都在议论，说咱们这偏僻的柳塘出了清官，应该放鞭炮庆贺！我听了都觉得脸上有光。你是怎么啦，你怎么还和他怄气？”他说着说着激动起来，“我说你的脑袋是叫门挤了还是进水了？”

娘赶忙制止道：“她已经知道错了，你就不要再说淑云了，快吃饭吧。今天晚了，也没有车了，就这么的吧。待明天早晨咱们坐五点钟那第一班车赶回松云，好不好？”

淑云赶忙应诺着："好。"

娘又转身对晓华说："华，明天早晨跟奶奶一起回去，行不行？"

晓华没吱声。

娘耐心说："跟奶奶回去。这几天奶奶已经把道理给你讲了多少遍了，你是个懂事的孩子，如果再闹腾，奶奶就真的生气了。"

淑云凑上说："晓华听奶奶的话。"

晓华很勉强地向奶奶点点头。

娘高兴地把晓华的头揽在怀里："我就知道我的孙女听话。"她一时激动，眼里竟闪出泪花。她转而向窗外一指，说："就你叔叔家林这个混账东西！他还长了能耐，说不认王家树这个哥了。好哇，他不认哥，有能耐连我这个娘也别认！"她有些气恼地对淑云说，"淑云，你吃完饭就给家林打电话，告诉他，明早七点半钟以前必须赶到松云咱家，我找他有事。"

淑云试探地说："都挺忙的，等以后有空闲再说不行吗？"

"不行！"娘斩钉截铁地说，"有天大的事情也先放下，在七点半之前必须到，如果不到，我就没有他这个儿子！"

"好，我这就打。"淑云去包里掏出手机准备给家林打电话。为了叫婆婆高兴，说："不还有一圈吗，玩完呗。"

"不玩了，没心情了……"

娘、淑云和晓华，还有王爷爷一起从柳塘回到松云的家。正在娘掏出钥匙开门的时候，家林也从后边赶来了。他的家在市郊，他是开着半截子车赶来的。他从车上下来就喊："娘，爷爷，嫂子，你们都回来啦？"

大家都回应他："回来了，回来了。"

娘说："家林，我还以为是请不动你呢。"

家林嬉笑着说："娘叫来，我敢不来？"

大家都依次进了屋。

客厅放着吃饭的桌子。桌子上还摆放着没有收拾的碗筷饭菜和杯子酒瓶子，还有笔墨纸砚。那张宣纸上写了字，淑云赶忙拾掇桌子。娘拿起那张宣纸看字。

娘把宣纸上的字看了一遍，又看了一遍。她很感慨。她坐到沙发上，又站起，走到家树卧室前，轻轻推开一个缝，看家树还在睡，就知道他昨晚上喝酒了，睡得晚，就又轻轻把门关上，让他多睡一会儿。

娘拿着那张宣纸又重新坐到沙发上，唤过家林，说：“你今天有别的事吗？”

家林说：“我去拉鸡饲料。昨天晚上嫂子给我打电话，说娘找我有事，我就先上这来了。”

“娘叫你来你就来，这么说你还认我这个娘？”

家林嬉笑着说：“看你说的，我怎么能敢不认娘，不认谁也不能不认娘啊！娘把我们从小拉扯大，不认娘，那不天打五雷轰！”

“你不用说的好听。”娘板起脸来，“你知道我找你有什么事？”

家林往家树的卧室斜视一眼，明知却装做不知地说：“不知道哇。”

“你不知道，那好，我问你，你为什么和你哥哥闹别扭？我听说你不认你这个哥哥啦？说你没有这个哥哥？”

家林仍嘻笑着说：“人家当官，咱是老百姓，巴结不上啊。总去没皮没脸地套近乎，叫人家冤一顿损一顿的犯不上啊……”

“你说什么？再说一遍……”

“再说几遍也是那么回事啊，人家现在是官，是清官，咱不能总去讨厌，影响了人家的清廉……”

“他是清官就不是你哥哥啦，你就可以不认他这个哥哥啦？”

“不是我不认，是他不认！”

“他怎么不认？”

“你别光问我，你去问他呀……”

“我就问你！”

“反正我没他这个哥哥……”

娘板起面孔：“你说的可是真心话？”

家林也坚定地说：“当然是真心话！”

娘怔怔地看了他半天，还是耐着性子说：“家林哪，你怎么能这样小肚鸡肠？”

他倔强地说：“反正我没有这个哥哥！”

“你……”

他忽然看到娘脸色发白，手在抖动，他不敢再贫嘴，上去拉住娘的手，惶恐地说："娘，娘，你生气了？你别生气，你别生气……"

娘双眼紧闭，头仰靠在沙发上。当她平静了一下气愤的心情之后，睁开眼睛左手拉过家林，迅速地举起右手，然而她的手掌没有落在他的脸上，她的手又放下来，坐在沙发上喘气。

看到娘真的生气了，他害怕了。他愧疚地去拽娘的手，说："娘，你真的生气了，真的生气了？"

娘转过身去，甩开他的手，说："你走吧，你以后永远不要到我的面前来。你既然不认你的哥，也就别认我这个娘，你走吧，以后你永远不用登这个门……"

"娘……"

娘厉声道："你快走！"

"娘。"家林看到娘坐在沙发上气得喘着粗气，手在抖动，眼睛翻白，他感到事情的严重了。他一时慌乱，便着急地给娘跪了下去。

淑云来劝解娘："娘，你别生气，二弟是说着玩的，你何必真生气？"又转身拉家林："二弟快起来。"

爷爷也说："快起来。"

晓华拉二叔拉不起就央求奶奶说："奶奶，叫我叔起来吧……"

娘喘了口气，瞪了家林一眼说："我也没让他跪着哇，他起就起，我也没拦着。"

晓华说："可你不发话，他不敢起来呀！"

娘厉声道："那就让他跪着！"忿忿的她平息了一下自己的情绪，然后很郑重地把那张宣纸递给他，命令道："拿着，这是你哥哥写的一篇毛笔字，你把纸上的字大声地念一遍，让大家都听一听，你哥在纸上都写了什么？"

家林接过纸来，他看了一眼娘的严厉而正气的脸，跪在地上，腰板直起大声念道——

我是炎黄子孙，血管里流淌的是中国人传统道德的血液；我是共产党员，骨髓里灌注的是为人民服务的宗旨。我必须在履行公职时保持清廉，在个人生活上注重操守……

“念完了？”

“念完了。”

“你说一说，你大哥写的这一篇字是什么意思？”

“嘻嘻……”

娘厉声说：“说呀，什么意思？”

“嘻嘻，廉洁呗……”

“你不用嬉皮笑脸的，你也是大专毕业，有文化，你应该知道你大哥写的是什么意思。做工作时不贪不占，个人生活上要检点，不能有花心，到处去拈花惹草，要做一个有修养、有抱负的人。我告诉你，你要吸取教训……”

他赶忙接过去制止似的说：“娘，我知道……”

这时，家树从卧室里出来了。他走到娘的面前，说：“娘，你这是干什么？”转而对家林说：“家林，你快起来。”

娘严厉地说：“不许起来，跪着！”

家林刚要起来，又跪下了。

家树从家林手中拿过那张宣纸，说：“娘，这是我喝了点酒随便写的，何必当真？”说着就要撕掉。

“不许撕！”娘把宣纸拿过去，“酒后露真言，这是你真情实意的流露，娘看了，很感动，很高兴！娘要把它当成宝贝一样保存起来，等以后传给后代！它比轿车值钱，它比房子值钱，它比银行存款值钱，是无价的传家宝啊……”

“娘，看你说的，哪有那么宝贵。”

“这是实情。家树，你能忧国忧民，报国报民，出污泥而不染，能在官场中腐败问题这么严重的情况下站稳脚跟实属不易。娘替你高兴，娘为有你这样的儿子感到荣耀哇……”

“娘……”家树很感动。

娘从沙发上站起来，目光坚定地扫视了一下大家，拉起家树的手，大声说道：“家树，记住，你不会众叛亲离，也不会成为孤家寡人，有娘在，娘支持你！”

“娘……”家树为娘的慈爱和正气所感动，他一时语塞，无以表达感激之情，眼里禁不住就泛起泪花。

王爷爷也凑过来说：“家树，还有爷爷，爷爷也支持你！”

家树说："谢谢爷爷。"

爷爷又对娘说："美娥呀，我看家林也知道错了，就让他起来吧？"

娘对家林说："真要知道错了，起来也行。不过，想起来，得先向你哥哥道歉，说对不起。"

家林看了看泪眼期待的娘，又看了看眼挂泪花的哥哥，他真的就感觉很惭愧，他向着家树真诚地说："大哥，我错了，对不起，原谅我吧……"他低下头去，眼泪便涌出来。

家林的一声"对不起"，说得家树热血奔涌，他便觉得喉咙发紧，眼泪便夺眶而出。也跪下去，他紧紧地抱住家林："二弟，大哥也对不住你啊，你有困难大哥却帮不上……"

二人抱在一起，失声痛哭。

刘美娥也跟着哭，然而她看到兄弟二人重新合好，便破涕为笑，她感到很欣慰。她很心疼地去摸着家林的头，说："家林哪，你爹死得早，娘领着你们哥俩相依为命，艰苦度日。可是咱们没偷过，没抢过，没做过任何昧良心的事，现在想起来心里亮堂啊。如今日子好过了，想发财，要致富，更不能指靠歪门邪道。要向你哥哥学习，人过留名，雁过留声……"

爷爷把家林叫到自己的房间，拿出一个存折说："这是一个三万元存折，拿去先用。"

"不，不，"家林赶忙推托，"这是你柳塘卖房子和折腾家底的钱，娘是给你压兜的，我哪能用？不行，不行……"

"拿去！等以后你缓过劲的时候再还我……"爷爷不容置疑地把存折塞到他的手里。

家林犹犹豫豫把存折接过来。

刘美娥来到市一中附近的胡二扯家。胡二扯在松云振兴公司上班，但家眷还在柳塘。他的小女儿在市一中读书，他便在一中附近买了个小面积住宅，既方便女儿上学，也便于他上班。

胡二扯已过五十，但还不显得老。因他性格开朗，好说好唱，脸上常挂着笑，人便精神。他现在不像在柳塘时那样在公众场合唱曲唱大鼓，嘻嘻哈哈开玩笑了，但自己还是会不时哼哼几声，以解闷助兴。

早饭后女儿上学去了，他扎着围裙边洗碗边唱起来：

我女儿学习好考上重点，

在一中成绩也名列在前。

愿今后能考上那清华北大，

我胡家也能够飞出一个凤凰娃……

他听到敲门声，开门。见进来的是刘美娥，便显出惊喜：“噢，是嫂子！你可是稀客。你怎么想起到我这来？怎么，就你自己来的？”

“我来串个门。”她进屋后，四面打量了一下，“孩子上学去了？”

“上学啦。”

“你在刷碗？你可真是里里外外一把手哇！你怎么还不把家搬过来？”

“她们在柳塘乡下住习惯了，不愿来。再说，我再几年就退了，我也想回乡下去，图个清静……”

“可也是，到乡下去养个鸡，种点菜，啥都是新鲜的，真的挺好。”

“嫂子，你坐，我给你沏茶喝？”

“不用，你不用忙活，我坐会儿就走。”

他摘下围裙，擦了擦手，试探地问：“嫂子，你长久不到我这来，这次来，是不是有事？”

“有点事……”

“有啥事你说！”

“我是想……”她看着他的脸：“我想跟你借点钱……”

“借钱？”

“是呀，我想跟你借点钱，不知道你手头上有没有？”

“借多少？”

“六万。”

“六万够吗？”

“够。”

“有。别人借，可能没有，你来借，有！不瞒你说，这几年我搞工程挣了点钱，三十万二十万还是有的。什么时候用？”

“现在就用。”

“一会儿咱俩一块下楼到储蓄所去取……”

“可有一条，需半年以后还……”

“行。”

“我给利息钱……”

“不用。”

“我真的给利钱。能借给我就挺大面子了，哪能不给利息？再说了，现在借钱哪有没利息的，而且还都是高利……”

胡二扯先笑了笑，然后很正经地说：“嫂子，我借给你钱，是咱们有这个交情。这么多年来，我佩服你们一家人，我特别敬重你，嫂子，我特别敬重你的为人！别人借钱给利息我也不借。现在社会上因为借钱打官司的多少？借钱容易要钱难。要钱时亲戚不是亲戚了，朋友也不是朋友了。可你不一样，你的人品在那搁着。你需要钱的时候能想到我胡二扯，说明咱们的情谊在，看得起我。我不但不要利息，就是本金，到时还不上，我也不会管你要，啥时有啥时还……”

“那好，兄弟，我就不提利息的事。”刘美娥很感激地说，“今天我可合适了，不但借来了钱，还受了一顿表扬。”

“好了，嫂子，咱啥也别说了，咱们下楼去取钱……”

娘、淑云坐城郊公汽来到家林养鸡场。家林、淑芝迎出来。

家林说：“娘来啦，嫂子来啦……”

淑芝说：“娘，嫂子，进屋吧。”她用手让着，“这是办公室，隔壁是寝室。”

娘说：“先不进屋，我和你嫂子很长时间没来了，在院子走一走，看看有什么变化没有。家林，淑芝，听说你们又增加了一排鸡舍，增加了好几千只鸡？”

家林说：“是，新盖的鸡舍刚完工不久，鸡雏也刚进来，你看，就在那边……”

几个人往鸡舍那边走。

娘说：“啊，你们养鸡场变化还是挺大的，场内的各个通道不是铺了水泥路就是铺了红砖路，还打扫得挺干净，很像那么一回事了。”

他们来到鸡舍，看到三排鸡舍白墙灰瓦，整整齐齐，又长又大，很像样子。从门窗往鸡舍里望，每个鸡舍里四个通道八趟鸡笼，每趟鸡笼摆放三层，两万多只鸡都在鸡笼里啄食饮水，很好看，也很壮观。

娘东看看，西看看，不住地点头，嘴里连说：“好，好，好……”

家林站在娘的身后，打趣地说：“娘，你这来一看，比省长来视察还有派，看得我心里直发毛……嘻嘻……”

“去！”娘高兴地嗔道，“胡说八道，你毛什么？”

“我怕哪块不合格，又得挨老娘训……”

娘反嗔为笑，说：“娘这次不但不训你反而还要表扬你……”

“表扬我？”

“对呀，你和淑芝创下这么大一片家业不容易呀，其中的甘苦可想而知。唉，创业难哪……走吧，到办公室娘和你们说点事儿……”

几个人来到办公室，坐下，娘说：“家林，你哥让你去信用社办理续贷你办了没有？”

“上午办理完了。”

“那还贷的压力就缓解了吧？”

“解决了，没有问题了。”

“欠个人债是多少？”

“十五万元。眼前急着要还的十万，那五万年底前还上就行。”

娘从兜里拿出十捆人民币：“家林，这是十万元，你拿去先把急着还的十万元还上……”

他望着娘：“娘，这钱是哪来的？”

“六万元是我跟你胡二叔借的，四万元是你嫂子省吃俭用攒的。倒一把，你先拿去应急。说清楚了，这十万元是借给你们的，你们挣了钱时再还。”

家林既意外又高兴地说：“我们还，我们还……”

淑芝也喜出望外的：“这可给我们解决大问题了。谢谢娘，谢谢嫂子！”

“不用谢。你们好好过日子，好好创业什么都有了。”

“娘放心，我们一定好好做。”

娘把十万装进一个塑料袋里，卷好，递给淑芝：“给你，把钱拿好，今天就把钱还给人家。”

“今天就还！”

娘说：“家林，你爷爷给你那个存折你用没用？”

“没用。”

“没用就好。你把存折给我，我还给你爷爷。这是老人家一辈子的血汗，无论如何，这个钱不能动！”

家林从兜里把存折掏出来递给娘：“我也考虑到这一点，所以一直没动。”

“这就对了……好啦，我跟你嫂子该回去了。”她对淑云说：“咱们走吧。”

淑云笑着说：“走吧，该走了。”

家林指着院子里停着的“半截子”车，说：“娘，嫂子，坐我的车，我送你们。”

娘说：“不用你，你忙吧。我们坐公汽挺好。”

“哎，坐什么公汽呀？”他把娘连推带拽地让上“半截子”，淑云也跟着上了车。他说：“娘，嫂子，我这个车不够档次，特别是嫂子，堂堂副市长夫人坐这样的车有失身份……”他开起了玩笑，“将就吧嫂子。”他又对娘半真半假地说：“娘，等我明年把贷款、外债全都还上，我一定给你买台车，买台沃尔沃……”

娘瞪了他一眼：“娘老了，不能开车了，买车干什么？”

“雇个司机呀，你看，哪个有身份的人自己开车？”

“好，那我就等我的二儿子给我买台沃尔沃……”

21 不越雷池

主席台上方墙上挂着《松云市文化广场工程木板梯式通道项目投资签字仪式》的横幅会标。台上坐着徐市长、王家树、白主席、白小姐等领导人士；台下坐着柳直，于主任等委、办、局负责人及机关干部，有关的工程技术人员，还有一些企业的负责人。

主席台上右角有一张讲话台，台上有话筒。台下有一长条桌，桌上铺了装饰布，摆有一标牌，上写签字席。

家树抬腕看了看表，对徐市长说：“十点了，开始？”

徐市长点点头说：“开始吧。”

家树又对白主席说：“白主席，咱们开始吧？”

白主席也很客气地说：“开始吧，开始吧。”

家树站起来，走到话筒前：“同志们静一下，现在开会——松云市文化广场工程木板梯式通道项目投资签字仪式现在开始。在签字之前，首先请徐市长讲话！”

徐市长走到话筒前侧头很礼貌地说：“尊敬的白主席、白小姐，同志们，大家好！今天，我们在这里举行木板梯式通道项目投资签字仪式。首先，我代表市政府对投资方新加坡白氏木业联合集团董事局主席白瑞星先生、财务总监白瑞雪女士表示热烈的欢迎和衷心的感谢！大家知道，我市实施的文化广场工程是加快我市的经济建设，提高我市城市品位和形象的标志性工程。我们欢迎市内外、省内外，国内外的个人、团体、企业来考察、投资、兴办企业和各种事业。新加坡木业联合集团投资一亿元人民币来合作经营木板梯式通道项目。新加坡木业联合集团是第一个来投资的外国企业，他们的行动必将会对我市招揽国内外企业投资起到示范作用，必将有力地推动我市招商引资的步伐，加快我市各项事业建设的进程！”他回头看了一眼白主席，很友好地说：“我们松云市可以说是白主席的第二故乡，白主席这次来投资兴办事业，表现出了白主席对第二故乡的热爱和深情厚谊，我们作为白主席第二故乡的政府和人民再一次向白主席表示衷心的感谢！同时，我们也希望白主席和白总监在松云多走走，多看看。我们祝愿白主席、白总监在松云期间工作顺利，身体健康，万事如意，谢谢大家！”

大家热烈鼓掌。

家树说：“下面，让我们以热烈的掌声请新加坡木业联合集团董事局主席白瑞星先生讲话。”然后向白主席做出了恭请的手势。

白主席走向话筒：“尊敬的徐市长、尊敬的王市长、尊敬的各位同仁、女士们，先生们。感谢徐市长热情友好的讲话。徐市长说松云是我的第二故乡，我非常荣幸。二十年前松云的乡亲接济过我，松云的土地养育过我。我来松云投资，为第二故乡的建设尽一点微薄之力，实际上，报不了养育之恩万一！家乡的政府和人民接纳了我，并给了我们热情友好的欢迎和款待，使瑞星感激之致！今后，我一定尽我之所能，为家乡的建设和发展作出努力，以报答第二故乡对我的救命和养育之恩！谢谢各位！”

大家热烈鼓掌。

徐市长、王家树依次与之热情握手。

家树礼节性地对白小姐说："白总监，您也讲几句吧？"

白小姐赶忙推托道："不必了，不必了……"

家树站到话筒前宣布道："下面签字开始。由徐市长代表甲方签字，由白主席代表乙方签字。"

徐市长和白主席互相谦让请对方先行，最后还是徐市长在前，白主席随后步入签字席。

二人坐下签字，签字毕，二人热烈握手、拥抱。

全场响起热烈的掌声。

家树陪徐市长等几位市领导、白主席、白小姐回客房。家树回头对秘书说："去叫一下柳局长，说我有事找他。"

徐市长、白主席几人进了1515房间，家树随后。这时，秘书快步赶来，对家树说："柳局长已离开会场了，问别人了，说回家了。"

"打电话叫他过来。"

秘书拨通了柳直的电话："是柳局长吗？王市长请你到宾馆来一趟……你不舒服……好，我把电话给王市长……"

家树接过电话："大哥，怎么啦？哪不舒服？头疼？方才我还看你好好的。过来吧，咱们一起陪白主席吃饭……怎么，不便见客，这可不是你的风格啊，大哥，最近我有个感觉，你好像在有意无意地回避我……有时间的话，我想找你谈一谈，哥俩好好唠一唠……"他放下电话，似有所思。

小餐厅里已摆上酒席。徐市长坐上首，白主席坐主宾席，其他人依次而坐。白小姐本来坐其兄右侧，她看家树坐左侧，便从右侧挪到左侧来，挨着家树坐下了，并对家树友善地一笑。

徐市长致祝酒词："尊敬的白主席，尊敬的白总监，今天，我们双方的签字仪式已经圆满的结束。为了对签字仪式圆满成功表示祝贺，也为了今后我们的合作顺利、愉快，我提议，大家举杯，先干了这第一杯酒。"

大家一饮而尽。

徐市长说："好事成双，这第二杯酒，为白主席和白总监在松云工作和生活期间心情愉悦，身体健康干杯！我先喝为敬。”徐市长干了。

大家也都干了。

白小姐说：“我不行，我不行……”

家树说：“高兴嘛，多喝点没事，干了吧！”

白小姐在家树和大家的鼓励下，分两次把酒干了。

大家轮流劝酒。在别人不注意的情况下，白小姐小声对家树说：“我若喝多了，你可得负责把我送回房间去，你可不能让我当众出洋相……”说着，两只眼睛期待地看着他。

“行，放心吧，我一定负责。”他也友好地向她一笑，表示礼貌。

白主席站起来，举起酒杯说：“尊敬的徐市长及各位领导，今天，我和家妹来松云投资，受到了市政府及各位领导的热情欢迎和款待，心里十分的感动！各位已经知道，王家树市长在二十年前曾经救过我的命，松云的土地曾经养育过我，我早就想对松云这个第二故乡的发展和建设尽一点微薄之力，今天终于圆满了这个宿愿。我非常感谢市政府及松云的父老乡亲们能给我这样一个报答的机会，真的非常感谢！”他动情地给大家鞠了一个躬，“我这次回来，看到松云发生了翻天覆地的变化，经济繁荣，社会和谐，百姓的生活走向小康，这和二十年前的岁月相比，真的是不可同日而语。我作为一个中国人感到很自豪！我想到二十年前我在柳塘所受到的苦难，看到今天群众的富足生活，我的心里感到十分的慰藉！现在，我提议，为祖国的繁荣昌盛，为松云发展腾飞，为我们今后合作愉快，为各位领导的健康，干杯！”

大家对白主席这一番发自内心的赤子之情的表露热烈鼓掌。

徐市长十分高兴地说：“听了白主席这一番话，我特别感动，我不但干了这杯，再加一杯，以表示我对白主席的敬意！”他把酒干了，又倒满走到白主席面前：“白主席干！”

白主席兴致也很高：“干！”也一饮而尽。

家树给每个人斟满了酒：“我也敬白主席和白总监一杯……”

白主席很高兴地说：“王市长的酒我干！”把酒干了。

白小姐说：“我不行了……”

家树说：“怎么不行？酒逢知己千杯少……”他仰脖喝了。

白小姐说：“我真的不行……”

家树把喝过的空杯递过去："你把酒少留一点，其余的倒给我，我替你喝，总行了吧？来，干杯！"

二人对视了一下，都干了。

散席以后，家树如约把白小姐送到她下榻的1516客房。

白小姐已有些酒意，但没有喝醉，还清醒。她在走廊时还走得挺稳，但一进了房间就有摇晃。她晃了一下，顺势就歪向了家树。家树赶忙用手搀扶，并把她支起来让其坐到沙发上。

白小姐坐下后，睁开有些醉意的眼睛说："王市长，你也坐。"说着，就去拉家树的手，让他坐。

"好，好，我坐我坐。"他坐下又站起来，说，"喝酒后，一定口渴，我叫服务员来彻杯茶水给你喝……"

"不用不用，"她赶忙制止道，"谁也不要，就咱们俩……"她的两眼直视着家树。

她的言行已经明确地表明了她的意愿，家树不傻不呆，当然知道其中意。但他不往偏处想，只当她喝多了。

家树说："那好，我来给你沏……"他从茶盘上摆好两只茶杯，放入茶叶，端暖壶把水沏上。

看家树并没有顺着她的意思做出她所希望的表示，便把伸向家树表示亲昵的手收回来，拍了一下自己的额头，拢了一下秀发，说："王市长，往后我想改口不叫你王市长，改叫哥……"

家树微愣了一下，但很快做出回应："好哇，我有弟弟没有妹妹，今天我认了你这个妹妹，我很高兴！"

"你知道我为什么叫你哥吗？"

"为什么？"

"因为我喜欢你！"她豪不掩饰地表白道，"是的，我真的喜欢你！你是一个真正的男人。请你相信，我说的不是醉话……"

他感到意外，吃惊地看着她慌乱地说："真正的男人？你说的有些过了。人无完人嘛……"

"不用客气。我说你是真正的男人，是因为你不但人才出众，气质也极佳。

你风度翩翩而不扭捏，你文质彬彬而不作态，你处事刚毅而不擅断，你对人诚实而不虚伪。所以，你真的很讨人喜欢……”

“你过奖了，大哥没那么好。”

“在我的眼里，你真的很棒！”她喝了一口茶水，说，“咱们虽然刚认识几天，但我已经深深地喜欢上了你。你不会认为我荒唐可笑吧？”

“不会的，你是纯真的。”

“大哥，我说我喜欢你，你怎么理解呢？你怎么理解都行。只要你不见怪，你怎么理解我都接受……”她热烈地直视着他，等待他的回答。

这时，他反而冷静了下来：“这很好理解嘛，妹妹喜欢哥哥，哥哥喜欢妹妹，人之常情，很正常嘛……”

她进一步问道：“难道除了哥哥和妹妹的关系以外，就没有一点别的意思吗？”

他笑了，平静地答非所问地说：“瑞雪妹妹，哥哥除了你方才说的优点以外，还有一个特长……”

“什么特长？”

“我会吹箫。”

“吹箫？”

“是呀，每当我郁闷的时候，每当我遇到困难无法排解的时候，我就会吹箫。每当我吹起《苏武牧羊》和《满江红》的时候，我的脑海里就会出现我的王爷爷在凛冽的寒风中放牛时吼着的‘青黄不接日难度哇，盼了今天盼明天’的情景，就会想起你哥哥白瑞星逃荒时饿卧在荒郊奄奄一息的情景，就会想起千万个‘盲流’沿街乞讨，受尽凌辱的情景……这时，我就会热血沸腾，不敢有半点懈怠，不敢有半点奸猾，不敢有半点贪财苟且之想，我只有一个念头，奋发努力，为百姓多做一些事情……”他说得很动情。他停了一会儿，待心情平静下来，为了缓和一下气氛，他逗趣地说：“瑞雪妹妹，你如果有兴趣，有时间的时候，我吹箫给你听……”

“好哇！”她受了感染，很感兴趣地说：“我一定听你吹箫……”

他给她斟满水，说：“你喝了酒，休息吧，我走啦。”他起身要走。

她制止道：“忙什么？再聊一会儿嘛。我愿意和你聊天，和你聊我心里很畅快。”

家树只好又坐下来。

她给家树也斟满了水，说："大哥，我从小在美国念书，对中国文化有很多不懂。我问你一个词儿，什么叫'雷池'？"

"雷池是古代的一个水名，在今安徽省。东晋时有个叫庚亮的写给一个叫温娇的朋友的信，说足下无过雷池一步，就是你不要越过雷池到京城来。后来衍变成成语不敢越雷池一步，比喻不要越过一定的范围。"

"所以哥哥你也就不敢越雷池一步？"

"你指的是什么？"

"比如男女关系……"

"噢，不是不敢，而是不能。"

"为什么？"

他正色道："因为家有贤妻。她跟我结婚这十几年来，为我生孩子，奉养老人，缝连补涮，操持三餐，还要出门劳动，任劳任怨，艰苦度日，为我尽到了一个做妻子的全部责任，我不能做对不起她的事情……"

"可是西方，是可以有情人的，有情人并不影响夫妻和睦相处，也不会被社会认为是不道德的……"

"那是西方，可我是中国人，中国人是讲究这个的……"

她摇了摇头，失望地闭上双眼，身体向后仰过去，靠在沙发上。

家树说："你累了，休息吧。"

他走出房间，把房门轻轻关上。

白小姐虽有些酒意，但没有喝多，她靠在沙发上待了一会儿，酒意便全消了。但她的烦躁却没有消退，特别是家树的离去更让她感到孤独。她起身出宾馆走到不远处的一个舞厅，她要"蹦迪"来排遣一下自己的情绪。

她进了舞厅，便融入了"蹦迪"的人群中。音乐很疯狂，跳的人也都很疯狂。白小姐也跟着疯狂。她的舞姿很好，身段很美。她和其他"蹦迪"的男女青年人尽情地旋转，做出各种充满激情的动作。她跳着、舞着，很快便容光焕发，大汗淋漓。然而她很惬意，从东跳到西，从南蹦到北，乐此不疲，而且越跳越兴奋，丝毫没有收步下场之意。待音乐声戛然而止的时候，她意犹未尽，对音乐的停止怅然若失。

她坐在休息处的一张沙发上，掏出手帕擦脸上的汗水。汗不断地出，她不断地擦。手帕湿透了，她便去洗手间把手帕洗一洗，拧干，继续擦汗。她坐在沙发上，心里像长了草一样不能平静，她看到蹦迪的人们一对一对地坐在一起品尝着饮料，亲密地说笑，她凭直觉就能认定，这一对一对的人当中，有的是在热恋中的朋友，有的是年轻的夫妻，但其中是情人关系的也占有很大的比例……由此她想到了王家树，想不到这个人这么传统，对她白瑞雪这么年轻貌美，有钱有地位的女人毫不动心……难道他是一根木头吗？凭她的观察，他不是木头，他是一个有血有肉，感情很丰富的人。他不为情欲所动，说明他是一个自制力很强的人。想到这，她便自嘲地问自己，自己为什么初次交往就看中了人家，而且轻易地表白？是不是太轻贱了？但她很快就摇头否认了自己的想法，不是轻贱，喜欢他就是喜欢他……

当音乐又响起的时候，她又融入了蹦迪的人群中……

白小姐从迪厅回到自己的客房，在浴盆里泡澡。泡了一会儿，感到口渴，便用浴巾把赤裸的腰身围住，到房间把家树为她沏过的茶根斟满水，咕咚咕咚喝下去。然后躺在床上看一本中国诗词选。她翻了几页，看不下去，下地转了两圈，便给家树打电话："喂，是家树哥哥吗？今天下午我酒后有些失态，有些动作和话语很不得体，现在想起来很不好意思，我现在向哥哥表示道歉……"

家树笑着接电话："你说哪去啦，兄妹之间谈什么道歉？我倒觉得你很坦白，很真实，很纯真，很可爱！我倒很喜欢你这样不藏不掖的妹妹……"

"你说的是真的吗？你真的不讨厌我，不怪罪我？"

"哪有哥哥讨厌自己的妹妹，怪罪自己的妹妹的？那样的话，还配做哥哥吗？你既然认我做哥，我就得有个做哥的样啊？哥为兄长，就要有长者之风，只能亲近、理解和照顾自己的妹妹，哪有讨厌、怪罪的道理？"

听到家树诚恳的话语，她很受感动，眼里竟闪出泪花来。她说："哥，你真有长者风范，君子气度……"

家树笑着说："你又来了……"

"哥哥若不怪罪我，我的心里就敞亮了。"她顿了一下接着说，"哥，你若真的不怪罪我，就要答应我一件事……"

"什么事呀？"

“你今晚上过来陪我吃饭，我请客。”

家树思索了一下说：“好，我们一起吃晚饭……不过，时间得晚一点儿，我现在正在审阅一份材料，明天急等着用。现在不到五点，七点钟怎么样？”

白小姐：“好，那我们就说定了，七点钟，我们不见不散……”

白小姐十分高兴，家树答应和她一起吃晚饭，说明他没有怪罪她，生她的气。她收起电话，兴高采烈地在地上转了一个圈儿。她把围裹在腰身上的浴巾解脱下来，她的身体便一丝不挂的完全暴露了出来。她站在大镜子面前，欣赏着镜子里自己的身体。她真的是一个美人。她高挑的身体，皮肤光滑白嫩，身体修长而健美。她自我欣赏了一阵子，抬手撮了一下镜子里白瑞雪的脑门儿，笑着说：“没羞！”然后拿起浴巾返身进了卫生间，把浴盆放满水，她躺进浴盆里，重新享受泡澡的乐趣……

22 饭馆闹剧

家树看完材料，看表快七点了，就给白瑞雪小姐打电话。电话接通后，他说：“今晚大哥请你吃饭，你说，你想吃点什么，咱们到哪去吃？”

白小姐说：“我不想在宾馆吃，也不想去大酒店，我想到街上吃点小吃。噢，听说饮食一条街有一家妈妈酱汤馆挺有特色，我们去那里好吗？”

“好，你先过去，我随后就到。”

家树走出办公室。

他刚出了办公室的门，孙秘书就迎上来：“王市长，你的快件。”

家树接过快件，又返回办公室，坐到办公桌前，打开快件，从封里取出一封信。

信上没有称呼，竖写两行字——

上行是：上天言好事，善有善报

下行是：入室窃人财，恶得恶果

后面写了两行小字：请王市长细细品味词中之意。先不必急着问此信是谁写的，我明人不做暗事，到时候一定会告诉你。恕不具名，即日。

家树看毕，沉思了一会儿，把信递给孙秘书：“你看看，这搞的什么恶作剧？”

孙秘书接过看了看，说：“这是谁干的？真是可气！”他认真地说：“这信中明显的带有威胁和要进行报复的意思，我看就是一封恐吓信！”

家树点点头：“是有此意。”

秘书气愤地说：“要不要交给公安局调查调查？”

“先不用，以后看情况再说。这种伎俩，先不用大惊小怪。”

“我看也不能掉以轻心。你当领导在处理一些事情的时候不可避免要得罪一些人。当前恶意报复的人不是没有，千万要当心……”

“我知道，注意就是了。”

孙秘书关心地说：“王市长，今后你最好不要单独行动。我看，今晚陪白小姐吃饭就不要去了吧？”

家树笑了：“注意一点是对的，但也不要草木皆兵。假如一封信就把我吓得缩头缩尾起来，那我这个市长还能当吗？那只能是什么事也不敢做，什么事也做不了。”他蔑视地看着那封信，正色道，“见不得人的东西，终究是上不了台面的！邪不压正嘛，不用怕！再说了，我已经答应了白小姐，怎么能说话不算话呢？作为一个领导干部，要言必信，行必果，才能取信于人，否则就没有信誉，没有信誉的人在社会上如何立足？”

孙秘书说：“你实在要去我陪你去。”

家树说：“行。”

现在已是华灯初上的时候。街上车流如织，流光溢彩，一片繁华景象。

家树的车绕过转盘广场，拐入一条小街。小街的入口处上横悬一个匾额——“饮食一条街”，王家树在这里下车，准备步行到饭馆。

家树刚走出车门，便有一个男人迎过来，很客气地说：“王市长，你好！”

家树打量了一下对方，觉得有些面熟，但又想不起是谁，问道：“你是？”

“我是你的柳塘老乡。我姓卫，是卫东彪的三弟，你在柳塘的时候我还小……”

“噢，我说有些面熟，你们哥们脸面很像。找我有事吗？”他看到这个姓卫的老乡脸上明显的一块打架时留下的伤疤，忽然就想起来这个卫三儿很有些恶名。他在社会上有几个地痞兄弟，惹是生非，曾因抢劫强奸被判徒刑，最近刚从监狱放出来，家树便有些警惕。

这时家树的司机和孙秘书也站到了家树的旁边，防止有什么意外的事情发生。

但是卫三儿并没有露出什么凶相，仍然是很客气地笑着说："没什么要紧事儿。我二哥，也就是田瓦匠那个振兴房地产开发建设有限责任公司的副总经理卫东方，他经常和田瓦匠唠到你，说有你这么个当市长的老乡感到很荣耀。我听了也很仰慕。又听说你平易近人，能和老百姓打成一片，一点当官的架子也没有，就总想见见你，说不定以后有什么事儿能求到你。没想到今天能在这遇到了你，认识了你，真的很高兴……"他看王家树没有回应，接着说："今天，我们在这里以这种方式见面，你一定会感到我很唐突吧？其实，老乡见老乡，两眼泪汪汪，这也是咱们的一种缘分……噢，对啦，你还不知道我叫什么名字吧？我叫卫东国，外号卫三儿……"

"哦，"家树沉静地说："你就是卫东彪的三弟弟？"

"啊，对，我就是他的三弟弟。"

"你见我有什么事儿吗？"

"没有，就是想认识认识你……"

"噢……"

二人对视了一下，还是卫三儿先说道："王市长，你当了市长了，乡亲们都盼着你给乡亲们多谋点福利呢。我二哥和他们公司的事儿还请王市长多关照关照……"他收起了笑容，绵里藏针地说："对不起王市长，耽误了你的宝贵时间，真不好意思。不过，既然是老乡吗，今后免不了要打扰，请你不要见怪。王市长，咱们以后见……"他把以后见三个字说得很重，说完就转身走了，很快就消失在人流中了。

家树望着他的背影，若有所思地摇了摇头，心想：这个卫东彪的三弟，他来见我是什么意思呢？他得不出答案，思考了一会儿后，转身对司机和秘书说："你们先回去吧，不用等我……"

司机说："我还是和孙秘书一块儿等着你吧，你一个人在外不安全，有我们俩在，有什么意外事的时候，也好应应急……"

孙秘书有些怀疑地说："这个卫三儿怎么知道你到这儿来，在这里等你？你的行踪他怎么掌握？真是奇了怪了……"

家树赞同地点点头，随后又笑着说："放心吧，不会有什么事儿的，你们回去吧……"

“妈妈酱汤馆”是一个朝鲜族人开的具有朝鲜族特点的饭馆。“妈妈酱汤馆”的匾额是用朝、汉两种文字书写。门的右侧立着一男一女两个穿着朝鲜族民族服装的人在打打糕的塑像。进屋后是一大厅，大厅里挂着朝鲜文字画，大厅两侧是两排隔断的单间。单间都是板炕。墙上还挂着一串串的红辣椒，黄玉米……

家树进了酱汤馆，白小姐已在一个隔断的单间里等候，见他进来，便起身迎接。

家树说：“方才在门口碰上了熟人让你久等了，对不起！”

白小姐说：“没事的没事的，我也刚到。”

二人落座。

白小姐打量了一下房间，很欣赏地说：“这个酱汤馆很好，虽说不上豪华，但很清静，优雅，真的很不错……”

家树附和说：“在普通的大众化的饭馆里边，这个汤馆是比较不错的……”

一个朴实、端庄、脸面姣好的女服务员走过来谦恭地递上菜谱，微笑着问道：“请问二位想吃点什么？”

家树接过菜谱问：“你们这里有什么特色的菜？”

女服务员说：“我们这里的酱汤鲜美是有名的。汤里面有健脾开胃的中药汁，还可以根据客人的喜好，汤里面可以放猪肉，也可以放牛肉或狗肉，还可以加入木耳，蘑菇，或者加入各种蔬菜类……”

家树点点头，又问：“炒菜都有什么？”

“荤的有铁板肚皮肉，素的有炝拌肚丝，蒜蓉蕨菜……”

白小姐问：“肚皮肉是什么肉？”

服务员答道：“肚皮肉就是牛的肋条以下的肉，实际上也就是瘦牛肉，不过带点皮，很好吃……”

白小姐笑着对家树说：“真有意思，叫肚皮肉……”

家树问白小姐：“怎么样，肚皮肉能吃吗？”

白小姐说：“能吃！”

家树说：“那就要一罐放牛肉和青菜的酱汤，一个铁板肚皮肉，一盘蒜蓉蕨菜，怎么样？”

白小姐点头道：“好。”

“喝点什么酒？”

“大哥有酒量，应该喝白酒。我也应该陪大哥喝白酒，但我没酒量，喝杯啤酒吧。”

“那好，我喝白酒，小妹喝啤酒。”

在服务员去厨房报菜单的时候，从外面进来几个人。这几个人都在三十岁左右。几个人一进来，便舞马长枪，吵吵巴火地耀武扬威，流里流气，一看就知道不是良善之辈。几个人在大厅里选了一张桌子坐下，拿过菜谱，开始点菜。

家树的司机和孙秘书为了不打扰白小姐和王市长谈话，出于对白小姐不愿人多不便的礼貌，便在另一隔断间里落座。听到大厅里一阵嘈杂之声便往外看，司机认得他们，他们是松云市的一个流氓团伙。

不大一会儿，又进来一个人，是卫三儿卫东国。卫东国进来后见那几个人围坐在大厅的一张桌子上，就问吧台的一个服务员说：“外边那台车的人在哪里？”服务员回答在大厅的东侧一个隔断间里。卫东国便对那几个人说：“走，咱们到西侧那间单间去！”

几个人就跟他到了西侧一个单间。他坐上首，其他人依次而坐。

卫三儿说：“我为什么不让你们坐在外面大厅而进单间呢？因为我在外边看到了王家树的车。他的车停在门口，他肯定在这个饭馆的哪个单间里吃饭。我们坐在大厅里太显眼，不方便，还是回避一下为好……”

“他吃他的饭，我们吃我们的饭，怕他干啥？”一个斜着眼睛年龄较大一点的人不在乎地说。

“不是怕，是注意！你们几个人不知检点，特别是喝点酒更是忘乎所以，还是要注意一点，不要太露，啊……”

“三哥放心……”

“听三哥的！”

“今天哥几个在一块喝酒是次要的，关键是商量一件很重要的事。所以今天咱们一定要稳稳当当的，不能出任何岔头。等一会儿振兴建筑公司的卫副总经理过来，具体的事情他会跟大伙说。卫副总经理来和我们说事儿，更不能出现纰漏，更要消停稳住，知道吗？”

“知道……”

“知道……”

“大伙千万记住了，千万！”

那个斜眼年龄较大的人道："卫总卫老板来是什么重要事？"

卫三儿瞪了他一眼："你问那么多干啥？你不怕知道得太多了脑袋负担太重？不该问的别问，该你知道的到时候你就知道了……"

"是，是，是……"

从那个斜眼的成员对卫东国唯唯诺诺的样子中就可以看出，卫东国在这个团伙中的地位和作用。他的长相并不凶狠，除了因打架脸上留下的一块伤疤让人感到蛮横外，外表给人的感觉还是比较稳重甚至是文静的。但他有心计、做事凶狠，有时为了切身利益，残忍地对对手下手而不眨眼睛。他穿西服打领带，头发梳得很整齐，板板正正，从不邋遢。

但在座的几个毕竟都是些"滚刀肉"，他们对卫三儿唯命是从，可是沉寂了一会儿之后，还是要表现出他们无赖的本性。

菜陆续地上来，几个人开始吃喝。第一杯，每人一个二两杯，干了，第二杯，每人一个二两杯，第三杯，每人一个二两杯。三杯下去，除了洒、溅以外差不多每人半斤白酒就下肚了。有的人就有了酒意。

其中那个年龄稍大一点的人说："我说鼠哥，那不是嫂子吗？"他向正在为家树那送水的服务员一努嘴，没事找事地挑逗说。

那个被叫做鼠哥的人说："我们早就离婚了……"

"那么漂亮的女人你怎么就舍得了？"

另一个搧忽道："就是离了也得随时听用。凭咱哥们，不能便宜了别人……"

鼠哥站起来，不甘示弱，把酒杯一蹾就奔向了那个女服务员。

女服务员见他来，赶紧躲避，但已来不及。

鼠哥上前就拽住了她的衣服和胳膊，醉眼矇眬地说："怎么，子英你想躲我？"

女服务员被拽住，又急又恼地说："你总来缠着我干啥？"

"干啥？老子想你了，来找你跟我回家……"

"你凭啥找我跟你回家？"

"凭啥？凭你是我老婆！"

"谁是你老婆？咱们早离婚了，早就没有关系了……"

"离婚了你也是我老婆……"

女服务员气急，说："真不要脸，谁是你老婆？"她使劲挣脱，因用力过猛，手里端着的瓷茶壶掉到地上，"啪"的一声，瓷壶摔得粉碎，一壶开水大都溅洒在了那个鼠哥的脚上。

"哎哟"，那个男人被开水烫得跳起来，龇牙咧嘴地直跺脚，骂道："你这个臭娘们，你想烫死我呀？"一边骂着一边追着女服务员要打。

饭店的老板及几个工作人员都过来劝止，护住那个女服务员，不让他打。

那个男人耍起了泼皮。他的两只很小的像老鼠一样的眼睛赤红着，脚跳着，用手指着劝止的人威胁道："你们都给我靠边，你们再管闲事，我就把你们这个房子点着了……"他掏出打火机来，打着火，说："你们看我敢不敢？"

饭店的人都知道这个鼠哥是个赖皮，也多次领教过他缠着女服务员撒野的样子。人们出于少惹是非的心理不强行与之理论。

鼠哥一把拽过女服务员，威胁道："臭娘们，看你把我脚烫的，来，痛快地给老子揉揉脚……"

女服务员不揉。

"你揉不揉？"

"不揉！"

"我揍死你！"他抬起拳头，狠狠地向她打去。

"住手！"在他的拳头还没有落下去的时候，松云市副市长王家树十分威严地站在了他的面前。家树举手擎住了他往下落的拳头，大声说道："不许打人！"

"哟嗬，你是哪棵树上的鸟啊？"鼠哥睁开鼠眼，看到眼前这个人高大威武，他的拳头便像被钳子夹住一样酸痛，知道自己不是对手，但不肯服输，装腔作势地咋呼道："你是谁呀，你算老几，你来敢管老子的家事？"

家树的司机和秘书过来捏住他的手脖子，把他的胳膊拧背过去，命令道："老实点！"

家树对着鼠哥，也是对着饭店所有人义正词严地大声说道："我是本市副市长王家树！我对这件事情就是要管。不但我要管，每一个公民，对于这种欺侮妇女，打扰企业经营，违犯社会治安的事情都应该管。我们绝不能让这种流氓无赖污染社会的丑恶行为在我市泛滥……"

鼠哥的眼睛睁大了，恐惧地说："你是王市长？"

家树对孙秘书说："你现在给110打电话，让他们马上来把这个人拿去进行教育，按有关规定处理……”

时间不长，来了两个警察，把鼠哥带走了。临走时，警察告诉饭馆老板，让老板随后领着被鼠哥欺侮的那个叫子英的服务员到派出所去调查了解情况。

在西侧那个单间里，当眼尖的卫三看到王家树从东侧的单间走出制止鼠哥时，他啪的一下迅速把门帘放了下来，隔断了外界的视线，但他从门帘的缝隙把大厅发生的情况都看得一清二楚。

时间不长，当他看到来了两个警察把鼠哥带走了的时候，他先是惊愕，接着就是愤怒。他迅速回过身来，走到那个斜眼年龄稍大的面前，露出一脸凶相，薅起他的脖领子，左右开弓，“啪啪”两个大耳光子：“我方才说了，不让你们轻举妄动，我的话是放屁吗？”他又是左右开弓，“啪啪”两个大耳光子。

那个被打的人眼冒金星，但他惊惧得萎缩成一团，不敢有半点的反抗。

卫三训斥道：“好吃好喝的也堵不住你的嘴，你让他去找什么老婆？这下好，他进去找去了……”他压低了声音但还是很严厉地吼道：“你若坏了老板的大事，看我不废了你……”

饭店外马路上开过来一辆奔驰，奔驰停在了马路对面较远的一个地方。车上的卫东方一只脚迈出门外，很快，他把脚又收回去了，车门也随之关上。

他戴着墨镜。在他刚要下车的时候，他看到两个警察把娄阿鼠从饭店内带出来押走了。他把目光从门口向东侧移，看到王家树的车，他便迅速地开车走了。

卫三给卫东方打电话：“二哥，阿鼠被警察带走了……”

电话里卫东方说：“我知道了……”

“这件事我没办好……”

“不要紧，阿鼠的事情我来办……对那个捅娄子的人也不用太难为，要把大家拢住，用人的地方还在后头。钱不够用上哥这来取，不要太苦了弟兄们……”

“那阿鼠的事情我就不管了？”

“不用你管了，我来办。对其他弟兄不能光横，要软硬兼施……”

“我知道，放心吧。”

卫三收起电话，笑着招呼大家：“来来来，咱们该喝还得喝！”他给每个人都斟上了酒：“来，干！”

喝完后，他又给大家斟上，说：“咱们总是得有点规矩，不能站在锅台上撒尿——乱炝汤！若乱炝汤，这个汤还能喝吗？啊？”

他扫视了一眼，对被他打的那个人说：“大哥打了你，你别生气！打你也是为你好！”

“是，我不生气。我乱炝汤，该打！”

卫三乐了，说：“你明白就好，咱哥俩单独喝一杯！”

卫东方在一个按摩院附近停车。他掏出手机给一个人打电话：“喂，在单位吗？”

接电话的人是一个警察。

“啊，是二哥呀？有事吗？”

“娄玉才被抓了。”

“就是那个外号叫娄阿鼠的吧？我知道。”

“他是我弟弟老三的一个朋友，怎么样，放出来吧？”

“这个是王家树王副市长过问的案子……”

“我不管是谁过问的案子，我就是让你想办法把他放出来……”

“这……”

“这什么这？想办法摆平，需要多少钱吱声，有什么条件你提。”

“那也不能刚进来马上就放啊……”

“好吧，最晚后天，我要见人。”

“我试一试吧……”

“还试什么？本来事儿就不大，你押两天，再罚点款，大面上就说得过去了。”

“好吧，我想想办法……”

“想什么办法是你的事，我就是后天见人！”

他挂了电话。

不大一会，对方打来了电话。

“二哥，话说没完，怎么就挂了？”

“还有什么说的？不都说清楚了吗？”

“二哥，你知道，现在我们上边抓得紧，清理整顿，严肃警纪，的确很困难……”

“不困难我找你做啥呀？我相信你的关系和能力！二哥求你，你就给二哥这个面子吧。”

“二哥……”

“好啦，我现在在兰贵人按摩院等你，你到这来，咱们详细唠……”

“好，我这就过去。”

时间不长，就开过来一辆警车停在卫东方车的边上。车上下来一个警察，四十多岁，威武强健，但脸上却挂着和善的笑容。看得出来，他是一个有权势的警察。他下车后，向卫东方挥了挥手，意思是叫卫东方自己先进按摩院去。如二人一起进去，被别人看到不好。卫东方会意，自己先进了按摩院。警察看卫东方先进了按摩院，环视一下四下里没有熟人，把帽子和警服上衣脱下放到车座上，也迅速进了按摩院。

家树目送着警察把娄阿鼠带走，重新回到隔间单间，很抱歉地对白小姐说道：“真是不好意思，让你看到这样不雅的场面。这简直就是一场闹剧，是社会大舞台上的一出闹剧！实在是令人讨厌……”

“没啥没啥。”

“不过也好，你看到了这样一些场面，能使你对松云的方方面面有一个更深的更全面的了解。这些个场面和这些场面上反映出的问题，它说明了松云市不光都是鲜花，都是彩虹。它说明了在我们社会上还有很多垃圾，很多污垢，在官场上还有一些贪官污吏，一些蛀虫！我们不尽如人意的地方还很多，请你不要见怪，多给予理解和宽容……”

“哪里话，丑陋的东西哪都有，不然，怎么能有好坏之分？我看还是鲜花和彩虹多一些，社会在进步嘛……”

“小妹能这么看，我就安心了……不过，经过这么一闹腾，小妹还有兴趣吃饭喝酒吗？”

白小姐兴趣很高地说：“有哇，他们闹腾我不在乎，只要能和大哥在一起吃饭我就很高兴……”

“那好，”家树脸上浮起笑容，“来，咱哥俩干一杯！”

于是，家树端起一杯白酒，白小姐端起一杯啤酒，二人碰了一下，一饮而尽。

这时，白小姐的电话响了，她从包里拿出手机接电话。

白小姐和对方通话说的是英语。通话的时间较长。家树听不懂英语，但还是耐心地听白小姐打电话。

白小姐挂了电话，笑着对家树说："对不起，打电话时间太长了，让你等……"

"没事没事……"

白小姐给家树斟上酒，也给自己倒上，说："来，大哥，小妹敬你一杯！"

家树干了，白小姐呷了一口。

白小姐说："大哥，你不想听听我方才打电话的内容吗？"

家树笑了笑说："我恐怕不便问吧？"

白小姐说："没什么不便的。来电话的人是我在美国读书时的一个同学，是美籍华人。他一直追我，我和他处了一段，但我不喜欢他。他这个人太自私，就是把金钱看得太重。我喜欢中国人，特别是大陆的中国人，大陆的中国人讲人情味儿……我已经明确地告诉他不再和他来往，可就是总来电话缠着我。他方才来电话说，如果我再不理他，他就要自杀……"

"哟，那事态可就严重了。"

"放心吧，他才不会自杀呢。"

家树不便表态，只能笑着听她说。

她说："大哥，请你原谅我跟你说真心话，前几天我真的对你有非分之想，希望我们能成为情人。你拒绝了我，我不但不怨恨你，反而更敬重你，敬重你始终坚守中国人的道德观，特别是敬重你对家庭的责任感和对嫂子的那一份情义……"

"小妹的理解，大哥很感动……"

"我们不能做情人，我们可以做兄妹，真情实意的兄妹，永远的兄妹……"她端起一杯酒，说："大哥，如果你是真心的，我们可以举行一个结拜仪式，确立我们的兄妹关系……"

她很激动，两眼直视着他，等待他的回答。

他也端起酒杯，回应道："好，等哪天方便的时候，把你哥也请到我家，当着我娘和你哥的面，咱们喝一次相认酒，你看怎样？"

"好，一言为定！"

二人碰杯后干掉。

家树和白小姐走出饭店门的时候，那个被叫到派出所了解情况的女服务员又回到了饭馆，她尾随在后面叫道："王市长……"

王市长回过头来，不知何故地问："叫我，有事吗？"

"你不认识我了？"

"你是谁呀？"

家树听女服务员问，仔细地打量着她，看了半天也想不起他是谁，在什么时间，什么地点认识过她。他茫然歉意地摇了摇头，表示不认识她……

23 再见子英

"我是子英啊！"

"子英？"

"是呀，我是子英。你忘了，在二十年前，在柳塘乡街上有一个被卖的十三岁的小姑娘，就是在供销社旁边的那个十字街口上……"

家树想着，却想不起来。

"你忘了吗？你还领着我和我妈到柳塘村你们家吃过饭，临走时你娘还给拿了十多斤苞米面子……"

家树终于想起来了："哦，你就是那个要被卖的小姑娘，你姓梁，叫梁子英？"

"是呀，你曾经牵着我的手，让我管你叫哥哥……"

"有那事，有那事……啊，真想不到啊，人事沧桑，今天在这里又碰到了你。"他很惊喜地回头对白小姐说："看来，我今天又有了一个妹妹。这样吧，你先回宾馆休息，我和她唠一会儿，他乡遇故知嘛。"

白小姐很友善地端详起这个叫子英的女服务员。她真的长得很美，瓜子脸，皮肤很白，两只眼睛秀丽但含有忧郁。她的头发浓密，扣着两个发扣。她的十指尖尖，虽端盘扫地但仍然很圆润。她没有戴戒指、耳环，也没有描眉和涂红嘴唇，穿着也很普通，但这并没有影响到她的美丽。她是一种朴素的美，忧郁的美。她很欣赏眼前这个女服务的美丽，笑着对家树说："这么美丽善良的一个女子，被那个丑恶的什么鼠哥给糟蹋了，老天真是不公平！"

家树笑了笑，又点了点头。

她接着说："大哥，我近来看了一本中国的诗词集，里面有一首诗，其中有两句：痴汉偏骑骏马走，巧妻常伴拙夫眠。大概说的就是这种情况。你看那个鼠哥，不但长相丑陋，行为也龌龊，唉，这么好的一个女子，真是可惜了……"

家树随着白小姐的话语吸了一口气，眼光和白小姐对视了一下，也同样表示了他的同情之意。

白小姐说："大哥，你真的好运气，有这么个美丽温柔的妹妹……"

家树说："那是过去事了，现在并不是很熟悉……"

"那也是值得庆幸的。大哥，她现在虽然身在底层，但人并不低贱！以后我也愿意和她交朋友……好，你们唠吧，我先回去。"临走，白小姐还和她友好地握了手。

家树对司机说："你送白小姐回宾馆。"

白小姐上了车，走了。

"子英，我们进屋好好唠一唠。"家树叫子英又回到他方才和白小姐吃饭的那个隔断单间。

"二十多年了吧，你和你妈妈过得还好吗？你怎么到松云来了？"

想起往事，她不禁悲从中来。她低下头去，脚不自主地搓蹭了两下地面，当她抬起头来的时候，眼角不禁就泛起了泪花。

家树的心情也跟着沉重起来。他看着她的脸，脑海中也浮现出二十年前柳塘乡街上的一幕——

三月的柳塘乡街（柳塘村是柳塘乡的下属村）天气阴冷，北风飘着雪花，风雪中飘杂着飞舞的草屑，碎枝残叶，更显得昏暗、萧条和阴冷。

在靠近供销社的十字路口一侧，一个衣着褴褛的中年妇女领着一个十二三岁的小姑娘站在那里。中年妇女袖着双手，弓腰哆嗦着。小女孩被风吹起的头发一会儿露出一会儿盖上她那脏了吧唧的脸。母女二人由于怯弱而露出惊惧的眼神。小女孩的衣领上插了几根稻草，它向人们显示这个小女孩在被出卖。同时，小女孩露着旧棉花的破棉袄的前襟上还贴了一张纸，纸上写着："家中断粮数日，有出二十斤玉米面者（出十斤也可以）可把此女领走。"

来了两个干部模样的人驱赶这母女俩。其中一个拔起女孩衣领上的稻草，扯去她身上的告示纸，很气愤地说："去去去！现在新社会了，还有卖儿卖女的，你这不是给社会主义抹黑吗？再不走，把你们抓起来……”

母女俩被驱赶离开。她们走到供销社的门口就再也走不动了。二人坐在台阶上抱在一起痛哭。母亲说：“子英啊，我的苦命的孩子啊，本打算把你卖出去逃个活命，可人家不让啊……你那个病瘫在炕上的爹和你那个弟弟已经好几天没吃饱肚子了，现在不知是死是活，我们可怎么办哪……”她忽然捧起女儿的脸，端详了一会儿，一咬牙说：“看来咱们是没有活路了，干脆，咱们一家人弄一瓶敌敌畏喝了吧，省得活着遭罪……”

女儿泪如雨下，一头扑向母亲的怀里，撕心裂肺地喊道：“妈呀……”

母亲搂着女儿并用手拍抚着她说：“只可惜了，我的孩子啊，你还没有成人，你还不知道人生是什么滋味儿，就服毒离去，妈妈对不起你啊……”

家树从供销社里出来，看到了这个情景，他十分同情地看了看这对母女的催人泪下的哭诉，脸上露出凄苦的表情。但他感到无能为力，便把从供销社买来的自留地用的一袋化肥放在独轮车上，推起车就走了。

然而他走了有五十多米，他又折回来了。

他对那个中年女人说：“大婶，天无绝人之路，不能寻短见哪！这样吧，我家离这不远，只二里多地，你若不嫌弃，先到我家吃顿饭，再想其他办法……”

母亲吃惊地看着家树，当她反应过来之后，扑通一声就给家树跪下了。

“快起来快起来，”他赶忙把中年妇女扶起，说，“咱们走吧。”

他见小姑娘惊怯地看着他，便过去牵了她的手，说：“小妹妹，别怕，哥哥不是坏人，你别怕！你饿坏了吧？你走不动了，来，上车，哥哥推着你。”

小姑娘很懂事地说：“我能走动，哥哥推着，会很累……”

“哥哥不累，上车吧。”他把她抱上车，问：“你叫什么名字？住什么地方？”

“叫梁子英。住在梁家屯，离这三十多里地。”

“梁子英？好。我叫王家树，今后，你就管我叫哥哥。”

家树的话，拉近了他们的距离，使她有了亲近感、信任感。

子英破涕为笑，脸上露出了童真，甜蜜地叫道：“哥哥……”

家树答应了一声“哎”，便推起独轮车向柳塘村走去。

家树从回忆中回到现实。

家树说："你的父母现在都好吗？他们现在在哪里？"

"我的父亲当天吃了一顿你们家给的苞米面做的大饼子就去世了。他临死总算吃了一顿饱饭……"

"噢，你母亲呢？"

"我十七岁那年她也去世了……"

"那你一个人是怎么过来的？"

她泛在眼角的泪花变成了泪滴，一滴一滴地成串滴下来："我妈死后，我和弟弟无依无靠，被逼无奈，十七岁的时候就嫁人了……她的好看的眼睛忽然就露出了愤恨，我嫁的就是那个娄玉才……"她解释道，"就是方才那个臭无赖。因为他姓娄，又长了对鼠眼，所以外号就叫娄阿鼠，他游手好闲，不务正业，吃喝嫖赌，整日惹是生非。我和他结婚十多年，没过一天舒心的日子。四年前，他和别人合伙盗窃商店，被判三年徒刑，没办法，我和他离了婚。他刑满释放后，打听到我在松云这个饭店上班，隔三差五就来缠着我，要钱花，我哪有那么多钱供他花，不给，不是打就是骂……"

"真是无耻！"他问道："你现在就一个人过？"

"我有一个女儿，十五岁了，正在念初中……"

"你弟弟呢？他现在干什么？"

"他小时候送给了一个远房亲戚抚养，现在还住在梁家屯。"

"嗯，你工资不多，又要供女儿念书，很不易呀！你的家在哪住？"

"在城东头租了个小房……"

家树看表已经晚上九点多钟了，就说："子英，今天我见到你很高兴，以后有事给我打电话。有机会到我家去串门。"他站起来，准备告辞。

"我有机会一定去看看你家我大娘，那年在你们家吃完饭，大娘还给我们拿了十多斤苞米面，救了我们的命，大恩大德，没法报答……"

"不能那样说……"

"真的，王市长，你以前救过我们全家，今天又救了我……"

"子英，用不着总是这么客气。以后再见面时，第一，不要叫市长，还像以前一样叫哥哥；第二，不要再提苞米面的事儿，总提苞米面的事，是会使人伤心的，为什么不提高兴的事总提伤心的事？啊，子英，你说行不行？"

"行啊，"她感到很温暖，像真的见到了离散多年的亲哥哥似的说："好，那我就不客气叫你哥哥……”她擦去眼泪，无限依恋地说，“不知今日见面之后，何时还能见到哥哥……”

“我们会见面的，而且会经常见面。以前不知道，现在知道了，我们都住在松云，见面不是很方便吗？”

“你是市长……”

“市长怎么啦？你是说我当市长很忙，没时间见你？你可以去找我，我也会挤出时间来看你。我们二十年后能在这里见面，说明咱们兄妹真的有缘！今后你一定会经常见到哥哥的，哥哥也一定会常来看子英……”他看了一眼眼泪含在眼圈里的子英，说：“好啦，我还有事，我先走了，咱们以后见……”他没有和她握手告别，而是亲切地拍了拍她的肩膀。

家树上了汽车，向饭馆送出来的人们挥手告别。

梁子英目送着轿车离去，久久没有移动。

新加坡白氏木业联合集团董事局主席白瑞星在一个服务人员（跟班）的陪同下到家树家拜访。

家树娘听到敲门声，便去开门。她打开房门，见是两个陌生人，用询问的目光打量他们。

白主席先说话：“对不起，冒昧打扰一下，请问这是王市长家吗？”

“是呀，你们是？”

“我是新加坡白氏木业联合集团的白瑞星，我是王市长的朋友，特来拜访。”

“啊，我听家树说过白主席，快请进！”

进屋到了客厅。娘礼貌地让二位坐，但白主席没有坐。

白主席说：“您就是王市长的娘吧？”

家树娘说：“是。”

白主席说：“您是王市长的娘，那就是我的婶娘了。”他恭恭敬敬地鞠躬给娘行了个礼：“婶娘好！”

娘赶忙拦阻：“不敢当，不敢当，这可不行……”

白主席给娘行完礼，还是没有坐，问：“我听家树市长说，还有一个爷爷，爷爷呢？”

娘说："在他的屋里，我叫他，我叫他。"

娘打开爷爷的房门，说："爹，家里来客人了。"

爷爷边出屋边问："哪的客人啊？"

"是新加坡的。"

"啊，这么远的客……"

白主席赶忙过来，对着爷爷深鞠一躬："爷爷好！"

爷爷赶紧应承："好，好好，你也好，你也好。"

大家落座后，白主席问："弟妹呢？"

娘说："她还没有下班。"

"她做什么工作？"

"在木器厂做油漆工。"

"噢，做油漆工……"白主席嘴里说着，边站起来用目光浏览一下屋室内的装饰和摆设。客厅地面铺了地砖，房屋门窗都进行了简单的包装。一台二十一寸彩电，桌椅、沙发都是普通的，整个家具虽说不上简陋，但可以说是很简朴。

娘把烧开的一壶水提过来，给客人沏茶。

白主席看着她沏茶，试探地说："婶子，家树虽然当市长，但看得出来，家里并不宽裕呀……"

娘笑了笑，很满足地说："经济上虽不算太富裕，但钱够花，吃喝还没有问题……"

"噢。"白主席点了点头。他虽然点头，但并不等于对她说的话认可。很明显，他们的铺陈摆放一般，并不是有意的表示简仆，有意做给别人看的，而是实际经济状况的表现。他又环视了一下四周，说："婶子，我问一句不该问的话，家树的工资不会很高吧，他一个月能挣多少钱？"

爷爷接过去说："一个月能开一千多吧。哎，钱这个东西，多了多花，少了少花，没有的时候，勒紧裤腰带也能坚持一阵子。现在这样就挺好了。你看我，吃的穿的有多好！人活着得有个好心情，心情不好，再有钱有什么用？你看我八十多岁了，耳不聋，眼不花，还不是因为有个好心情……"他说这些的时候总要夸奖刘美娥，"是美娥给了我好心情……"

"是呀是呀，"白主席应和着爷爷说，"您老八十多岁了，身体还这么硬朗，真是让人羡慕哇！"

“还有一宗，”爷爷听白主席应和，挺高兴，接着说道，“还有一宗是什么呢，当官的不能贪，经商的不能奸，种地的不能懒，一懒地就荒芜了，不打粮食没有好收成……”

“你老说的有理。”

“哈哈哈，说个笑谈嘛……你喝水……”

白主席喝了几口水，放下水杯，站起来告辞。说：“婶婶、爷爷，我来松云不少日子了，早就应该到家里来看看，看看婶子，看看爷爷，看看弟妹和侄女。只是忙于其他事务没顾得上。我明天就要回新加坡了，所以今天抽空来家里看看。往后，只要有机会，我请婶子、爷爷到新加坡做客。我是真心地邀请你们去……”

娘说：“好，有机会一定去！”

“那我就走了。”他从服务人员手中要过皮包，从中取出一个纸袋，递给娘，说：“我给家树兄弟留下一封信，他回来请转交给他。”然后，白主席很恭敬地向娘和爷爷又鞠了一躬：“两位老人保重！”转身走了。

娘把他们送出门外。

家树回到家。

娘说：“这么晚了才回来？”

家树：“晚上陪白小姐吃了顿饭，又到办公室研究点事，回来晚点儿。”

“噢，我看你最近总那么忙，也得注意点身体，不要累坏了。”

“我知道……哎，娘你知道我今天在饭店遇到谁了？”

“谁呀？”

“你还记不记得，在二十年前，我到乡供销社买化肥，从街上领回来母女俩，小姑娘才十三岁。在咱们家吃了一顿饭，临走你又给拿了十多斤苞米面。”

“噢，记得记得，娘俩饿得直打晃儿，真叫人可怜。那时候普遍不够吃，断粮断炊的人家很多呀。你遇见那个小姑娘啦？她应该有三十五六岁了吧？她现在怎么样？”

“她现在也不大好，爹妈都死了。十七岁就嫁人了，男人不务正业，判了刑最近才出来。离了婚还总来缠着她……”

“真是个苦命的孩子！”

“她还记得你给她们母子二人十多斤苞米面子的恩情，说有时间要来看看你。”

“好哇，来吧，欢迎她来。我也很想见到她，那年她们娘俩离开时可怜巴巴的样子，到现在我想起来还难受……”

这时，淑云端过来一盆热水，放到坐到了沙发上的家树面前：“烫烫脚吧，解解乏。”

家树笑着对妻子表示谢意：“好好，烫烫脚。”他脱去鞋子袜子，开始烫脚。

娘到屋里取出一个信封递给家树，说：“今天下午新加坡的白主席来了，临走时给你留了一封信。”

家树打开信封，见里面有一封信和一张五十万元的支票。信上写着——

家树弟：

今天去看望了婶娘和爷爷，并给弟留下一张五十万元支票。这五十万元系兄略尽一点兄弟情谊，绝无他意。也与业务合作无关，纯属个人之间的事情。请弟无论如何笑纳，以慰兄多年之心愿。

兄白瑞星笔即日

家树看完信，把信递给娘看，说：“在宾馆时，白主席就把这五十万元支票给我，我没要，现在他又送家来了……”

娘说：“他这是对你二十年前的救命之恩的酬谢。中国人讲究知恩图报，他这是报答的意思，这五十万元数量真不少。”

“娘，他接二连三地坚持送来，你看怎么办？”

“娘也说不准，这些事你自己定吧，别违背了做人的原则就好。”

家树又向淑云看了一眼。

淑云说：“娘说的对。”

家树若有所思地点了点头。

家树洗完脚，回到自己房间睡觉。他先脱衣上了床，淑云也随即上了床。

淑云：“你说的那个小女孩是不是姓梁？”

“对呀，叫梁子英，你怎么知道？”

“你上大学以后，她上柳塘咱家来找过你。那时她已经十六岁。你上大学走了三年，咱们结婚已经三年……”

“啊？她来过柳塘咱家？”

“对呀，主要是来找你，看得出来，她是来投奔你的……”

“投奔我？什么意思……”

“假如不是咱们俩已经结婚，有可能她会给你当媳妇……”

“瞎说……”

“真的！当她听说你已经结婚，知道我就是你的媳妇时，十分失望，走的时候，眼泪含在眼圈上。”

“不可能的，她还是个孩子……”

“她已经十六岁，什么都懂了，况且穷人的孩子立世早。那时她的个子就很高了，好像不比我矮，人也长得挺好看，真的挺好看……”

“她可能就是来正常的串串门，咱们救济过她嘛……”

“不，她真的是来投奔你的，只可惜来晚一步。”

“好啦，睡觉吧……”他侧过身来面对着她，说：“这说明还是咱俩有缘分……”他使劲地把她往自己的怀里搂过来。

她顺势把床头的电灯开关关掉……

二人温存过后，家树却睡不着，他仰望着棚顶出神。

淑云翻过身来，虽睡眼惺忪，但意识还清醒。她开玩笑地说：“怎么还不睡，是睡不着？啊，是在想梁子英？”

他笑了笑说：“淑云，我在想，这世事真的很难预料，二十年前偶尔碰到的白瑞星，十八年前碰到的梁子英，现在又都遇到了，你说，真有意思吧……”

“我看，这就是一种天意，是一种缘。不光是夫妻之间有姻缘，其他的人之间也有人缘。只要有缘，说不定什么时候就会遇上。这个缘就是老天爷画的一个圈儿，无论你走多远，走多长时间，你永远走不出这个圈儿去。”

“实际上就是一种巧合。这种巧合你把它说成是一种缘分也可以。地球很大也很小。说它大，天各一方，很难见面，说它小，不经意之中就碰上了……”

“看起来，你对子英的印象挺不错……”

“是的，她很善良，难道你对她的印象不好吗？”

“好！以后她来咱家，我一定善待她……”

子英在饭店上班每天回家都挺晚，虽然她的女儿大了，放学后自己能弄点吃的，她还是急急地往回走。但今天她下班没有急着回家，她骑上了旧自行车脑袋里还在回想着她和王家树相认的事情，她很高兴，甚至很兴奋。但同时，那种惆怅、苦楚、思念和伤感也同时侵扰着她，她的头有些发胀。

她拐过弯道，经过一个家属楼小区时，她下了自行车，把自行车靠在小区里一个亭子柱子旁，她便坐在了亭子的平台上。

她想起了十八年前她娘临去世时的情景——

已病入膏肓的娘拉着她的手，断断续续地说：“子英，你无爹又要无娘了，今后你怎么办哪……我的可怜的孩子……”

“娘，”她撕心裂肺的哭喊，“你不能死啊……”

“娘不行了……娘死后，你去柳塘找王家树，他是咱们的救命恩人，他心好，会管你的……他若愿意，你就给他当媳妇，啊，听娘的，错不了……”

“娘啊……”

子英从回忆中回到现实，她的眼泪哗哗地流下来，她不擦，任它淌。她又进入了回忆，想起了她去柳塘投奔王家树的情景——

家树娘正在喂猪。听见大黄狗“汪汪”吠叫，回头见门外一个脸显菜色却很好看的姑娘向院里观望，便主动上前问道：

“这个姑娘，你找谁？”

“大娘，你不认得我了？”

“你是谁？我怎么想不起来……”

“你忘了，三年前，我和我娘在你们家吃过饭，临走时你还给拿了十来斤苞米面子……”

“哦，想起来了，想起来了，你叫梁子英……长高了，脸变了，我怎么认得出来？眼睛还是那么灵秀……快进来！”

她进了院子，说：“你喂猪那？”

家树娘把剩下的猪食倒进槽子里：“喂猪，子英，你怎么来了？”

“我来看看大娘你，也来看看家树哥……”她说着，就脸红了。

家树娘看着她，笑着说："你家树哥不在。"

"他干啥去啦？"

"他在省城念大学，已经上三年级了……"

"他上大学了，真好哇……"子英很高兴。

"你怎么这么长时间也不来串个门，你家树哥，还有我们大伙都挺想你们的。唉，你娘现在怎么样？"

子英低头伤心地说："她去世了……"

家树娘吃惊地问："去世了，什么时候的事儿？"

"就是头几天的事儿。"

"唉，真是想不到哇……你爹的病怎么样？"

"他已经死了三年了。"

"唉哟，"家树娘担心地说："那你和你的弟弟可怎么办哪？"

"无依无靠了。"她抬起头来："大娘，我来你们家……"她欲言又止。

"孩子，有话你说！"

"大娘，我娘临死的时候，叫我来投奔家树大哥。"她终于鼓起勇气，哭出了声，"他若愿意，让他娶了我……"

娘先是怔了一下，接着把猪食桶扔在一边，上去把她紧紧地抱住，眼泪禁不住落下："孩子，我的孩子……"

二人抱在一起痛哭。

娘愧疚地哭着说道："孩子，我的苦命的孩子，我说了你可要挺住，你哥他，他已经结婚了……"

"你说什么？"她从家树娘的怀里挣脱开。

"他已经结婚三年了。"

"他已经娶了媳妇？"

"是，娶了媳妇了。"

子英两眼一闭就靠在猪圈的墙上，又从墙上滑坐在地上。家树娘的话像一盆冰水泼在她的头上，她晕了过去。

"子英，子英……"

家树娘唤醒她，并把她拽起来。

淑云从屋里走出来，问："娘，这是谁呀？"

“这是梁子英，家树认的一个妹妹。”然后指着淑云对子英说：“这就是你家树哥的媳妇淑云，你得叫嫂子。”

“嫂子……”

“啊，是子英妹妹，快进屋坐吧。”

娘说：“进屋吧，让你嫂子做饭，一会儿咱们就吃饭……”

进了屋，子英看到墙上挂着一个相框，相框里有一张家树的相片，她端详了一阵，说：“大娘，家树哥这张相片给我吧，我想要……”

“你想要你就拿去吧。”娘把相框摘下来，把照片给了她，说：“子英，以后你就过来给我当姑娘吧……”

淑云把桌子放在炕上，说：“吃饭吧，上炕……”

子英说：“不吃啦，不饿……”

“怎么能不吃饭？吃完饭你就回去把你的弟弟接来，和我们一起过……”

“不啦，我走了。”说着就往外走。

娘的脸沉下来，嗔怪道：“怎么，吃完饭再走就不行吗？你这孩子怎么这么犟……”

她站住，感激地看着家树娘，眼泪就流下来，她扑向她，“大娘啊，我的命咋这么苦哇……”

子英又从回忆中回到现实。

她坐在平台上，头靠在柱子上，她伤感地哭泣、流泪，不能自已。

一个老太太发现了她，走上前拍着她的肩，说：“怎么的啦孩子？哭得这么伤心，夫妻吵架了？你男人打你了？”

她抬起头来，挤出一丝笑容：“没有。”

“做买卖赔钱了？”

“不是。”

“那为什么呀？哭的怪让人心疼的？”

“没事，没事，就是想我娘了……”

“我说的嘛，还挺孝顺……”

“谢谢大娘啊，我走了。”

她站起来，推过自行车，骑上，回头向老太太感激地一笑，走了。

子英回到自己家的楼下，扛起自行车上楼。不大一会儿，三楼的临街的一个玻璃窗亮了。

在她扛起自行车上楼的时候，一直有两个人跟着她。只见那两个人向暗处一闪，一个对另一个说：

“记住，是三楼……”

这两个鬼鬼祟祟的人是卫三儿卫东国指派来跟踪梁子英的，目的是查清梁子英住处的准确位置，以便他们采取行动。梁子英拉亮的电灯的灯光准确地告诉了她家的楼层位置。

随着三楼梁子英家灯光的熄灭，那两个像夜游鬼魂似的人也在暗处消失了。

24 南桥续诗

副市长王家树到徐市长办公室敲门。

正在看文件的徐市长抬起头来：“请进！”见进来的是家树，很高兴地欢迎说：“是家树，快来，请坐！”

家树说：“徐市长，根据市长办公会议的决定，再过三天就要搞文化广场饮食一条街和娱乐城项目的招、投标仪式，我来看看，徐市长……”按照工作关系，他作为副市长、市长的助手，应该是请示、汇报工作，但他既没有说汇报，也没有说请指示，因为那样说他觉得有点俗气，便很随意地说：“看徐市长还有什么事儿没有？”

徐市长也是一个很随和的人，也并不喜欢打官腔，听家树问，很高兴地说：“都准备好了吗？来投标的最后确定了多少家？”

“都准备好了。来投标的一共十二家，其中外省的有两家，省城的有三家，其余的都是咱们松云市的。”

“一定要大张旗鼓地进行宣传。让松云所辖的各县市群众都知道，并邀请省，甚至中央的电台、电视台记者来广泛报道，这对咱们地区以后的招商引资大有好处。对了，家树，上次和新加坡木业联合集团搞的联合开发帽儿山木板式通道的签约仪式就很不错，影响很大，效果很好。”

“是的，无论是反响和效果都是很不错的。”

“总之，一定要精心组织，精心准备，精心落实。对于各投标方，一定要做到公平公正，万无一失，其他的，我没什么意见。”

“搞招、投标仪式那天，徐市长最好能参加……”

“好，我一定参加，需要我做什么，你来安排。”

“招投标仪式开始之前，请徐市长讲讲话。”

“行，我讲。”

“我让秘书给您准备个讲话稿？”

“不用，我自己拟个纲就行了。”

家树赞佩地点了点头说：“招投标仪式搞完以后，一个街道的老年业余文娱组织要在饮食一条街街址那儿搞一场歌舞联欢，以示庆贺。有人提议工程领导小组成员都参加，徐市长最好也参加，和群众一起联欢。”

徐市长笑了，说：“搞联欢庆祝很好，但我就不参加了吧。”

“您一定要参加，您不但要参加，你是朝鲜族，还要穿朝鲜族的民族服装，那才有气氛。”

“家树，你饶了我吧。我既不会唱歌，又不会跳舞，让我出丑……”他虽然嘴上这么说，脸上还是表示出很高兴的样子。

“就这么定了，您若不参加，大家会很失望的……”

“到时候再说吧……”他没有拒绝，实际上，他是同意了。

飞机场候机大厅。

白主席、白小姐要返回新加坡，王家树、柳直、办公室于主任、孙秘书等在候机大厅里相送。登机处开始检票了。

家树上前握住白主席的手，说：“白主席，在松云期间照顾不周的地方请多原谅。请白主席经常来松云检查指导工作……”

白主席说：“我肯定能来。从工作关系来说，小妹瑞雪也肯定能来。我这次来松云承蒙你们体贴照顾，我的心情十分愉悦。不过，我下次来，老弟千万不要再这样客气，太客气了，我反觉得外道了……老弟，办公事时公事公办，私下时，总得让我有个回家的感觉呀……”

家树说：“好好，大哥放心，以前，松云是你的第二故乡，今后，松云就是你的家，我这个当兄弟的，一定以兄弟情谊来接待大哥……”

“那就对了……”

二人热情握手。之后白主席又和其他送行的人握手，在跟随的服务人员带领下走向安检处。

家树和白小姐握手，说：“这次与白总监相识，我十分高兴……”

白小姐打断他：“怎么叫白总监，不叫妹妹啦？”

家树赶忙改过来：“啊，是妹妹，是妹妹。妹妹回去以后，能常来松云看看……”他开起玩笑说，“总不能回去后就把我这个哥哥忘了吧？”

白小姐说：“我是不会忘的，就怕你把我给忘了……”

家树说：“怎么会忘呢？人非浮云，飘过即逝。你若不来看我，我还到新加坡去看你呢！”

“真的吗？”

“那还能假……”

白小姐忘情地上前搂住他，在众目睽睽之下与他拥抱，眼角上便含了泪水。

家树并没有躲避，很大方的让她拥抱，并用手很友好地抚拍着她的肩背，作为回应。

走过去的白主席回头叫她：“瑞雪，快走吧，快要起飞……”

白小姐从激动的情绪中回过神来，挂着泪滴的眼睛看着家树，抿嘴一笑，转身挥手向他告别而去。

家树被激动了，白小姐情义无限的一颦一笑强烈地牵动了他的神经。他很想上前拉住她，向她再说些什么，但他抑制住了，他也笑着向她挥了挥手，说：“再见！”

他忽然又想起一件事，赶忙追赶上白小姐，从兜里掏出一封信，递给白小姐，说：“我给你哥哥写了一封信，请你转交给他，在飞机起飞后再给他。”

飞机腾空而起。

在飞机上，白小姐把家树那封信转交给了白主席。

白小姐说：“这是王家树让我转交给你的信。”

“什么信？”

“不知道。”

白主席接过信，打开一看，一张是他赠给家树那五十万元支票，另一张是家树写给他的信。信上写道：

白大哥：

感谢你对我的一片心意！但这五十万元我不能要。有小惠图报之虞。兄弟之交，情义无价，何必以金钱计之？请兄原谅弟之固执！今后如有需要，一定去求兄帮忙。

祝兄旅途愉快！

弟家树即日

白主席把信递给白小姐看，并说：“家树这个人不贪图金钱，但又不失为有情有义，真君子也！其前途无量啊……”

白小姐从机窗向外望去。在飞机上向下俯瞰，山峦如盖，河流如带，楼群点点，但她看的不是这些，她看的是王家树。她背靠在座椅上，闭目思念，她的脑海中出现了王家树，脸上便显出了甜蜜的笑容。

她对白主席说：“哥，我跟你说实话，我喜欢王家树！”她说这话，是真诚的，发自内心的，没有丝毫羞涩。

白主席嗔怪地笑着说：“我早就看出来了，你对他是情真意切。不过，人家已是有妻室的人，人又传统、正派，不可能离婚和你结婚，也不可能让你做第三者，所以小妹你要清醒、自持。比如手指甲，长了是要剪的，不剪，任其长下去，是会划破脸皮的。”

“我知道。当我知道不可能时，虽然很失望，但我还是理智的。我们已经兄妹相称。我这次来，能认了这么一个优秀的哥哥，已经心满意足，不虚此行……”

“认了新哥哥，就把我这个旧哥哥抛一边去啦？”

“抛一边去！”

“你敢！”他亲昵地刮了一下她的鼻子。

“就敢！”她随势撒娇似的把头歪在他的肩上。

两辆轿车依次从机场开出来，驶上了市区宽阔的马路。前面一辆是王家树、于主任、孙秘书，后面一辆是柳直。

柳直用手机给家树打电话："家树，到南桥桥头停一下。"

家树接电话："有事？"

柳直说："有点事。"

家树说："好。"

车到桥头停下。

家树对于主任和孙秘书说："你们先回去吧，不用等我，我待会儿坐柳局长的车回去。"

于主任说："那就让孙秘书留下，看有什么事啥的。"回头对孙秘书说："你留下陪王市长，多注意点儿……"

孙秘书："我知道。"

柳直的车开过来，拐进堤坝。

家树和柳直在河堤上漫步。

家树问："大哥，什么事儿？"

柳直说："也没什么大事。咱哥俩好长时间没在一起了，今天就此机会聊聊天……"

"好哇，我们每天工作搞得焦头烂额，聊聊也好。特别是大哥你，我看你近来总是不开心的样子，是不是有什么心事？"

"没有啊。"他立刻振作起来，乐观起来。

"没有吗？我最近发现你眼角经常挂着血丝，脸上也显得很疲惫。有几次我约你来聚聚，你十有八九推托掉……"

"我最近除了工作较忙以外，业余时间我还在写一篇文章，熬夜多了些，所以显得有些疲劳……"

"好哇，写的什么内容的文章？"

"关于改革开放以后，人的精神追求与物质利益的关系问题……我在想，为什么历史上有些坚定的革命者，在金钱美女或物质利益引诱面前叛变投敌，成为可耻的叛徒……"

"这个题目好哇，这对当前的贪污受贿问题很有针对性……"

"可是我却写不出来了，有些问题我是越写越糊涂，梳不清，理还乱……所以弄得我焦头烂额……"他趴在栏杆上，极目远望。他看到远处的水面上飞起一只野鸭，又有一只野鸭追逐而去。明显的那是雌雄一对儿。两只野鸭在远空中拉起一道弧线，使略呈微云薄雾的高空更显得飘渺，意境深远。

“啊，多么美丽的大自然！”他趴在栏杆上的身体挺起来，“啊，多么自由自在的野鸭呀……”

“看来大哥又来了兴致，赋首诗吧。”

“家树，你还记得几个月前，我到机场接你回来，在桥上我赋了一首没有赋完的诗吗？”

“记得，头一句是南桥春水两面通，第二句是……”

“第二句是帽山翘首探华容，第三句是楼光树影非本色，改成绿树青草千年色，现在我把第四句续上，只有斯人是腐虫！四句联起来就是南桥春水两面通，帽山翘首探华容。绿树青草千年色，只有斯人是腐虫！”他吟诵了一遍，解释道：“青草一岁一枯荣，然而春风吹又生，还是青草生生不息，不死，不灭。这人就不行了，特别如我者，行尸走肉，腐朽了，变成腐虫成为粪土……”

“大哥把自己比喻成腐虫，有点过了吧？”

“不过，就是腐虫。”他从兜里掏出叠好的一张纸打开，上面写的就是方才他念的这首诗。他说：“家树，方才这首诗，我在家里时就续好了，并且写下来，今天送给你，作为咱们弟兄在桥头赋诗的一个纪念！”

家树接过来，看了看柳直，觉得他的行为有点异样，但又说不出异样在什么地方，他摇了摇头，没有说话。

在河对面不远处的一个建筑工地上，六层楼高的一个吊车吊臂上蹲着一个人，吊车下面有一群人，乱哄哄的，不知道发生了什么事。

家树的手机响起来。

家树接电话：“我是王家树，噢，于主任……”

政府办公室于主任说：“王市长，河南岸的一个建筑工地上，一个农民工向老板讨工资，老板推脱不给。这个农民工父亲有病住院，孩子上学都急需要钱，情急之下就爬上了塔吊，要跳下来自杀以示抗争……”

家树的脸立刻绷起来：“噢，有这事？”他感到事态紧急，马上说：“第一，你立即通知建设局张局长赶到现场，一定要把那个农民工稳住，不要扩大事态；第二，立即通知消防队到现场采取防范和营救措施；第三，立即通知公安局派员到现场维持秩序，防止有人借机煽动闹事……”

于主任说：“建设局张局长已经在现场指挥，消防队和公安局的人也正在往现场赶……”

家树问：“那么施工单位的老板在不在？”

于主任说：“不在工地现场，已经派人去找……”

家树问：“一定要找到他……好，我马上去现场。”他转身对柳直说，“对面那个工地出事了，咱们马上去现场。”

车急速向出事的建筑工地驶去。

家树快步走向塔吊。塔吊上蹲着一个男性农民工，他两手把着铁梁，胸前别着一张白纸，白纸上写有五个大红字：讨要血汗钱！塔吊下一个中年妇女向塔上那个人哭喊着：“你可不能啊，你可不能啊……”喊得撕心裂肺，她是要跳塔吊的农民工的妻子，在她的前后左右拥着十几个农民工。公安局的人在维持秩序，消防队已经在塔吊下铺设了充气软垫……

建设局张局长快速迎上家树，说：“王市长……”

家树脸色严肃地打断他的话，问：“施工单位的老板来了吗？”

“来了，”张局长指着跟过来的那个老板说，“他就是这个建筑公司的刘经理……”

家树这时显示出他的领导者的威严、智慧、果断和魄力：“刘经理，你回答我，你欠不欠那个农民工的工资？”

刘经理嗫嚅着：“嗯，嗯……”

家树严厉地说：“快说，欠还是不欠？”

刘经理说：“欠，欠……”

家树问：“今天能不能兑付？”

刘经理说：“今天，嗯，嗯，恐怕……”

家树不容置疑地说：“我没时间听你解释，明天上午必须先支付一半，另一半十天之内全部付清。就这么定，砸锅卖铁你也得把拖欠农民工的工资还上。假如你不按着我说的做，由此产生的一切后果你要承担法律责任！”他转身对张局长说：“张局长，由你来监督执行！”

张局长点点头坚定地说：“行！”

家树来到塔架下向那个农民工喊话：“那位农民工工友，我是本市副市长王家树！我向你保证，拖欠你的和你工友的工资明天上午先给付一半，剩下的部分在十天之内全部付清。请你相信我，相信政府，你们的权益是会得到保护的。我向你做了保证，你也应该积极响应，请你马上下来，好不好？”

农民工的妻子向塔吊上的农民工喊：“快下来吧，市长都给咱做保证了，还想怎么的？快下来吧……”

他的工友们也都喊：“下来吧，下来吧，有市长做保证，还有什么不放心的？”

然而那个农民工由于在高空蹲在塔吊上时间较长，精神紧张，手脚麻木，他已经不能动了。

云梯车把两个消防队员送上高空，接近到那个农民工，把他搀扶到云梯上。云梯收车，农民工平安落地。

妻子扑上去，把他抱在怀里。她悲喜交集，埋头痛哭。

大家都松了一口气。

农民工的妻子放下已经舒缓过来的丈夫，走到家树面前扑通跪倒，拜谢说：“谢谢王市长救命之恩……”

家树赶忙把她扶起。他对她，也是对在场的人们说道：

“不是你们应该感谢我，而是我应该感谢你们！你们为松云市的城市建设，经济发展做出了很大贡献。没有广大农民工的参与，就没有松云市的今天。同时，我也要诚恳地向没有及时领到工资的工友们做检讨。你们付出了辛勤的劳动，应该及时得到相应的报酬。但是我们的有些企业却出现了拖欠农民工工资的问题，使农民工的劳动权、生存权、按时取得报酬权没有得到保障。不按时给付工资，拖欠，就是对农民工的侵权，就是违法的！这除了企业有些人恶意占有，克扣等等原因以外，我们政府、政府的一些主管部门，特别是我作为建筑行业的主管领导负有不可推卸的责任。我们从监管措施上，组织领导上，规章制度上都存在着不少漏洞。今后，我们一定加强领导，加大措施，严密制度，一定要负起责任，坚决防止拖欠农民工工资的问题在我市再次发生。请大家监督我们。”

农民工们热烈鼓掌。

家树松了一口气，回头问建设局张局长：“刘经理呢？”

“筹集钱去了。”

家树不容置疑地说：“张局长，你马上去监督刘经理落实，明天上午一定要把农民工的工资兑现一半，我们不能说话不算话……”

柳直没有跟家树去工地，而是一个人在河堤上徘徊。他的心事重重，愁肠百转。他凭栏远眺，思绪万千。他掏出烟来点燃，深深地吸了几口，自吟起他的诗来。他的诗原来是四句，是七绝，他又续了四句，改成了七律：

南桥春水两面通，
帽山翘首探华容。
花姿树影千年色，
山光水景万代红。
多年铮骨变霉骨，
几时钢筋成附藤。
壮语豪歌别人唱，
自叹斯身是腐虫！

当他吟诵到“自叹斯身是腐虫”时，禁不住泪水夺眶而出……

他仰天长叹：柳直啊柳直，你今天在这里续诗，明日，明日你还能来续诗吗？你今日在这里装模作样地续诗，你不觉得悲哀，不觉得可笑吗？他自嘲地摇了摇头，顺着台阶走向水边。他用手捧水洗了洗脸，泪没了，眼却是红的。

他又拾级而上到了坝顶。他看对面工地上影影绰绰的人很多，但都不很清楚。因为塔吊很高，他看清了塔吊上的农民工正在被消防的云梯搭救下来，他欣慰地点点头，跟着出了一口气。他自语道：“家树，我的好兄弟，你又平息了一起事端，你干得好，你真令人羡慕！”他顺口念出杜牧的一句诗：“江东子弟多才俊，”又念了辛弃疾一句词：“生子当如孙仲谋！家树，你就是我们松云市的才俊，你的才干必将随着时间的推移越来越明显地显示出来。你干得好，哥真的为你高兴。然而，你知道哥此时的心情吗？家树，你在柳塘的黑板上写过这样的话：我愿意把我的头颅割下，让周身的血液从脖颈上喷出，在空中化成一个奠字，来纪念我在柳塘度过的那一段时光……现在，我愿意把我的腹腔剖开，把悔青了的肠子在这用延新湖里的水洗净……然而，洗得净吗？唐朝李涉《再宿武关》诗中有云：关门不锁寒溪水，一夜潺湲送客愁，我现在何尝是一夜愁哇？”他捡起一块碎石抛向水中，落石处，水波四荡。他向那溅起的波纹喊道：“锁不住的延湖水啊，你，你潺湲送客愁吧……”

这时，他的电话响了。

“喂，是家树哇……你还要过来和我谈诗？谈点别的也行？不，不，我已经离开了河堤，我已经回办公室了……关于这次文化广场工程的透明度和制度化管理的问题？好，好，我也考虑……是，要总结和吸取农民工上塔吊自杀讨工资的教训……讨论时做到心中有数……行，行，找时间再唠……”

他收起手机，为自己的谎话而摇了摇头：“家树哇，你以为大哥还真的有心思考虑规范化、制度化的问题吗？无可奈何花落去，你原谅大哥吧……当然，我知道，我无颜要求你原谅……”

湖堤边有许多休闲娱乐场所，有凉饮厅、茶座、烧烤摊、酒吧、小吃部等。柳直进了一个比较安静的小吃部。

他拣了一个靠里的桌子坐下来。现在十点多钟，不是就餐时间，店内没有其他客人。

服务员拿了菜谱册过来问：“先生吃点什么？”

他没有看菜谱册，而是直接说：“切一盘酱牛肉，炒一盘尖椒干豆腐，一碗小白菜西红柿汤，一瓶半斤装酒。”

“请稍等……”

时间不长，服务员就把一盘酱牛肉和一瓶酒拿上了桌。

他打开酒瓶盖，斟满了酒杯，干了，又斟满一杯，干了，又斟满了一杯，又干了，一连三杯下肚，他才夹了一片牛肉咀嚼。

尖椒干豆腐和小白菜汤上来了。

他斟了一杯，扬脖干了，又斟了一杯，扬脖干了，又斟满一杯，又扬脖干了。他又夹了一片牛肉慢慢地咀嚼，不知是因为酒菜味道好还是有其他心事，他边嚼边点点头。

这时，比邻的歌厅传来收录机放的歌带声：

星星还是那个星星，
月亮还是那个月亮。
山哟还是那座山哟，
梁也还是那道梁……

他闭目静听，手指敲打着桌子。他听着听着，就随着歌带的曲调哼唱了起来：

酱牛肉还是那盘酱牛肉，

人可不是那个人。

哎哟哟哟，哎哟哟哟，

人可不再是原来那个人……

他被自己编的歌词逗乐了。然而他乐得非常自嘲，非常苦涩。他想，是呀，人已经不是原来那个人了，人不人鬼不鬼了，亏你还笑得出来……

他看了一眼端上来的尖椒干豆腐和小白菜汤，一口没动。他拿起酒瓶满上，干了，他再斟，酒没了。

“服务员，再来一瓶子。”

“再来一瓶啤酒吗？”

“白酒！”

“你还来一瓶？”

“再来一瓶！”

服务员又拿来了一瓶。

他打开盖，斟上，干了，又斟满，干了，又三杯下肚了。

他接着方才的歌词唱，但词句已经颠倒：

那母马下了个小马驹，

爹是爹来娘是娘……

他虽然唱的声不大，但站在吧台前的服务员还是能听到，服务员便抿嘴笑。

他看到服务员笑，也笑，便问：“你笑什么？笑我唱得不好？”

“不，不，你唱的挺好。”服务员一边支吾一边过来说，“汤凉了，给您热一热吧？”

“不用热，哦，你是看我有点喝多了吧？”

“没有。”服务员躬身退下去。

他又喝了几杯，酒便没了。他又喊：“服务员，来瓶酒！”

服务员过来了，看他已有明显的酒意，便好意地说：“叔，您已经喝了两瓶，不要再喝了吧……”

“哦？”他抬头看了一眼服务员：“怎么，我已经喝了两瓶了？”

“是，叔，您已经喝了两瓶了。”

服务员是一个很好看，很朴实的姑娘。此时他虽然已明显地有了酒意，但头脑还清醒，他看着服务员说：

“好，听你的，不喝了，算账！”

结完钱后，他自顾往外走，边走边哼唱——

哎哟哟嗬，哎哟哟嗬，
眼前横着的是一道篱笆墙，
这道墙为什么这么高，
它的影子为什么那么长……

他有些发胀的头出门后经过小风一吹清亮了许多，他尽力地保持着平衡，但身体还是有些摇晃。他心想回家，在床上躺一会儿就好了，打个出租车，一会儿就到家了。但他的脚步却没有听他使唤，而是又来到了大堤上。他看着眼前这宽广的湖面，看着湖里荡漾着的清沏的流水以及湖两岸的花草树木，忽然昂首哈哈大笑，随即吟出他自已做的诗句：壮曲豪歌他人唱，自叹斯身是腐虫……他摇摇晃晃地歪在堤边的一棵树上，然后又顺着树干坐下去，时间不大，他睡着了。

啊，百感交集的柳直，在他闭眼睡去的时候，不知他知道还是不知道，他的浑浊的泪水顺着他的脸颊流下来，滴在了他身下的泥土里……

25 一束兰草

家树来到梁子英家。

她租住的房子在市区与郊区接壤的一个比较偏僻的地方。因这里偏远，房屋面积又小，租金便宜，房屋是土炕楼的三楼。梁子英在楼下迎候他，陪他走上三楼。

他进得屋来，虽然感到屋子很狭窄，但有厨房，有卫生间，有一个小中厅，两个小卧室。卧室一个是女儿住，一个是她住。墙壁是新粉刷过的，窗台、窗框、玻璃都是新擦拭过的，明媚的阳光照射进来，屋内让人感到很亮堂。屋里没有什么摆设，中厅里没有沙发，只有几个旧木凳子，一张旧的方桌子。在西墙壁上挂着一个大相框。相框里的她正在向他微笑，那微笑的样子像她的真人微笑时一样充满了柔美、温顺和友善。但同时也让人感到那柔美、温顺中所含有的忧郁。

“很好哇！”他不由得赞扬起来。

看得出来，房屋的主人并没有因为房子的狭小而得过且过，简陋之中显现出来女主人的质朴、干净和对生活的情趣。

“很好哇！”他又赞扬了一句，问：“在这房子住几年了？”

“已经住了三年。”

“房租多少钱？”

“每个月三百元。”

“房价还行。恐怕孩子念书远吧？”

“不算远，郊区中学，离这有三里多地，每天走路上下学，习惯了……”

“孩子的学习成绩怎么样？”

“还可以，能在前十名以内……”她很难为情地对他说，“连个沙发也没有，到我的房间床上坐吧。”

“别客气！”

“他进了她的房间，刚坐下，但他马上就站了起来，他看到她的卧室的窗台上摆着一盆花。

那是一盆小叶兰草！

他走到兰花前欣赏起来。那盆花很雅致。一簇一簇的茎叶拥挤在一起，每根茎叶都青绿新鲜，青绿之中又略带一点黄色。这些茎叶根根挺拔，相拥着向上生长。长到顶端时，又都各自向外垂伏，像一眼泉水向四面喷洒开来，形成了一个大喇叭形的大花束。在“大喇叭”的中间，挺立着几支花蕊，花蕊有红的、黄的、白的。花蕊很小，但很美丽。有的花蕊已经绽放，站在它的旁边，很明显能闻到它散发出来的阵阵香气……

他俯下身去，深深地闻了闻，感到一股淡淡的但很诱人的香气沁入了他的心脾。

“啊，真香！”他睁开眼睛，笑着对她说：“你养的这盆花真香！”

“是吗？”她赞同的点点头，“这个花虽小，不起眼，但确实很香……”她的花得到赞赏，便很得意，她笑着回答他。

“你为什么只养这么一盆花，一盆显得很单哪？你为什么不养几盆像杜鹃、山茶之类的花，显得更热烈，更有气氛？”

“我不喜欢鲜艳，雍容华贵。我喜欢清淡、素静。再说，这个花好养，好活，不需要特别的精心侍弄，也不需要多么好的环境条件。只要从别人家分一个根芽来，随便弄一个旧花盆，弄点土，弄点水，栽上就活了。有时忙了，忘了，几天不浇水，叶子都黄了，只要根还没干巴，浇上水，它就能缓过来，活过来，照样的生长、开花……”

“啊，是呀，它有顽强的生命力，这花真的很好！”

她说得很平淡，没有任何的夸张和修饰，但他却听得津津有味，在他听来，她简直就是在朗诵一首诗。她品味着她的话。他从文如其人，想到了花如其人。他思索了一会儿十分欣赏地对她说：“你说的这盆花其实不是花……”

“它是一盆花啊，”她对他的话有些不解，解释着说：“它是一盆花，叫兰草，怎么说呢，是属于兰花系的，虽然叫兰草，但也是花……”

“不，我说的不是那个意思，我说的意思是，它不是一盆花，并不是它真的不是一盆花，而在精神上它很像一个人……”

“噢？像一个人，像谁呀？”她有些不解地望着他。

他也望着她，眼睛里充满了欣赏和肯定：“像你！”

“像我？”

“是呀，像你！”他十分肯定地说。看来他有些激动，他有些被自己的发现所打动。

这的确是他的真情实感。他很坦诚地对她说：“是呀，真的很像你！你看，这花朴实、淡雅、清香，还有一些文静。它不讲条件，索取的少，给予人们的却很多。它在困境中不低头，不颓萎，对富贵不攀比，对贫穷不嫌弃，它用顽强的生命力求得生存，它用自己朴实无华的身姿展示自己的价值……这些，都跟你一样……”

“你快别说了，我可没那么好……”她被夸反而觉得不好意思，便红了脸。她红了的脸像那盆兰草茎上开放的一朵红花一样美丽动人。她从他那称赞的话语和肯定的眼神感到了他的真诚，她感到了他是真实意思的表示。她低下头去，掩饰一下自己的脸红。但她掩饰不住，甚至还感到有点心跳。一种被人理解的欣慰感涌上心头。她感到很欣慰。

虽然不大习惯，但她还是叫出了口：“哥，你坐，我烧水给你喝。”

“不用啦，我是利用下班这点间隔时间来看看你，我坐一会儿就走。”

“让我烧点水，沏杯茶给你喝吧，我的心里能安顿一点儿。来了就走，连杯水都不喝，我心里不安哪？”

“那好，你烧吧，我喝。”

她用电水壶把水烧开，从抽屉里取出半包茶叶，沏上，说：“哥，你别嫌弃，茶叶不好……”

“没关系，我喝茶不讲究，好坏都行。”

她把沏好的一杯茶递在他的面前，说：“哥……”她欲言又止。

看她吞吞吐吐的样子，他望了望她说：“有什么话说吧，干什么吞吞吐吐的？”

她终于鼓起勇气说：“大哥，我今天能见到你，这是我多年盼望的。但我平时不敢去找你，怕给你添麻烦……你知道吗，在十八年前，我到柳塘去找过你……”

他笑着回答说：“我知道，我听我们家你大娘和你嫂子说过。”

“那你知道我为什么找你吗？”

他不好意思直接回答，便反问道：“为什么呀？”

她也没照实回答，而是模棱两可地说：“就是想看看你……”

“呀，难为你小小年纪有如此心意。”

“哥，你知道吗，你在我的心目中是豪侠仗义之人，是诚实善良的仁人君子，是我可以信赖的人，所以，我去找你……我就是想，嗯……”她欲言又止，但还是说出来，“我太孤单，就是想找一棵可以依靠的大树！哥，我这样说，你可千万，千万别笑话我……”

“我怎么会笑话你呢，我不但不笑话你，反而还要感谢你对大哥的信任……”他被她的情意所感动。他大口地喝了一口茶水，平息了一下被她的真情所激发起来的感情，看着她说：“那以后你该去找我呀？”

“你结婚了，又去上了大学，以后又当了局长、当市长，都挺忙的……”

“那就不能找了吗？”

“怕给你添麻烦……”

“那有什么麻烦的，你来找我，我多一个妹妹，总是好的嘛，你啊，想得太多了，太外道了……”

“说来也真巧，没想到这次能在饭店碰上大哥……”

“这说明咱们兄妹还是有缘哪……”

“只是可惜，有缘而……”

“而什么呀？”

她没有回答。她本来是想说，只可惜有缘而没份，但她终于没有说出口。

看她面庞微红欲言又止的样子，他没有再追问。实际上，她想要说什么，他心里是知道的。何必非要说出来呢？不说出来，双方也都心知肚明，效果是一样的，效果岂不更好。相反，非要说出来，对她或他来说，也许都会感到尴尬，所以还是适可而止为好。他又喝了一口茶水，微笑着站起身来对她说：“子英啊，大哥今天是先过来看看你，以后还会来。我的娘也想见见你，对你的印象挺深，等哪天我拉你到我们家去串个门。以后，咱们常走动，当个亲戚走，不是很好吗？你现在虽然困难一点，但会好起来的。哥希望你坚强起来，勇敢地面对生活。有什么困难找大哥，大哥能帮的一定帮你，好不好？”

子英点头，一脸不舍的神情。

“那我走啦？车还在外面等我……”

子英又点点头。

门开了，女儿放学回来了，与刚要出门的家树相遇。

子英对家树说：“这是我的女儿玉兰。”又对她的女儿说：“玉兰，这是我常跟你说过的曾经救过咱一家的王，王大爷……”

玉兰很懂事，对家树笑了笑，很礼貌地叫道：“王大爷好！”她走向自己的小屋又转了回来，端详了一下家树，似有所悟地说：“我认识你，你是我们市的副市长……”

“你怎么认识的？”

“在报纸上看过你的照片，在电视上也见过你……”

“这么说，我们是老朋友啦？”

“我只是单方面知道你，还算不上老朋友。”

“那我们就交个新朋友，好不好？”

玉兰抿嘴笑了笑：“好！”她思忖了一下说：“既然我们交了朋友，我可以问你一个问题吗？”

“可以呀，什么问题呀？”他很感兴趣，又坐下来。

“你为什么才来见我的母亲？”

“这……”

“我的母亲天天想念你，念叨你，你总也不来，太狠心了……”

子英赶紧制止：“你这孩子，不许胡说，你大爷他怎么知道？……”

“不知道，王大爷，你真的不知吗？”

家树点点头：“我真的不知。”

“那就是我母亲单相思了……王大爷，你可知道，我的母亲已经暗恋了你十八年……”

子英嗔怪道：“玉兰，你小孩子家家的瞎说什么呢……”

“实事求是嘛，我看你经常拿着王大爷的照片默默地思念，特别是那个娄阿鼠欺负你的时候，你总是偷偷拿出王大爷的照片来哭泣，有时还放声大哭，特别是在晚上，我在这间屋睡觉时都听到了……”

“不许胡说！”

“有什么不可以说的？我大爷来了，跟他说说，让他知道知道也好，省着你总憋在心里憋出病来……”

子英不好意思地向家树解释说：“你别听她瞎说，没有的事……”

家树没有回答子英的话，而是问玉兰：“我从来没给过你母亲照片呀……”

“是她从《松云日报》上剪的。报上有你工作的照片或参加会议的照片，她看了就剪下来，多了就订在一起成了一个小影集，不信你看，这个小影集就压在她的床上的褥子底下……”她走到母亲的床头，掀开床头的褥子，果然取出一个影集递给家树，说：“你看，我没有瞎说。”

他接过来打开影集，扉页上写着这样几行字：思念是痛苦的，因所爱的人不在一起，甚至不能见面，所以才有思念，这种思念是一种精神折磨，因此是痛苦的；但思念也是幸福的，因为有一个值得思念的人使你思念，这种思念在精神上也同时能产生一种愉悦，所以是幸福的……

他把扉页翻过去，果然有几张从报纸上剪下来的他工作、学习和参加会议时的照片……

他合上影集，走到窗前久久伫立，他的心情很不平静，他被深深地感动了。他反过身来，很动感情地说：“子英，谢谢你，谢谢这么多年来你对大哥的情义，同时我也请你原谅，原谅我这么多年给你带来的，带来的牵挂……”

子英有些羞涩地低下头去。“这不是你的问题……不是你的错……”

他又对玉兰说："好孩子，大爷也谢谢你，谢谢你告诉我这些，使我知道了这些事情……"

"不用谢，我只是希望大爷能经常看看我母亲，你能来看看她，她就能开心……"

"我会的，你放心……"

她突然顽皮地说："大爷，你若能成为我爸爸多好呀！"

"哦？"家树不禁一愣，这孩子竟说出这种话来！他看着她的脸，然后摇着头，苦笑了一下，把她的头揽在自己的怀里，很动情地说："孩子，你还小，有些事情你还不懂。婚姻、家庭看似简单，实际上也很复杂。并不是有情人就一定能终成眷属，也不是只要所爱就一定能够得到，它要受到政治、经济、时代的影响，它要受到时空、环境、条件各方面因素的左右。有些应该得到的没有得到，有些不应该得到的却得到了，这要看促成得到的没有得到是由于善意还是恶意，如果是恶意的，就要与之抗争，如果是善意的，多数情况下就要顺从和接纳。比如我和你大娘的婚姻就是善意的，并且一直很和谐，就要接受和维护，假如不维护甚至抛弃，那么对另一方就是伤害，就是不公平。所以，无论如何我也成不了你的父亲，只能是你的大爷……你说对不对呀？"

她似懂非懂地说道："那我妈不就白相思了吗？"

"我们可以成为兄妹，成为朋友哇！理智一点，可以把那种情感变成朋友之情，兄妹之情……"

子英说："好了，玉兰，不要再缠着你大爷了，回你屋里学习去吧。"

玉兰气得瞪了母亲一眼，对家树说："我妈这辈子够可怜的，从小受苦，又嫁了个可恶的娄阿鼠……"

家树说："你不应该那样说，不管咋样，他是你父亲……"

她气哄哄地说："他不是我父亲，我从来就没有父亲……"

子英再催促道："好啦好啦，回自己屋去吧。"

玉兰对家树说："大爷，你们唠吧，我写作业去了。"

家树说："好好学习，大爷盼你有出息。"

玉兰向家树招了招手，回自己屋了。她的长相有些随自己的母亲，很清秀，笑的时候，很招人喜欢。

家树说："玉兰这孩子很懂事，很招人喜欢，像你……"

“就是命太苦了……”

“命运是可以改变的。”他充满信心的说道，“子英，挺起脊梁，勇敢地面对生活。大哥诚恳地希望你忘掉过去，理智面对感情问题，勇敢地承担起对自己，特别是对孩子的责任。好吗？”

子英不做回答。

“你应该大声回答我，你只有高高兴兴地回答我，我才能高高兴兴离开你这个家，你不痛快回答我，我就是离开了，我的心里不是也会很不安吗？”

子英只好抬头勉强笑了笑，说：“好。”

家树也与她相视而笑，说：“那我就走了，过几天来看你。”

轿车离开子英家在马路上奔驰。

家树心事重重地靠在座椅上。

孙秘书说：“王市长，我看你挺不开心的样子，要不要到浴池洗个澡，休息一下？”

家树说：“不去了，我在思考一个问题，过两天共青团组织一个讲座，让我去讲一讲关于恋爱、婚姻和家庭的问题……”

孙秘书说：“讲这样的问题，对王市长来说，还不是小菜一碟……”

家树说：“不，不是那么简单，必须要有针对性。当前，在社会上这个问题比较混乱，仓促结婚，随意离婚，非法同居，第三者插足，卖淫嫖娼等比较突出，引发不少社会矛盾，这是值得关注的。有这样几个问题，请你们俩参谋参谋：一、爱情是精神的，还是物质的，或者说是精神和物质相结合的产物；二、婚姻是获取还是责任，或者说既是获得更是责任；三、家里红旗不倒家外彩旗飘飘是一种值得炫耀的时尚，还是一种应该被唾弃的丑恶现象……”

孙秘书说：“有的干部不光是在外面找情人，还去玩小姐。有一个服务行业管理机关的干部去玩小姐，完事了不给钱；掏出自己的名片，对收银的吧台老板说，你看我是干什么的，要钱？先记着吧！把名片往吧台上一扔，理直气壮地走了。结果吧台老板拿着他的名片找到单位，丢老人了……”

“英雄豪杰嘛。”家树嘲讽地说，“你没看武侠小说，某某豪杰杀人后在墙上题名，杀人者某某也……这位干部留下名片和墙上题名差不多，只可惜不是义举而是丑行而已。”

孙秘书说："真是愚蠢！"

家树玩笑地询问道："小孙，你有情人吗？"

孙秘书不容置疑地说道："没有！"

"真的没有吗？"

"真的没有！"

他又问司机小王："小王，你呢？"

小王笑道："王市长，你看我要学历没学历，要财力没财力，能把自己的老婆维持住就不错了，哪有条件去找情人？"

"那就好！"他正色道，"我们在市政府上班，是国家的公务员，全市的百姓都在看着我们，我们必须要站得正，行得稳，我们绝不能进入左道旁门，误入歧途。我们必须要对家庭，对妻子负起责任。那种改革开放了，时代不同了就可以随随便便，吃着碗里的，端着盆里的，还看着锅里的，是很不可取的，早晚要陷进去……"

子英把饭菜收拾到桌子上，向玉兰的小屋叫："玉兰，吃晚饭啦！"

玉兰出来坐在桌子旁，她端起饭碗，看了看自己的母亲，说："妈，你又哭了？"

"没有哇。"

"还没有呢，看你的眼睛，还红着呢……"

"炒菜油烟呛的，快吃饭吧。"

"妈，你也不用掖着盖着，我知道你是为思念王大爷而哭……"她戏谑地说道，"也难怪你那么想他哈，他这个人是不错……"

"胡说些什么呀？"

玉兰顺着自己的思路说："他人长得好，气质也好，心眼也不错，这样的男人值得思念……"

子英很愿意听这话，但嘴上却说："吃饭也堵不住你的嘴！"

她转了话题："可是，你想有什么用呢？人家有老婆有孩子，也不能离婚和你结婚。所以，妈，我劝你还是适可而止，像我王大爷所说的，还是把感情转移一下吧，省得自寻烦恼……"

"你以为那是吃东西呢，不愿吃米饭可以换成面条？"

“反正自己的决心很重要，自己下决心转移就能转移。还有，你每天都把那个影集拿出来看，端详过来端详过去，越陷越深……”

她无奈地说：“我也知道这样不好，所以从不去主动找他……”

“那样吧，我把你那个影集拿外边烧了，你眼不见心不烦，你的心就能静下来……”

子英苦笑了笑：“傻孩子，影集你能烧掉，可是，我脑子里，心里的影像你能烧得掉吗？”

夜已经很深了。

子英独自翻看着那本影集。每看一张家树的照片，她都细细地端详一阵，甜蜜地笑一笑。她从头到尾看了一遍，闭上眼睛沉思，渐渐的，眼角便滴下了泪水。

她把影集放在床上，翻到扉页，在她写过的感言下面又续写了一行字——我愿意自己这样思念下去，直到永远……

就这样永远地思念下去，就意味着永远的痛苦，永远的折磨。但对她来说，她在经受着痛苦折磨的时候，也同时有别样的一种滋味，那就是她在影集的前面写过的：因为有一个值得思念的人使你思念，这种思念在精神上能产生一种愉悦，所以是幸福的……

她就是在这种痛苦的折磨中和精神的愉悦中忍受着和享受着。思念的苦涩和甜蜜像一把双刃剑不停地刺着她，割着她。当痛苦的一面向她袭来的时候，她肝肠寸断，泪湿衣襟；当甜蜜的一面向她靠来的时，她也流泪，但那是甜蜜的、幸福的眼泪……

现在已经是九点多钟了，她长叹一声，拉灭电灯，强迫自己上床睡觉。可是，她越是努力想睡着就越是睡不着。朦胧中，她似乎听到楼道里有脚步声。是谁呢，该不会是家树哥又回来了吧……她想着想着，忽然就听到开门声，抬头一看，果然是家树哥回来了。啊，他真真切切地站到了自己的面前，并用手轻轻抚摸着他的脸，疼爱地为她拭去眼中的泪水……

她已不能自持，猛地扑向他的怀中，像被压抑着的火山喷发一样大声宣泄道：

“大哥……”

“小妹……”

“我想你！”

“我也想你！”

她紧紧地搂着他，手使劲地抓住他的衣服，生怕他跑掉。就这样，他们抱在一起很长时间。她终于感到攥住他衣服的手很疼了，越来越疼。她睁开眼睛，家树哥不见了，她的手牢牢抓在床头的立柱上。她松开手，知道自己方才和家树哥相见相拥是南柯一梦，不觉怅然若失，自嘲地一笑。但她很满足，她终于在梦幻中对家树哥喊出了我想你！这样的饱含着她所有思念的话，明明白白地表达了她这个女人对她所爱慕的男人的全部感情。她闭上眼睛，把方才和家树哥相见相拥的情景像过电影似的又过了一遍，幸福感传遍全身。她的心一阵颤抖，脸上便露出了温馨的、甜蜜的笑容。

睡是睡不着了，她索性从床上起来，走到窗前，把窗帘拉开。明亮的月光泄进来，柔柔地照在那株兰草上。她深情地注视着每一片叶，每一朵花。她用手抚摸着它，又用手巾擦拭着它。她皱眉思索，像对着一位亲人似的对它说：“家树哥说你像我，我很高兴。可是咱俩既有相像之处，但又有很大的不同。相同的是，我们都朴实，不求荣华富贵，在困境中我们都能忍耐，都能够生存。不同的是，你是花，你被人摆在窗台上，摆在客厅里，有人浇水、培土，供人欣赏，给人以美感和享受，养你的人都爱你。而我却从小受苦，无人管，无人怜，受尽屈辱，苦难总是无尽无休地伴随着我，我是一个多余的人……”

她叹了口气，接着说：“我家树哥赞美了你，看得出来，他是真心喜欢你！他喜欢你，我也就更喜欢你！今后，我一定更好地爱护你，培养你，让你长得更好，让他见了你更高兴……”她说着，声音不自觉的就有了提高，而且还忘情地笑了笑，尽管这个笑是苦涩的。

她的女儿过来问：“妈，你在和谁说话？”

“我没有说话呀。”

“怎么没说，我明明在听你说话？”

“没有哇！”

“还说没有？”

“你进屋来看，哪有人，我跟谁说话？”

她进屋看了看，确实没人，说：“这就怪了，我明明听你嘟嘟囔囔地在和人说话……”

"你这孩子，耳朵有毛病了吧？"

她怀疑地眨着眼睛："说了也好没说也好，早点闭灯睡觉吧，明天还得起早做饭呢。"

"早点睡，你的作业写完了吗？写完了也早点睡。"

"写完了，我也马上睡。"玉兰在经过床头的时候，一只手麻利地把放在床头的影集拿起藏在身后，然后转身出门，把影集拿走了。

子英关了门，回头看床头的影集没有了，就很快跟过来，急着说："玉兰，把影集给我！"

"什么影集？"

"就是我那本影集！"

"我没拿呀……"

"什么没拿，快给我！"

"我……"

"快点！"

玉兰看母亲急得眼泪都挂在眼圈里，就说："一个破影集就当成了宝贝了……"

"快给我！"

"给你！"玉兰气呼呼地从被子底下把影集拿出，没好气的送到母亲的手里："给你！快拿去跟他说话吧！今天若是不给你，你还不得疯了哇……"

子英接过影集，转怒为喜："你这个死丫头……"

玉兰很生气地说："你真是邪了门了，你等着我早晚把你这个宝贝影集烧了……"

子英笑着说："你敢！"

"你看我敢不敢！"玉兰赌气地把母亲推出门去，"去去去，回你屋看你的影集吧，去回去跟他说话吧，唠嗑吧，谈情说爱吧……"

子英委屈地说："玉兰，妈知道你心疼妈，可是你懂妈吗？你怎么能这样对待妈……"

玉兰就知道自己的言行有点过了，解释说："我看你最近越来越陷入对王大爷的思念中不能自拔，那不是自己折磨自己，自己坑害自己吗？你何苦呢，什么时候是个头哇……"

玉兰说着说着就哭了，子英见状也就落下泪来。于是，娘俩抱在一起哭做一团。

哭了一会儿，子英说："玉兰，是妈不好，你原谅妈吧。睡吧，明天还得上学。"

"妈，我理解你，我理解你依恋王大爷的心情。你从小受苦，被王大爷接济过，救过，搁谁都得感激他，由感恩变成依恋，这也是人之常情。以后你嫁给姓娄的，憋憋屈屈跟他过了十多年，没过过一天舒心的日子。若没有他比着，你可能思恋王大爷的心情就会差些，如果他对你好一点，你的思恋也会差一些。一个对你好，一个对你不好，一个人品好，一个人品不好……再说了，如果你一直见不到王大爷你对他的情感可能会深埋在心里。没想到又见面了，而且是在饭店姓娄的欺侮你时他保护你的情况下相见的，这就使你埋在心底的情感爆发出来，而且越来越强烈……"

"玉兰，你真知道妈的心情，你真是妈的好姑娘。"

"可是，你自己也得知道控制和收敛啊是不是！你得现实一点，王大爷是有家有口的人，你做的太大劲了，对人家家庭也不好哇……"

"我就是背地里想一想，我又没做什么出格的事？"

"你光是背地里想一想吗？你现在就做得很出格了。你想过没有，你整天这样茶不思饭不想的，神神叨叨，简直都快成精神病了……"

"哪有那么严重？"

"再发展下去，我看够戗。"玉兰停顿了一下，说，"妈呀，你可不能这样下去呀，你若真的这样下去，有个三长两短，你让我怎么办呀？"

"就是因为有了你，妈才没有死！放心吧，妈不会扔下玉兰不管的……"

"既然如此，你就更应该往开了想，不能一条道跑到黑。还是我王大爷说的好，命运是可以改变的，挺起脊梁，勇敢地面对生活，理智地面对感情问题，不能成夫妻，还能做兄妹。你既然那么相信他，他的话你就应该听啊，不能总是哭哭啼啼地单相思啊……"

"说的容易，难哪……"

"所以你要下定决心，咬牙挺过去！"

"好，我挺……"

也许是为了逗母亲开心，她说道："妈，你好好的，该吃吃，该喝喝，精神振奋起来，身体强壮起来，我给你介绍个对象，给我找个爹……”

“你这死丫头，没有正经的。”

“真的，我们学校有个老师，刚四十岁，媳妇死了三年了，还没有成家。这个老师可好了，真的，可好了……”

“行了，小孩子不学正经，耍贫嘴……”

她的脸上终于泛起一丝笑来。

正当母女二人准备分开之时，传来了当当当的敲门声。这么晚了还有人来敲门，这是从来没有过的。

“当当当！”更响的敲门声。

母女俩惊恐地向门外问：

“谁呀？”

26 祸不单行

松云宾馆会议室的主席台墙的上方悬挂着松云市文化广场工程饮食一条街及娱乐城项目招、投标现场会会标。

会议是在十点正式开始。台下已经坐了很多人，有政府有关部门的负责人及工作人员，有投标的建筑商等等，其中松云市振兴建筑公司总经理田振兴（田瓦匠），副总经理卫东方也在座。

还有来采访报道的电视台、报纸等新闻媒体的记者。

已经临近十点，在主席台上的家树看徐市长还没到场便有些着急，他对办公室于主任说：“于主任，你给徐市长打个电话，他答应来参加会议，怎么到现在还不来？问问能不能来……另外，文化局的柳局长怎么也没到，问问是怎么个情况……”

“好。”于主任答应一声，拿出手机到走廊去打电话。他刚出了会议室的门又回来了，对家树说：“王市长，徐市长来了，在外面等你，让你出去一下。”

家树走出会议室，果然看到徐市长向他招手。他快步走过去：“徐市长……”

徐市长迎上来说：“家树，情况有变化，这个会议马上停止！”

家树一愣："怎么啦？"

徐市长说："标底已经泄露，会议马上停！"

家树问："标底泄露，怎么泄露的？"

徐市长说："纪检委已基本查明，是文化局柳局长把标底透给了振兴房地产建筑公司的田经理田振兴，田振兴给了他二十万元作为回报……"

"柳局长？"

"是呀，在这之前，他已经收了人家十万……"

"这是真的吗？"

"昨天晚上柳局长就被双规了，他已经对泄密和受贿供认不讳……"

家树呆住了："已经双规……"

徐市长说："家树，我知道你和柳直的关系非同一般，你理智点……你马上到会议室宣布会议延期。当然啦，会议延期不能拖得太久，这样吧，利用两天把标书的各种数据调整好。今天是周一，周四开怎么样？"

家树点点头，说："好吧，周四开……"

家树回到会议室，在麦克风前向大家宣布："同志们，因情况发生变化，这次招投标会议决定延期召开，初步打算周四召开，请各位等正式通知，现在散会……"

人们陆续散去。

家树心情沉重地独自坐在会议室的椅子上。他眼望着墙上悬挂着的招、投标会标，痛苦地皱着眉毛，一动也不动。然而他的内心却翻腾着。

他回忆起昨天送白主席从机场回来，柳直在桥畔续诗和向他赠诗的情景——

"家树，我上次的诗缺最后一句，现在补上。全诗联起来是南桥春水两面通，帽山翘首探华容。绿树青草千年色，只有斯人是腐虫！你可知道，这个腐虫就是大哥我……"

家树说："大哥把自己比喻成腐虫，有点不大贴切吧？"

"很贴切，就是腐虫……家树，方才这首诗，我在家时就续好，并且写了下来，今天送给你，作为咱们弟兄桥头赋诗的一个纪念吧……"

家树从回忆中回到现实。

他猛地拍了一下额头：“我真笨啊！”自语道，“他知道自己暴露了，犯罪了，就要进监狱了，他是在向我告别呀……”

他抬起头来，很自责地说道：“王家树！你这个当兄弟的是干什么吃的！他有困难时你为什么不帮助他？他有受贿的苗头时你为什么不及时提醒他？虽然打电话问过此事，但蜻蜓点水，为什么不深入警告，及时补救？交你这样的朋友有什么用？他现在被双规了，你好受了吧……”他的眼泪涌出眼角，猛地薅了一把自己的头发，撕心裂肺地喊道：

“柳直兄，我对不起你呀……”

他悔恨交加，不能自已，十分痛苦。

夜已经很深了。

家树从柜子里拿出箫来，轻轻的吹了一首《苏武牧羊》。

淑云说：“都半夜十二点了，别吹了，别吵醒了咱娘，爷爷……”

家树擦了一下挂在眼角的泪水，说：“淑云，对不起，你就叫我吹一会儿吧，我心里实在堵得慌……”

这时，娘过来了，说：“淑云，你就叫他吹吧。柳直被抓了，他心里难受，毕竟兄弟一场啊……”

家树孩子似的把头扑在娘的怀里：“娘……”

娘摸着他的头说：“家树，娘理解你。柳直受贿，犯了法……可你们是真心实意的好朋友哇。娘知道你现在的心情很复杂，你是恨他、怨他，又同情他，心疼他……柳直挺好的一个人没想到走到这一步，娘的心里也不好受哇。”她说着说着，眼泪就出来了。

他把头更紧地贴在娘的怀里，说：“娘，我没有尽到朋友的责任……”

娘叹了口气，说：“柳直这个人，能助人为乐，这是他的优点，但同时也是他的缺点，好感情用事，往往在是非面前就站不稳脚跟。他的这个缺点，淑琴活着的时候跟我唠过，我应该经常提醒他，可我没有做到，娘也有责任哪……”

艳红披头散发地呆坐在沙发上。她两眼红肿，充满血丝，直勾勾地看着墙上挂着的中堂和条幅。中堂是四个大字：白驹过隙，条幅是：且将忧苦当欢乐，不以贫富论喜悲。

她想到柳直被纪检人员带走前的一个情景——柳直看着墙上的条幅“且将忧苦当欢乐，不以贫富论喜悲”时自嘲地大笑“哈哈哈，哈哈哈……”

她惊愕地看着他：“你怎么啦，疯疯癫癫的？”

柳直说：“既想当婊子，又要立牌坊，可笑可悲呀，能不疯吗？”

她又想到柳直被纪检的人带走时的情景——

两个纪检人员来到屋内。一个说：“柳局长，请你随我们到纪检委去一趟，组织上要找你谈话……”

柳直显得很平静：“好。”他早有预感地转身对艳红说：“艳红，我去谈话，很可能就回不来了，你好自为之吧……”他看着她，很体谅地说，“艳红，你还年轻，我们离婚吧……”

艳红赶忙捂住他的嘴：“你说什么呢？你进去了，也是为我们家进去的，是我连累了你，是我害了你！我怎么能离开你，和你离婚。”

柳直说：“事到如今，不用感情用事了，真的，你还年轻……”

艳红说：“我连累你犯了错误，已经是悔恨不已，难道还让我在你的伤口上再捅一刀，让我在精神上陷入万劫不复的境地吗？”

柳直没有再说什么，只是点点头。他望着她，向她露出了欣慰的一丝微笑来。

一个纪检人员催促道：“柳局长，咱们走吧。”

柳直在前，两个纪检人员在后，走出了家门。

艳红在后面哭喊：“柳直，我等你，五年，十年，一百年……”

艳红擦去眼泪，给王家树打电话。

“喂，是家树吗？我是你嫂子艳红……”她禁不住呜呜地哭起来，“你知道吗，你大哥昨天被纪检的人带走了……”

家树接电话：“我知道了……”

艳红说：“我能去看看他吗？”

家树说：“按规定，这个阶段不行。”

艳红说：“你能去看看他吗？”

家树说："我也不行……好啦，你不要再哭了，待会儿我叫你弟妹去看你……"

家树收起电话，望着墙上"廉洁自律"几个字，摇头、叹气，感慨万千。

家树的手机又响起来，是娘打来的。

家树接电话："娘，有事吗？"

娘问："你有时间吗？如果能脱离开的话，你赶紧回来一趟，爷爷病了，病得挺急，挺重……"

家树说："好，我马上回去……"

他收起手机，匆忙地走下办公楼，上了车，对司机小王说："快，送我回家……"车开出政府大院，在马路上奔驰。

家里显得很紧张。娘和淑云，还有晓华都围在爷爷身边，娘在"爹，爹"急促地呼叫，淑云也"爷爷、爷爷"高一声低一声地叫。

爷爷躺在床上，双眼紧闭，嘴角淌出口水，已是昏迷状态。

娘见家树回来了，着急地对他说："家树哇，你爷爷突然就病了，一病就这么重。给家林打电话没开机，只好给你打电话……"

家树叫了一声"爷爷"，爷爷没反应，就说："赶快上医院吧。"说着叫司机小王："小王，来帮我把爷爷抬车上去。"

于是，家树把爷爷的头放在自己弯起的胳膊上，两只手抓住爷爷的双肩，小王抱住两条腿，淑云扶着腰把老人抬放在了轿车里。

轿车飞奔驶向医院。

脑科、心脏科都在五楼。

淑云到挂号处挂号。

家树对司机小王说："我来背爷爷，你帮我拥一下。"

小王说："我来背吧。"

家树说："不用，还是我来。"

家树在小王的帮助下背起爷爷。他们来到电梯前等了半天，不知是因为出毛病还是因为中午休息，电梯迟迟不下来。家树说："不等了，咱们走楼梯！"

家树背着爷爷在前，小王在后扶着，娘跟在后面，一节一节地往上蹬，一层一层地往上爬。

当他们气喘吁吁爬上四楼的时候，爷爷奇迹般地醒了。

爷爷微弱地叫：“家树……”

家树感到肩头上衣服湿透了。他回头看了看，趴在他后背的爷爷正双眼垂泪，那眼泪一滴一滴地滴在他的肩头上。

“爷爷，你醒了？”

爷爷无力地点点头：“家树，咱们回家……”

“爷爷，咱们找大夫看一看，打打针吃点药就好了……不行的话，咱就住院……”

“不，不用……七十三、八十四，阎王不叫自己去，爷爷今年正好八十四……”

“爷爷，你别乱想了，九十四岁咱也不去……”

“不……不去……不行啊……”

“爷爷……”

“听话……回……回去……”

家树看了看娘，娘向他点点头。娘知道爷爷是回光返照了，去治疗也没有什么价值了，便说：“听爷爷的话，回去吧。”

爷爷不易察觉地露出一点微笑，他想努力抬手拍一下家树的头，但没有抬起来，他断断续续地说：“家树，这辈子爷爷碰上了你和你娘，真是，真是上辈子修来的，修来的福……”

“爷爷你快别说了……”

爷爷的眼泪就又流下来。家树肩头被润湿的面积越来越大。他忽然令人意外地笑出了声，说：“家树，我的好孙子，爷爷就要走了，再给你唱一遍放牛的山歌……”

家树点点头。

他使出最后的力气努力地唱出来——

二月春风刮人脸那，
最难熬的是倒春寒。
黄青不接日难度哇，
穷人日日告艰难……

他的声音越来越小，后边两句几乎没有唱出声。他运了运气，支撑着拼尽最后的力气说：“家树，你清廉做官，正派做人，爷爷高兴啊……告诉家林，好好创业……”他最后看了一眼美娥、淑云和晓华，眼里滴出两滴清泪，露出一丝笑容，慢慢地闭上眼睛，停止了呼吸。

爷爷临咽气时的一首放牛的山歌，使家树浮想联翩。他虽然刚强，但还是泪流满面。他哽咽地喊道：

“爷爷……”

娘流着泪说：“家树，别哭了，爷爷活了八十四岁，走了也算喜丧。况且他死在你的背上，他应该感到满足了。只可气家林这个浑小子到现在还不来，爷爷临死时还惦记着他……”

这时，家林气喘吁吁地跑上楼来。他急切地奔向爷爷：“爷爷，爷爷……”

家树说：“爷爷已经走了……”

家林的眼泪就涌出来：“怎么这么快呀，也不等等我，跟我说句话呀……”

娘说：“爷爷病的突然，连病带走不超过两个小时，唉，熟透的瓜了……你怎么才来，爷爷临咽气的时候还惦记着你……”

家林从哥哥背上把爷爷抱在了自己的怀里，双膝跪倒，说：“爷爷，家林不孝，没有赶上给你送终……”他看着爷爷留有笑意的脸，用一只手擦去他眼角的泪珠，说：“爷爷，我小的时候，你拿钱给我上学，领我看病。我做错了事的时候，你护着我，教育我好好做人，好好做事。你像亲爷爷一样的亲我，疼我，有一口好吃的自己也不舍得吃，留着给我吃……呜呜呜……”说到动情处，这个一米八十二米身高的膀大腰圆的汉子竟禁不住大哭起来。

他哭了一阵，又抱着爷爷站起来，一节楼梯一节楼梯地往下走。

民间有个习惯，人死在外面，尸体是不能拉进家的。当他们走到医院的大门外时，娘说：

“把你爷爷送到火化场的停尸间吧，三天以后再火化安葬。要通知各位姑、姨和其他亲属，同时也要告诉柳塘的老邻居、老乡亲们，让他们都来送送你爷爷。你爷爷这辈子为人宽厚善良，勤劳朴实，说起来，也不容易呀……”

家林抽搐了一下鼻子，说：“行，这些事情我来办……”

娘说：“再给你爷爷买套新衣服……”

家树的轿车在马路上奔驰。车里坐着家树和孙秘书。

家树掏出手机给市经委范主任打电话："范主任，我是家树……就咱们市岭南水泥厂扩建问题我今天到水泥厂去调查了解一下情况。下午我想叫孙秘书到你那里去，和你们一起研究和起草一个方案，这个方案以你们市经委的名义报上来，待市长办公会时研究……方案的内容，我想大概这么几个方面：一、扩建的理由、规模，包括市场预测；二、资金现有的投入能力和缺口的筹集渠道；三、环保问题；四、征用的土地面积；五、十几户农房搬迁的补偿问题……特别是征用土地和民房搬迁的补偿反响比较强烈。征用土地虽然没有耕地，但有林木和石场，民房搬迁的房价和安置费也要做到合情合理，不要使农民因此而受到损失……这个报告你们要认真研究一下，写好后和水泥厂也就是改制后的公司的扩建申请一块报上来……好，好，就这样。"

家树收起手机，对孙秘书说："小孙，你下午到经委去一趟，和范主任他们研究写一份报告，特别是对林木、石场和民房的补偿和安置办法写具体，要切实可行。"

孙秘书点头："好，下午一上班我就去。"

家树和司机说："小王，回市政府。"

市政府大门侧墙上贴了一张布告，一帮人正在观看，看家树的车来，有的人就慌忙离去，离去后还不住地往家树这边张望和指指点点。

家树感到奇怪，叫停车下去看看贴的是什么。

这是两张新贴上去的小字报。一张的题目赫然是：副市长王家树在招商引资中如何受贿五十万元；

另一张的题目是：看王市长是怎样作为第三者在娄玉才、梁子英夫妻中插足的……

孙秘书气愤地说："这是谁干的？！真是无耻！完全是造谣，污蔑！"他上前就把小字报撕下来，团了团扔在地上："这个怎么能随便乱贴……"他转对家树说："王市长，你别在意，对于这种无耻行径，不必生气……"

王家树还是很生气，但他嘴上却说："我不生气。"

家树来到办公室。他打开房门，看到从门底下缝隙捅进来一个信封。他捡起来，信封是白纸糊的，无字。打开信封，掏出两张纸，一张上写的是：副市长王家树在招商引资中如何受贿五十万元……另一张就是：看王市长是怎样作为第三者在娄玉才、梁子英夫妻中插足的……字是打字复印的，内容和大门口贴的小字报的内容一模一样。

他气愤地拍了一下桌子："真无耻！"

"这是谁干的呢？"他自语道，"是田瓦匠？"他摇了摇头，"是卫东方、卫东国他们……再不然由于我把行贿的钱交给组织上，组织上顺藤摸瓜牵出了别的受贿的人，迁怒于我……"

他思索着。

孙秘书手里拿着一封信过来："王市长，有一封信你看了吗？"

"看了，你说的是这封吧？内容和门口的小字报一模一样。"

"我们办公室有一封，我听说每个办公室都给了一封。现在全政府大院的人，包括市委、人大、政协各个机关的人都知道了这件事，人们议论纷纷。很多人不明真相，信以为真，简直开锅了……"

"我知道会是这样的。"

"那也不能就这样任其泛滥下去呀，得想办法辟谣哇……"

"怎么辟谣？写封公开信贴出去，开个大会讲一讲，还是登报纸上广播？不用着急，清的浑不了，我相信组织上是会调查，是会有结论的。"

"造谣污蔑的人真的够阴损的，他们不用硬的却采用这一手……"

"这正是他们的高明之处，不用爆炸威吓你的家庭，不用暴力损伤你的身体，不用绑架造假勒索你的财物，而是用这种往你脸上泼脏水的办法污辱你的人格，败坏你的名义，让你在机关、在社会抬不起头来……这种软刀子杀人不见血，比使用硬刀子可厉害得多呀……"

"是够阴损的。"

"放心吧，阴谋只能是阴谋，上不了台面，早晚是要暴露的……"

家树的手机响起。

来电话的人是梁子英的女儿玉兰。

电话里玉兰的声音："大爷，您在上班吗？我想跟你说个事……"

家树接电话："你说吧，大爷听着呢。"

"昨天晚上我们家来了两个人要我妈写一个证明材料，证明我妈和那个姓娄的离婚是因为你挑拨的，说你和我妈有关系……"

"你妈写了吗？"

“没写，我妈说和你没关系。他们就逼着我妈写，我妈就不写。他们就威胁我妈，说不写就要她的命，写了就给她钱。我妈说给钱也不写，你们逼我，我就和你们拼命。她真的拿起剪子要拼命，那两个人才走了……临走还说，不许把这事说出去，说出去要你女儿的命……”

“噢，你妈现在怎么样？”

“吓得心惊肉跳的，现在还哆嗦。我今天上午都没去上学，在家照顾她……”

“好孩子，你做得对，谢谢你，也谢谢你妈。下午我告诉你大娘去看你妈，好不好？再见。”

家树收起电话。他的手有些抖，脸色也有些发青。他对孙秘书说：“看来他们不光是贴贴小字报，发一发谣言信，还在搜集制造黑材料，非要置我于死地不可……”

孙秘书说：“看来你还真得注意点。你这两天事多——好朋友柳直被抓，爷爷过世，有人贴小字报和匿名信，现在又有人造谣污蔑，制造黑材料整你，真是祸不单行啊。加上没日没夜的操劳，我看你现在的脸色就不大好，是不是到医院看看……”

家树说：“不要紧，你走吧，我休息一会儿就好了……”他双手扶在办公桌上，头枕手背，闭上眼睛……

松云市振兴建筑工程有限公司第二项目部的项目部经理胡二扯站在窗前，他无意中看到卫东国和娄玉才从外边走进了办公楼。他好奇地从窗前走到走廊门处往外观看，见他二人迅速地进了副总经理卫东方的办公室。

他疑惑地问一个正伏案制表算账的女财会人员，那个女财会人员正是往松云宾馆清流雅韵餐厅给艳红送十万元资助费的女人，她如今已从公司财务室调到胡二扯的项目二部。

“他们俩总往这跑干什么呢？”

“谁呀？”

“卫经理的弟弟卫三和那个叫娄什么，外号娄阿鼠的人。”

“不知道他们来做什么。”

“哦，我看没什么好事。一个地痞，一个流氓，能有什么好事？前两天市政府门前贴的小字报和到处散发的黑材料我估计就是他们干的……”

“谁知道哇，反正现在咱们公司对王副市长意见挺大，特别是卫经理怀恨在心。公司花明白费，浇油钱一百多万，王市长不买账，不但把给的明白费交了市纪委，还改了标底，弄不好，这一百多万就打水漂了。这个钱多一半是卫经理垫的，他向田经理打了保票，如果办不成功，活动费的损失算他的，他能不怀恨在心？”

“我看见这两个小子到卫经理那去好几趟了，神神秘秘的。不行，我去问一下田经理。”

他来到了田瓦匠办公室。

田瓦匠正皱着眉头想事，见他来，说：“啊是二扯呀，有事？”

“大哥，我问你一件事……”

“啥事？”

“我问你，咱们公司给一些人送礼行贿的事你知道不知道？”

“知道。”

“把柳直送进去了你也听说了吧？”

“听说了。事我知道，但具体怎么办的我不知道，都是卫经理一手操办的……”

“在市政府门前贴小字报，往各机关发匿名信你也不知？”

“不知道！”

“不管你知不知道，看在多年的交情上我来提醒你！你是总经理，你是掌门人，你要领着公司走正道！家树是我们看着长大的，他清正廉洁是好样的。你们这样搞，于情于理，于公于私，于法于理都是不对的呀，我说老田……”

“我也没让他们这样搞哇……”

“反正你脱不了干系。你要采取措施，不然的话，这帮小子说不上还能干出什么坏事来，真要捅出什么大祸，你田振兴吃不了兜着走……”

“我……”

“我什么我，我看到卫三儿和娄阿鼠到卫经理的办公室来过三次。第一次来后的第二天早晨，市政府门前就出现了小字报。第二次来的当天下午各机关就都收到了匿名信。第三次来的当天晚上梁子英家就去了两个冒充的外调人员。这次来是第四次，说不上又要发生什么事情。”

“我说二扯你是公安局的？”

“你别管我是哪的，这些事不能再由着他们胡来，你要采取措施……”

“我……”

“哼！”

田瓦匠看胡二扯甩手走去的背影，眉头皱得更紧了。

胡二扯回到自己的办公室，他在地上踱来踱去，认真地紧张地思索着什么。他抬腕看了看表，时针已指向五点，到了下班的时间。他迅速掏出手机给家树打电话：

“喂，是家树吗？你在哪？还在办公室，好，好！你先别走，在办公室等我一会儿……对，对，我找你有事……”

他收起手机，急忙走出楼去，乘了一辆出租车赶到市政府。

方才有些气恼而疲惫的家树休息稳定了一段时间以后，又有了精神。他笑着把胡二扯迎进门来，说：“二叔临到下班了才来找我，有什么事？”

胡二扯也笑着说：“其实，没什么事。”

“有事你就说。”

“真的没什么事，我就是想你了，来看看你。”

“就是来看看我？”

“啊，来看看你，陪陪你……”

“那好，有事呢你就说事，没事呢你就坐一会儿，咱爷俩扯一扯……”

他坐下，接过家树给他斟的一杯水，喝了几口，说：“家树，你还有公事？”

“没有了，准备下班回家。二叔来了，要不，咱爷俩找地方喝点去？”

他放下水杯：“改日吧。”站起来说，“下班回家吧，我和你一块走。”

“不再坐会儿了？”

“不坐了，走吧。”

他们二人肩并肩从四楼上走下来。他们刚走出大楼的玄关，一个震惊松云市，乃至全省的自焚式烧杀事件便发生了！

只见从西侧的院墙上跳下两个人来，迅速地把手拿的卷着的一张纸甩开贴在了玄关的柱子上，一个人掏出打火机把自己浸了汽油的衣服一角点燃，便极其迅速地扑向王家树，意欲抱住王家树一起燃烧。正在此时，只见胡二扯一把将王家树推向一边，自己挡在了王家树的前面，他便被那个人紧紧地抱住。与此同时，另一个戴黑头套的人将拎着的一桶汽油泼向了那个自焚的人，只见“嘭”的一声，火焰冲天而起，成了一根火柱，接着火柱变成了火球，在地上翻滚……那个泼汽油的蒙面人泼完汽油即飞快窜到院墙处，外边有一个人扔下绳子作接应，他抓住绳子爬过墙后，很快骑着摩托车遁去了。

此时正是下班时间，院里人很多，但对于这突如其来的变故都没有精神准备，所以在火着起来了，蒙面人跳墙逃跑了，人们才反应过来。反应过来了也束手无策，即没有灭火的工具，也没有灭火的溶液和水，只能眼睁睁地着急。

那个火球滚过来滚过去终于滚开了，变成了一个大一个小两个火球，那个小的是胡二扯，他身上泼溅的汽油少，又拼命挣脱，终于从那个人的怀抱里挣脱开，但可怜的胡二扯，他已经被烧得头脸发焦，耳鼻全无，双手无皮，只是心脏还没有停止跳动。

那个自焚的人已被烧得面目全非，变成了焦尸。

有人听见在那个蒙面人往自焚的人身上泼汽油的时候，他喊了一声：“妈的卫三儿，你骗我！”

家树上去抱起胡二扯的头，大声喊：“二叔，二叔哇……”他急得掉下泪来，喊司机小王，“快，送医院！”

小王帮着家树把胡二扯抱上车，风驰电掣般地向医院开去了。

时间不大，来了几台警车三十多个警察。警察把现场圈了起来，侦查、拍照，进行现场保护。

公安局长站在玄关的柱子前看自焚人贴的告示，告示是——

自焚声明

我叫娄玉才，因副市长王家树第三者插足，害得我妻离子散。我决定自焚以示抗议，并和这个贪官污吏同归于尽。

被害人：娄玉才

公安局长告诉一个警察：“把它揭下来，带走！”

局长接电话：“我是一号，请讲……”电话里传来了清晰的声音：“我们对娄玉才的住处进行了搜查，发现了一个生死合同。主要内容是：一、娄玉才去自焚只是象征性的对王家树造成影响，当浸有汽油的衣角点燃后，卫东国立即用水浇灭，以保证他不死；二、如娄玉才因此被抓，由卫东国负责买通关系，使其早日出狱；三、如由此娄玉才受伤或致残，由卫东国负责今后生活费用；四、如以后卫东国不兑现，娄玉才可凭此协议向卫东国讨要……”

局长说：“嗯，这就说明了这样几个问题：第一，娄玉才自焚是有条件的，他只是象征性地去演戏，他不想死；第二，卫东国欺骗了他，假意答应他灭火，但他却假戏真做，偷偷地把水桶里的水换成汽油，就是要烧死他，达到既扩大影响，又杀人灭口的目的；第三，这个合约和现场娄玉才被泼汽油时骂卫东国骗他的内容和意思表达相吻合……”

局长接另一个电话：“喂，我是一号。请讲……”电话里传来了清晰的声音：“卫东国现在已经逃跑。事前他们做了周密的计划。五点五十的飞机，他们先买好了票，五点钟在政府大院西墙等候，卫东国往娄玉才身上泼完汽油赶到机场正好赶上安检，现在飞机已经起飞……飞机先飞香港，然后转道西方一个国家……”

局长又拨了个电话：“喂，我是一号，对，立即把这里的案情向省厅汇报，并转报公安部，请部里安排在外外勤人员，马上到香港机场等候，抓捕……”

27 梦境

徐市长、王家树、办公室于主任、宣传部长等人在医院院长的陪同下来到烧伤科抢救室看望胡二扯。

胡二扯躺在病床上。他的脸上、手上、身上都包着白纱布，只露着眼睛和嘴，一动不动地在吊瓶输液。

胡二扯人缘好，走廊里有很多来探望他的人。有亲属、柳塘村的乡亲、建筑公司的员工们。

徐市长问院长：“怎么样，危险期过没过？”

“还没过，虽然危险期没过，但经过抢救和现在的临床表现来看，保住生命还是没有太大的问题……”

徐市长喜形于色，连连说道：“好哇，好！”

院长说：“虽然命能保住，但今后的治疗还很繁重，特别是大面积深度烧伤需要植皮的难度还是比较大，需要的经费也很多……”

“经费没有问题，他是因公负伤，是见义勇为，所需费用市政府会解决。你们一定要千方百计地进行治疗，不但要保住他的命，还要考虑他今后的生活质量，让见义勇为的人有个好报……”

“请徐市长放心，我们一定尽心尽力地精心治疗。必要的时候，如做大面积的植皮手术，我们还可以聘请省里或北京的专家一起来会诊治疗，一定做到万无一失，不留任何遗憾……”

“好，那就拜托了。”他转身对宣传部长说，“我建议组织一个写作班子，对胡二扯，不，”他转问家树，“胡二扯叫什么名字？”

家树说：“叫胡庆有。”

“啊，胡庆有，好！”他既是对宣传部长，也像是对在场的所有人说，“要对胡庆有同志的思想境界和英雄行为做一下认真的总结和大张旗鼓的宣扬。我认为，胡庆有同志的行为就是我市改革开放中的英雄行为，他就是我市的英雄！不要单纯的简单地认为，他保护王家树副市长只是和王副市长的个人关系使然。实际上，他的行动表明，他是由于对社会上行贿受贿丑恶现象愤恨而对廉洁奉公领导干部所做出的支持和爱护。他是不惜用自己的生命弃恶扬善！他说明了在当前社会仍然有基层群众和共产党干部的真实情感和血肉相连的关系。”

宣传部长说：“我完全同意徐市长的意见，对胡庆有同志的英雄事迹和这次事件所反映出来的正、反两方面的经验教训是应该认真的予以总结，正面的要大力宣扬……”

徐市长走到陪护的胡二扯的妻子面前，说：“你是胡庆有同志的家属，你辛苦了！胡庆有同志受了重伤，很不幸，我代表市政府向你表示慰问，请你不要太过悲伤。有什么事情，有什么困难，你来找市政府，来找我，找王市长，于主任都行……”

她眼里闪着泪花，但却笑着说：“谢谢领导们的关心，没什么困难……”

于主任说：“有什么具体的事情来找我。你放心，治疗的一切费用徐市长已说过由政府承担。另外，胡庆有同志现在是特级护理，不用家属护理，你想护理也插不上手，你也不用在这总盯着，该回去休息就回去休息，时间还长呢，你不要累垮了……”

“谢谢于主任……”

徐市长他们与胡二扯的家属告别。

家树没有走，留在了后面。他上去握住胡二扯妻子的手，心情十分悲痛地看着她，老半天才说：“二婶，二叔是为了救我才受此重伤的，对不起……”

她真是个通情达理的农村妇女，她反而劝解他：“家树，别说了。这事不怨你，他做的对。”

他的眼泪含在眼圈上：“就是伤得太重了哇……”

“伤是重，谁让你是王家树了呢？你从小时他就喜欢你。你长大了，工作了，你的所作所为他佩服。你虽然是晚辈，又比他年轻，但他从心里敬重你，他愿意为你被烧伤，搭上命也行，有钱难买愿意呀……”

他的眼泪哗的就流下来，忘情地抱住她：“二婶……”

家树的妻子淑云也在探视的人群里，她走过来说：“二婶，二叔是为保护家树才受这么重的伤，真是……”

“别说了，再说就外道了……”

二人就一起抹眼泪。

梁子英正在家里看电视。

电视里主持人说：各位观众，中午好！松云市电视台现在播报新闻。震惊我市的自焚烧杀案的破案工作现在已有了重大进展——

逃匿香港并打算逃到西方某国的犯罪嫌疑人卫东国已在香港警方的协助下押回我市。（电视屏幕上出现了卫东国被两名警察押下飞机的场面）。

松云市振兴建筑有限公司副总经理卫东方涉嫌行贿罪被刑事拘留（电视画面上卫东方被警察押解上警车）。

松云市振兴建筑有限公司总经理田振兴涉嫌行贿罪被刑事拘留（电视画面上田振兴被警察押解出办公室）

现在本案正在进一步审理中，我们将随时向全体市民做跟踪报道……”

玉兰一边给她端水拿药一边说：“妈，那个姓娄的烧死了……”

"听说了。"

"这个世界上少了个祸害！今后，你也就不用总担心他来纠缠你了……"

"啊，是啊……"

玉兰抬头看了看母亲，眨着眼说："怎么，你不高兴，眼泪又挂在了眼圈上。"

子英苦笑了笑，"我不是为他流泪，我是为这些不幸的事情流泪，是为了我们曾经有过的过程流泪。这个过程有苦、有辣、有酸、有涩，五味俱全，能不叫人流泪？恨，也是一种存在过的过程啊……"

玉兰又眨了眨眼睛："这话你是什么意思呢？不管是什么意思，忘掉过去那些事儿！"

子英摇头哭了笑："忘掉？"

"是呀，忘掉吧。妈，昨晚上我想了一夜，我决定到派出所去把名字改了，去掉那个讨厌的娄字，改叫梁玉兰……"

"改了姓有什么实际意义吗？"

"当然有哇，这很重要！"

"唉，人如果生下来就没有记忆多么好哇……"子英摇了摇头说，"姓娄也好，姓梁也好，这都不重要，重要的是人要善良，本分，不做伤天害理的事情，做事要对得起自己的良心，要对得起人字这两撇儿……"

玉兰眨眨眼说："反正我把这个娄字改掉……"

"实在愿意改你就改吧……"

淑云拎了一塑料袋水果来看梁子英，玉兰把她迎进屋。

梁子英躺在床上，见淑云来看她，赶忙拿掉敷在头上的毛巾，揭开被子欲下床迎接。

淑云上前一步，安抚她躺下，说："快躺着，别动。我是王家树家你的嫂子，你哥哥让我来看看你。"

子英还是揭开被子坐起来，说："是嫂子来了，这么忙还来看我……"她把被子往里推了推，把床单抚平，说："嫂子，快坐。"然后对女儿说："玉兰，快倒水给你大娘喝……"

淑云坐在床沿处，很亲热地拉起子英的手，说："我不渴，不用忙活。大妹子，你身体怎么样？我听家树说你病了，怎么不上医院？”

“不严重，挺挺就好了。”

“有病不能挺，趁轻治，好的快。”

淑云关心的话语和亲热的动作使子英很感动，特别是困境中的弱势的人受到关怀特别容易感动。

她的眼圈就红了，说：“嫂子能来看看我，我的病就好了。”

“好，以后嫂子常来看你。”

玉兰端了一杯水递给淑云，说：“大娘，你和我大爷能来看我妈，我妈就像见到了亲人似的，她的心里就好受多了。”

淑云说：“好孩子，你放心，大娘以后一定常来。明天大娘来照顾你妈，你该上学上学去，不要耽误了学业……”

“谢谢大娘……”

子英对玉兰说：“到你自己屋待着去吧，我和你大娘唠会儿嗑。”她转对淑云说；“嫂子，有件事我憋在心里，没有人可以唠唠，今天你来了，我想和你唠唠……”

“什么事？”

“你听了可别介意。”

“怎么会呢？咱们姐妹之间随便唠，唠什么都行。”

子英看着淑云的脸，问：“嫂子，有人说我和那个娄玉才离婚是因为家树哥第三者插足，你信吗？”

淑云坚定地说：“不信！”

“说我和家树哥有不正当的男女关系，你信吗？”

“不信！”

子英十分热切地拉住淑云的手：“你真的不信？”

“真的不信！”

子英十分激动地扑向淑云的怀里，说：“嫂子，不，姐姐，我的亲姐姐……”她哭了，嚎啕大哭。她哭了一阵，抬起头来，说：“他们简直就是胡说八道，我和家树哥是我十三岁时认识的，到现在二十多年了，从没见过，今年才得以相见，而我和那个姓娄的离婚是前三年的事，家树哥怎么能插足？哪有时间插足？这不是胡说八道吗？”

"是胡说八道！"

"说我和家树哥有男女关系，这也纯粹是造谣。我们不是猪，不是狗，不会像动物那样只要到了发情期不管认识不认识，碰到一起就交配。我们是人，是讲情义，讲道德的人，怎么能随随便便？埋汰我事小，埋汰家树哥事大。家树哥是副市长，往他身上泼脏水是什么目的？真是天理不容。家树哥是正人君子，是一个正派人，这怎么可能呢？"

"这个事你不要往心里去，没人会相信。"

"我听说在市政府门前贴了小字报，机关各部门都收到了匿名信，这不是埋汰家树哥吗？"她自我责备地说，"嫂子，真对不起，因为我，给家树哥招来这么大麻烦……"

"这怎么能怨你呢？他们要整家树，没有你梁子英，还可以造出刘子英，李子英……"

"嫂子……"

"有话你就说，咱姐俩有啥唠啥。"

"那我就把我心里话都给嫂子掏出来。嫂子，你别见怪，说心里话，我喜欢家树哥。从打我十三岁那年被他搭救时起就喜欢他。到十六岁时，我懂事了，产生了想嫁给他的想法，所以到柳塘找过他，这个事你知道。当我知道他已经和你结婚了，我就打消了要嫁给他的念头，因为那是不可能的了。但在我的内心深处一直感激他，尊敬他，想念他。我女儿说我暗恋了他十八年，我承认。前些日子在饭店与家树哥相认，我喜出望外，十分欣慰。嫂子，我暗恋家树哥十八年，那是我单方面的事，那不是家树哥的错……"

淑云真诚地说："也不是你的错！"

子英接着说："嫂子，我暗恋家树哥十八年，那是我灵魂深处自己的思想活动，并不等于我们之间就一定会发生苟且之事，并不等于我们就一定会发生不正当的男女关系。实际上，家树哥与我兄妹相称，是很纯洁的……"

"子英，我相信你说的话？"

"嫂子，你不笑话我吗？"

"我怎么会笑话你呢？你跟我说这些，说明你心里没鬼，也说明你信任嫂子。"

"谢谢嫂子理解我，你真宽宏大量。"

“我的傻妹妹，放心吧，嫂子不糊涂……”

子英感到欣慰，脸上露出了笑容，同时脑门上也沁出了汗珠。

淑云为她擦去汗珠，说：“子英，我看你身体虚弱，还是到医院看看吧？”

“不用，习惯了，挺挺就好了。”

“还是去看看吧，嫂子陪你去……”

“真的不用！”

“能行啊？”

“能行！”

淑云站起身来四下打量了一下这个小屋，说：“那我就先回去了。明天我早点过来照顾你，让玉兰去上学……”

“不用……”

“别客气，我一定来。”

市政府会议室。主席台墙上悬挂着“松云市安全生产工作会议”会标。主席台下前排坐着徐市长和经委，煤炭局，劳动局等有关部门的领导，后面坐满了听众。会议已接近尾声。

家树上台最后做部署：“同志们，方才徐市长做了重要的讲话，各部门要认真贯彻落实。现在，我就下一步的贯彻落实问题讲几点意见。一是各部门各企业的领导班子要立即进行三查，查在安全生产上的麻痹大意思想，要把安全生产提到重要位置上来，要领导层层落实责任制，查规章制度是否落到实处，特别是无证经营、无资质开工作业杜绝没有，坚决防止被关、停的小煤窑、采石场等死灰复燃，发现有乱发证，乱开口子，行贿受贿，玩忽职守者要坚决绳之以法；查漏洞和隐患，各级领导要立即下到企业，组织人力对生产的各部位，各角落，各工序进行排查，堵塞漏洞，排除隐患……”

散会后，家树把煤炭局佟局长留下。

家树说：“佟局长，那个发生过死人事故的四方顶子煤矿恢复生产以后，现在怎么样？”

“安全生产的各项措施都落实得挺好，新矿长挺有魄力。”

“可是我听说最近又有超采的问题，你们掌握吗？如果真有超采问题，那就有安全隐患问题。”

“最近没有去查过。”

“那好，咱们现在就去四方顶子煤矿，搞个突然袭击。带上你们局的工程师和安检人员，他们懂行，能检查出实质性的问题，你看行不行？”

“行，我陪王市长去。”

两辆轿车开出政府大院，向四方顶子煤矿开去。

淑云今天起来得早，做好早饭便催大家吃饭。

淑云自己盛了一点饭菜对家树说：“我有事先吃饭，你和娘、晓华不用着急，饭菜给你们坐在闷罐里……”

“你有什么事这么着急？”

“我答应今天去照顾子英，替出玉兰，让她去上学。”

“那好，咱俩一块吃，吃完我和你一起去。”

“行。”淑云又给家树盛了饭菜。

二人吃完饭，淑云到娘屋说了一声就走了。

二人来到梁子英家，淑云看梁子英躺在床上，只过了一夜显得更憔悴，更瘦弱了。

淑云说：“子英，让玉兰去上学，我陪你去医院，我看你确实是病了……”

正在往下收拾碗筷的玉兰说：“我妈昨天晚上就没吃饭，今天早饭也没有吃……”

家树说：“这怎么能行呢？还是上医院吧，钱，你不用担心……”

子英挤出一丝笑容，说：“不用，在家吃药，再挺挺。”

淑云坐到床沿上拉起子英的手：“你都感觉咋的？”

“也没什么要紧，老病了。主要是头痛，迷糊，心难受……”

玉兰说：“我妈是心绞痛，痛大劲了浑身都是汗。我妈的病主要是前些年被那个姓娄的气的。成天劳累，憋屈，忧郁，时间长了还有不坐病的？又没有钱及时看，病大劲了吃点药顶，所以越来越严重了……”

子英的眼睛就有些红了。

淑云说：“子英，听话，咱们上医院吧！”

子英说：“不用，挺挺再说，你和我家树哥来看我，比上医院好多了。”

她支撑着坐起来，靠在床头上，说："实在不行的话，明天再去。"她叫玉兰："玉兰，给我倒口水。"玉兰给她倒了一碗水，她接过来喝了一口，说："嫂子，我昨晚上睡不着，心里想着，明天嫂子和家树哥一起来多好哇！你看，你今天果然和家树哥一起来了，这多灵验那，真是心诚则灵啊……"她有些激动，从褥子底下掏出一封信来递给家树，说："哥，我给你写了一封信，你不来时，我寄给你，今天来了，就当面交给你，你看看吧。"

家树接过信封。信封里夹着一张纸，纸上写有七个大红字：王家树没有插足！还有三个小红字，即落款：梁子英。

家树看完信，抑制不住激动的心情，眼睛也有些潮湿。他十分感动地对子英说："谢谢你！"

家树的电话铃响了。

家树到小客厅接电话。

电话是煤炭局佟局长打来的。电话里佟局长的声音——

"王市长吗？四方顶子煤矿第四坑道，也就是未经批准的那个超采的坑道今晨发生塌方，有十四个工人堵在里边，生死未卜……"

家树问："什么塌方？我们，我们去检查时，不是已经勒令他们停止开采，并且派人驻矿监督改进吗？"

电话里佟局长的声音："别提了，那个矿长阳奉阴违，根本就没停。咱们派去的那个科长，被矿长买通，昨天晚上搂着矿长安排的小姐睡了一宿，到现在连个人影都不见……"

家树说："这个败类！刚开完安全生产工作会议就出现这样的事故……你立即通知公安局介入破案；立即通知武警、消防维护现场；立即启动抢险方案，组织有关部门和人员进行抢险……"他强调说，"你告诉公安局，立刻把矿长，那个留驻的科长都控制起来，尽快破案，该抓的抓，该押的押……我现在就去四方顶子煤矿，你也尽快赶到……哦，别忘了，要把这次事故立刻向省里报告……"

他急速冲下楼去，上了汽车，对司机小王说："快，上四方顶子！"

汽车驶出市区，在公路上奔驰。

经过抢险，打通坑道，被困矿工陆续被抬出巷道口。有十二个人活着，被抬上等候的几辆救护车拉向医院救治。有两人死亡，尸体被蒙上白布，安放在临时搭起的简易灵棚里。

矿长被公安局以重大责任事故罪拘留。戴上手铐，押上警车。

那个科长被以玩忽职守罪、受贿罪戴上手铐，押上警车。

警车开走后，家树对佟局长说：“要立即成立善后工作领导小组，由你来任组长，成员要尽快拟定，尽快开展工作；要立即通知死者家属，尽快来商谈死亡的补偿问题……”

“我立即办。”

“是要立即办，要尽职尽责。”他摇了摇头，说，“佟局长，方才矿长、那个科长被抓走了，他们要对这起事故负刑事责任，我们呢，我们要不要承担责任？”

“我们有什么责任？该检查的检查了，该责令停产的也责令了，也留人监督了……”

“从形式上看我们是没有什么责任了，但从深层次来看，我们的监督措施到位了没有？力度够不够？假如我们不用那个科长而用一个责任心强的人监改或者改完了以后我们再离开，这样的事故有可能就会避免……由于犯罪分子的犯罪行为和我们的不慎就给人民的生命财产造成了这么大损失，怎么能说我们没有责任？当然啦，现在还不是总结教训的时候……”

他自责地摇了摇头，坐在椅子上慢慢闭上眼睛。

佟局长把一件棉大衣盖在他身上自语道：“哎，一天一夜没合眼了，睡一会吧。”

市医院，高干病房急救室。

家树躺在病床上在输液。几位大夫在给做检查，一位主任大夫收起听诊器，对淑云说：“不要紧的，他主要是劳累过度，过一阵就会好的。”又对护士说：“注意监护。”说完，就出去了。

娘、家林，听说家树没有危险，都长出了一口气。待大夫们走后，就都围了过来看家树。

家树还是昏迷状态。

娘拿了一个浸了水又拧干的毛巾给家树擦脸，淑云把毛巾接过去说：“我来吧。”她就给家树擦脑门，擦眼睛，擦两腮，擦下巴。她轻轻地擦，眼泪就含在眼圈上。

忽然，家树偏向左侧的脸仰正过来，脸上露出笑容。

淑云擦了一下眼角，对娘说：“娘，他笑了……”

娘看了看，脸上也露出笑容：“他是在做梦……”他的笑显然是在昏迷中的笑，但毕竟是好现象。便玩笑地说：“他是在做梦，做梦娶媳妇，高兴的梦……”

她说的很对，他确实在做梦，做娶媳妇的梦。他的梦境中出现了这样几个场景：

——娘和王来顺在举行婚礼。娘穿着王来顺为她买的花格上衣，很鲜艳；王来顺穿着他大姑给买的一套涤纶中山装，很板正。他们胸前都戴着大红花。他们并排站着，听证婚人柳塘的金书记宣读证婚词。爷爷、家树、家林、姑们、姨们以及乡亲们都向他们祝贺……然后人们都围坐在炕上、地下以及院子里摆放好的桌子上，大口喝酒，大口吃菜，推杯换盏，嘻嘻哈哈，嘈杂而又热烈……

——柳直和董淑琴在新婚度蜜月。他们在海边的沙滩上奔跑。董淑琴头戴白花，身穿白裙，显得十分飘逸。柳直西装革履，头发吹了卷，打了油，十分潇洒。美丽的她在前面跑，风度翩翩的他在后面追。追呀追，他终于追上她了。她们嬉笑着、热烈地拥抱在一起。他们双双倒在沙滩上，任凭海浪把他们的衣服溅湿他们也毫不理会……

躺在床上进入梦境的家树，脸上还挂着梦中的微笑。

淑云叫道：“家树，家树……”

家树慢慢地睁开眼睛，向四周望了望，说：“我这是怎么了……”

28 拜别

躺在病床上的家树慢慢地睁开眼睛，他疑惑地向四周望了望，说：“这不是医院吗？我怎么在医院里？”

娘见他醒了，很高兴地对他说：“你都昏迷了快一天了，把人都吓死了……”

家树笑了笑：“是吗？”他无所谓地说，“我就是有点儿累，用不着大惊小怪的。走，咱们回家……”他边说就要坐起来。

娘赶忙制止道：“尽说浑话，现在怎么能回家，好一好再说……”她心疼地把他又按躺下去，“好好打针，不许胡来！”

家树见娘着急上火，便顺着说：“好好好，打针打针……”

淑云对家树说：“你听点话吧，娘够为你操心的了。好好打针吃药，别再让娘着急上火。”她见他点头顺从，便转身对娘说：“娘，家树醒过来了，没事了，你们就先回去吧，到现在还没吃中午饭呢……”

娘说：“好吧，我们先回去，吃完饭来替你。”

淑云说：“你不用来了，在家好好歇一歇吧。你年龄大了，可千万别累倒了。再说，我也不饿。”

“这你就不用管了……”说完就和家林回去了。

家树对淑云说：“我有点饿了，给我冲杯奶吧。”

淑云冲了一杯牛奶递给他。

他一口气把牛奶喝下去，说：“淑云，我方才做了一个梦，你猜我梦见什么了？”

“梦见什么了？”

“我梦见在另一个世界，我和梁子英结婚了。”

“好哇！”她开玩笑地说：“日有所思，夜有所梦，说明你对她有感情了，可喜可贺！”

“你不嫉妒？”

“不嫉妒！”

“真的？”

“真的。”她很通情达理的说，“细寻思起来她也真是挺不容易的。她思念了你十八年，多不容易呀！那可不是假的，闹着玩的，那说明她对你真的是有感情，她应该得到回报。你若不理人家，辜负了人家，对她太不公平了。”

“那我来世就真的和她结婚了？”

“结吧。”

“那你呢？”

“只要你这世能和我白头到老，我就心满意足了……”

他拉起她的手，深情地说：“我们一定能白头到老……”

她深情地看了他一眼，说：“你不挑我人老珠黄就行……”

家树的手机响了。

电话里传来办公室于主任的声音：“王市长，你在医院吗？下午徐市长要看你去……”

家树说：“不用不用，千万别来！你告诉徐市长，我已经回家了，没有大病，不用惦记。请徐市长放心，我在家休息休息，明天就上班。”

于主任的声音：“怎么这么快就回家了呢？”

家树说：“本来没什么大病，累了，恢复恢复就好了……”

家树收起电话，对淑云说：“咱们赶快回家吧，待会儿这个来那个来的，麻烦。”说着就要下地。

“别动别动！”淑云赶忙制止：“就是回家也得把这瓶药打完哪。”

家树抬头看了看输液的吊瓶，无奈地说：“打完这瓶药咱就走，行不行？”

淑云说：“好，好，听你的，打完就走，还不行吗？”

娘送饭来了。她把一个手提饭盒放在床头柜上。饭盒分四层。她打开了顶盖，拿出第一层：肉丝炒葱花，第二层：鸡块烧香菇；第三层：鲤鱼熬豆腐；第四层：煎饼盒子，她又从家林手中接过一个塑料袋拎的小盆和碗筷，小盆打开是大米绿豆粥。

家树说：“这么丰盛，桌子都快摆不下了。”

娘说：“吃吧，都是你爱吃的。”

家树说：“我还真饿了。你们也没吃吧？”

娘说：“没有，来和你们一块吃。”

淑云给每人盛了粥，拿了筷子。

家树接过粥就喝了一大口，说：“真香！”

家树先吃完了，就掏出手机给佟局长打电话：“是佟局长吗？现在情况怎么样？死者家属来了没有？赔偿问题达成协议没有？”

电话里佟局长的声音：“死亡家属都来了，每人赔偿二十万元。今天下午尸体就能火化。第四坑道口已经炸掉，停止开采。其他都挺好，秩序还正常……”

家树问：“住院治疗的工人们现在怎么样？”

“有四个人已经出院，另八个塌方时离塌方点较近，砸成轻伤，但没有生命危险，也不会落下残疾，治一段就会好的……”

“那好。下午我们一起到县医院去慰问一下被砸的伤员，你看行吗？”

“你不是在住院吗？你的身体不行就不要去了，我们去……”

“没事，我能行。下午两点咱们在县医院门口集合……”

轿车在去县医院的公路上奔驰。

家树问：“孙秘书，水泥厂的扩建报告写完了没有？”

孙秘书说：“写完了，现在在经委范主任手里，他在做最后修改定稿。”

“好，你给范主任打电话，叫他抓紧定稿，明天上午一定要送到我的办公室，我看一看，然后交市长办公会议讨论，审批。”

市长办公会议。徐市长主持会议。

徐市长说：“关于水泥厂扩建的问题，经过讨论，大家都认为方案很具体，有可行性和可操作性，这个水泥厂扩建后，每年可以通过税收给我们市财政增收五千多万元。所以大家都很重视，有关的部门和企业都很积极。特别是今天土地局、林业局、环保局等部门的同志也都参加了会议，并且发表了很好的意见。我看这个方案可以通过。经委根据大家提出的意见再补充整理一下送王市长签字就可以，以市政府的文件下发实施。要快，要抓紧落实。这个事归王市长主管，看王市长还有什么事？”

家树说：“没有了。”

徐市长说：“好，散会。”

徐市长叫住了家树，说：“家树，到我办公室来一下，我有事和你说。”

徐市长办公室。

徐市长说：“家树，请坐！”

家树坐下，说："徐市长，什么事？"

徐市长脸挂笑容看着家树，说："好事，而且好事成双。"他做了一个手势以增加听者的兴趣，"第一，关于你受贿五十万元和第三者插足的问题，省纪检委接到举报，派人进行了调查，调查结论是，子虚乌有，纯属诬告！同时，公安机关已就此事进行了调查，造谣陷害和作案分子就要露馅，案件就要真相大白！"

家树很激动，他长出了一口气，强压着自己的情绪："谢谢组织上的结论……"

徐市长说："还有更大的一件喜事，市委已经接到省委组织部的正式通知，让你三天内到省委组织部报到，省委领导要找你谈话。省政府马上换届，破格提拔你当副省长并进省委常委……"

家树毫无思想准备，张嘴愣了愣，站起来疑惑地问道："徐市长，这是真的？"

徐市长说："我是代表市委正式和你谈话，这样的事情怎么能开玩笑？"徐市长看他还愣在那里，就上前拍了一下他的肩膀，说："家树，这是组织上对你的信任，也是你自己努力的结果。希望你到省里工作以后，不要忘了松云，常回家来看看……"

家树回过神来，说："也是组织上培养教育的结果，广大干部群众关心支持的结果。特别是徐市长……"

徐市长制止道："别说了，家树，长江后浪推前浪，一代更比一代强，等你的好消息！"

二人真诚地强烈地握手。

家树到家就把自己要调到省里工作的事跟娘说了，然后他对娘说："娘，我想到省里报到之前，到看守所去看看柳直。"

娘说："去吧，应该去看看。他虽然犯了罪，情义还是有的。你告诉他，要好好改造，不要破罐子破摔，几年时间一晃就过去。出来时不当官当个老百姓也能好好过日子……"提起柳直她就觉得很惋惜，很难过，"你去了给他存点钱，现在不是许可给犯人改善伙食吗，也让他改善改善……"她想起来，"对了，你爷爷的黄烟还有，给他带点。他进去以前曾和你爷爷开过玩笑，说二十年前在监狱里曾抽过他送给的黄烟，如果再进去时还想抽他的黄烟，这还真应验了那句话……”

娘眼闪泪花，到爷爷住过的房间从柜子里掏出一包黄烟来递给了家树。

市看守所。

大门外开来了一辆轿车。家树和孙秘书从车上下来走向所长办公室。所长迎上来。

所长说：“王市长来了，王市长请坐。”

家树说：“我来有点事，我想见见柳直。”

所长说：“想见柳直？这……”

家树说：“怎么，有难处？我知道犯罪嫌疑人在判决之前不许亲友会见，能不能照顾一下，我在离开松云之前有点空……”

所长说：“那好吧，我请示一下局里。”他走到走廊用手机给局里打电话请示。过了一会儿，他回来对家树说：“王市长，我现在就去提柳直，请你和孙秘书到会见室会见。”

家树和孙秘书来到会见室，坐在椅子上等。

过了好大一会儿，所长过来说：“王市长，柳直他不见你……”

“为什么？”

“不知为什么，不管怎么劝说，他就是不见，说这是他的权利。”

“好，你再去叫他，就说我娘给他捎几句话，还有爷爷送给他一把黄烟，我只见一面就走……”

所长去了一会儿又折回来，说：“他还是不来见你。”

“他什么也没说？”

“他说他无颜见江东父老，不要再来看他。他还说，柳直已经死了，现在活着的只是一个躯壳，见不见的已经没有什么意义……”

“黄烟他留下了？”

“留下了。”

家树站起来，对孙秘书说：“咱们走吧。”他刚迈开脚步，又回头对所长说：“你去告诉他，他真是个孬种！我娘给他捎话，说刑满后不能当官还能当老百姓好好过日子。他连这一点都不敢面对，还谈什么有颜无颜的？我真的瞧不起他！”

家树来到梁子英租住的房子处。他走上三楼，敲门，不开，再敲，仍未开。他犹豫了一下，又敲……

没有人开门，他走到窗前。他从玻璃窗往屋里看了看，桌子、凳子，床等一切什物都没有了。

啊，已是人去楼空。

他刚要转身下楼，隔壁房门开了，出来一个老太太，对他说：“别敲了，她们已经搬走了。”

家树歉意地向老太太笑一笑：“对不起，打扰你了。她们什么时候搬走的？”

“已经两天了。”

“搬什么地方去了？”

“回了老家梁家屯了，是她的弟弟开着拖拉机把她们接走的。”

“哦，谢谢大婶。”他转身下楼。

老太太在后边喊：“唉，小梁子有一封信交给我，说有一个叫淑云的女人若来就把信交给她。你认识这个叫淑云的吗？”

家树回转身来，说：“我认识，她是我媳妇，你把信给我吧。”

“我见过你来，每次来都坐着小汽车。行，我把信给你。”她转身进屋，很快就出来，把信递给了家树。

家树开了信封，里面有一个存折和一封信，打开信。信上写道：

——淑云姐，我领着孩子回梁家屯了。谢谢你这些日子来关心照顾我。我从小无父母，无人关爱，无人怜悯，你的关爱，就像父母的关爱一样温暖，我就是在九泉之下也不会忘了你们的大恩大德！你给我看病的五千元钱，我没有动，存在存折里，密码是存折号的后六位数。我知道你能来看我，所以我把这封信和存折叫邻居转交给你……

家树收起信，向梁家屯的方向凝望了很久。

那个老太太性格挺开朗，也很健谈。她问家树：“这位同志，看你这个样子，像个干部，是个干部吧？”

家树回答道：“是，在市政府工作。”

“是个领导吧？”

家树对她笑了笑，不置可否。

她说：“一看你就有个领导的样，让人看着舒服，顺眼。不像有的人，官不大，僚不小，见着老百姓吹胡子瞪眼的……”

家树打断她的话：“谢谢你啦，大婶，再见！”

家树一家人在一起吃晚饭。

家树说：“娘，我今天下午去了梁子英家，她已经领着孩子搬回梁家屯了。”

娘说：“哦，她怎么搬回梁家屯了？她不看病了？孩子不念书了？”

家树说：“她已经认为自己的病没有什么医治的价值，她也承担不起很大的医疗费。她已经无力工作，承担女儿的学业经费和日常的生活费已经十分的困难，甚至说已经做不到。她搬回梁家屯投奔弟弟也许对她来说是最好的选择……”

淑云说：“也真是够难为她的。”

家树说：“她还好脸儿，不愿意连累别人，还不愿意接受别人的馈赠。她把你给她的五千元钱退回来了。”

娘说：“人穷志不穷，是个好样的。好是好，可有一宗不好，这样做可就把孩子的学业耽误了，这可是大事……”

家树说：“所以我想和你们商量一下，明天我想叫淑云和我到梁家屯去一趟，把她们娘俩接回来，让子英看病，让玉兰上学。子英治好病在这打工也行，愿意回梁家屯也行，但玉兰必须接着上学，就吃住在咱家，淑云和娘多辛苦一点，你们看行不行？”

娘说：“怎么不行呢，就是多添双筷子嘛，有什么不行的？”

淑云说：“行。”

家树和淑云坐的车翻山越岭来到梁家屯。他们进了梁子英的弟弟梁子龙家。

梁子龙家三间草房。有一个很大的院子，院子里有鸡鸭鹅狗之类，还有一台手扶拖拉机。这是一个普通的农家院落。

家树进屋后第一眼就见到梁子龙，梁子龙的媳妇，还有玉兰的胳膊上都戴着白孝布，就有一个不祥的预感。

见家树和淑云进来。玉兰就奔过来，一头就扎在了淑云的怀里，哭着叫道："大娘……"

淑云揽着她的头问："玉兰别哭，咋的啦？你给谁戴孝？"

玉兰说："我妈，我妈死了……"

淑云吃惊地说："你妈死了？什么时候死的？"

"从松云回来的第二天就死了……呜呜呜……"她向院外指了指："就埋在前面的南山上。"

"啊，这个狠心的，怎么说走就走了……"淑云的眼泪就流下来，伤心地向南山凝望。

家树虽然也很吃惊，但他没有显出特别的伤感，一切似乎早在他意料之中，只是说："没想到走得这么快……"他把玉兰揽到自己的怀里，用手摸着她的头，安慰着说："好孩子，不用太难过了，纪念妈妈最好的办法就是要努力的学习和更好的生活……"

梁子龙把家树和淑云让进屋，张罗着烧水沏茶。说："你看我这个屋子埋埋汰汰，乱七八糟，可别见笑，坐吧，喝水……"梁子龙三十左右，身体也很瘦弱，人显得朴实、木讷。

家树说："不用客气，我们来串个门儿，看一看。怎么样？日子还过得好吗？"

梁子龙说："挺好。我们两口子种了一垧多地，养了三口猪，二十多只鸡，秋天再到山上搞点副业，吃的用的还可以。"

家树说："村里没搞点多种经营项目吗？"

梁子龙说："今年村里打算搞五十垧药材基地，以后逐渐扩大，种党参、黄芪和五味子……每个农户都入了股……"

家树说："你也入了吗？"

梁子龙说："入了。我是贷的款入的股，不入吃亏。借钱入股，从长远看还是合适，有账算……"

家树说："那就好。"他转了话题说："子龙啊，我和你嫂子今天来想和你商量个事。”

梁子龙说：“你说吧，什么事？”

家树说：“我想把玉兰接回城里去，吃、住在我们家，让她继续念书，一切费用由我们负责，你看怎么样？”

梁子龙沉思了一下，说：“不行啊，太给你们添麻烦了。”

家树说：“不麻烦，为了孩子的前途嘛。你们这个村子没有中学，玉兰不能念书，这可是大事啊，耽误了孩子的一生，这可是我们大人的罪过呀！我们住在城里，有这个条件，为什么不利用？你说呢？”

梁子龙直点头，抬头看了一眼妻子，说：“问问玉兰，玉兰若是愿意，我们也同意。”

淑云问玉兰：“玉兰愿意念书，是不是？”

玉兰点点头：“我愿意念书……”

家树说：“妥了。玉兰赶快收拾东西，拿着书包，跟大爷回城念书去。”

梁子龙说：“玉兰去城里念书，好是好，可是……”

家树说：“可是什么？我不是说了吗，玉兰的吃、住、学习费用等一切由我们负责，你还不放心吗？”

“不是不放心，我这个舅舅太寒酸了，拿不出钱来……”

淑云说：“什么也别说了。玉兰，快把你的书包找出来，把书都带上。”

梁子龙的媳妇也是一个热心肠的人。她找了一个旧布袋子，装了三十个鸡蛋，二十个鹅蛋，眼泪巴叉的递给玉兰说：“这是你这个穷舅妈的一点心意，拿着吧……”

从梁子龙家出来，家树对淑云说：“我们到子英的坟上去看看行吗？”

淑云说：“去看看吧。”

家树又问玉兰：“到坟上去看看妈妈，好吗？”

玉兰点点头。

他们三个上了车，车顺着山路往上走，走到离坟不远时，由于坡很陡，车上不去了，他们三个人便下车步行向坟地走去。

这是一堆新土。坟头上压着一块黄烧纸，那张黄烧纸竟然完好无损地压在那里。一阵小风吹过来，压着的烧纸露出四边的地方便随风抖动，像是对他们在招手。

玉兰便奔过去跪倒在坟前，“妈呀妈呀”地哭起来。这个懂事的孩子，她的不幸，她的辛酸，她的思念以及她对于母亲的不幸，母亲的苦难，都化在她的哭声里。她先是小声地哭泣，接着便是嚎啕大哭。这哭声十分的伤感悲切和凄凉。

他和她站在坟前肃立。他本来是怀着缅怀的心情，想控制住不掉泪，但在小玉兰悲切哭声的触动下，他控制不住，眼泪也就掉下来。

他说：“子英，我和淑云带着玉兰来看你！你活着的时候，有很多的不如意。你是带着遗憾走的！你放心吧，玉兰我们带她去读书，我们一定会把她培养成人！”

淑云擦了一把眼泪，说：“子英妹妹，你放心，我一定会像对亲生姑娘一样对待玉兰……”

她抚摸着玉兰的背说：“孩子，起来吧，别哭了……”

玉兰站起来，一头就扎在淑云的怀里大声说：“大娘啊，我想我妈！我想我妈呀……”

淑云紧紧地揽住玉兰的头，擦过的眼泪又掉下来：“我的苦命的孩子，懂事的孩子……”

他伸手摸着玉兰的头，眼泪成串滴下：“孩子，记住，今后，我就是你爸，”他指着淑云说，“她就是你妈！”

玉兰把淑云抱得更紧：“妈……”

“哎……”

她们二人抱在一起好长时间不分开。还是淑云长叹了一口气，拍了拍玉兰的后背说：“好啦，玉兰，别哭了，跟妈回去吧。给你妈磕几个头，咱们就走。”

玉兰站起来，跪在母亲的坟前，接连磕了三个头……

家树到医院来看望胡二扯。

胡二扯已经清醒，并且伤情大有好转。但他的头上、身上还缠着纱布，吊瓶还是不停地输液。

他见家树来看他，便想坐起来。家树赶忙过去制止：“别动别动！”

“这么忙，你还来看我。你什么时候走哇？”

“上哪儿去呀？”

“还瞒着我，你不是调省里去了吗？”

“嗬，二叔的消息好灵通啊，躺病床上什么事都知道。”

“这样的事还能保密？好哇，家树你调省里好哇，二叔从小就看你有出息！”

“二叔，咱今天不唠工作上的这些事。”

“那唠什么呀？”

“我想听二叔唱曲。”

胡二扯想笑，但他控制住不笑：“家树，你看二叔这个样子，还能唱吗？你是想叫二叔开心。”

“我就是想叫二叔乐一乐吗，好减少点疼痛。二叔，这样吧，你不能唱我唱。”

“你唱？”

“啊，我唱，”家树孩子般地看着他，唱道：“有一个小姐本姓常，取名儿就叫常春香。柳叶弯眉樱桃口，两道弯眉细又长……”

胡二扯“嘿嘿”直乐，乐得牵动了神经，他又“哎哟哎哟”地叫疼。

家树也乐，他声不好，腔不对，自己听着也滑稽。

二婶也笑着说：“你看家树，平时总是不苟言笑，在外面总是正正经经。就是在你二叔面前既没有架子，也不讲身份，不装不藏，像个孩子似的……”

“二婶呀，二叔为我做出了这么大牺牲，我献献丑，叫他开心开心还不应该吗？你也知道，我们两个是忘年交，还装啥呀？”

他忽然问：“二婶，若是我二叔这回真的被烧，被烧死了，可咋办哪？”

胡二扯说：“士为知己者死，自古有之。今日我为家树去死，是为知己，还能咋办？”

胡二婶假意的嗔道：“那我就让你王家树偿命，嘻嘻……”

“那好，那我就跟二叔到另一个世界去，继续听他唱小曲……”

护士来换药。

家树站起来说：“二叔，我走了。我临走前来看看你。你现在见好，我很高兴，我走了也就放心了，以后我还能来看你。二婶，二叔见好，你也应该放心了。你不一定总在这盯着，也要注意自己的身体。”

“放心吧，你不用惦记着。你娘和你媳妇总来看，回去告诉她们，不用总来看，都挺忙的……”

家树走到走廊，二婶送出来。家树真诚地与她双手紧握。之后，家树走出很远了，她还站在那里抬手向他致意。

家树回到家。家林正在客厅里边看电视边和母亲唠着什么。

他说：“家林来了？怎么这么有空儿？”

“来看看娘，看看哥和嫂子！”

“看看娘是真的，我不在家，嫂子上班也不在家，看什么，净玩虚的……”他笑着说。

娘接过去说：“家林的养鸡场见回头钱了，把借胡二扯那六万元钱送过来了。”

“呀，这么快就还上了？”

家林说：“借家里的还有四万，过两个月也能还上。”

“这么快？”

“哥，借信用社的贷款到期一定能还上。你放心，你弟弟王家林的面前已露曙光，形势一片大好……”

“好哇，家林，哥为你高兴！家里的钱不急，有就还，没有就不还。”

“可以这么说吧，我已渡过了‘抗战’的初始阶段，渡过了最艰难困苦的时期，我将饮马长江，‘解放全中国’！”

娘说：“看把你得意的，可别忘乎所以。”

“到时候我还要继续扩大投资，增加饲养项目，准备再逐渐扩养一千只羊，五百头牛，把养殖场的规模逐渐扩大……”

“好，哥支持你！等我的弟弟王家林成了大企业家，我这个当哥哥的脸上也有荣光！”

家林又谦虚起来：“我比起你来还是不行啊，听说你要当省长了，嗬，这么大的官儿……”

“当了省长就不是你哥哥了？”

他忽然想起似的说：“听说柳塘的乡亲们要在后天你走的时候敲锣打鼓来送你。”

“你听谁说的？”

“我去医院看胡二扯，胡二扯和探望他的金书记一帮乡亲们正唠这个事儿……”

“有这事？”

“我亲耳所听。”

他思索着说：“不好，这样不好……”对娘说：“娘，我不等后天了，明天就走。”

娘不舍地说：“明天就走？”

“明天！吃完早饭就走……”

“也好，”娘说：“明天走就走吧，省着后天人多来送，兴师动众的，不好……”她对淑云说：“现在就剁馅包饺子，按着老规矩，出门吃饺子，顺脚嘛……”

“包什么馅的？”

“茴香馅。对了，”他对家树说：“给晓华拿一盒饺子去。你到了省城就到晓华念书的学校给她送去，她也爱吃茴香馅儿……”

“行。”他答应着，说：“娘，今晚上我就不在家吃了。我去徐市长那辞行一下，很可能就不回来了……”

家树到省里去报到，从家里出来他刚要上车，艳红赶过来，递给家树一封信。

艳红说：“家树，这是柳直通过管教审查批准递出来的一封信，让我交给你。”

家树打开信，是一首诗——

贤弟升迁是必然，天道酬勤奖清廉。

探视未见铭情义，隔窗遥祝夜凭阑。

家树看罢，对艳红说：“谢谢大哥赠诗，谢谢你来送我，再见！”他心情很沉重地又想到柳直，便很快地转而向送出门的娘、淑云、家林、玉兰挥手致意，上了汽车。

汽车在通往省城的公路上奔驰。车上了一个高坡停下，家树和陪送的孙秘书、司机小王下了车。

家树站在高处往松云观望，松云市全貌尽收眼底。他凝望了一会儿，恭恭敬敬地向松云市鞠了三个躬。

他说："二十年前我从收容遣送站出来时，向收容遣送站鞠了三个躬；我在离开柳塘上学时向柳塘鞠了三个躬；这次鞠躬是第三次，向松云告别！我不会忘记在这里的苦辣酸甜，我会更好地去工作来回报养育过我的这一片热土……"

三个人上了汽车，车向前方奔去……

（完）

图书在版编目（CIP）数据

来世之约 / 岳中山 著. —长春：时代文艺出版社，2012.6

ISBN 978-7-5387-4059-2

I. ①来… II .①岳… III. ①长篇小说－中国－当代 IV. ①I247.5

中国版本图书馆CIP数据核字（2012）第095522号

出品人　陈　琛

责任编辑　王　峰

装帧设计　孙　俪

来世之约

岳中山 著

出版发行 / 吉林出版集团 时代文艺出版社
地址 / 长春市泰来街1825号　吉林出版集团 时代文艺出版社　邮编 / 130011
总编办 / 0431-86012927　发行科 / 0431-86012939
网址 / www.shidaicn.com
印刷 / 北京市通州兴龙印刷厂
开本 / 700×1000毫米　1 / 16　字数 / 365千字　印张 / 21.25
版次 / 2012年8月第1版　印次 / 2012年8月第1次印刷　定价 / 35.00元

图书如有印装错误　请寄回印厂调换